Lv

Le parfum de l'automne

BRENDA NOVAK

Le parfum de l'automne

BestSellers

Collection : BEST-SELLERS

Titre original : WHEN LIGHTNING STRIKES
Publié par MIRA®

Traduction française de KARINE XARAGAI

ÉDITIONS HARLEQUIN

83-85, boulevard Vincent Auriol, 75646 PARIS CEDEX 13.
Service Lectrices — Tél. : 01 45 82 47 47
www.harlequin.fr

ISBN 978-2-2803-0927-1 – ISSN 1248-511X

A Pierce Rohrmann.

Ta détermination et tes nombreux talents ne cessent de m'émerveiller. Merci pour le dur labeur que tu as fourni en mon nom, pour tes idées brillantes, ton soutien indéfectible, ton esprit, ta générosité — mais enfin et surtout pour ta capacité à me relever chaque fois que je suis à terre, à me remettre d'aplomb et à me renvoyer au combat chaque fois que je suis tentée de jeter l'éponge. LOL. Tu es un sacré MAPLV !

1

Grillée. Elle était grillée, tombée en disgrâce. Du jour au lendemain, elle était devenue une pestiférée dans le milieu de la com' de Los Angeles.

— Tu en fais une tête !

Après avoir raccroché, Gail DeMarco se tourna vers Joshua Blaylock. Perché sur un coin de son bureau, son assistant — jean cigarette noir, veste de créateur, lunettes rectangulaires et chaussures à bout pointu — guettait sa réaction avec une expression d'espoir teinté d'inquiétude. Comme elle, il avait cru que leur agence de relations publiques pourrait remonter la pente après la débâcle causée trois semaines plus tôt par un simple coup de fil de Gail, geste malheureux suivi de déclarations tout aussi inconsidérées. Mais de toute évidence, Joshua en avait assez entendu pour comprendre ce que les autres employés de Gail n'avaient pas encore totalement intégré : ils n'avaient pas seulement perdu quelques clients de premier ordre, tels que Maddox Gill et Emery Villere. Non, ils les avaient *tous* perdus. Déboulonnée de sa prestigieuse place de numéro 1 des agences de communication, Big Hit Public Relations se retrouvait au bord de la faillite. Et tout cela à cause d'un seul homme : Simon O'Neal. Grâce à ses relations, le premier rôle masculin le plus sexy du cinéma avait coulé la boîte de Gail tellement vite que celle-ci avait encore du mal à y croire. Elle continuait de penser qu'elle allait se réveiller et s'apercevoir que leur conflit n'était en fait qu'un simple cauchemar. Ou que l'opinion, découvrant enfin la véritable nature de Simon — une calamité ambulante —, se rangerait dans son camp à elle. Seulement voilà : l'Amérique adorait Simon O'Neal, en qui elle voyait un nouveau James Dean. Il avait beau enchaîner les frasques, ses fans lui vouaient une loyauté à toute épreuve, fascinés tant par son talent d'acteur que par sa tendance à l'autodestruction.

Gail n'aurait jamais dû lui dire qu'elle cessait toute collaboration avec lui. Depuis, l'un après l'autre, tous ses clients l'avaient quittée.

Mais n'importe quel professionnel de la com' se serait lassé des incartades de Simon ! Il avait pris le contre-pied de *toutes* ses recommandations et causé tant de tempêtes médiatiques que la réputation de Gail en avait souffert autant que la sienne. Dans des conditions pareilles, comment continuer à gérer l'image d'un tel énergumène ?

— Ohé ?

Joshua claqua des doigts devant ses yeux. Entre-temps, le sourire de son assistant s'était envolé.

Gail refoula ses larmes. Depuis plus de dix ans — depuis l'obtention de son diplôme en communication et relations publiques et son entrée comme stagiaire chez Rodger Brown & Associates — elle s'était entièrement consacrée à sa propre agence. Elle n'avait ni mari ni enfants, et ses amis se comptaient sur les doigts de la main, du moins dans le secteur de Los Angeles. Son ambition ne lui avait pas laissé le loisir de s'accomplir dans ce domaine. Elle ne pouvait compter que sur sa bande d'amis d'enfance qui étaient tous restés à Whiskey Creek, une bourgade à six heures de route au nord de Los Angeles. Elle les voyait tous les deux mois. Mais elle avait quitté famille et amis pour se faire un nom dans la grande ville. Ici, ses employés lui étaient plus proches que quiconque. Et voilà qu'elle allait devoir se séparer d'eux. Y compris de Joshua.

— C'était Clint Pierleoni.

Elle s'appliquait à parler d'un ton monocorde pour empêcher sa voix de se briser.

Joshua battit rapidement des paupières, comme s'il était lui-même au bord des larmes. Ce ne serait pas la première fois qu'il craquerait dans son bureau… Josh accumulait les déboires sentimentaux avec les hommes. D'ordinaire, c'était elle qui le consolait de ses peines de cœur, appréciant de mener par procuration une vie amoureuse dont elle-même était privée depuis longtemps. Mais aujourd'hui, les paroles de réconfort lui échappaient : la détresse de Joshua était aussi la sienne.

— Ne me dis pas que…

Elle l'interrompit avant qu'il n'ait eu le temps de formuler ses craintes.

— Il estime le moment venu de se trouver une autre agence de com'.

— Mais… Clint est chez nous depuis le tout début ! J'ai même *couché* avec lui — une fois signé le document dans lequel nous nous engagions à garder le secret sur son homosexualité, bien entendu.

Gail ne releva pas les derniers propos de Joshua. Elle ne tolérait pas que ses employés entretiennent des relations privées avec des clients de l'agence. Mais elle avait déjà réprimandé Josh par écrit au sujet du caractère inconvenant de sa liaison avec Clint. Inutile donc de lui réitérer ses objections, d'autant que désormais il y avait prescription. Mais Joshua disait vrai à propos de Clint. Il avait été la première étoile montante du cinéma à faire confiance à Gail. Et elle n'avait pas ménagé sa peine avec lui, et ce à un tarif dérisoire.

Après tout le chemin qu'ils avaient parcouru ensemble, elle se serait attendue à plus de loyauté de sa part… Si Clint jouissait d'un tel succès aujourd'hui, c'était en partie grâce à elle.

— Il a tenté de m'expliquer que…

Joshua la coupa :

— Que quoi ? Qu'il cédait à la pression des poids lourds de Hollywood qui nous tournaient le dos pour se rallier à Simon O'Neal ?

— Il craint que le fait de rester chez nous nuise à sa carrière. Simon lui a promis un rôle dans son prochain film, et Clint est persuadé qu'il n'hésitera pas à le lui retirer s'il ne fait pas ce qu'il veut.

— Simon est un salaud ! Un salaud doublé d'un alcoolique !

Le regard de Gail s'étrécit.

— Ne me dis pas que tu as couché avec lui aussi ?

L'espace d'un instant, elle s'autorisa à imaginer le tort qu'elle pourrait causer au tout-puissant Simon O'Neal en divulguant pareille information sur son compte. Plus jamais il ne se verrait confier de premier rôle dans une comédie romantique. Mais elle connaissait d'avance la réponse de Joshua.

— Craquant comme il est, je n'aurais pas dit non si l'occasion s'était présentée… D'ailleurs, je ne connais pas grand monde qui refuserait de coucher avec lui, à part toi, évidemment, ajouta-t-il après réflexion. Sauf que… il n'est pas gay.

— Bon.

Gail esquissa un haussement d'épaules, bien qu'il lui soit arrivé à elle aussi de fantasmer sur Simon. Mais qui ne fantasmait pas sur lui ?

— Dommage…

Se levant, Joshua posa ses poings fermés sur le bureau, comme s'il s'apprêtait à lui révéler un secret d'importance.

— En revanche, c'est un incorrigible play-boy. Et je te parie qu'on pourrait balancer à la presse pas mal d'infos…

Gail le fit taire d'un geste de la main.

— Ce ne serait un scoop pour personne. Son épouse l'a justement quitté à cause de sa propension à sauter sur tout ce qui bouge. Dans ce domaine, ses exploits le placent en deuxième position, derrière Tiger Woods.

De toute façon, même si elle en avait les moyens, elle ne se voyait pas s'abaissant à ce genre de manœuvre à seule fin de détruire Simon O'Neal. Elle était furieuse et meurtrie, certes, mais pas assez pour s'attirer un mauvais karma. Cela ne correspondait pas à ses valeurs.

— Alors, qu'est-ce qu'on fait ? l'interrogea Joshua.

— La question qui se pose serait plutôt : que *pouvons*-nous faire ?

Prenant une profonde inspiration, elle tenta de se redresser dans son fauteuil comme c'était son habitude lorsqu'elle lançait des ordres et gérait des coups de téléphone à un rythme soutenu. L'adrénaline qui la stimulait au quotidien constituait sa principale source d'épanouissement. Mais sa routine professionnelle, envolée en même temps que ses derniers clients, n'existait plus.

S'affaissant dans son luxueux fauteuil en cuir, elle envisagea un instant d'appeler un à un tous les acteurs qui l'avaient remerciée. Si seulement elle pouvait les convaincre de revenir…

Mais c'était peine perdue. Elle avait déjà essayé. Personne n'oserait s'opposer à Simon, hormis quelques clients sans importance qui ne se souciaient pas de lui au point de vouloir suivre son exemple. Du reste, il s'agissait pour trois d'entre eux d'associations caritatives qu'elle représentait à titre bénévole.

— Clint se fait désormais représenter par Chelsea Seagate, de chez Pierce Mattie, précisa-t-elle, maussade.

— Non !

Joshua donna un coup de poing dans le vide.

— Elle les a tous récupérés, cette garce !

Grâce à Simon, une fois encore. Pour avoir confié sa communication à Big Hit durant trois ans, il n'ignorait pas la rivalité professionnelle qui opposait les deux agences, aussi s'était-il tourné vers Chelsea, entraînant dans son sillage la majorité des autres clients de Gail.

— Pierce se mordra les doigts d'avoir laissé Chelsea signer avec Simon, prédit-elle. Il va les couler. Il n'existe aucune boîte de com', aux Etats-Unis ou ailleurs, capable de préserver l'image d'un client aussi enclin à l'autodestruction. Depuis que sa femme l'a quitté, Simon enchaîne les conquêtes. A côté de lui, Charlie Sheen ferait presque figure d'enfant de chœur !

— PM connaîtra une mort lente… c'est déjà ça, conclut Joshua en se laissant choir dans un fauteuil, face à elle. Combien de temps avant que nous ne mettions la clé sous la porte ?

Lèvres serrées, Gail promena les yeux sur son élégant bureau. A une certaine époque, elle n'arrivait pas à croire à sa propre réussite. Désormais, tout cela semblait n'avoir été qu'une illusion.

— Deux mois, peut-être…

Mais pourrait-elle seulement tenir jusque-là ?

D'un geste vif, Joshua se pencha vers elle.

— Tout est foutu, alors ?

— Nous avons d'énormes frais, Josh. Rien que le loyer nous coûte quinze mille dollars. Si l'on y ajoute les salaires de vingt personnes… nos liquidités vont se tarir très vite.

La question suivante lui parvint de manière étouffée, car Joshua avait enfoui le bas de son visage dans l'élégant foulard qu'il portait sous le col de sa veste ultratendance.

— Quand va-t-on l'annoncer aux autres ?

Gail ne supportait pas de voir son assistant dans un tel état d'accablement. Josh lui avait pourtant bien dit de ne pas se débarrasser de Simon O'Neal, mais elle n'avait pas tenu compte de son avertissement. Simon méritait sans aucun doute d'être rayé de la liste de ses clients — il l'avait bien cherché ! —, mais on ne contrariait pas ce genre d'individu impunément, et Simon venait d'en faire la démonstration.

Pour tenter de se ressaisir, Gail se leva et alla jusqu'à la baie intérieure qui donnait sur le vaste hall conçu pour impressionner les visiteurs. Celui-ci menait à main droite vers les box des employés ainsi que vers trois autres bureaux. De sa place, elle ne pouvait pas voir ses collaborateurs, mais elle distinguait quand même l'arrière de la tête brune de Savannah Barton, appuyée contre l'encadrement de la porte du bureau de Serge Trusso. Savannah élevait seule ses deux enfants. Qu'allait-elle devenir ? Serge, lui, rebondirait. Il était économe et ne prenait jamais rien pour acquis dans la vie. Mais *quid* de Vince Schroeder, un box plus loin ? Il avait une femme handicapée. Et puis, il y avait Constance Moreno, vingt ans à peine… Arrivée de New York deux mois plus tôt, elle avait signé un bail d'un an pour son appartement. Comment ferait-elle pour s'acquitter de son loyer ?

Tous ces gens-là dépendaient d'elle. Quelle mouche l'avait donc piquée de vouloir punir Simon coûte que coûte, de faire en sorte qu'il fasse lui aussi les frais d'un retournement de l'opinion ?

Gail posa son front contre la vitre fraîche.

— Tu ferais mieux de convoquer tout le monde en réunion, Josh. Ils doivent se douter de la crise qui est en train de couver. L'activité est au point mort en ce moment. Ils en sont réduits à se bombarder de boulettes de papier pour passer le temps.

— Tu veux que je les fasse venir maintenant ?

Gail songea à la première du film de Simon, ce soir. Il assisterait au cocktail qui suivrait la projection, ivre mort sans doute, mais se délectant de la gloire et de la fortune qui s'attachaient à ses pas. Ce n'était pas juste qu'il s'en tire à si bon compte après ce qu'il avait fait ! Elle avait eu raison d'agir, bon sang ! Pourtant… si elle voulait sauver le job de ses employés, il allait falloir faire profil bas et lui présenter des excuses, voire le supplier.

Elle aurait préféré se jeter sous les roues d'un autobus, mais dans cette affaire les enjeux professionnels primaient sur son amour-propre. Elle avait une bonne équipe ; ces gens-là ne méritaient pas de perdre leur emploi.

— Non, attends…

— Tu crois que la situation peut encore évoluer ? demanda Josh, dubitatif.

Gail n'osait l'espérer. Toutefois elle se devait de faire une ultime tentative pour sauver l'agence… à supposer que ce soit encore possible.

— Donne-moi jusqu'à demain.

Josh tripotait nerveusement la coûteuse parure de stylos que lui et ses collègues avaient offerte à Gail pour Noël.

— Pour quoi faire ?

Elle se tourna vers lui.

— Pour réciter quelques prières.

2

Simon repéra tout de suite Gail. Dans cette foule siliconée, botoxée et tartinée d'autobronzant, elle se démarquait. Peut-être en raison de sa poitrine — plate selon les critères de L.A. —, de la coupe sévère de son tailleur au chemisier blanc amidonné ou de son menton volontaire. Peut-être aussi tout simplement par son dédain affiché pour les soirées hollywoodiennes et leurs excès, ainsi que par son refus de faire des effets de toilette et de se joindre à l'allégresse générale.

Quoi qu'il en soit, Simon avait toujours apprécié qu'elle ne soit pas en adoration devant lui — presque autant qu'il lui en voulait de ne pas l'être. N'empêche, on aurait pu croire qu'elle tenterait au moins de se fondre dans la foule si elle comptait s'incruster à cette soirée. Car il était prêt à parier qu'elle n'avait pas reçu d'invitation…

— Un problème ?

Simon s'empressa de reporter son regard sur la sirène blonde assise près de lui, dans l'alcôve. Un professeur de yoga dont il venait de faire la connaissance, une certaine Sunny, plus intelligente que son look stéréotypé — minijupe et haut très échancré — ne le laissait supposer au premier abord. En plus, c'était vraiment une fille bien. Pourtant, il s'ennuyait. Ces derniers temps, les femmes qu'il fréquentait lui paraissaient toutes interchangeables.

Il vida le fond de son verre.

— Mais non ! Pourquoi tu me demandes ça ?

Sunny inclina la tête afin de voir ce qui avait retenu l'attention de Simon, mais son regard survola Gail sans s'arrêter. Sans doute n'imaginait-elle pas qu'une femme d'allure si ordinaire puisse avoir un quelconque intérêt pour lui. Du reste, s'il n'avait pas eu aussi mauvaise conscience, il ne se serait pas appesanti sur le sort de Gail. Lorsqu'il avait confié à Ian, son agent, qu'il souhaitait couler sa boîte de com' et la renvoyer dans le bled paumé qui lui tenait lieu de port d'attache, il ne le pensait pas vraiment. Il avait tenu ces propos sous l'emprise de l'alcool. Sauf que Ian, lui, avait résolu de se venger de la défection de Gail, et que Simon, aveuglé par la colère et l'anxiété, l'avait laissé faire. Une partie de lui-même estimant que Gail n'avait eu que ce qu'elle méritait, il n'avait même pas interrogé Ian sur ses manigances. D'un autre côté, jamais il n'aurait imaginé que ce dernier se donnerait autant de mal pour punir la jeune femme.

Mais voilà que la veille, il avait appris que Ian avait « suggéré » par téléphone à tous les clients de Gail de rejoindre, dans leur intérêt bien sûr, Chelsea Seagate, de l'agence Pierce Mattie. Presque tous avaient changé de camp illico.

— Tu fronçais les sourcils, dit Sunny. Tu as aperçu quelqu'un que tu n'as pas envie de croiser ?

Simon décida de mentir.

— Non.

— Qu'est-ce que tu dis ?

Elle n'entendait rien à cause de la musique. Il haussa le ton :

— Rien, je disais que je commence à être fatigué, c'est tout.

— Fatigué ? Déjà ?

Elle lui adressa une moue dépitée.

— Il est à peine 22 heures…

Pour une femme aussi belle que Sunny, l'indifférence de Simon équivalait à une insulte. Et il le comprenait.

S'il avait été d'un naturel plus aimable, il aurait feint de s'amuser, mais il se sentait incapable de faire semblant. Pas ce soir. Il jouait déjà suffisamment la comédie devant les caméras. En outre, il se fichait que cette fille se tourne vers quelqu'un de plus attentionné que lui. Il ne mentait pas en évoquant sa fatigue. Fatigué, il l'était avant même de venir à cette soirée, car cela faisait des nuits que le sommeil le fuyait. Chaque fois que son esprit s'apaisait, ses regrets revenaient le torturer.

— Tu veux boire autre chose ? demanda-t-il à Sunny.

Celle-ci n'eut pas l'occasion de lui répondre. Gail avait entrepris de se frayer un passage jusqu'à eux, et Simon ne put s'empêcher de suivre sa progression. Elle l'avait repéré, bien sûr… Cette femme-là avait de la suite dans les idées. Et de son côté, il pouvait difficilement passer inaperçu. Que cela lui plaise ou non, il était toujours l'objet de tous les regards.

Qu'allait-il se passer ? Mystère et boule de gomme ! Jamais il n'aurait cru que son ex-attachée de presse aurait le culot d'assister à ce genre de soirée où lui-même serait entouré d'amis et d'admirateurs, sans parler du contingent habituel de parasites prêts à lui lécher les bottes quoi qu'il fasse.

Elle avait du cran, il fallait le reconnaître.

— Simon ?

Il lui coula un regard en dessous, feignant d'être trop paresseux ou trop ivre pour bouger. Son tempérament emporté ou les propos qu'il avait tenus devant son agent avaient peut-être mis le feu aux poudres, mais il n'avait jamais demandé à Ian de se montrer aussi vindicatif envers elle. C'est pourquoi il refusait d'endosser une quelconque responsabilité dans l'affaire. Ian était un bon agent. D'accord, il lui était arrivé de commettre de petites erreurs, mais c'était la première fois qu'il provoquait un tel séisme. Gail n'avait qu'à lui téléphoner si elle voulait discuter de ses problèmes de boulot ! Elle-même n'était pas non plus blanche comme neige, dans cette histoire : elle avait passé sa colère sur Simon en faisant à son endroit quelques déclarations peu flatteuses aussitôt relayées par la presse.

Quand Simon O'Neal sera enfin devenu adulte, il s'apercevra que les femmes ne sont pas dévolues à une seule et unique fonction.

Simon O'Neal est son pire ennemi. Il se déteste lui-même à la mesure de l'admiration que tout le monde lui voue. Pourquoi ? Mystère. Il a pourtant tout pour lui. Pour ma part, je ne lui trouve aucune excuse…

Il se peut que certaines personnes le trouvent séduisant. Personnellement, quand bien même serait-il le dernier homme sur Terre que je ne coucherais pas avec lui. Dieu sait quelles maladies il peut traîner…

Des commentaires de ce genre, il y en avait eu d'autres qu'il ne se rappelait pas mot pour mot. Que toute sa fortune ne suffirait pas à payer toutes les séances de thérapie dont il avait besoin, par exemple… Et un autre encore, affirmant qu'il gâchait un talent inné, le soupçonnant d'être dénué de tout sens moral — charmant Dr Jekyll à l'écran et odieux M. Hyde à la ville…

— Que puis-je faire pour toi ? lui demanda-t-il, usant à son tour de la politesse excessive qu'elle lui réservait invariablement.

Elle leva le menton.

— Pourrais-je te dire quelques mots, s'il te plaît ?

Avait-elle perdu la tête ? Il n'avait aucune envie de lui accorder un entretien privé.

— Je crains que non. Tu l'as peut-être oublié, mais nous n'avons désormais plus rien à nous dire. Et au cas où tu ne l'aurais pas remarqué, je ne suis pas seul.

Sunny les observait sans rien dire : elle ne perdait pas une miette de leur échange.

Gail ignora la jeune femme.

— Cela ne prendra qu'une minute.

Simon esquissa un rapide geste de la main dans l'espoir que Gail en interpréterait correctement le sens : une invitation à le laisser tranquille.

— Je suis occupé.

Hélas ! elle ne faisait toujours pas mine de s'en aller. Tirant d'un coup sec sur sa veste de tailleur cintrée, elle s'éclaircit la voix.

— Très bien. Nous parlerons donc ici. Je… je souhaiterais te présenter mes excuses.

Ses excuses, il n'en avait que faire. Autour d'eux, les gens commençaient à les regarder, à reconnaître Gail. Tous avaient entendu parler de leur différend et voulaient entendre ce qu'elle avait à lui dire. Conclusion, il devait se débarrasser d'elle au plus vite. Mais Gail venait de lui fournir l'occasion de contester la fameuse intégrité qu'elle brandissait toujours comme un bouclier — la tentation était trop forte.

— Es-tu en train de me dire que tu ne pensais pas toutes les horreurs que tu as débitées sur mon compte ? demanda-t-il d'une voix traînante.

Gail chercha ses mots et finit par trouver une réplique censée calmer le jeu sans être ouvertement fallacieuse.

— Je n'aurais jamais dû prononcer ces paroles.

Et comment ! Après tout, c'était elle qui avait déclenché les hostilités. Si elle ne s'était pas montrée aussi moralisatrice, du haut du trône où elle régnait sur le business des relations publiques, Ian n'aurait pas été tenté de lui montrer la vulnérabilité de son empire. C'était un prêté pour un rendu, pas la peine d'en faire tout un plat. Pour lui, leur petit… différend était clos.

— Pas de souci. Pour ma part, je suis prêt à tirer un trait sur toute cette histoire, si de ton côté tu l'es aussi. Passe une bonne soirée.

— Et… c'est tout ?

Ses yeux bleus le dévisageaient, agrandis par l'étonnement.

Il passa un bras autour de Sunny et se lova contre elle ; il voulait paraître confortablement installé et peu disposé à bouger.

— Tu attendais autre chose ?

La lèvre inférieure de Gail se mit à trembler tandis que ses yeux s'emplissaient de larmes.

— J'espérais que tu pourrais…

Jerry Russell, le réalisateur de son tout dernier film, interrompit leur échange. Il s'approcha d'eux et se pencha pour regarder Gail avec attention.

— Qu'est-ce qui se passe, ici ? Alors, Simon, tu fais déjà pleurer les dames ?

— Tu as un problème, Simon ? lança quelqu'un d'autre, et il n'en fallut pas plus pour qu'un murmure envahisse la foule, faisant se tourner toutes les têtes vers lui.

Des larmes roulaient sur les joues de Gail. Simon voyait bien qu'elle tentait de les refouler, mais ses efforts semblaient produire l'effet inverse. Non seulement elle était à bout de nerfs, mais elle était devenue le point de mire de tous les invités. Il fallait qu'il la sorte de là avant de se retrouver une fois de plus à la une des tabloïds. Une seule photo du visage baigné de larmes de Gail, et l'un ou l'autre de ces stupides paparazzis écrirait qu'animé par un esprit de vengeance, il avait délibérément œuvré pour la détruire : « Simon O'Neal, la star du box-office, renvoie la petite attachée de presse dans les cordes. » Ce qui, à cause de Ian, était assez proche de la vérité pour qu'il ne puisse même pas se défendre.

Dans sa situation actuelle, il ne pouvait se permettre de fournir de nouvelles armes à son ex-femme dans l'âpre bataille qu'elle menait contre lui. S'il ne redorait pas son image, jamais il n'obtiendrait ne serait-ce que la garde partagée de leur fils. Sur ce point, le juge avait été catégorique.

Les gens commençaient à converger vers eux. Il lui fallait agir sans délai afin d'éviter de se donner en spectacle.

— Non, non, tout va très bien, répliqua-t-il avec un sourire rassurant et, glissant à l'oreille de Sunny qu'il n'en aurait que pour une minute, il sortit de l'alcôve.

— C'est une étuve, ici ! Si on allait prendre l'air ?

Et, saisissant Gail par la main pour bien montrer qu'aucune querelle ne les opposait, il l'éloigna d'un pas nonchalant, hochant la tête pour saluer quelques invités tandis qu'ils se frayaient un chemin à travers la foule jusqu'à une antichambre décorée avec faste et exclusivement réservée à Simon. Personne ne lui avait spécifié à quel usage était destinée cette pièce car elle pouvait se prêter à tous. Il pouvait y consommer toutes sortes de substances illicites, y amener ses conquêtes, organiser une soirée privée… libre à lui d'en décider.

Pour l'heure, en tout cas, il était on ne peut plus reconnaissant qu'on la lui ait attribuée. A peine avait-il refermé la porte derrière eux qu'il jeta à Gail :

— Qu'est-ce qui t'as pris de venir ici ? Et pour l'amour du ciel, arrête de pleurer !

Gail se passa la main sur le visage.

— Pardon. Je… je suis très mal à l'aise, mais… c'est plus fort que moi.

Simon était toujours démuni devant les larmes. Surtout devant celles de son attachée de presse. Au cours de leurs trois années de collaboration, elle s'était toujours montrée d'un calme à toute épreuve dans sa conduite des événements divers — réservation de billets d'avion ou de chambres d'hôtel, sorties de films, gestion de sa publicité, bonne ou mauvaise.

— Fais un effort !

— Merci pour ton empathie, marmonna-t-elle.

Pour ne pas croiser son regard, Simon traversa la pièce et alla lui servir un peu du champagne tenu au frais dans un seau à glace.

— Tiens, dit-il en lui glissant la flûte dans les mains, ça te fera peut-être du bien.

— Je ne bois pas d'alcool.

Il fit la grimace.

— Autre raison parmi tant d'autres qui m'empêche de te trouver sympathique. Bois quand même.

Elle vida le contenu de sa flûte comme si c'était de l'eau et fut prise d'une quinte de toux qui chassa suffisamment ses idées noires pour qu'elle cesse de pleurer.

— Alors, qu'est-ce que tu attends de moi ? l'interrogea Simon. Qu'est-ce que je peux faire pour… balayer ça ?

Le regard de Gail retrouva son éclat.

— C'est de moi que tu parles, n'est-ce pas ? C'est moi que tu veux balayer !

Après une seconde de réflexion, il haussa les épaules.

— En gros, oui.

— Et tu arrives à m'asséner cela avec désinvolture, après avoir coulé mon agence ?

Un instant, il envisagea de lui expliquer que dans cette affaire, son rôle n'avait pas été aussi actif qu'elle se l'imaginait, pour finalement se raviser. A quoi bon ? De toute façon, elle ne le croirait sans doute pas.

— Tu as besoin d'argent, c'est ça ?

— Non ! Je veux récupérer mes anciens clients. Et pas seulement pour protéger mes intérêts. Vu la tournure que prennent les événements, je vais devoir me séparer de mes employés, et… ils ont tous besoin de leur job !

La situation de Gail était-elle à ce point désespérée ? Déjà ? Bon sang, il allait tuer Ian ! Mais qu'est-ce qu'il lui avait pris d'aller aussi loin ?

— Très bien, je vais contacter quelques personnes, dit-il, et voir ce que je peux faire pour réparer les dégâts. Appelle-moi la semaine prochaine. Ça te convient ? Alors maintenant, tu vas rentrer tranquillement chez toi et, je ne sais pas, moi… regarder la télé, ranger tes placards ou une autre de ces activités exaltantes auxquelles tu consacres ton temps libre. Tiens, et si tu te cherchais sur internet une tenue plus appropriée à une soirée comme celle-ci ?

Gail hésitait à lui flanquer son poing dans la figure. Simon l'en savait capable. Mais elle ravala sa colère et, hochant la tête, lui tendit la flûte de champagne avant de tourner les talons.

— Et, au fait… Gail !

Elle lui lança un regard par-dessus son épaule.

— Je ne suis porteur d'aucune maladie, sexuellement transmissible ou non. Je peux te fournir les résultats de mes analyses, si ça t'intéresse.

Elle eut au moins la décence de rougir.

— Ce ne sera pas nécessaire. Désolée…, lâcha-t-elle en s'éclipsant.

3

Joshua bondit à la seconde où Gail pénétra dans son bureau.

Elle ne fut pas étonnée outre mesure de le trouver là, à l'attendre. Pas après leur discussion de la veille. Impatiente d'apaiser ses craintes et de rassurer l'ensemble de ses employés, elle sourit. Faire amende honorable à la soirée d'hier n'avait pas été chose facile — et fondre en larmes devant Simon carrément humiliant —, mais aussi pénibles qu'avaient été ces quelques minutes, elle ne regrettait pas un seul instant sa démarche. Simon lui avait promis de réparer le tort qu'il lui avait causé et il irait jusqu'au bout, là-dessus elle lui faisait confiance. En contrepartie, il lui demandait de cesser les attaques contre lui, dans les médias surtout — sur ce point, il s'était montré très clair.

Pour la première fois depuis qu'elle avait rayé Simon O'Neal de la liste de ses clients, elle avait dormi à poings fermés. Après avoir passé une heure au club de sport, elle s'était arrêtée dans un autre café que celui où elle avait ses habitudes, pour changer, et savourait pleinement le nouveau mélange qu'on lui avait servi. La matinée commençait bien.

— Tu as vu ? lança Josh.

— Vu quoi ?

Elle tendit son gobelet de café à Josh le temps d'ôter sa veste et de la suspendre à la patère.

Josh, un sourire suffisant aux lèvres, brandit le tabloïd de sa main libre.

— *Les Dessous de Hollywood*…

— Non…

Elle n'avait même pas allumé son ordinateur, préférant faire l'impasse sur ce rituel matinal de peur de découvrir sur les blogs de potins ou les magazines en ligne un grand déballage ou une anecdote fâcheuse à propos de l'un de ses clients. Dès qu'elle aurait récupéré une partie de sa clientèle, elle n'aurait heureusement plus à se soucier de ce genre d'incidents.

— Simon a fait des siennes après mon départ, hier soir ?

La question parut surprendre Josh.

— Que veux-tu dire ?

— A la soirée qui a suivi la première de son film.

— Pourquoi, tu y es allée ? Tu l'as vu ?

Elle gratifia son assistant d'un sourire de conspiratrice.

— Et comment !

Josh en demeura coi tandis qu'elle lui reprenait son café des mains.

— Mais… dans quel but ?

— Pour lui présenter mes plus plates excuses, bien sûr. Que pouvais-je faire d'autre ? Et il a accepté de faire tout ce qui est en pouvoir pour nous aider à remonter la pente. Nous allons nous en sortir, Josh !

Alléluia ! Elle se sentait soudain légère comme une plume, sur un petit nuage… jusqu'à ce qu'elle remarque que Joshua ne réagissait pas à son annonce aussi favorablement qu'elle l'aurait cru.

— Qu'est-ce qui se passe ? Tu n'es pas soulagé ?

Reculant d'un pas mal assuré, il tendit le bras derrière lui à la recherche d'un siège et s'y laissa tomber, Les *Dessous de Hollywood* serré contre sa poitrine.

— Le ciel me vienne en aide…

Gail haussa les sourcils.

— Pour quoi faire ? Je viens de te dire que nous

n'allions pas mettre la clé sous la porte. J'ai tout arrangé, Josh. Ça va aller…

Elle lui serra le bras d'un geste rassurant et termina son café à petites gorgées pour lui laisser le temps d'assimiler la bonne nouvelle.

— Alors… quoi de neuf dans *Les Dessous*, ce matin ? Quelle bourde Chelsea Seagate va-t-elle devoir rattraper ?

Pouffant de rire en pensant à la pauvre Chelsea, Gail fit le tour de son bureau avant de stopper net.

— Qu'as-tu à me regarder ainsi ? On dirait que tu as vu un revenant !

L'expression horrifiée de son assistant avait fini par dissiper l'euphorie matinale qui l'avait portée jusqu'à son bureau.

— Je… j'ignorais que tu avais prévu de faire la paix avec Simon. Ce n'est pas ce que tu m'avais dit hier… Pas tout à fait. Tu m'as dit que tu allais réciter des prières. Moi, j'ai cru que tu allais supplier Clint de revenir chez nous, solliciter un prêt auprès d'une banque, contacter les anciens clients de Chelsea, ou… te reconvertir dans les cosmétiques. Jamais je n'aurais imaginé que Simon accepterait tes excuses dans le cas improbable où tu les lui aurais présentées…

Gail se rappela la dispute qui les avait opposés, Simon et elle, lorsque celui-ci avait été inculpé pour ivresse sur la voie publique.

— Moi non plus, je n'y croyais pas. Ces derniers temps, il était à cran, la colère ne le lâchait pas. Mais hier soir, il devait être d'humeur magnanime…

Elle fit signe à Josh de lui passer le magazine.

— Laisse-moi jeter un œil à cet article qui te préoccupe tant.

Fermant les yeux, Josh laissa aller sa tête en arrière comme si sa nuque n'avait plus la force de la soutenir.

— Mais enfin, qu'est-ce que tu as ?

Elle rit, incapable de le prendre au sérieux. Josh avait

tendance à tout dramatiser. Quelle que soit la raison de son accablement, cela ne pouvait être pire que le problème qu'elle venait de résoudre. Les véritables catastrophes avaient le don de vous faire relativiser les revers de moindre importance.

— Josh ? Le magazine ! insista-t-elle comme il ne bougeait toujours pas.

Enfin, il le lui tendit. Mais son regard fuyait le sien, comme si la réaction de sa patronne lui était d'avance insupportable.

Fronçant les sourcils, Gail saisit le magazine, prit connaissance du gros titre qui s'étalait en première page… et sentit son gobelet de café lui glisser des doigts.

— Oh… non !

Le visage dans les mains, Josh laissa échapper un gémissement.

Gail pointa le doigt sur l'article en question.

— Comment une telle chose a-t-elle pu se produire ?

— Tout est ma faute, marmonna Josh sans cesser de se cacher. Je… J'ai invité une copine qui bosse aux *Dessous* à boire un verre. Je pensais que Big Hit ferait mieux de tirer sa révérence en beauté plutôt que de battre en retraite. J'ai demandé à mon amie de faire bien attention à la façon dont elle rédigerait son article — afin de protéger son magazine et de nous protéger, nous. Et c'est ce qu'elle a fait. Aucune déclaration ne t'est attribuée. Ce ne sont que des supputations…

Mais Gail ne l'écoutait plus. Les oreilles bourdonnantes, elle lisait et relisait le premier paragraphe de l'article. C'était une plaisanterie, forcément. Une telle chose ne pouvait pas se produire, pas maintenant ! Mais il suffisait de voir le langage corporel de Josh pour comprendre que toute cette affaire était on ne peut plus réelle.

« Simon O'Neal accusé d'agression sexuelle !

Selon une source anonyme émanant de Big Hit PR,

l'agence de com' qui vient de virer le pire bad boy de Hollywood après la bagarre qu'il a déclenchée sur le plateau de son tout dernier film, le conflit qui oppose l'acteur et la directrice de l'agence, Gail DeMarco, la papesse des relations publiques, trouverait son origine dans la soirée qu'ils ont passée ensemble, il y a de cela presque un mois. Malgré le flou qui entoure encore les circonstances exactes de l'incident — les deux parties s'étant empressées d'étouffer l'affaire — il a été question d'agression sexuelle… »

Ignorant le café en train de se répandre sur la coûteuse moquette, Gail s'appuya à son bureau pour ne pas tomber.

— Jamais je n'ai accusé Simon de m'avoir agressée, articula-t-elle, suffoquée.

— L'article ne prétend pas détenir de preuves…, se hâta de préciser Josh.

— Mais les médias vont me harceler pour avoir des détails ! S'il y avait une once de vérité là-dedans, ce serait le scandale de l'année ! Et…

Elle fouilla son sac à la recherche de son portable. En se rendant au club de sport, elle l'avait éteint pour économiser la batterie et ne l'avait pas rallumé depuis. Des dizaines de messages devaient déjà l'attendre dans sa boîte vocale !

— Mon Dieu, je vais me sentir mal…

— Je sais ce que tu ressens, compatit Josh.

— Comment as-tu pu croire un seul instant que je tolérerais un mensonge pareil ?

Elle alluma son portable.

— Et Simon qui tente justement d'obtenir la garde de son fils de cinq ans !

Elle brandit le journal devant elle.

— Cet article n'a beau être qu'un tissu de mensonges, il fournira à son ex-femme une arme de plus contre lui devant le juge.

Une expression contrite sur le visage, Josh se redressa sur son siège.

— Je n'avais pas toute ma tête, hier soir. J'étais tellement… hors de moi. Et puis mon amie m'avait promis que l'article s'en tiendrait au conditionnel…

Josh lui avait déjà précisé ce point. Mais cela n'arrangeait en rien les affaires de Gail.

— Elle me fait passer pour la victime de Simon ! Et c'est bel et bien le sort qui m'attend, parce qu'il va me tordre le cou ! D'abord, il va couler l'agence, ensuite il s'en prendra à moi, et je ne pourrai pas lui en vouloir ! Tu ne comprends donc pas, Josh ? En ce moment, tout ce qui compte pour Simon, c'est de rétablir le lien avec son fils. Son divorce et ses frasques, voilà ce qui le ronge de l'intérieur. Bien entendu, je vais réfuter l'article en bloc, mais cela ne servira à rien. Le mal est fait.

— Simon méritait que sa femme le quitte. Il la trompait avec une bonne demi-douzaine de filles…

— Je sais. A première vue, cela semble étrange, mais Simon adorait sa femme. Même moi, je m'en suis rendu compte.

Josh se leva et se mit à arpenter le bureau.

— J'avoue que maintenant que les effets de l'alcool se sont dissipés, ma démarche m'apparaît… téméraire. Impétueuse. Et imprudente. Mais Simon se tire toujours impunément de tout, et je ne supportais pas qu'il s'en sorte une fois de plus après ce qu'il nous a fait. Je voulais lui faire payer le prix fort, tu comprends ?

La sonnerie du téléphone retentit, ébranlant les nerfs de Gail. Il était 8 heures, heure à laquelle le standard externalisé redirigeait tous les appels vers le bureau.

Gail regarda le téléphone mais ne tendit pas la main vers le combiné. Elle demeura clouée sur place jusqu'à ce qu'Ashley passe la tête par l'embrasure de la porte.

— J'ai un journaliste du *Star* en ligne. Le magazine

nous propose une belle somme en échange de l'exclu. Mais… je ne sais pas si ça t'intéresse.

— Ça ne m'intéresse *absolument pas*. Et je te charge de le lui dire.

Il lui fallait retrouver ses marques, élaborer une stratégie pour empêcher cette histoire de se propager comme une traînée de poudre. Après tout, c'était dans ses cordes, n'est-ce pas ? Eviter ce genre de désastre, ou du moins le minimiser, était son métier. Mais c'était la première fois qu'elle devait travailler pour elle-même.

— Très bien !

Ashley baissa la voix.

— Je sais que ça ne doit pas être facile pour toi, Gail. Je dois avouer que je n'étais pas d'accord avec toi le jour où tu as décidé de ne plus t'occuper de Simon. Mais aujourd'hui, je ne t'en veux plus une seule seconde. Je regrette d'avoir déploré dans ton dos ce que j'estimais être une décision stupide.

— Eh bien, à l'avenir, je te conseille de tourner sept fois ta langue dans ta bouche avant de parler, maugréa Gail.

Ashley encaissa le reproche sans ciller.

— Enfin quand je dis « dans ton dos », pas tout à fait… Mais oui, tu as raison, la prochaine fois je me tairai. N'empêche que je… que je suis désolée pour toi. Tu vas bien ?

Non. Elle n'allait pas bien du tout. Elle se débattait dans le pire des cauchemars et n'avait pas la moindre idée de la façon dont elle s'était retrouvée dans une telle situation. D'habitude, c'était elle la voix de la raison, la médiatrice, la sage conseillère. Et c'était sur ces points forts qu'elle avait bâti sa carrière — jusqu'à ce que Josh vienne tout détruire !

Ashley s'avança d'un pas.

— Que puis-je faire pour t'aider ?

Gail enfonça ses ongles dans ses paumes.

— Fais sortir Josh de mon bureau avant que je me mette à hurler.

— Pardon ?

— Gail, je suis navré…

Josh était bouleversé, mais Gail n'était pas d'humeur à entendre ses excuses. Pas encore. Peut-être ne s'agissait-il de la part de son assistant que d'une malheureuse tentative destinée à la défendre, à les défendre tous, ou du moins à jouer un sale tour à ce Goliath qui piétinait leur vie. Etant donné les circonstances, cela pouvait se comprendre, surtout s'il avait bu. Il n'en demeurait pas moins que Josh avait dépassé les bornes, et qu'elle allait le payer très cher, ainsi que tout le personnel de l'agence.

— Josh ? dit Ashley d'une voix mal assurée. Tu viens ?

— Je suis navré, répéta-t-il une dernière fois avant d'éclater en bruyants sanglots.

Gail prit une profonde inspiration tandis que son assistant se précipitait hors du bureau.

— Laisse-le pleurer, conseilla-t-elle à Ashley.

— Donc… si d'autres journalistes appellent, je fais quoi ?

Ashley attendait des instructions pour la suite, et ses questions ne portaient pas sur la manière de gérer les états d'âme de Josh.

— Dis à tout le monde que je ne suis pas joignable pour le moment. Quoi qu'il arrive, ne fais surtout pas allusion au fait que je suis à l'agence et ne me passe aucun appel. Pas avant d'en avoir reçu l'ordre.

— Est-ce que cela vaut aussi pour la police ? Parce que les flics ont laissé un message sur le répondeur.

Oh non !

Ashley se tordait les mains.

— Gail, tu es pâle comme un linge. Tu ne vas pas t'évanouir, hein ?

— C'est possible, si.

Etait-ce bien hier soir qu'elle était rentrée chez elle en se félicitant de bénéficier d'une seconde chance ?

— Tu veux que je t'apporte quelque chose ? Un verre d'eau, un… Oh ! tu as renversé ton café ! Regarde-moi cette tache !

Une tache, ce n'était rien à côté de ce qui se passait. Gail désigna la porte.

— Ça sonne sur l'autre ligne. Il faut que quelqu'un aille répondre.

— Oui. Oui, bien sûr. Je ne te passerai aucune communication. Tu peux compter sur moi…

Et, s'emparant du gobelet de Gail, elle fila vers le standard.

Après s'être armée de courage, Gail consulta le journal de son téléphone portable. Comme il fallait s'y attendre, elle avait reçu trente appels en absence, tous au cours de ces deux dernières heures.

Et dans leur quasi-totalité, ils émanaient de Simon ou de Ian.

Que faire ?

Elle n'eut pas le temps de prendre une décision. L'instant d'après, la porte d'entrée claquait dans un concert de cris, tandis que tout le monde s'efforçait de stopper la progression de l'homme qui venait de faire irruption dans l'agence. C'était Simon. Le regard fixe, il repoussa l'un après l'autre les employés qui tentaient de lui barrer l'accès au bureau de Gail.

4

Gail bondit de son siège et se réfugia derrière le bureau dans une tentative désespérée pour se protéger de Simon. Jamais elle ne l'avait vu dans une telle rage, pas même le jour où il avait frappé l'acteur qui partageait l'affiche avec lui. Celui-ci avait eu le malheur de le traiter de « Tiger Woods » après que son divorce — ainsi que sa cause — avait été dévoilé par la presse.

— A quoi tu joues, bon sang ? hurla-t-il. Je t'avais pourtant bien dit que je réparerais tous les dommages causés par Ian à ton agence ! On était d'accord là-dessus, hier soir ! Tu ne m'as pas cru ?

Les veines qui saillaient de son cou mettaient Gail aussi mal à l'aise que ses yeux injectés de sang. Vu sa tête, Simon ne s'était sûrement pas couché depuis leur entretien de la veille. Il avait besoin de se raser, son épaisse tignasse noire était en bataille et ses vêtements étaient tout froissés. Il avait les traits tirés. Cependant, son pouvoir de séduction restait intact.

C'était injuste, songea Gail. Du haut de son mètre quatre-vingt-trois, Simon n'était même pas petit, comme tant d'autres acteurs.

— Je ne joue pas ! affirma-t-elle avec force. Je t'ai cru, hier soir, et je… je peux tout t'expliquer, Simon. A condition que tu m'en laisses l'occasion.

Il tira un exemplaire des *Dessous de Hollywood* de la poche arrière de son jean et le fit claquer sur le bureau.

— Tout ça n'est qu'un tissu de mensonges ! Et tu le sais très bien !

Gail joignit les mains devant elle jusqu'à en avoir mal aux articulations.

— En effet. Et c'est ce que je vais déclarer de manière officielle. Je te le promets. Simplement, il nous faut réfléchir ensemble à la meilleure façon de procéder dans cette affaire. Nous devons trouver le moyen de limiter les dégâts.

Simon inclina la tête sur le côté, comme si une nouvelle idée venait de lui traverser l'esprit.

— C'est pour ça que tu l'as fait ? Pour me récupérer ? Pour reprendre notre collaboration ?

— *Quoi ?*

Gail se redressa.

— Jamais de la vie ! D'ailleurs, je te rappelle que c'est moi qui t'ai viré.

Les lèvres de Simon, si sensuelles sur grand écran, se pincèrent de dégoût.

— Sauf que maintenant tu regrettes le manque à gagner…

— Je regrette que mon geste m'ait coûté mes autres clients. Mais de m'être débarrassée de toi, sûrement pas ! Tu es une calamité, Simon, et il est temps que quelqu'un ose te le dire en face.

— Une calamité, ah oui ? Mais moi, au moins, je ne balance pas de fausses accusations sur les gens !

Gail fit la grimace.

— Tu as raison. C'est lamentable.

— Si tu es d'accord avec moi là-dessus, alors *pourquoi* ? Je ne t'ai jamais touchée, Gail, et pourtant ce ne sont pas les occasions qui m'ont manqué ! Combien de fois nous sommes-nous retrouvés seuls à l'arrière d'une limousine, combien de fois nous sommes-nous vus dans ce bureau après le départ de tes employés ?

Pas tant que cela, en réalité. Et sur de courts laps de

temps. Ian, l'agent de Simon, était présent, d'habitude, ou alors Serge, qui secondait Gail sur les gros dossiers. Parfois, un garde du corps les accompagnait. Mais pour Gail, il n'était pas question d'ergoter sur un détail aussi insignifiant. D'autant que Simon s'exclamait :

— Je ne sais pas ce qui me retient de te tordre le cou, là, tout de suite !

— Tu ne tiens pas à aggraver ton cas, je pense…

Simon fit quelques pas vers la gauche, et elle recula afin de conserver la même distance entre eux. Elle ne le pensait pas capable de s'en prendre physiquement à elle. Il n'était pas connu pour être violent. Mais il avait bien changé depuis l'échec de son mariage, et Gail n'entendait pas prendre de risques.

— Aggraver mon cas ? Mais ça ne peut pas être pire ! On m'a déjà accusé de tout un tas de choses, mais de *viol*, jamais ! Tu te rends compte du tort que ça va me causer ? Les avocats de mon ex-femme m'ont déjà appelé. Ils vont se servir de cet article pour repousser ma prochaine audience concernant la garde de mon fils ! Cette histoire risque de faire traîner les choses pendant des mois, je ne pourrai peut-être jamais récupérer mon petit garçon…

Sa voix se brisa et Gail vit ses muscles se contracter. Il ne voulait pas se montrer vulnérable devant elle, ni dévoiler ses sentiments.

— Si jamais ça se produit, si jamais je perds Ty, je te ferai regretter d'être née !

Gail ne put s'empêcher de frémir. Simon pensait chacune de ses paroles.

— Je te demande pardon. Du fond du cœur. Je t'en prie, calme-toi et…

La porte s'ouvrit à la volée et Ian Callister entra d'un pas martial dans le bureau. Le visage crispé, les cheveux blonds hérissés comme s'il venait de tomber du lit, l'agent de Simon était de toute évidence aux abois. Pourtant, il ne semblait pas la chercher, elle. Du moins, pas encore. Il n'avait d'yeux que pour son protégé.

— Laisse-moi m'occuper de ça, Simon. Il ne faut pas qu'on te voie ici, c'est trop dangereux. Si tu touches un seul cheveu de sa tête, ça ne fera que mettre de l'huile sur le feu. Et si tu rentrais chez toi pour essayer de dormir un peu ? Je t'appelle dès que j'ai réglé le problème. Je vais tout arranger, je te le promets.

— C'est ça ! Comme quand tu lui as piqué tous ses clients ? D'après toi, pourquoi elle m'a fait ça ?

— Il ne s'agit pas d'une vengeance ! intervint Gail.

Mais les deux hommes ne l'écoutaient pas.

— Cette petite pimbêche était trop imbue d'elle-même ! répliqua Ian. Je lui ai donné une leçon bien méritée, voilà tout.

Imbue d'elle-même ? Etait-ce là l'impression qu'elle donnait ? Pourtant, ce n'était pas sa conduite à elle qui était en cause, du temps où elle représentait encore Simon ! Mais, déjà, ce dernier levait les mains en signe d'impuissance et répliquait :

— Et puis qu'est-ce que je fous là, de toute façon ? Ce qui est fait est fait. Vous pouvez bien aller au diable, tous les deux, je m'en fous !

Il se tourna vers Gail :

— Bonne chance pour ta boîte ! Et sache que je ne lèverai pas le petit doigt pour te venir en aide. Tu as intérêt à préparer ta défense parce que je vais te coller un procès pour diffamation ! Quant à toi…

Il pointa Ian du doigt.

— … tu es viré !

Et sur ce, il sortit de l'agence, non sans faire claquer toutes les portes sur son passage.

Dans le sillage de Simon, Gail vit ses employés s'approcher avec prudence de la baie vitrée intérieure. Bouche bée, ils la contemplaient.

Elle les ignora. Ian était encore dans son bureau. Le

souffle court, il la dévisageait comme si c'était lui que l'envie démangeait de lui tordre le cou au nom de Simon.

— Je vous remercie, vraiment ! lâcha-t-il d'un ton cassant.

Gail déglutit avec peine.

— Vous l'avez bien cherché, Ian. Si votre objectif était de couler mon agence, ainsi que l'a affirmé Simon, vous ne méritez pas de travailler pour lui. Ni pour personne d'autre à Hollywood.

— Parce que vous, vous méritez de faire ce métier, peut-être, après la bombe que vous avez balancée à la presse ? Alors que vous accusez un innocent de vous avoir violée !

— Ce n'est pas moi qui ai fait courir cette rumeur !

— Alors d'où vient-elle ?

La loyauté de Gail envers Josh l'empêchait de révéler son implication dans l'affaire. De toute façon, dans la mesure où il travaillait pour elle, elle était responsable de ses erreurs. D'un côté, elle réprouvait la manœuvre de son assistant et d'un autre, elle comprenait le sentiment de frustration qui en était à l'origine. Prise entre le marteau et l'enclume, elle éluda la question.

— De toute façon, le mal est fait. Ce qu'il nous faut à présent, c'est décider d'une stratégie.

Ian allait et venait entre son fauteuil et le meuble informatique.

— Et vous suggérez quoi, au juste ?

Son ton ouvertement railleur suggérait qu'il n'existait pas de solution. Pourtant, il devait bien y en avoir une !

Gail pressa ses doigts contre ses tempes.

— En premier lieu, nous devons nous calmer afin de réfléchir de façon efficace.

Ses employés, à l'exception d'Ashley chargée de prendre les appels téléphoniques, continuaient de les fixer d'un regard stupéfait, tentant de comprendre ce qui se passait. Gail les congédia d'un geste agacé de la main.

— C'est plus facile à dire qu'à faire ! Je vous rappelle que nous risquons tous les trois de voir notre carrière s'arrêter brutalement, maugréa Ian en fronçant les sourcils tandis que leur auditoire se dispersait à contrecœur.

— Cet article n'est que le point d'orgue d'une série d'incidents déplorables, répliqua Gail. Le véritable problème est bien plus ancien. Voilà des mois que Simon dégringole : il boit trop, se bagarre, se montre agressif, plaque des rôles au tout dernier moment et se fait poursuivre pour rupture de contrat. Ses ennuis ne datent pas d'aujourd'hui.

— Ça n'excuse pas ce que vous avez fait. Chelsea Seagate et moi avons tenté de redresser la barre, mais vous venez d'aggraver considérablement le cas de Simon !

Gail s'interrogeait sur ce que Chelsea penserait de tout cela, sur la manière dont elle s'efforcerait de limiter les dégâts, et éprouva un véritable élan de reconnaissance envers sa rivale pour l'aide qu'elle pourrait lui apporter.

— Je suis d'accord avec vous, Ian. Simplement, je dis que la situation n'est pas *nouvelle*. Simon a besoin de se forger une autre image. Nous devons le mettre hors circuit le temps qu'il décompresse et soit en mesure de se ressaisir.

Ian passa la main dans sa tignasse ébouriffée.

— Mais comment faire ? Son nouveau film va sortir. Son contrat l'oblige à en assurer la promo, ce qui va l'amener à participer aux principaux talk-shows.

Et Simon arriverait sans doute alcoolisé sur les plateaux de télé, songea Gail — il ne supportait plus de s'y rendre à jeun. Elle n'avait jamais vu personne dans un tel état d'épuisement physique et moral.

— Et s'il avait une bonne raison pour lever le pied ? Et si nous présentions les choses au producteur de son dernier film de manière assez sensationnelle pour nous passer du baratin habituel ?

— Je ne vous suis pas…

— Voilà six mois que Simon a divorcé.

— Oui, et il ne s'en est toujours pas remis.

Gail lui lança un regard noir.

— Nous cherchons des solutions. Simon est de nouveau célibataire. C'est ça, le côté positif de la chose.

Ian se posta à la fenêtre et souleva le store pour regarder au-dehors.

— Qu'est-ce que vous racontez ?

— Ce qu'il faudrait faire, c'est…

Son esprit peinait à formuler l'idée qui venait de la traverser.

— … lui trouver une gentille fille à épouser.

Le store retomba dans un claquement sec et Ian fit volte-face.

— A épouser ? Après ce que lui a fait Bella la Garce, ça m'étonnerait que Simon se remarie un jour !

— Mais réfléchissez à l'impact qu'aurait sur lui une nouvelle histoire d'amour, en termes d'image ! Cela ferait diversion et contrerait toute cette mauvaise publicité. A condition bien sûr de trouver la personne adéquate…

Ian tournait en rond comme un lion en cage, examinant les récompenses remportées par Gail, faisant passer nerveusement son presse-papiers d'une main à l'autre.

— Et qui serait cette personne ?

— Quelqu'un d'assez souple pour adoucir le côté mal dégrossi de Simon. Une femme dotée d'un caractère en or, à la réputation irréprochable, afin qu'aucune révélation scandaleuse ne vienne tout gâcher, tôt ou tard.

Ian soupira.

— Trop risqué… Même la meilleure candidate pourrait se révéler imprévisible.

— Pas nécessairement. Traitons la chose de façon professionnelle. Nous ferons signer à cette femme un arrangement prénuptial ainsi qu'un contrat stipulant dans les moindres détails ce qu'elle peut ou ne peut pas faire. Si elle remplit ses obligations avec soin, elle sera généreusement rétribuée. Mais elle ne touchera cet argent qu'à condition de respecter les conditions du contrat. Nous veillerons à ce qu'elle ne tienne aucun propos désobligeant sur son mari et à ce qu'elle soit en adoration devant lui — en public, du moins. Simon aura le contrôle total de la situation.

Ian demeurait sceptique.

— Le contrôle total, ça n'existe pas. Comment pouvez-vous être sûre que cette femme jouera correctement son rôle ? Ou qu'elle ne nous apportera pas de plus gros ennuis ? Simon n'est pas un inconnu. N'importe quelle fille un peu futée verrait dans cette histoire l'occasion de s'en mettre plein les poches !

Gail grimaça.

— On peut dire que vous avez foi en la gent féminine, vous…

Il répondit à son sarcasme par un haussement d'épaules.

— Et que se passera-t-il si d'aventure la fille se lasse de jouer la comédie et vend son histoire aux tabloïds ? Si elle révèle qu'elle n'est là que pour la galerie ? Si elle tente de faire chanter Simon ou de le mettre sur la paille ?

— Nous aurions alors un motif de rompre son contrat.

— Et après ? rétorqua Ian, exaspéré. Des ruptures de contrat, il y en a tous les jours ! Et une fois que la vérité sera connue…

— Oui, concéda Gail, il faudrait que Simon épouse une femme en qui nous puissions avoir toute confiance, une femme qui n'ait ni rêve de gloire ni ambition hollywoodienne…

— Une femme qui apparaîtrait aux yeux de tous comme une épouse consciencieuse et dévouée, ajouta Ian.

Il commençait à entrevoir l'intérêt d'un tel scénario, ce qui fit naître un espoir dans le cœur de Gail. La solution qu'elle imaginait avait de bonnes chances de réussir, même pour quelqu'un qui partait d'aussi loin que Simon.

— Les gens n'y verront que du feu, insista-t-elle. Tout

le monde aime les belles histoires d'amour — surtout quand c'est la Belle qui dompte la Bête.

Ian hésita. Il était tenté. Mais il finit par secouer la tête.

— Non. Qu'est-ce qui nous prend d'imaginer un truc pareil ? C'est du délire. Et quand bien même nous trouverions la femme idéale, jamais Simon n'accepterait de se prêter à ce jeu-là. Pour lui, le mariage, c'est fini. Son ex lui a passé le cœur à la moulinette.

Gail mit les poings sur les hanches.

— Parce qu'il ne lui a pas rendu la pareille, peut-être ?

— C'est possible. Mais Simon, lui, ne s'est jamais servi de leur fils comme d'une arme, contrairement à Bella. Voilà des semaines qu'elle l'empêche de voir Ty. Et encore, vous ne savez pas tout, parce que Simon refuse de donner le mauvais rôle à sa femme. Il préfère assumer l'entière responsabilité de l'échec de leur couple alors que de son côté, Bella est loin d'être une sainte, croyez-moi !

— Tiens ! Je suis ravie d'apprendre que vous condamnez les agissements de Bella, alors que couler l'entreprise de quelqu'un ne semble pas vous poser de cas de conscience. Au moins n'êtes-vous pas totalement dénué de sens moral.

Ian la gratifia d'une grimace.

— Ce qui vous est arrivé, vous l'avez bien cherché ! Vous avez laissé tomber Simon, puis vous avez aggravé son cas en parlant trop.

— Je vous rappelle que c'est lui qui est arrivé ivre au domicile de son ex-femme et qui a essayé d'y entrer par effraction !

— Parce qu'il voulait voir son fils !

— Oui, et il a obtenu le résultat inverse ! rétorqua-t-elle. Maintenant, le juge a prononcé une interdiction d'approcher à son encontre.

— Les agissements de Bella nuisent autant à Simon qu'à leur fils. Ty doit se demander où est passé son papa et Simon en est malade. Quoi qu'il en soit, ce n'est pas Bella qui paiera mes honoraires, aussi je laisse à quelqu'un d'autre le soin de se préoccuper de son sort, conclut amèrement Ian.

— Pour l'heure, plus personne ne vous verse d'honoraires, lui rappela Gail. Si vous tenez à récupérer Simon, vous allez devoir lui faire une proposition, lui présenter un plan pour le tirer du pétrin dans lequel il s'est fourré.

— Parce que pour vous, la panacée, ce serait un mariage bidon ?

Une lueur de suspicion s'alluma dans le regard de Ian.

— A moins que toute cette histoire ne soit qu'un coup monté contre moi dans le seul but de me voir échouer ?

Gail écarta les bras. A ce stade de l'affaire, son souhait le plus cher était que tous les protagonistes tirent leur épingle du jeu, y compris Ian.

— Non, Ian, il ne s'agit pas d'un coup monté de ma part. Et pour vous le prouver, c'est moi qui m'occuperai de toute la partie communication, à titre gratuit.

— C'est-à-dire…

— Je mettrai l'info entre les mains des bonnes personnes, je ferai passer le nouveau coup de cœur de Simon pour l'un des secrets les mieux gardés de la ville. Tout le monde mourra d'envie d'apprendre le nom de l'heureuse élue. Entre-temps, vous aurez eu tout loisir de dénicher la meilleure candidate. Puis je vendrai l'exclusivité de l'histoire au magazine *People* et s'il le souhaite, Simon pourra se servir de cet argent pour rémunérer la fille.

Satisfaite d'avoir trouvé l'arrangement idéal, elle leva les mains vers le ciel.

— Sinon, Chelsea peut toujours reprendre mon idée à son compte et la mettre en œuvre à ma place.

Ian secoua la tête.

— Impossible. Pourquoi l'agence Pierce Mattie accepterait-elle de s'impliquer dans cette affaire, de mettre sa réputation en jeu ?

— Par appât du gain ? Ou par goût du défi…

— Jamais de la vie ! Ils ne marcheront jamais dans une combine pareille.

Il fit craquer les jointures de ses doigts.

— Dans ce cas, dit Gail, c'est moi qui m'en chargerai, comme je viens de vous le dire.

— Je préfère. Mais comment suis-je censé dénicher une femme irréprochable dans les cercles que Simon s'est mis à fréquenter ces derniers temps ? Son divorce l'a tellement échaudé qu'il refuse désormais d'accorder sa confiance à une femme. Il a renoncé à toutes, à l'exception des plus faciles et des plus désabusées. Dans son entourage, vous êtes la seule qu'il…

Ian redressa la tête.

— Mais oui, c'est ça, la solution !

Gail n'était pas sûre de suivre son raisonnement, mais elle avança d'un pas vers lui.

— Quelle solution ?

— C'est *vous* que Simon va épouser ! De cette manière, même Chelsea n'aura pas à en être informée. Ça restera entre nous. Entre nous trois.

— Vous ne parlez pas sérieusement…

— Au contraire, Gail, je suis très sérieux ! Il faut que ce soit quelqu'un de son entourage, sinon les gens auront vite fait de flairer l'arnaque. En plus, vous avez une dette envers nous, et puis cet argent vous sera bien plus utile qu'à Chelsea Seagate… Elle a récupéré tous vos anciens clients, je vous le rappelle, ajouta-t-il avec un sourire perfide.

— Comment pourrais-je l'oublier ? Mais je ne suis pas de taille à jouer ce rôle, voyons !

— Bien sûr que si ! Vous êtes parfaite. Personne ne prêtera bientôt plus attention à cette prétendue histoire de viol : si vous épousez Simon, tout le monde comprendra qu'il s'agissait forcément d'un mensonge. Ça va marcher comme sur des roulettes !

De nouveau, Gail sentit la faiblesse la gagner. Etait-ce elle qui avait eu cette idée folle ?

— Mais enfin, Simon et moi sommes totalement incompatibles ! Quand on nous verra ensemble, nous nous trahirons tout de suite, rien qu'à notre façon de nous comporter l'un envers l'autre.

— Simon est acteur, et un bon acteur, en plus. Il est même capable de faire semblant d'être amoureux de vous. De votre côté, vous êtes attachée de presse, conseillère en communication, ce qui exige de savoir composer avec la vérité.

Gail réfléchit longuement, puis lâcha :

— Attendez un peu…

— Que j'attende quoi ?

Que la pièce arrête de tourner…

— Et mon agence ? On a besoin de moi, ici !

— Vous m'avez dit que vous n'aviez plus de clients.

— C'est vrai, mais je… J'espérais que…

— Nous mettrons votre personnel en congé jusqu'à ce que tout soit arrangé pour votre retour.

— Ça ne marchera jamais ! Mes employés ne peuvent pas s'en sortir sans salaire, même pour deux semaines.

— Alors ils pourront continuer à venir travailler ici. Simon les paiera à votre place.

Décidément, Ian contrait tous ses arguments…

— Et le loyer, qui le réglera le temps que je puisse revenir ?

— Simon se chargera de cela aussi.

Sentant ses genoux se dérober sous elle, Gail se laissa choir dans un fauteuil. Force lui était d'admettre qu'elle aussi avait fantasmé sur Simon. Du reste, quelle Américaine n'avait jamais rêvé de sentir ses lèvres sur les siennes ? Elle était même allée un peu plus loin… Mais il ne s'agissait que de vaines rêveries concernant des héros de cinéma, qui n'avaient rien à voir avec leur interprète en chair et en os — un homme loin d'être parfait. Du moins, c'était ce qu'elle se disait…

— Je ne sais pas si j'en serai capable.

Fourrant les mains dans ses poches, Ian s'approcha d'elle.

— Pourquoi pas ? Qui mieux qu'une pro des relations publiques pourrait veiller sur Simon jour et nuit ? Si ça ne le calme pas un peu, c'est à désespérer de son cas ! En plus, vous saurez exactement quoi déclarer lorsqu'on vous collera un micro sous le nez.

Gail s'accrocha à l'ultime argument qui lui venait à l'esprit.

— Comment pouvez-vous me promettre que Simon prendra en charge mes employés, mon loyer et tout le reste ? Aux dernières nouvelles, vous étiez viré !

Ian lui fit un clin d'œil.

— Simon a besoin de nous, Gail. Il verra où se trouve son intérêt dès que j'aurai pu lui parler.

Peut-être Simon refuserait-il. Car l'idée n'allait pas lui plaire, aucun doute là-dessus.

Mais s'il estimait que ce mariage pouvait l'aider à revoir son fils, il n'hésiterait pas une seconde.

5

— Sérieusement ? J'en suis réduit à ça ? A contracter un mariage bidon ?

Simon mit en pause le match de foot qu'il avait enregistré. Ian espérait conserver son job, aussi pouvait-on comprendre qu'il soit venu lui soumettre cette idée complètement dingue, censée lui sauver la mise. Sauf que Simon n'était pas certain de vouloir le reprendre comme agent : cette affaire avait révélé certains aspects du caractère de Ian qu'il trouvait assez dérangeants.

En même temps, il n'était sans doute pas le mieux placé pour lui jeter la pierre.

Ce dernier était perché au bord de son siège. Douché de frais, prêt à attaquer la journée ; ses lunettes de soleil se balançaient au bout de ses doigts. Il semblait frais et dispos, plein d'énergie, ce qui comptait plus que tous les discours qu'il avait pu faire jusque-là. Son attitude le rendait *presque* convaincant. Or Simon avait justement besoin de quelqu'un qui soit prêt à affronter les problèmes. Pour sa part, il avait l'impression d'être passé sous un camion.

— Pas bidon, rectifia Ian. Il s'agirait d'un *authentique* mariage.

— C'est encore pire ! Il faudrait que je joue la comédie tout le temps.

Simon redressa son fauteuil inclinable. Il passait beaucoup de temps dans cette pièce. Comme elle était dépourvue de fenêtres, il pouvait y demeurer dans l'obscurité la plus totale si cela lui chantait, et c'était ce qu'il lui fallait lorsqu'il avait mal à la tête. Et puis, elle était confortable. Après son esclandre de ce matin dans le bureau de Gail, il y était venu pour se calmer, et soigner sa gueule de bois.

Mais il ne parvenait pas plus à se calmer qu'à se remettre. Chaque fois qu'il repensait à Gail et à cette accusation de viol, l'envie le démangeait de balancer son poing dans le mur. Et même si la bière l'aidait parfois à récupérer des excès de la veille, aujourd'hui le remède ne semblait guère opérer. La douleur lui vrillait les tempes comme si sa tête allait exploser.

Ce qu'il lui fallait, c'était dormir. Cela faisait des nuits qu'il n'avait pas fermé l'œil. Mais rien ne lui apportait le sommeil, à part les comprimés.

— Et c'est pour ça que tu es passé me voir ? demanda-t-il à Ian. C'est avec ce plan stupide que tu comptes me prouver tes compétences ?

Etonnamment, Ian n'eut pas l'air de s'avouer vaincu.

— Oui. Et ce n'est pas stupide, c'est génial.

— C'est de la folie !

Simon tressaillit. Il n'aurait pas dû élever la voix… Dans son état, c'était une erreur.

— Il doit bien y avoir un autre moyen de me tirer de ce guêpier, ajouta-t-il plus bas. J'ai de l'argent à ne plus savoir qu'en faire : employons-le à bon escient.

Ian secoua la tête.

— Cette fois, l'argent ne suffira pas, Simon. Ce qu'il te faut, c'est une solution plus radicale.

Simon laissa échapper un petit rire sans joie.

— Pour le coup, c'est radical ! Non, mais tu t'entends ? Tu es en train de suggérer que je paie Gail DeMarco, une femme qui soit dit en passant ne m'est même pas sympathique, pour qu'elle m'épouse !

— C'est une pro de la com', la meilleure dans son

domaine. On ne peut pas s'attendre qu'elle renonce sans contrepartie à deux ans de sa vie.

— Deux ans ?

L'amertume de sa bière lui donnait la nausée. Il aurait dû manger quelque chose…

— Tu dois montrer que tu as trouvé une stabilité, reprit Ian. Il faut donc donner à Gail le temps de bâtir une illusion de bonheur tranquille, d'équilibre durable.

Simon ne répondit pas, trop occupé à lutter contre l'envie de vomir. Il n'avait pas forcément envie de l'admettre devant Ian, mais une chose était sûre : il ne pouvait pas continuer à vivre ainsi. Il l'avait compris depuis quelque temps déjà.

— Réfléchis-y, Simon. Tu n'auras pas grand-chose à faire avec elle. Il s'agit avant tout de donner le change : tu te maries, tu fais profil bas et dès que tu as récupéré Ty, vous vous séparez à l'amiable. Il s'agit d'une opération de com', pas d'un mariage au sens classique du terme. Tu prends toute cette histoire bien trop au sérieux !

— Facile à dire, tu n'as qu'à l'épouser, toi !

— Je le ferais si ça pouvait t'être d'une quelconque utilité.

Simon tenta de s'imaginer marié à Gail. En vain. Ils avaient travaillé ensemble, n'empiétant que rarement sur leurs vies privées respectives. Et ce qu'il avait appris d'elle sous un angle plus personnel ne lui avait pas fait bonne impression. C'était le genre de femme irréprochable, ultra BCBG. Serait-il capable d'endurer ça au quotidien ?

— Qui a parlé de deux ans ?

— Elle. Mais ça pourrait être moins long.

Il l'espérait bien ! Pour l'heure, Bella détenait la garde exclusive de leur fils et elle avait réussi à le priver de son droit de visite grâce à l'appui d'un juge revanchard qui s'en était donné à cœur joie en dénonçant la « corruption morale » de Simon. Pourtant, c'était Bella qui abandonnait Ty à tout un défilé de nounous pendant qu'elle-même subissait des opérations de chirurgie esthétique censées gommer des imperfections imaginaires, s'embarquait pour de luxueux voyages en compagnie de quasi-inconnus et ne manquait pas une occasion de s'exhiber, histoire d'intégrer la faune « branchée » de Hollywood, comme si elle aussi recherchait la célébrité. Après le décès de sa mère, Simon avait été élevé par des nounous. Il ne voulait pas de cette vie-là pour son fils.

— Médiatiquement, c'est plus fort qu'une cure de désintox, insista Ian. Et puis de toute façon, au point où on en est, il faut faire quelque chose.

Simon se prit la tête dans les mains. Un mariage ferait plus pour son image publique qu'un séjour en clinique, c'était certain. Mais cela ne marcherait que s'il parvenait à maîtriser sa consommation d'alcool.

Il fit longuement tournoyer sa bière dans son verre.

— Et combien elle demande ?

— La somme que rapportera la vente des photos du mariage. C'est même elle qui s'occupera de les vendre et de négocier leurs conditions de diffusion.

— va vouloir les publier… Ils seront prêts à allonger deux millions, minimum.

— Ça fait beaucoup, je te l'accorde, mais comme tu ne pourrais de toute façon pas toucher cet argent sans elle, on peut considérer qu'il lui revient à titre de dédommagement pour sa propre prestation, non ?

Simon se moquait de l'argent. Il ferma les yeux.

— Apparemment, vous avez pensé à tout.

Ian sourit.

— Ça va marcher, Simon. Si tu acceptes de lui confier les rênes de ta vie pendant quelque temps, tu récupéreras Ty. J'en suis convaincu. Tu veux bien la voir pour en parler ?

— Pas aujourd'hui.

Il n'était pas sûr de pouvoir se maîtriser s'il la voyait : chaque fois qu'il repensait à cette histoire d'agression sexuelle, il avait envie de tout casser.

— Demain, alors ?

Après tout, qu'avait-il à y perdre ?

— O.K.

Ian fit claquer ses mains sur ses genoux et se leva.

— Génial ! Donc… on est bien d'accord ? On reprend notre collaboration ?

Simon détestait capituler mais, dans sa situation, il n'avait guère les moyens de faire autrement.

— Oui… je suppose. Pour l'instant, ajouta-t-il à contrecœur.

— Tu verras, tu ne le regretteras pas. Je te le promets. Mais…

Ian hésita.

— Mais quoi ?

— Ce soir, pas d'alcool, O.K. ? Je ne veux pas que Gail te voie dans cet état.

Simon le dévisagea avec un sourire cynique.

— Tu crois qu'elle renoncerait à ses deux millions de dollars ?

— J'en suis certain. Elle joue sa réputation sur ce coup et elle ne s'engagera que si elle croit en nos chances de réussite.

Ian avait sans doute raison. C'était en partie pour cela que Simon s'était toujours senti mal à l'aise et sur la défensive face à Gail. Elle n'était pas intéressée par son argent. Ni par sa célébrité. Et lui, eh bien, disons qu'il n'était pas franchement doué dans les domaines qui semblaient compter pour elle.

C'était un beau samedi après-midi, à Beverly Hills. Le pâle soleil d'octobre entrait dans le séjour de la splendide demeure de Simon par une rangée de grandes baies vitrées, mais Gail en avait à peine conscience. Ils venaient de rentrer du jardin où Ian les avaient photographiés, Simon et elle, tendrement enlacés, leurs bouches à quelques millimètres l'une de l'autre, comme s'ils venaient de s'embrasser ou s'apprêtaient à le faire. Leur intention était de lancer le plan de communication en faisant parvenir ces clichés suggestifs à la presse. Tout était calculé et organisé avec minutie. Ces poses devant l'objectif n'avaient aucune signification réelle, et pourtant… Se tenir si près de Simon avait laissé Gail quelque peu troublée.

— Et pour le sexe ? demanda-t-il soudain, prenant place sur le canapé tandis qu'elle-même se poussait vers Ian, occupé à télécharger les photos sur son ordinateur portable.

— Que veux-tu dire par là ? demanda-t-elle pour gagner du temps.

Simon se servit un verre d'eau gazeuse.

— Tu m'as dit que je ne pouvais plus boire une seule goutte d'alcool. Tu as négocié ta rémunération. Et tu vas faire parvenir des infos et des clichés à la presse.

Il désigna son agent.

— Des clichés que Ian va te transférer par e-mail d'une minute à l'autre. Tu ne penses pas qu'il serait temps d'aborder la façon dont nous allons gérer notre mariage *côté privé* ? J'imagine que je ne peux pas te tromper avec d'autres femmes…

— Bien sûr que non ! s'écria-t-elle. Une infidélité de ta part mettrait en péril notre plan tout entier !

— Alors, qu'est-ce que je suis censé faire ? S'il ne s'agissait que de deux mois… Mais là, nous parlons de deux *ans* !

Gail tripotait nerveusement l'un des boutons de sa veste de tailleur.

— En effet, je comprends que cela puisse te sembler long.

— Long ? Une éternité ! Tu ne suggères quand même pas que je fasse vœu de chasteté, non ?

Gail se tourna vers Ian, espérant que ce dernier lui

apporterait son soutien. Mais il se borna à lever les yeux et à hausser les sourcils, pour lui faire comprendre qu'il lui fallait se débrouiller seule.

— Merci pour votre aide, dit-elle en soupirant.

Pour la première fois de l'après-midi, il lui sourit.

— C'est assez drôle de vous regarder patauger. Je n'avais encore jamais vu de femme rougir à ce point passé l'adolescence.

Gail fit la moue.

— Avec le teint que j'ai, il ne m'en faut pas beaucoup.

Ce qui lui paraissait d'ailleurs plutôt injuste, Ian et Simon arborant tous deux un bronzage parfait en dépit du fait que l'été s'était achevé deux mois auparavant.

Le sourire de Ian s'accentua.

— Vous savez que je commence à vous trouver sympathique ? Vous n'êtes pas si mal, pour quelqu'un d'aussi coincé et autoritaire.

Bonté divine ! A l'entendre, elle était le portrait craché de son propre père… Pourtant, ce n'était pas la première fois qu'on lui faisait ce genre de commentaires, et elle était bien la fille de son père. Elle avait même hérité de lui ses taches de rousseur et ses cheveux blond vénitien, deux particularités physiques qu'elle haïssait autant que sa dureté de caractère.

— Je me moque pas mal que vous m'aimiez ou non, rétorqua-t-elle.

Mais c'était un mensonge. Car même si elle était autoritaire au travail, elle cherchait aussi à plaire, ce qui signifiait qu'elle était prête à se tuer à la tâche pour satisfaire les attentes des autres, aussi irréalistes soient-elles.

Simon fit tinter les glaçons dans son verre.

— Alors, Gail ? Puis-je espérer une réponse dans un proche avenir ?

Elle releva le menton d'un air de défi.

— Oui, j'attends de toi que tu restes chaste pendant deux ans.

Il fronça légèrement les sourcils.

— En d'autres termes, tu ne seras ma femme qu'en ce qui concerne le nom et les finances.

— En gros, oui. Notre contrat de mariage me permettra de disposer d'une certaine somme d'argent — cela te fera passer pour un mari aimant et généreux —, mais je n'aurai pas accès à tous tes millions. De ton côté, tu achèteras nos alliances et tu m'offriras une garde-robe.

Elle avait l'impression que Simon la fixait tel un oiseau de proie.

— C'est tout ce que tu exigeras de moi pour les deux années à venir ?

— Ça, et une certaine intimité. Je propose donc qu'à huis-clos nous menions chacun notre vie de notre côté, tu es d'accord ?

— En gros… oui.

Gail aurait cru que Simon exigerait à toute force qu'elle prenne ses distances chaque fois que cela serait possible. Jusqu'ici, il ne s'était jamais intéressé à elle d'un point de vue personnel. L'an passé, il n'avait pas écouté un mot de ce qu'elle lui avait dit, en dépit de la somme rondelette qu'il lui avançait chaque mois en échange de ses conseils et de ses instructions. S'il l'écoutait aujourd'hui, c'était uniquement parce qu'il avait touché le fond.

— Chacun de nous aura besoin de temps et de liberté, poursuivit-elle. Vu le nombre de résidences que tu possèdes, nous ne devrions pas avoir de mal à jouir chacun d'un espace réservé.

Il y avait de la place pour deux dans sa propriété de deux mille trois cents mètres carrés au Belize, par exemple. Assez pour qu'elle puisse diriger son agence à distance. Quant à Simon, il pourrait… lire des scénarios ou continuer à faire ce qu'il faisait quand il n'était pas en période de tournage.

— Le mieux serait que nous changions de lieu fréquemment. Et que nous allions souvent à l'étranger.

L'éloignement nous aidera à garder une longueur d'avance sur les paparazzis, à contrôler les infos que nous souhaitons communiquer.

Simon plissa les lèvres.

— Et le sexe, ça ne te manquera pas ?

Gail eut un geste désinvolte.

— Si, bien sûr, mais… ma vie ne se résume tout de même pas à ça. Je suis tout à fait capable de patienter jusqu'au terme de notre mariage.

— Et si cela me pose un problème, à moi ?

Gail s'enfonça les ongles dans les paumes.

— Ma foi, je crains que tu… que tu n'aies pas le choix. C'est le seul moyen pour que ça marche.

— Tu pourrais changer d'avis, non ?

Elle se crispa encore un peu plus.

— Je regrette, mais il n'y a aucune chance pour que cela se produise.

Le genou de Simon se mit à tressauter, signe manifeste d'agitation. Elle l'avait vu réagir ainsi lorsqu'il était nerveux ou qu'il perdait patience — ou chaque fois qu'il devait rester assis sans bouger pendant un moment.

— Et si je te laisse la bague ? Un gros diamant. Celui de ton choix.

Comme d'habitude, il croyait pouvoir acheter tout ce qu'il voulait ! Mais il devait se faire à l'idée qu'il n'en allait pas de même avec ce sujet-là.

— Mon corps n'est pas à vendre.

Il leva les yeux au ciel.

— Oh ! laisse tomber les grandes leçons de morale, pour une fois ! Nous serons mari et femme, Gail. Ce n'est pas comme si tu faisais le trottoir. Et puisque tu refuses que j'aille voir ailleurs, j'ai besoin de savoir que nous aurons une espèce de… d'arrangement, au cas où je serais vraiment en manque.

— En manque ?

Visiblement d'une humeur de chien, il ne prit pas la

peine de lui présenter ses excuses pour sa grossièreté. De toute façon, songea Gail, ces derniers temps il ne décolérait pas. L'essentiel, pour le moment, était d'obtenir son engagement quant à la question de la chasteté absolue — de la même façon qu'elle avait réussi à lui arracher la promesse de ne plus boire d'alcool.

— Je me rends bien compte que deux ans représentent un laps de temps considérable pour… pour un homme de ton âge et, hum… asservi à certains besoins.

Elle se força à sourire.

— Mais notre relation sera fictive : il est hors de question que nous couchions ensemble, quel que soit ton « manque ».

— Et pourquoi pas, bon sang ? demanda-t-il d'un ton abrupt.

— Parce que je ne suis pas un objet, Simon ! Et que nous n'éprouvons rien l'un pour l'autre !

En réalité, c'était plus compliqué. Pour commencer, Simon ne la trouverait certainement pas à la hauteur dans ce domaine, après toutes les femmes qu'il avait connues. Et de son côté, qu'aurait-elle à y gagner ? Rien. Coucher avec Simon ne la préparerait qu'à de futures déconvenues : elle ne pouvait s'attendre que leur relation dure, quand bien même elle l'aurait souhaité.

Mais par bonheur, elle pouvait s'en tenir à ses principes sans avoir à lui exposer les raisons moins avouables de son refus.

— Ecoute, Simon, tu as tort d'en faire toute une histoire. Il s'agit juste de jouer la comédie. Après tout, tu ne couches pas *réellement* avec les actrices à qui tu fais l'amour devant la caméra, n'est-ce pas ?

— Seulement avec quatre-vingts pour cent d'entre elles, répliqua-t-il.

Comme Ian se mettait à rire, Gail le fusilla du regard, ce qui ne fit qu'accroître encore son hilarité.

— Allons, nous savons tous que Simon a toutes les

femmes qu'il veut. A quoi bon prétendre le contraire ? De toute façon, vous ne pouvez pas vous attendre qu'il renonce à la belle vie…

— Vous étiez pourtant d'accord avec moi là-dessus ! s'écria-t-elle avec découragement.

Percevant sans doute avec quelle facilité leur marché pouvait encore tomber à l'eau, Ian redevint sérieux.

— J'étais d'accord sur le fait que Simon ne pouvait pas avoir de liaisons extraconjugales. En revanche, je n'ai *jamais* dit qu'il ne pourrait pas coucher avec sa propre femme.

Elle avait pourtant bien dit « pas de sexe », juste après « pas d'alcool », et Ian ne l'avait pas corrigée…

— Mais je ne serai pas *vraiment* sa femme !

— Vous serez mariés devant la loi.

Ayant fini de lui envoyer les photos par e-mail, Ian referma son ordinateur portable.

— Ce qui veut dire que Simon doit pouvoir coucher avec vous s'il en a envie. Et pour une fois, vous pourriez accepter de vous amuser.

S'amuser ? Cela n'avait jamais été la priorité de Gail. Peut-être parce que sa mère était partie de la maison lorsqu'elle avait huit ans, et qu'après ça elle avait eu trop de choses à prouver à son père et à son frère.

— Vous n'arriverez pas à me faire changer d'avis.

Ian laissa échapper un bruyant soupir.

— O.K., Simon s'exercera à plus de retenue. S'il renonce à boire et repousse les femmes qui lui font des avances, ce sera déjà un sacré entraînement, croyez-moi. Mais de votre côté, soyez réaliste : si vous lui défendez d'aller voir ailleurs, vous devez lui proposer une sorte de dédommagement.

— Même si je n'en ai aucune envie ?

Hélas ! sa repartie ne sembla pas avoir d'impact sur les deux hommes. On pouvait même dire que ses paroles avaient produit l'effet inverse… Certes, ils la respectaient pour ses compétences professionnelles, mais en dehors de cela ils n'éprouvaient guère de sympathie à son endroit. Entre Simon et elle, les désaccords avaient été trop nombreux, lui n'en faisant qu'à sa tête sans se soucier des conséquences, elle s'efforçant de préserver son image de star.

Simon se redressa.

— Tout ça, ce sont des conneries ! Tu vas porter mon nom, me prendre deux ans de ma vie et moi, je ne pourrai même pas coucher avec toi ?

Soudain, Gail se rendit compte que cette discussion était en fait sans rapport avec le sujet qui les occupait. Simon ne ressentait pas d'attirance particulière pour elle sur ce point, il s'était toujours montré très clair. Agacé de ne plus être en position de force, il cherchait en réalité à reprendre le contrôle de la situation d'une manière ou d'une autre. C'est pourquoi il exigeait d'elle une concession difficile.

— Coucher ensemble ne saurait *en aucun cas* faire partie du contrat, martela-t-elle.

La mâchoire crispée, Simon reposa son verre sur la table basse.

— Très bien. Je me débrouillerai donc pour passer un arrangement discret avec une tierce personne.

— Non ! Nous en avons déjà parlé.

— Personne n'en saura rien.

— N'est-ce pas avec ce genre de raisonnement que tu t'es mis dans ce pétrin ? Cela finirait par se savoir. Tes partenaires sexuelles sont bien trop pressées de se vanter de leur bonne fortune !

En outre, elle n'avait aucune envie de rester éveillée nuit après nuit à imaginer ce qu'il pouvait être en train de faire dans une autre chambre de la maison…

— Ne peux-tu considérer tout ceci comme un travail ? Comme quand tu te prépares pour un rôle ? Si tu parviens à rester concentré le temps nécessaire, tu obtiendras ce que tu veux. Ensuite, tu pourras avoir tout un harem pour toi tout seul, si c'est ce que tu souhaites.

Simon pivota vers Ian comme si elle n'était plus dans la pièce.

— Ça ne marchera jamais. J'ai déjà accepté de ne plus boire. Comme si ça ne suffisait pas, je vais devoir m'éloigner de mes amis, de crainte qu'ils ne percent à jour ce… ce simulacre de mariage ou qu'ils me détournent du droit chemin. Et pour couronner le tout, je serai enchaîné à une femme qui surveillera mes faits et gestes et qui, à la moindre occasion, ne se privera pas de me critiquer.

Gail intervint avant que Ian ait eu le temps de répliquer.

— Simon, arrête…

— Que j'arrête *quoi* ?

— Arrête de chercher une échappatoire. Si tu ne veux pas de ce plan, dis-le. Ne te sers pas de l'argument du sexe.

— Pourtant, tu sais très bien que ce sera déjà assez difficile pour moi de renoncer à boire.

— Tu m'as dit que tu en étais capable. J'ai même évoqué la possibilité d'une cure de désintoxication, mais tu m'as affirmé toi-même que tu ne souffrais pas de dépendance à l'alcool.

— Non, mais… un peu de soutien ne serait pas de trop, bon sang ! Une épaule sur laquelle m'épancher.

Gail croisa les bras sur sa poitrine.

— Je te prêterai la mienne, si besoin est, mais rien de plus. Et je ne critiquerai pas tes moindres actions. Si elles n'ont pas d'impact sur notre plan, je ne dirai pas un mot.

— Bah ! De toute façon, je lirai quand même la désapprobation sur ton visage, car figure-toi que celui-ci trahit tes moindres pensées. Sache que je n'ai pas l'intention de me priver de sexe pendant deux ans, en plus du reste. A mon avis, coucher avec une femme de temps en temps a de fortes chances d'être ma seule et unique source de satisfaction pendant ces deux années d'enfer. Pourquoi est-ce que j'y renoncerais ?

Gail redressa les épaules.

— Parce que tu as abandonné ton fils et que c'est le seul moyen de te racheter à ses yeux, voilà pourquoi !

Simon serra les poings comme s'il voulait la frapper, ou du moins frapper quelque chose. Même si elle n'était que verbale, l'attaque de Gail l'avait atteint en plein cœur. Mais c'était nécessaire. S'ils ne restaient pas tendus vers le but, s'ils perdaient de vue leur objectif, ils échoueraient avant même d'avoir mis en œuvre quoi que ce soit. Et elle aussi jouait gros.

— C'est si difficile que ça pour toi ? reprit-elle d'un ton plus calme. Tu m'as pourtant déjà clairement fait comprendre que je ne te plaisais pas.

Simon promena sur elle son regard, lui donnant envie de se couvrir alors qu'elle était habillée.

— Je me disais que ce serait mieux que rien. Mais je me suis peut-être trompé.

Elle se mordit la lèvre pour ne pas répliquer. Simon cherchait la bagarre. Pourquoi lui donner ce plaisir ?

— Pas de sexe entre nous, affirma-t-elle avec force. J'ai ton accord ?

— Je ne te toucherais pas même si tu étais nue devant moi et que tu me suppliais à genoux, maugréa-t-il.

Ouf ! Elle était arrivée à ses fins. Mais bizarrement, elle n'en éprouvait aucun réconfort. La capitulation de Simon, doublée du peu de cas qu'il faisait d'elle, la piquait trop au vif pour qu'elle puisse résister à l'envie de lui décocher une dernière flèche.

— Tant mieux, car j'ai moi-même certaines exigences en la matière, et les stars de cinéma débauchées figurent tout au bas de ma liste.

— C'est tout ce que tu as trouvé ? *Débauché ?*

Une expression peinée sur le visage, Simon se leva et se tourna vers Ian.

— Il y a encore des gens qui emploient ce terme dans la vraie vie ?

— Je l'ai déjà rencontré dans des livres…, répondit Ian d'un air sceptique.

Gail leva les yeux au ciel et quitta le canapé à son tour.

— Des livres… Je doute que vous en ayez jamais ouvert un seul ! « Débauché » signifie…

Simon la coupa :

— Tu n'es pas la seule à avoir un cerveau dans cette pièce, Gail. Je sais très bien ce que ça veut dire. Et comme repartie, c'est vraiment nul. Tu crois peut-être que c'est la première fois que j'entends ce mot ? Que tu es la seule à avoir une opinion sur la vie que je mène ?

Elle s'avança jusqu'à se trouver presque nez à nez avec lui. Du haut de son mètre quatre-vingt-trois, il la dominait de quelques centimètres, mais ses talons hauts l'aidaient à compenser la différence.

— Tu es bien loin de savoir ce que les gens pensent vraiment de toi, Simon, parce que la seule qui aie le cran de t'asséner tes quatre vérités, la seule qui n'attend rien de toi, c'est moi. Qui d'autre t'ordonnera de te ressaisir ? Les gens qui dépendent de toi pour manger ?

Elle désigna Ian.

— Lui ? M. Lèche-Bottes ?

Ian se plaqua une main sur la poitrine comme si elle venait de lui tirer dessus.

— Aïe ! Je retire ce que j'ai dit. Je ne vous trouve pas du tout sympathique, en fin de compte.

Simon ignora la remarque de son agent.

— Franchement, je n'ai pas besoin de toi pour me rappeler à quel point je suis un sale type, on n'arrête pas de me le répéter. Mon ex m'a balancé des trucs bien pires que tout ce que tu pourras jamais imaginer — et elle l'a aussi répété à la presse.

— Pour ma part, je suis franche, pas vindicative. Si je te dis quelque chose, c'est que c'est vrai. Et ce que je te dis maintenant c'est : Simon, tu dois te ressaisir.

Simon s'écarta et retourna s'asseoir sur le sofa.

— Arrête un peu avec tes conseils. Je te rappelle que toi aussi, tu attends quelque chose de moi, comme tout le monde. Tu veux sauver ta boîte et encaisser un gros chèque à la fin de toute cette mascarade.

Gail mit les mains sur ses hanches.

— Si tu préfères épouser quelqu'un d'autre, n'hésite pas. Et c'est toi qui as coulé ma boîte. C'est toi qui as une dette envers moi.

Simon soupira. Il semblait épuisé. S'était-il seulement couché, la nuit dernière ? On aurait dit qu'il n'avait pas fermé l'œil depuis des jours.

— Peut-être, admit-il d'un ton radouci, mais rien ne t'oblige à me compliquer ainsi la vie.

Gail avait l'impression que Simon ne se référait plus uniquement à la question du sexe, mais il était plus commode pour elle de feindre de n'avoir rien remarqué.

— Je te signale que moi aussi, je ferai abstinence.

— Sauf que ça n'a pas l'air de trop te déranger, ce qui entre parenthèses en dit long sur ta vie sentimentale.

Cette dernière pique frôlait la vérité d'un peu trop près… Même si elle avait voulu mettre un homme dans son lit, Gail n'aurait pas su où trouver un amant. Sa dernière histoire s'était achevée trois ans plus tôt ; depuis, il n'y avait eu personne dans sa vie. Mais pour rien au monde elle ne l'aurait admis devant Simon.

— Laissons ma vie sentimentale en dehors de cela, veux-tu ?

Ian s'avança vers elle.

— Ecoutez, Gail…

Il lui prit le coude pour l'obliger à lui faire face.

— Pour vous, ce sera très facile. Qu'y a-t-il de si terrible à passer deux ans à fréquenter les plus grands restaurants, à dévaliser les boutiques de luxe et à faire le tour du monde en avion ?

En dehors du fait que pendant ces deux ans elle devrait endurer l'opinion que Simon avait d'elle — une femme totalement dénuée de charme, pis même, détestable ? Son estime d'elle-même y survivrait-elle ?

Simon se releva d'un bond, l'air soudain résolu.

— O.K., on annule tout. Elle n'est pas à la hauteur de la tâche.

Gail en resta bouche bée un instant, avant de s'exclamer :

— Très bien, je m'en vais.

Et, empoignant son sac, elle se dirigea vers la porte.

6

— Attendez !

Ian l'attrapa par le bras.

— Ne partez pas. Simon est bouleversé, il n'a pas les idées claires.

Gail s'ordonna mentalement de s'en aller, comme elle en avait l'intention quelques instants auparavant, mais de toute évidence elle n'arrivait pas à persuader ses pieds de se mettre en mouvement. Elle refusait de laisser Simon gâcher cette chance de remettre de l'ordre dans sa vie de la même manière qu'il avait gâché toutes les autres occasions qui s'étaient présentées à lui depuis qu'il avait commencé à disjoncter, un an plus tôt. Il avait un tel potentiel ! Cela la rendait folle de le voir se détruire ainsi, surtout aux yeux du public. Indépendamment de l'opinion qu'elle avait de lui aujourd'hui, Simon était autrefois son acteur préféré. Et ses performances à l'écran continuaient de la fasciner.

— Tu ne comprends rien, n'est-ce pas ? lança-t-elle à Simon. Personne ne peut faire cela à ta place. Si tu veux reprendre ta vie en main, tu dois te battre.

— Qu'est-ce que tu crois que j'aie fait jusqu'ici ? marmonna-t-il.

Il s'était trompé de combat. Et s'il ne changeait pas très rapidement son fusil d'épaule, il allait découvrir que sa vie pouvait se détériorer encore plus.

— Je ne te parle pas d'évacuer ta rage tous azimuts.

Face au mutisme de Simon, l'inquiétude de Ian parut s'accroître.

— Ecoute, Simon, nous en avons déjà discuté, dit-il. Quand tu m'as repris à ton service, tu m'as affirmé que tu étais capable de le faire. Tu m'as promis que tu le ferais.

— Je sais.

Il avait parlé d'un ton impassible. Résigné.

— Alors… tu reviens sur ta promesse, ou quoi ?

Simon grommela quelque chose dont Gail ne put saisir le sens ; cela ressemblait à un juron. Mais il poursuivit :

— Je marche dans la combine à condition que Gail en soit aussi. J'irais jusqu'en enfer pour Ty. Je ferais n'importe quoi.

Pour autant, rien ne l'obligeait à se réjouir à la perspective de ce mariage… Du reste, il y consentait à contrecœur, ce qui rendrait la tâche de Gail encore plus malaisée.

— Simon, donne-moi une seule raison de croire que tu vas y arriver.

— Je suis tout à fait capable de réussir. D'ailleurs, j'en rajouterai tellement dans la guimauve que, à certains moments, même *toi* tu croiras au grand amour entre nous.

Epuisée par toutes ces discussions, Gail se laissa tomber sur un siège.

— Là-dessus, aucun risque.

Le fait qu'elle ait craqué, montré son épuisement et sa faiblesse, semblait surprendre Simon. Toute la tension accumulée déserta soudain son corps.

— Mais au fait, Gail, et toi ? Tu ne m'admires pas et tu n'as aucune expérience de la comédie. Tu te crois capable d'être convaincante dans ton rôle ?

Se sentant empruntée dans son tailleur strict depuis qu'il l'avait traitée de « ratée de la com' complètement refoulée », Gail déboutonna le haut de sa veste.

— Cela ne sera pas nécessaire. Personne ne s'intéressera à ce que je ressens. Tout le monde considérera mon amour pour Simon O'Neal comme allant de soi.

Une anonyme au physique moyen qui met le grappin sur une superstar de ciné… Quelle fille ne sauterait pas au plafond ?

Simon se redressa afin de la dévisager avec cette expression intense qu'elle lui avait vu si souvent afficher à l'écran. De toute évidence, ses dernières paroles lui avaient donné à réfléchir ou du moins le forçaient à réévaluer la situation. Après toutes leurs disputes au sujet des rôles qu'ils auraient à jouer, Gail ne voyait pas du tout de quoi il pouvait s'agir. Mais le vif intérêt qui avait chassé l'expression sombre et maussade de son visage donnait à ses traits une dimension si captivante qu'elle ne pouvait détourner son regard de lui. Enfin, il s'exprima.

— Même en faisant notre maximum, il nous faudra une certaine dose de chance pour que ça marche.

— C'est vrai, acquiesça-t-elle.

Simon fit la moue.

— Or, ces temps-ci, on ne peut pas dire que la chance me sourie beaucoup.

Gail ramena quelques mèches folles derrière ses oreilles.

— N'hésite pas à engager une véritable actrice, si tu penses que ça vaut mieux.

Elle espérait bien qu'il le ferait. A partir de là, il pourrait redevenir pour elle un simple client ; cela suffirait à remettre son agence à flot et la vie reprendrait son cours normal.

Ian intervint.

— Non, Simon. Pas question de se mettre en affaires avec une femme qui risquerait de vouloir se servir de toi pour accéder à la célébrité. Tu ne peux pas savoir ce que te réserverait ce genre de fille. Non, je propose qu'on en reste à ce qui a été arrêté. Avec Gail, au moins, on sait à qui on a affaire.

— Elle est inflexible.

Simon parlait d'elle à la troisième personne alors que son regard ne quittait pas le visage de Gail.

— Digne de confiance.

A son tour, Ian se tourna vers elle.

— C'est une qualité bien plus essentielle que la souplesse de caractère. Tu verras, ces deux années passeront plus vite que ce que tu t'imagines.

Gail se mordit la langue. Elle avait le sentiment que Simon testait ses réactions. Mais en dépit de ce qu'il venait de dire sur elle, persister dans la critique ne servirait à rien : il semblait déjà penser le pire de lui-même. Au moins fallait-il lui reconnaître cette qualité.

— Un dernier détail, dit-elle.

Après s'être étiré les jambes, Simon croisa les chevilles, encore une pose faussement détendue.

— Lequel ?

— Mon père.

Le front de Simon se plissa.

— Eh bien ?

Lorsqu'elle avait accepté de devenir l'« épouse » de Simon, Gail avait tout d'abord envisagé l'aventure du point de vue des bénéfices qu'en retirerait son agence. Dans sa détermination à réussir ce pari, elle n'avait pas songé à l'impact que ce mariage aurait sur ses relations extraprofessionnelles — sans doute parce que jusque-là Los Angeles et les activités qu'elle menait dans cette ville lui avaient toujours semblé à des années-lumière de Whiskey Creek. La bourgade comptait à peine deux mille habitants et c'était un microcosme en soi. La nouvelle de son mariage s'y propagerait comme une traînée de poudre, et il serait impossible d'éviter qu'elle n'arrive aux oreilles de sa famille et ses amis. Elle devait en tenir compte, préparer le terrain. Ce qui impliquait d'inclure ses proches dans l'aventure.

— Avant le mariage, il faudra nous rendre dans ma ville natale afin que je puisse te présenter à tout le monde.

Simon balaya aussitôt cette éventualité.

— Jamais de la vie ! Pas question que je me rende à Pétaouchnock pour être jugé par ta famille.

Gail songea que ses amis ne se montreraient guère plus cléments envers lui que son père et son frère, voire carrément plus sévères. Elle fréquentait la même bande depuis l'école primaire. Pas question pour autant de s'en ouvrir à lui.

— Si nous ne nous rallions pas leur soutien, mon père ou mon frère fonceront ici pour me persuader que je commets une erreur en épousant un homme affligé de… d'une réputation aussi ternie.

Ian prit la parole.

— Alors, allez voir votre mère ! Expliquez-lui que vous êtes amoureuse et arrangez-vous pour qu'elle intercède en votre faveur.

Gail se redressa sur son siège.

— Je n'ai plus de mère.

Simon ne la quittait pas des yeux.

— Comment ça ? Elle est morte ?

— Non, mais c'est tout comme.

Gail ne l'avait pas revue depuis plus de vingt ans.

— Nous n'entretenons pas de relations.

Ian se passa la main dans les cheveux.

— Ecoutez, nous avons déjà réglé tout le reste, ce point-là ne devrait pas être insurmontable. Dites à votre père que ses inquiétudes sont sans fondement. Et que même si votre mariage se révèle être la pire erreur de votre vie, il vous aura rapporté une somme confortable.

— L'arrangement prénuptial paraîtra dans la presse, dit-elle. Il faudra veiller à souligner que je n'en tire aucun avantage financier. Tout doit laisser penser que seul l'amour nous réunit.

— O.K., répliqua Ian. N'empêche que vous recevrez quand même de l'argent d'une autre source.

— Certes, mais je ne peux le confier à personne ; cela reviendrait à dévoiler notre petit secret.

Ce serait déjà bien assez dur pour son père de la voir épouser un homme qu'il considérait comme un individu dénué de tout sens moral. Savoir qu'elle se ferait payer en contrepartie ne ferait que rendre la situation plus pénible encore.

— De toute façon, mon père n'est pas intéressé par l'argent. Cela ne fait pas partie de ses valeurs.

— Et qu'est-ce qui compte pour lui, alors ?

La question émanait de Simon. Elle voyait bien qu'il attendait avec méfiance la réponse qu'elle allait lui donner. Et vu le caractère de son père, Gail savait qu'il n'avait pas tort.

— Sa fille.

Martin DeMarco s'attachait aussi au caractère des individus. Or, quelques jours auparavant, elle lui avait elle-même énuméré au téléphone les nombreux défauts de Simon. Rétrospectivement, elle se mordait les doigts d'avoir tenu de tels propos : son père verrait d'un très mauvais œil qu'elle épouse Simon O'Neal, autant que si elle épousait Charlie Sheen ou Tiger Woods.

— Tout cela pour dire qu'il faudra bien que nous allions le voir pour lui prouver que tu as changé.

— Laisse tomber, répliqua Simon. Je suis un bon acteur mais là, tout mon talent n'y suffirait pas ! Si c'était le cas, je n'aurais pas eu besoin de conclure cet accord. Si ton père est aussi à cheval sur les convenances, jamais il ne m'acceptera comme gendre, même si je me mets à plat ventre devant lui.

— Alors que suggères-tu ?

— Tu n'auras qu'à prendre tes distances avec lui pendant quelque temps.

La main de Gail se resserra sur son sac.

— Je ne peux pas perdre ma famille et mon groupe d'amis durant *deux ans* !

Simon posa son verre vide.

— C'est pourtant bien ce que tu exiges de moi, non ?

— Mais c'est ton image à toi qui a besoin d'être redorée ! Ce sont tes fréquentations qui la mettent en péril, pas les miennes !

— Je m'en moque. Tu peux bien faire toi aussi un petit sacrifice. J'ai suffisamment de chats à fouetter avec ma propre famille. Pourquoi est-ce que je devrais en plus fréquenter des gens convaincus que je suis le diable en personne ?

— Parce que c'est à toi d'assumer les conséquences de tes actes !

Au nom de quoi, s'insurgeait Gail intérieurement, devrait-elle consentir un sacrifice aussi important que celui de Simon ? Elle n'avait pas fichu sa vie en l'air, elle !

— Peut-être, mais pas sous le regard de ton père. Moi, tout ce que j'ai à faire, c'est de me tenir à carreau pendant les deux années à venir. Le reste, c'est ton affaire.

— Pourquoi nous rends-tu les choses aussi difficiles, Simon ?

— C'est toi qui as commencé.

— Renoncer au sexe ne peut pas se comparer au fait de renoncer à ma famille et à mes amis !

— Personnellement, je trouve que les deux se valent… Je fais certaines concessions de mon côté. Tu dois aussi en faire du tien. Où est l'injustice, là-dedans ?

Il cherchait à la punir, mais elle était bien décidée à ne pas se laisser faire.

— Tu la verrais si tu avais des parents qui t'aiment.

En voyant un muscle tressauter sur la joue de Simon, elle se rendit compte avec horreur de la portée de ses paroles. Comment avait-elle pu se laisser aller à une telle cruauté, même envers un homme qui la provoquait ? Tex, le père de Simon, star de cinéma à la vie dissolue, avait conçu son fils avec la sœur de sa femme. Pour des raisons évidentes, les rapports entre le père et le fils avaient toujours été tendus. L'épouse de Tex refusait que Simon s'approche d'elle. Quant à sa mère, reniée par le reste de la famille pour avoir couché avec le mari de sa sœur, elle était décédée d'un cancer du sein quand Simon avait dix ans. Après sa mort, il avait quitté la petite maison de son enfance pour aller vivre dans la propriété de son père où il avait été élevé par une succession de nounous, aucune d'elles ne s'étant montrée particulièrement fiable. Selon la rumeur, la préférée de Simon avait fini derrière les barreaux pour détournement de fonds.

Les joues brûlantes, Gail considérait Simon, interdite.

— Je te demande pardon.

Il la fusilla du regard.

— Pas question que je rencontre ta famille, asséna-t-il avant de quitter la pièce.

— Simon, ça va ?

A voir l'expression inquiète de Ian, Gail fut tentée de croire que, au-delà de ses honoraires, il se souciait réellement de son employeur. Mais Simon ne répondit pas.

Ian se tourna vers elle lorsqu'il eut compris que Simon ne reviendrait pas.

— Vous étiez obligée d'aller si loin ?

Gail se maudissait déjà suffisamment elle-même pour ne pas avoir besoin que Ian en rajoute. Toutefois, elle ne pouvait pas le lui reprocher.

— Mes mots ont dépassé ma pensée. Je… je suis à bout de nerfs. Je n'ai pas fermé l'œil de la nuit. Hormis cela, je n'ai aucune excuse.

— Enfin, quoi, vous bossez dans les relations publiques, non ?

— Je regrette sincèrement de ne pouvoir retirer ce que j'ai dit.

Jamais elle n'avait eu l'intention de faire du mal à Simon, d'ailleurs elle n'aurait pas cru détenir ce pouvoir. Il semblait si… si imperméable à toute émotion. Et dire qu'elle se targuait de faire preuve de tact et de diplomatie dans les situations épineuses ! Quelle mouche l'avait donc piquée ?

Elle alla s'asseoir sur le canapé et, penchant le verre de Simon, fit tomber dans sa bouche les glaçons qui restaient encore au fond. Un peu plus tôt, elle avait refusé le verre qu'il lui proposait, à tort. A présent, sa gorge était si sèche qu'elle devait se désaltérer. Et, bouleversée comme elle l'était, peu lui importait la manière…

— Soit dit en passant, Simon vit un enfer, lâcha Ian.

Gail reposa le verre, désormais vide, sur la table.

— Je sais, vous me l'avez déjà dit. Mais il n'est pas le seul. Cette histoire ne me plaît pas plus qu'à lui.

— Bien sûr, bien sûr…

Visiblement, il prenait sur lui pour se calmer.

— Cette situation vous met mal à l'aise et ça se comprend. Mais vous ne pourriez pas… Je ne sais pas, moi… coucher avec lui, de temps en temps ? Pour l'aider à rester dans le droit chemin ? Dans ces conditions, je suis prêt à parier qu'il accepterait de rencontrer votre père.

Gail se frappa le front.

— Dites-moi que vous plaisantez !

— Pas du tout ! Allons, quel mal y aurait-il à ça ? Vous seriez mari et femme. Même Mère Teresa n'y verrait pas d'objection !

Il parut encouragé par son silence.

— D'ailleurs, vous pourriez même y prendre du plaisir… Simon pourrait vous décoincer un peu. Vous apprendre certains trucs. Il aura besoin d'un exutoire, si on veut que ce mariage tienne la route.

— Il est hors de question que je devienne sa poupée gonflable !

Un objet dont il se débarrasserait après usage et qui ne signifierait jamais rien pour lui. Elle tenait à pouvoir se regarder dans une glace une fois toute cette histoire terminée.

— Oubliez ça. Je n'aurais jamais dû remettre le sujet sur le tapis.

Il haussa les épaules.

— Avec le temps, tout s'arrangera.

— De quoi parlez-vous ?

— Vous verrez. Vous finirez par en avoir envie autant que lui. Je veux dire par là que vous devez bien avoir quelques désirs physiques, vous aussi ! Vous avez quoi… la trentaine ? Et puis, vous n'êtes pas mal. Un peu pâlotte, peut-être, mais si vous acceptiez de laisser tomber les tailleurs stricts, de lâcher vos cheveux et de rigoler une fois de temps en temps, vous pourriez vous trouver un mec.

Gail leva une main.

— Je vous en prie, n'essayez surtout pas de me remonter le moral !

— Ce n'est que mon avis…

— Pourriez-vous vous taire une minute, s'il vous plaît ? J'ai besoin de réfléchir.

Ian enfonça ses mains dans ses poches tandis que de son côté, elle tentait de faire le tri dans ses pensées et ses émotions. Hélas ! le silence ne lui apporta pas la lucidité escomptée. Elle en revenait toujours aux mêmes points. Primo, l'idée de licencier ses employés lui était insupportable et secundo, elle refusait de s'avouer battue. Que cela lui plaise ou non, il ne lui restait qu'une seule solution : passer outre sa frustration et sa contrariété et épouser Simon.

Mais à la seconde où elle prononcerait le fameux « oui », elle se retrouverait dans l'objectif des paparazzis qui poursuivaient Simon sans relâche et attirerait beaucoup trop l'attention sur elle pour pouvoir se sentir à l'aise. En outre, si Simon refusait de se rendre à Whiskey Creek, son père décréterait que tout compte fait, elle était aussi déloyale que sa mère, tandis que de leur côté ses amis se sentiraient snobés et trahis qu'elle ne les ait pas mis dans la confidence.

— Ne faites pas ça.

Ian avait interrompu le cours de ses pensées.

Elle releva la tête.

— Ça quoi ?

— Ne jetez pas l'éponge, Gail. Pour Simon, vous êtes le seul espoir d'obtenir ne serait-ce que la garde partagée de son fils. Il compte sur vous.

Et sa famille à elle, alors, qu'en faisait-il ?

— Et si ça se passe mal ? Si nous ne nous entendons pas ou… autre chose ? Je ne veux pas aggraver sa situation.

— Ce mariage ne sera pas une sinécure, je vous l'accorde, mais si quelqu'un peut y arriver, c'est bien vous. Vous êtes la meilleure conseillère en com' que je connaisse.

— Ah oui ?

La confiance de Ian lui mit un peu de baume au cœur. Elle le considéra longuement, se demandant ce qu'il allait ajouter pour transformer son compliment en quelque chose de moins flatteur, mais il semblait sérieux.

Il baissa la voix comme s'il craignait que leur hôte puisse écouter à la porte.

— Ce mariage, c'est une seconde chance pour Simon. Et d'après moi, il la mérite, si tant est que mon avis compte un minimum pour vous.

Quelqu'un d'aussi superficiel que Ian n'était sans doute pas très fin psychologue. Mais ce mariage donnerait aussi une seconde chance à Big Hit PR. Et l'argent qu'elle en retirerait assurerait la paie de ses employés pendant quelque temps, même si par malheur ses affaires venaient de nouveau à péricliter. Mais pouvait-elle réellement se lancer dans pareille aventure ? Saurait-elle apaiser les sentiments de sa famille et de ses amis, au moins quelque temps, par des coups de téléphone et des e-mails, en s'abritant derrière l'emploi du temps surchargé de Simon ?

Si oui, peut-être parviendrait-elle à convaincre son « mari » d'aller fêter Noël à Whiskey Creek. Ou du moins de la laisser, elle, y passer quelques jours.

— Cela implique un tel engagement, soupira-t-elle, accablée. Et sur une si longue durée !

— Pas si longue que ça, comparé à la plupart des mariages. Voyez ça comme un job, Gail, ainsi que vous l'avez présenté à Simon.

Il se courba en deux pour croiser son regard.

— Alors, c'est d'accord ?

Gail songea à toutes ces années de travail acharné pour arriver au sommet. Ainsi qu'au fait qu'elle n'aurait nulle part où aller si d'aventure leur plan échouait. Elle ne pouvait supporter l'idée de revenir vivre chez son père : plus jeune, elle avait tout fait pour échapper à Whiskey Creek.

— C'est d'accord.

— Vous vous engagez, alors ?

Gail se leva.

— Oui.

Ian alla chercher l'arrangement prénuptial qu'ils avaient eu tant de mal à mettre au point la veille, au téléphone.

— Donc, quand le mariage devra-t-il avoir lieu ? lui demanda-t-il.

Gail parcourut le document juridique élaboré à la va-vite par les avocats de Simon, s'assura que tout était correctement rédigé et le signa avant de se laisser submerger par la panique.

— Dans un mois, répondit-elle. On ne peut pas organiser la cérémonie avant, il faut le temps de rendre notre relation crédible. Vérifiez l'emploi du temps de Simon. Voyez s'il est libre le premier samedi de novembre.

— J'annulerai tout engagement éventuel.

— Et Chelsea Seagate, qu'allez-vous lui dire ?

— Rien du tout. Je l'ai déjà appelée pour lui annoncer que nous résiliions notre contrat chez Pierce Mattie pour retourner chez vous.

Gail regrettait de ne pouvoir s'en réjouir un tant soit peu…

— Parfait.

Lorsqu'elle lui rendit les papiers, il sourit, soulagé.

— Merci. Le premier samedi de novembre, nous organiserons une petite cérémonie intime à Las Vegas. Bien entendu, vous vous y rendrez dans son jet privé. Mais ça ne nous laisse pas beaucoup de temps pour tout préparer.

— Alors nous ferions mieux de nous mettre au travail tout de suite !

Gail quitta la maison mais se figea dans l'allée, le doigt hésitant au-dessus de son téléphone à l'instant d'envoyer les photos que Ian lui avait fait parvenir par courrier électronique. Une fois qu'elle les aurait transmises à Josh et qu'à son tour ce dernier les aurait communiquées à son amie journaliste aux *Dessous de Hollywood*, on ne pourrait plus revenir en arrière.

Brusquement, elle éprouva l'étrange sensation qu'on l'épiait. Elle fit volte-face et aperçut un mouvement à l'une des fenêtres du premier étage. C'était Simon qui l'observait. Durant quelques secondes, ils se dévisagèrent. Puis, elle brandit son téléphone portable pour lui faire savoir qu'ils avaient atteint le point de non-retour.

Après une légère hésitation, Simon lui donna son feu vert par un hochement de la tête et elle appuya sur la touche « Envoyer ».

7

Gail n'aurait pas cru que son autre vie, son ancienne vie à Whiskey Creek, se rappellerait à elle aussi vite. Mais alors qu'elle pénétrait dans son bureau, à l'agence, fermée en cet après-midi de samedi, Callie Vanetta, une amie d'enfance, l'appela sur son téléphone portable. Gail laissa la boîte vocale prendre le relais. A cet instant, elle n'était pas sûre de vouloir parler à quiconque de Whiskey Creek. Elle venait à peine de quitter Simon et se sentait bien peu préparée à ce qui l'attendait.

— Ça va ?

Lorsque la voix de Josh lui parvint, elle était plantée au milieu de la pièce et fixait son téléphone, se sentant coupable d'éviter délibérément Callie. Elle jeta un regard par-dessus son épaule et elle eut la surprise de voir son assistant sur le seuil de la porte. En général, ses collaborateurs prenaient leur week-end, sauf s'ils travaillaient sur un gros projet. Elle avait envoyé les fameuses photos à Josh en pensant qu'il les transmettrait depuis chez lui à son amie journaliste. Mais Josh n'ignorait pas qu'elle passait la plupart de ses week-ends au bureau pour rattraper ce qu'elle n'avait pas pu terminer durant la semaine. Vu les événements, il avait sans doute fait un saut à l'agence pour la voir.

— Très bien, pourquoi cette question ?

— Tu veux que je te fasse un dessin ?

Elle se tourna vers lui.

— Non.

Elle savait très bien où il voulait en venir.

— Alors ?

Les yeux agrandis de curiosité, il referma la porte du bureau — une précaution assez inutile puisqu'ils étaient seuls dans l'agence. Encore une manifestation de son goût pour le drame, sans doute…

— Fais-moi un résumé. Comment ça s'est passé ?

Pouvait-elle qualifier de positive son entrevue avec Ian et Simon ? Ils avaient réglé de nombreux détails, lancé leur plan de sauvetage. Restait à voir s'ils n'allaient pas regretter cette initiative.

— Simon est d'accord pour jouer le jeu.

C'était à peu près tout ce qu'elle était en mesure d'affirmer.

— Je l'ai bien pensé, au vu des photos que tu m'as envoyées. Non, moi, ce qui m'intéresse ce sont les détails croustillants !

Il ajouta, plus bas :

— C'est un vrai baiser que vous avez échangé, pour la photo ? Ou c'est juste une impression ?

Gail et Simon ne s'étaient pas embrassés. Mais ils avaient été tout près de le faire. Si près qu'elle avait perçu l'odeur de son dentifrice. Et senti sa chaleur irradier dans tout son corps. Quand le bras de Simon avait incidemment frôlé ses seins, alors que Ian les encourageait à prendre des attitudes plus sensuelles, elle avait fait un bond en arrière comme s'il l'avait brûlée, et Simon lui avait jeté un regard de reproche.

D'accord, peut-être avait-elle réagi de manière excessive. Mais ce bref contact lui avait fait l'effet d'une décharge électrique.

— Ce n'était qu'une mise en scène, affirma-t-elle. Nous ne nous sommes pas embrassés, en réalité.

Josh se laissa choir dans un fauteuil.

— Quelle déception !

De fait, songea Gail en repensant à cet après-midi, elle avait été quelque peu déçue de reprendre une discussion purement professionnelle alors que son cœur battait la chamade. Son métier l'amenait à côtoyer assez souvent des gens riches et célèbres, mais jamais personne n'avait encore suscité un tel trouble en elle. Pour lutter contre l'effet que lui faisait Simon, elle avait scruté son visage, qui ne se trouvait qu'à quelques centimètres du sien, à la recherche d'un défaut significatif, d'un détail qui puisse la convaincre qu'il n'était pas aussi séduisant qu'elle l'avait pensé au départ — en vain.

Ses yeux, en particulier, étaient extraordinaires. Vert foncé, une couleur inhabituelle que faisaient ressortir ses épais cils noirs et ses sourcils plus fournis encore. Ils reflétaient trop de cynisme, ce qui n'avait rien de séduisant, mais on y voyait aussi passer l'ombre du petit garçon perdu qu'il avait été. Sa belle carrure, ce regard et l'impression de vulnérabilité qu'il dégageait composaient un cocktail détonant qui l'avait laissée tout étourdie.

Elle avait été soulagée de découvrir que ses dents du bas se chevauchaient légèrement.

Non que cette infime imperfection ait une réelle importance. Grâce à *Frissons*, le dernier thriller qu'il avait tourné, elle avait eu la démonstration de tout ce que Simon était capable de faire à une femme avec ses lèvres et sa langue.

— Tu aurais dû l'embrasser *vraiment*, déclara Josh.

Elle prit une mine sceptique.

— Sous les yeux de son agent ?

— Et pourquoi pas ? Ian espérait sûrement un cliché torride. Tu aurais pu invoquer votre plan com' comme prétexte. Je n'arrive pas à croire que tu aies laissé passer une telle occasion. Moi, je lui aurais donné un baiser interminable.

Gail, au contraire, avait fait appel à tout son self-control, s'efforçant de ne pas se laisser emporter par le désir qui lui avait incendié les veines.

— Simon est trop féminin à mon goût.

— Tu veux rire ?

Déconcertée par la réaction de son assistant, Gail s'interrogea : se mentait-elle à elle-même en prétendant cela ? Ses pommettes bien dessinées et sa mâchoire carrée — sans parler de sa sempiternelle barbe de trois jours — conféraient à Simon suffisamment de virilité pour contrebalancer la douceur de ses yeux de biche et de ses lèvres boudeuses. Mais elle se sentait obligée de se protéger contre lui. A certains moments, elle craignait de voir resurgir l'adulation qu'il lui avait autrefois inspirée et d'oublier ce qu'elle savait du véritable Simon.

— Je dis simplement qu'il ressemble plus à sa mère qu'à son père.

— Ça ne le rend pas *féminin* pour autant.

Elle préféra changer de sujet.

— Et ces photos alors, tu les as imprimées ?

— Dès qu'elles sont arrivées dans ma boîte de réception.

Contournant son bureau, Gail redressa son sous-main.

— Et… tu as eu confirmation qu'elles avaient bien été reçues par leur destinataire ?

— Aussitôt. Sarah est folle de joie à l'idée de publier un tel scoop — et d'éviter par la même occasion certains ennuis après notre gaffe de l'autre soir…

— Bien.

— Donc…

Josh croisa les jambes.

— Tu es sûre de pouvoir y arriver ? Tu vas vraiment te marier avec lui ?

— Je ne pense pas avoir le choix. J'ai déjà signé l'arrangement prénuptial.

Laissant tomber la tête sur sa poitrine, Joshua la regarda à travers les mèches qui lui retombaient sur le front, teintes d'un noir de jais au lieu de son brun habituel.

— Je m'en veux tellement pour ce que j'ai fait, Gail…
— Je sais.
— Et j'ai aussi mis en péril le job de Sarah.
— Oui.
Gail pianota sur son bureau.
— Qu'a dit son patron concernant les photos ?
— Il est aussi emballé que prévu. Tout ce qui touche à Simon constitue de l'info de premier choix.
La photo prise dans le jardin serait bientôt visible en ligne. Gail savait que très vite d'autres magazines et d'autres blogueurs relaieraient la nouvelle.
Elle allait devenir la cible privilégiée des paparazzis qui, d'ordinaire, harcelaient ses plus gros clients… Déprimée à l'idée de tous les appels qui n'allaient pas tarder à affluer, elle appuya le menton sur son poing.
— Penses-tu que nous courions à la catastrophe ? demanda-t-elle.
— Disons que soit ça passe, soit ça casse. Mais tu me sauves la vie, Gail, et je t'en suis donc reconnaissant au-delà des mots.
Il lui adressa un sourire enfantin.
— Je ne t'en aime que davantage, si ça peut te consoler.
— Ça ne me console pas du tout, répliqua-t-elle sans toutefois pouvoir s'empêcher de lui sourire.
Josh se rembrunit.
— Je mériterais d'être viré.
— Sauf que tu es un excellent professionnel dans ton domaine et que je ne peux pas juger de tes compétences sur la base d'une seule et unique erreur, commise alors que tu étais sous l'emprise de l'alcool.
— J'apprécie ton attitude, Gail. Vraiment.
Le moral de Josh remonta en flèche.
— Tu sais quoi ? C'est moi qui vais l'épouser !
Gail se rappela la fureur qui s'était peinte sur le visage de Simon lorsqu'elle lui avait lancé cette cruelle pique au sujet de sa famille, ou plutôt au sujet de son absence de

famille. Au stade où ils en étaient, il aurait sans doute préféré se marier avec n'importe qui plutôt qu'avec elle — peut-être même avec Josh.

— Si seulement c'était possible ! soupira-t-elle.

Elle se targuait de pouvoir gérer n'importe quelle situation, mais dans le cas présent elle ne se sentait pas dans sa zone de confort. Peut-être était-elle plus douée pour régenter la vie des autres que la sienne.

— Et s'il continue à boire ? s'inquiéta-t-elle à haute voix. Et s'il se ronge les ongles des pieds en cachette ? S'il dort dans un cercueil ou fait brûler de l'encens en offrande à sa propre image ?

— Toutes les stars de cinéma sont excentriques — ou alors elles le deviennent, si on leur laisse trop longtemps la bride sur le cou. Tu n'auras qu'à faire avec. Après tout, votre union ne sera que temporaire.

Gail demeurait sceptique. Deux ans ne lui paraissaient pas aussi courts que ce que Josh avait l'air de penser…

— Mais il risque d'être encore plus insupportable que ce que j'imagine. Qui sait, il est peut-être… violent.

Josh fit la moue.

— Simon n'est pas quelqu'un de violent, pas physiquement du moins. Avec toutes les saletés que son ex balance sur lui dans les médias, si jamais il avait ne serait-ce que menacé de la frapper, elle ou le petit, on serait déjà au courant.

— Il s'est déjà battu avec quelques types, glissa-t-elle. Au cours d'une rixe sur un plateau, tu t'en souviens ?

— Je ne suis pas près de l'oublier ! C'est à la suite de cette bagarre que tu as décidé de cesser toute collaboration avec lui.

Ignorant la désapprobation qui teintait la voix de son assistant, Gail entreprit de lui démontrer que sa décision n'avait pas été motivée par ce seul et unique incident.

— Et sa tentative d'effraction au domicile de son

ex-femme, il y a quelques mois ? Il s'était bien accroché avec le frère de Bella !

— Il avait peut-être une bonne raison pour ça…

— Les *deux* fois ?

— En tout cas, c'est sous ce jour-là que nous l'avons présenté, rétorqua Josh en haussant les épaules.

— Il aurait pu s'en aller sans faire d'histoire.

— Nous savons tous les deux que ce n'est pas le genre de Simon.

— Ce n'est pas une excuse.

Gail cherchait d'autres exemples pour illustrer sa théorie sur le caractère instable de Simon.

— Et les motards ?

Joshua arrangea le foulard qui ornait sa chemise rose à col boutonné.

— Si tu veux mon avis, il fallait vraiment qu'il ait envie de se faire tabasser, ce soir-là. Sinon, dans quel but serait-il allé rôder dans le quartier le plus pourri de la ville, au risque de se retrouver face à un gang composé d'individus dangereux ? Seul contre eux, il n'avait pas la moindre chance.

C'était ce qu'elle s'était dit, elle aussi. Il n'y avait pas d'autre explication logique. Après la décision de justice lui interdisant d'approcher sa femme et son fils, Simon avait déniché un bar miteux fréquenté par des motards — de son propre aveu, c'était la première fois qu'il mettait les pieds dans cet endroit. Pourtant, une fois à l'intérieur, il n'avait rien trouvé de mieux que de chercher noise à trois Hells Angels. Ces types auraient pu le défigurer à vie, voire pis, si l'un des leurs n'était pas intervenu. Par chance, ce dernier s'était révélé être un fan inconditionnel de l'acteur. Il avait fait reculer ses copains, évitant ainsi à Simon un séjour prolongé à l'hôpital en lui permettant de sortir du bar tant qu'il était encore en état de marcher. Mais après coup, ce même motard avait admis avoir été déçu de constater que, dans la réalité, son idole ne connaissait rien au kung-fu… Il s'attendait à mieux de sa part après avoir vu *A prendre ou à laisser*, le film le plus violent de Simon.

— Non, franchement, reprit Joshua, je pense que le pire qu'il ait jamais fait à Bella, c'est de la tromper.

— A t'entendre, on croirait que ça n'est rien ! s'indigna Gail.

— Pour toi, en tout cas, ça ne porte pas à conséquence.

Elle pencha la tête pour lui lancer un regard de défi.

— Tu as raison, après tout je ne suis que sa future femme !

Josh l'imita, mais en exagérant sa pose.

— Sauf que tu n'es pas amoureuse de lui. Le fait qu'il te trompe relèverait davantage de… de la rupture de contrat.

— Mais pour le reste du monde, ce serait un adultère ! D'autre part, il se peut que Simon souffre d'autres problèmes, des problèmes que nous n'avons pas encore découverts. Il est peut-être accro au sexe.

En tout cas, pensa Gail en se remémorant leurs âpres négociations, on pouvait dire qu'il avait fait toute une histoire de son refus de coucher avec lui…

— Tu n'as qu'à te renseigner sur ce point, suggéra Josh.

— Mais je l'ai fait ! Ian et moi avons discuté de cette éventualité, hier soir. Il prétend que non. Selon lui, Simon aurait des circonstances atténuantes pour ce qui est de ses aventures extraconjugales.

— Genre… ce jour-là il ne savait pas quoi faire et il était en érection ?

Josh éclata de rire.

— Ian n'en sait rien. Il pense que Bella a peut-être été la première à se montrer infidèle, mais il ne peut pas le prouver. Et puis, ça ne paraît pas très logique. Si tel était le cas, Simon n'aurait-il pas brandi cet argument devant le juge pour obtenir la garde de Ty ?

— Sans aucun doute.

Josh balançait son pied dans le vide.

— Donc, tu n'as pas évoqué le sujet directement avec Simon ?

— Je l'avais déjà traité d'alcoolique… Je me suis dit que ça risquait de mal se passer si je l'accusais en plus d'être accro au sexe.

— Mais que veux-tu que je te dise au juste, Gail ? Renonce à ce mariage ?

Elle sentit sa colère la déserter.

— Plus ou moins, oui.

— Eh bien, alors laisse tomber. Nous… nous nous recyclerons dans les produits de beauté ou de je ne sais quoi !

Si cela devait arriver, Gail se fit la réflexion qu'il lui faudrait repartir de zéro, seule.

— Et Sonya ? Et Serge ? Et toi, et les autres ? Je suis tenue de le faire, Josh.

— Alors arrange-toi pour mettre Simon dans ton lit.

— Je te demande pardon ?

Impatient de faire valoir son argument, Josh se pencha en avant.

— Si tu te soucies tant de ses éventuels coups de canif dans le contrat, garde-le dans ton lit, ma chérie. Ne lui laisse pas le loisir de voir une autre femme.

Gail regrettait parfois de ne pas avoir une sexualité aussi libérée que celle de son assistant. Elle commençait à se sentir beaucoup plus vieille que son âge…

Elle se rappela soudain le jour où, pour fêter son anniversaire, elle s'était rendue seule au cinéma. Elle s'en voulait encore de ne pas être rentrée à Whiskey Creek, mais elle était tellement débordée par ses nouveaux clients qu'elle n'avait pas voulu prendre un seul jour de congé.

— Merci pour ce précieux conseil, Josh, mais je ne tiens pas à discuter de la manière dont je devrais entretenir sa flamme.

Et puis de toute manière, ajouta-t-elle pour elle-même, elle n'inspirait aucun désir à Simon.

— Pourquoi ? Tu es tout à fait capable d'y arriver. Tu es un peu lente à te décider, et alors ?

— Je ne suis pas lente, je suis *exigeante*.

Josh joignit le bout de ses doigts.

— Tu as attendu d'avoir vingt-six ans pour perdre ta virginité. Cela te range dans la catégorie des personnes lentes à se décider.

Elle n'aurait jamais dû lui avouer ce détail, mais Josh avait le chic pour soutirer des confidences intimes à n'importe qui.

— J'avais *vingt-cinq* ans, rectifia-t-elle. Mais qui est au courant de ça ?

— Personne à part moi.

— Dieu merci !

— Ça te fera peut-être du bien de convoler… C'est peut-être la seule façon de te faire dire « oui » un jour, toi qui raies tous les mecs de ta liste avant même de leur avoir laissé une chance.

— Avant de coucher avec eux, tu veux dire.

— Ça revient au même.

Elle haussa un sourcil.

— Pas tout à fait.

Ils furent interrompus par un coup discret frappé à la porte. Gail les croyait pourtant seuls dans l'agence.

Prenant son courage à deux mains au cas où l'assaut médiatique aurait déjà été lancé — un reporter aurait pu s'introduire dans les bureaux —, elle cria :

— Oui ?

Ce n'était pas un reporter. C'était Ashley, l'hôtesse d'accueil, qui passa la tête par l'entrebâillement de la porte.

— Ah ! je pensais bien te trouver ici !

— Qu'est-ce qui t'amène au bureau un jour de congé ?

— Le standard externe m'a contactée. Ils sont débordés

d'appels d'un gars du *Star* qui veut parler tout de suite à quelqu'un de l'agence.

Du haut de son mètre cinquante-deux, Ashley ressemblait plus à une enfant qu'à une jeune femme de vingt et un ans, impression que renforçaient ses lunettes à large monture. Gail se faisait souvent la réflexion qu'on aurait dit une petite fille déguisée en secrétaire.

— J'ai pensé que c'était peut-être important, que quelqu'un devrait le rappeler.

Joshua soutint le regard de Gail sans broncher.

— Tu sais ce que ça signifie ?

— Oui. Que la rumeur est lancée.

Inutile de lutter, désormais. L'heure était venue d'endosser son rôle sans rechigner. Il n'y avait pas de place pour la demi-mesure. Pour que leur plan ait la moindre chance de réussir, elle devait jouer son personnage, même devant ses employés.

Mais soudain, elle se découvrait incapable de mentir aussi éhontément à Ashley : elle se sentirait ridicule en lui annonçant que l'un des hommes les plus connus d'Amérique était tombé amoureux d'elle.

Elle ne supportait pas non plus l'idée de mentir aux autres personnes qui travaillaient pour elle. En d'autres termes, il fallait que ce soit Josh qui s'en charge.

— Josh va tout t'expliquer, à toi et aux autres.

Celui-ci battit des paupières, stupéfait.

— Moi ?

— Oui, toi.

De toute façon, leur histoire paraîtrait peut-être plus crédible si tout le monde l'apprenait par la bande pendant qu'elle-même se cacherait. Elle débrancherait le téléphone et resterait claquemurée chez elle pendant deux ou trois jours. Cela achèverait de convaincre tout le monde qu'elle entretenait bien une « relation » avec Simon. Si elle se réfugiait dans le silence au lieu de faire paraître un aveu ou un démenti, la presse en ferait ses choux gras, donnant de l'ampleur à l'affaire.

Bien entendu, les paparazzis l'attendraient à sa sortie. Il lui serait impossible de les éviter tous. Mais se cacher jusqu'à mercredi lui épargnerait déjà la peine d'avoir à jouer la comédie, exercice qui n'était sans doute pas son fort malgré la confiance exagérée qu'elle avait affichée chez Simon.

Josh se racla la gorge.

— Très bien, je m'en chargerai. Et toi, tu…

— Moi, je vais passer deux ou trois jours à la maison, conclut-elle en remplissant sa serviette de documents.

— D'accord. Tu as sûrement raison de ne pas venir travailler à l'agence. Nous nous débrouillerons sans toi.

— Merci.

Dans un éclair de lucidité, Gail comprit que, en signant cet accord avec Simon, elle avait craqué l'allumette qui allait mettre le feu aux poudres. Mais il était trop tard pour éteindre la mèche.

Il ne lui restait plus qu'à survivre à l'explosion.

8

Soulagée d'être à l'abri dans sa petite maison sur la plage, Gail baissa les stores de sa chambre, se pelotonna sur son lit et contempla la photo de Callie qui s'affichait sur son téléphone portable, en même temps que son numéro. C'était la première fois qu'elle filtrait l'appel d'une amie. Du moins d'un membre de sa bande de Whiskey Creek.

— Oh ! et puis zut ! marmonna-t-elle. Finissons-en.

Une fois connue la nouvelle de sa relation avec Simon O'Neal, il lui faudrait veiller à ce que ses téléphones ne soient pas mis sur écoute ou sa maison truffée de micros, perspective plutôt risible en soi. Elle n'était ni un chef d'Etat ni un indic. L'unique raison de sa célébrité serait qu'elle « sortait » avec une star du box-office.

Mais les tabloïds représentaient un business énorme, et le risque que quelqu'un puisse s'abaisser à ce genre de procédés pour obtenir des infos confidentielles était réel. En définitive, elle avait tout intérêt à préparer sa famille et ses amis à ce mariage avant que les photos d'elle et Simon ne commencent à fleurir dans les médias.

Son premier coup de téléphone aurait dû être pour son père, mais elle préférait commencer en douceur. C'était le week-end, ce qui jouait en sa faveur. Beaucoup de personnes s'adonnaient à différentes activités le samedi, aussi la rumeur ne se répandrait-elle pas aussi vite qu'un jour de semaine.

Callie décrocha à la deuxième sonnerie.

— Ah ! Gail, enfin ! J'ai passé la journée à essayer de te joindre.

— Désolée. Je travaillais.

— Un samedi ?

Gail se représenta mentalement la pulpeuse vénus, à l'autre bout du fil. Plus jeune, elle regrettait de ne pas ressembler à Callie, qui avait des airs de Marilyn Monroe.

— Eh oui !

— Franchement, Gail, tu devrais prendre un jour de congé de temps en temps.

— Je sais, tu me l'as déjà dit. Alors, quoi de neuf ?

— Je mourais d'envie de t'annoncer la nouvelle.

— Laquelle ?

— Tu ne vas pas en croire tes oreilles.

Callie non plus n'en croirait pas ses oreilles…

— Raconte…

— Matt est de retour à Whiskey Creek ! lança-t-elle d'un ton théâtral.

Suffoquée, Gail porta la main à son cœur. Elle devait avoir mal entendu.

— Allô ? Gail, tu es toujours là ?

Elle en avait presque oublié de respirer. Prenant une profonde inspiration, elle se redressa et, tout en expirant, força les mots à sortir de sa gorge.

— Oui… Je… je suis toujours là.

— Tu as entendu ce que je t'ai dit ?

Il y avait forcément une erreur. Jamais Matt ne quitterait le Wisconsin au beau milieu de la saison de football.

— Que s'est-il passé ? Ne me dis pas qu'il s'est encore blessé sur le terrain ?

— Non, il ne s'agit pas d'une nouvelle blessure. Mais de la même, encore et toujours : son genou lui fait des misères.

Gail ne savait trop comment réagir à cette nouvelle. Elle était amoureuse de Matt depuis l'époque du collège.

En juillet dernier, ils avaient fini par sortir ensemble mais, à sa grande déception, il ne l'avait pas rappelée depuis.

— Et donc… il est définitivement écarté du championnat national ?

— Je ne pense pas, non. Il a dû subir une seconde intervention chirurgicale et il est en rééducation. Néanmoins, il envisage de retourner à Green Bay la saison prochaine.

Trop agitée pour rester sur son lit, Gail se leva et se mit à arpenter la chambre.

— Comment l'as-tu appris ? Tu lui as parlé ?

— Non, pas encore. Ma mère a eu vent de la nouvelle alors qu'elle était chez sa coiffeuse. Tu sais comment ça se passe, dans ce bled.

Gail avait toujours espéré que Matt finirait un jour par revenir dans son fief ; ce retour à Whiskey Creek, elle en avait rêvé. Dans ces conditions, pensait-elle, il l'inviterait peut-être de nouveau à sortir avec lui. Mais… s'il devait abandonner le championnat ? Matt adorait le football, c'était toute sa vie.

— Sais-tu combien de temps il compte rester ?

— Des mois ! Jusqu'à son rétablissement.

— Oh !

Gail se tourna vers les portes-fenêtres qui donnaient sur son jardinet de la taille d'un timbre-poste.

— J'espère… J'espère qu'il se remettra bien de sa blessure.

— Qu'il s'en remettra *lentement*, tu veux dire ! répliqua Callie dans un éclat de rire. J'ai tout de suite pensé à toi en apprenant la nouvelle. Il sera là quand tu viendras pour Thanksgiving, dans quelques semaines.

Elle ajouta d'un ton lourd de sous-entendus :

— Si vous vous trouvez tous les deux quelques jours dans la même ville, qui sait ce qui peut arriver ?

Rien. Rien n'arriverait car Gail n'irait pas voir son père. Et même si elle devait se rendre à Whiskey Creek, ce serait avec la bague au doigt. Des années qu'elle attendait le retour de Matt ! Et il fallait que cela se produise le jour où elle s'était engagée par contrat à épouser un autre homme.

— Il a sûrement une petite amie, dit-elle.

Peut-être était-ce pour cela qu'il ne l'avait pas rappelée après leur rendez-vous de l'été dernier. Peut-être y avait-il déjà une femme dans sa vie…

— Non. Il est toujours célibataire, à ce qu'il paraît.

Ils auraient donc une chance ?

Prise d'un soudain accès de claustrophobie, Gail sortit sous la galerie où elle aimait s'installer pour lire ou répondre à son courrier électronique. En temps normal, elle adorait s'asseoir là mais, aujourd'hui, son petit coin de paradis semblait avoir perdu tout pouvoir magique. Le coup de téléphone de Callie l'avait brutalement transportée sur les contreforts de la sierra Nevada, à Whiskey Creek, petite ville connue pour ses mines d'or historiques. Whiskey Creek, où elle avait grandi et où demeuraient encore bon nombre de ses amis.

Elle fut soudain assaillie par les rires et les voix montant de la plage, à trois mètres à peine de sa palissade. Ainsi que par l'air frais et humide de l'automne et l'odeur saumâtre de l'océan. Fermant les yeux, elle songea à résilier l'arrangement prénuptial passé avec Simon. Mais une part d'elle-même se rebellait à cette idée. Que s'imaginait-elle ? Qu'elle et Matt se croiseraient par hasard dans la rue et qu'il éprouverait tout à coup des regrets de ne pas avoir donné suite à leur histoire ? Pourquoi cela se produirait-il maintenant, alors qu'à la fin de l'été il était reparti pour le Wisconsin en l'oubliant complètement, après avoir été tout près de coucher avec elle ?

Non, cela était impossible. Dans l'intérêt de ses employés et de son propre avenir, elle devait respecter l'engagement pris auprès de Simon.

— Il y a juste un petit problème, s'entendit-elle dire à Callie.

— Lequel ?

Elle sentit sa voix se durcir, devenir mécanique, mais poursuivit néanmoins :

— Je ne peux pas rentrer le mois prochain.

— Pourquoi ?

— Je… je fréquente quelqu'un d'autre, quelqu'un qui vit ici, à Los Angeles.

Mieux valait ne pas mentionner le mariage pour l'instant. Elle pourrait toujours justifier son union avec Simon en prétendant avoir agi sur un coup de tête — et l'avoir épousé lors d'un séjour à Las Vegas. Autrement, elle provoquerait un tollé à Whiskey Creek.

A l'autre bout de la ligne, il y eut un bref silence.

— Depuis quand ?

— Ça fait déjà quelques mois…

— Tu n'en as parlé à personne.

Par-dessus la palissade, Gail regarda passer les adeptes du roller sur le front de mer et, au-delà, les joueurs de beach-volley et les échassiers, au bord de l'eau.

— Je ne pensais pas que notre histoire avait de l'avenir.

— Ça doit pourtant être sérieux pour que tu envisages de manquer le retour de Matt.

L'odeur des algues et du bois humide emplit ses narines. Peu importait que Los Angeles et Whiskey Creek soient situées dans le même Etat. Les deux villes étaient aux antipodes l'une de l'autre. Pas étonnant qu'elle n'ait pas songé au fait que ce mariage allait compliquer ses relations personnelles — sans parler de ses affaires — quand elle avait décidé de sauver la réputation de Simon en contractant une union temporaire avec lui.

— Ça l'est devenu, en effet.

— Tu es amoureuse ?

— Je… C'est possible, oui.

Elle s'exprimait d'un ton mal assuré, mais Callie, abasourdie par sa réponse, ne parut pas s'en rendre compte.

— Ça alors ! Et qui est l'heureux élu ?

Redoutant par avance la réaction que ne manquerait pas d'avoir son amie en entendant le nom qu'elle allait prononcer, Gail regagna la chambre.

— Simon O'Neal.

Callie ne répondit pas, laissant s'installer un silence embarrassé. Nul doute qu'elle s'était attendue à entendre Gail lui préciser : « Non, pas le Simon auquel tu penses. »

— Tu ne parles pas de *Simon O'Neal*, n'est-ce pas ? demanda-t-elle enfin. L'acteur ? Je sais qu'il faisait partie de tes clients avant que tu ne le vires. Tu disais que c'était un emmerdeur.

Gail n'avait pas fini d'entendre ce genre de choses. Elle ne s'était que trop plainte de Simon auprès de ses amis.

— J'ai dû dire ça dans un moment de frustration…

— Donc, il s'agit bien de ce Simon-là.

Le carillon éolien tinta sous la galerie.

— Oui.

— Tu sors avec ce type alors que tu lui as signifié que tu ne voulais plus jamais travailler avec lui ?

Gail nota que sa chambre semblait s'être rafraîchie et obscurcie depuis son excursion de l'après-midi au soleil.

— Nos efforts pour entretenir des relations professionnelles parallèlement à notre histoire étaient devenus une source de stress trop importante, c'est ça qui a tout gâché. Sortir avec quelqu'un d'aussi célèbre est très compliqué, tu t'en doutes. Nous nous rencontrions en cachette, et Simon… Il faisait n'importe quoi à cause de… de son divorce, tu sais bien… De mon côté, je me demandais comment j'allais pouvoir continuer à gérer son image si je m'engageais dans une relation avec lui. J'avais juré de ne jamais sortir avec aucun de mes clients. Ce n'est pas raisonnable, voilà tout.

Elle parlait trop et trop vite, se justifiait trop. Il lui fallait se montrer plus prudente dans son discours, mais elle se sentait incapable d'endiguer le flot de ses paroles. Il fallut que Callie l'interrompe.

— A propos de son divorce… Il n'y a que quelques mois que sa femme et lui se sont séparés, non ?

Gail ôta ses tongs du bout de l'orteil et frotta ses pieds nus sur sa descente de lit en peluche.

— En réalité, Bella avait déjà quitté le domicile conjugal en emmenant Ty depuis un an. Leur divorce a été officiellement prononcé il y a six mois.

— Bon, d'accord. Il y a un an. Mais il se peut que Simon se soit entiché de toi sous le coup de la déception, Gail. Si tant est qu'il ait jamais aimé cette femme, bien sûr. Ne me dis pas que son attitude ne te fait pas peur ! Et toutes ses frasques, alors ?

Simon lui faisait un peu peur, en effet ! Mais jamais Gail ne pourrait rebondir professionnellement à Los Angeles si elle ne faisait pas le nécessaire pour sauver son agence.

— Leur divorce a été houleux. Je suis la première à le reconnaître. Mais tu dois comprendre qu'il vit ça très mal…

— Je ne pense pas que ce soit plus facile pour son ex-femme. Aux dernières nouvelles, il a débarqué chez elle complètement ivre et s'est battu avec son frère. Tu ne devrais pas sortir avec un homme qui… qui est en train de péter les plombs, Gail.

Gail eut un rire gêné.

— Allons, Callie… Il est encore un peu déboussolé. Ce n'est pas facile de vivre sous le regard des autres, quand tu sais que tes moindres faits et gestes sont épiés.

— Ça, je comprends. Mais toi, Gail, tu es la fille la plus équilibrée que je connaisse, le bon sens incarné. Qu'est-ce qui te prend de sortir avec un homme qui aurait surtout besoin d'une bonne thérapie ? Non mais tu te rends compte qu'il trompait sa femme avec *six* femmes différentes !

— C'est quand même moins grave que Barbe-Bleue.

Sa piètre boutade parvint à lui arracher un petit gloussement.

— Mais ce qui le tue, c'est qu'on l'empêche de voir son petit garçon.

— J'aimerais te croire, rétorqua Callie, mais la plupart des gens qui craignent de perdre leurs enfants résistent à l'envie de collectionner les aventures, justement parce qu'ils savent que cela risque de les desservir devant le juge.

Gail se pressa les tempes.

— Simon traversait une période difficile, il était déprimé, résigné. Tout cela ne lui ressemble pas.

— Les photos qui le montrent passant d'une femme à l'autre ne donnent pas de lui l'image de quelqu'un de déprimé ni de résigné. Il mène la grande vie, oui !

Gail soupçonnait que pour Simon, paraître aussi heureux aux yeux du monde était une couverture, une façon pour lui de sauver la face. Toutefois elle ne pouvait s'en servir comme d'un argument. Et si la conversation prenait ce tour-là avec Callie, cela augurait mal de celle qu'elle aurait avec son père.

Tout à coup, elle se réjouit que Simon ait refusé de venir à Whiskey Creek. Il fallait le tenir à distance à tout prix.

— Oh ! tu sais, les tabloïds inventent la moitié de ce qu'ils impriment…

— C'est toi-même qui m'as dit un jour qu'il y avait toujours une part de vérité derrière leurs élucubrations.

Gail soupira. Elle s'était montrée si transparente à propos de tout, qu'à présent elle n'avait plus aucune marge de manœuvre.

— C'est plus compliqué que ça en a l'air, Callie. Simon a eu une enfance épouvantable.

— Et après ? Tu le plains, c'est ça ? Cet acteur célébrissime, plein aux as, jouisseur et pourri gâté ?

— Tu ne le connais même pas. Comment peux-tu le juger ?

— Ses frasques sont de notoriété publique !

— Eh bien moi, je vois d'autres facettes de sa personnalité, d'accord ? Simon est un type bien.

Gail frémit intérieurement : elle ne croyait pas elle-même ce qu'elle disait. Comme tout le monde, elle avait fantasmé sur le beau Simon O'Neal, la star de cinéma, mais au fond de son cœur elle avait toujours su que le véritable Simon n'était pas à la hauteur de l'homme de ses rêves.

— Tu veux bien arrêter de lui casser du sucre sur le dos ? S'il te plaît ? Pour moi ?

— Tout ce que je dis, c'est qu'avant de t'engager trop loin avec Simon, tu devrais peut-être venir passer quelques jours à Whiskey Creek, histoire de voir s'il n'y a pas un petit quelque chose entre Matt et toi. Matt est un type formidable, lui.

Callie était bien placée pour le savoir. Enfants, ils étaient voisins. Mais aujourd'hui, Gail ne pouvait pas se permettre de tout risquer dans l'espoir que Matt Stinson partage ses sentiments. Se laissant tomber sur le lit, elle s'abîma dans la contemplation du ventilateur qui brassait l'air au-dessus de sa tête.

— Ma relation avec Matt a toujours été à sens unique, tu le sais bien.

— Vous vous êtes embrassés, l'été dernier…

— Oui, mais depuis je n'ai pas reçu un seul coup de fil de lui.

— Parce qu'il est trop pris par sa carrière ! Il n'ose pas s'engager avec quelqu'un comme toi, Gail. Tu es le genre de femme qu'on épouse. Or, il n'est pas encore prêt pour le mariage et tout le reste. Il me l'a dit lui-même.

— Vraiment ?

— Pas dans ces termes-là… Mais Matt te trouve merveilleuse, je le sais.

Au supplice, Gail se passa la main sur le visage.

— Il aurait pu me relancer, venir me voir…

— Pour le moment, le football représente toute sa vie.

Mais lui au moins n'a rien d'un don Juan capricieux qui se sert de sa position et de son argent pour détruire tout son entourage. Où espères-tu que te mènera ta relation avec Simon ? Quand bien même il n'y aurait qu'un dixième de vérité dans tout ce que j'ai lu sur lui…

— Fais-moi confiance, Callie. Je ne suis pas du genre à m'amouracher du premier venu. Il y a… quelque chose en lui qui mérite qu'on se batte pour l'avoir.

De cela, au moins, elle était certaine. De temps à autre, Gail entrapercevait le bon côté de Simon ; elle voyait à quel point il pouvait se montrer charmant et généreux. Si elle trouvait un moyen de supporter ses pires travers, ils parviendraient à établir entre eux une espèce d'équilibre, à forger une relation d'amitié tant que durerait leur mariage.

— En outre, les gens changent.

C'était l'argument type de toutes les femmes entretenant une liaison avec un homme qui n'était pas fait pour elles. Mais comme nul n'était en mesure de le contredire, Gail pouvait y avoir recours pour défendre son choix. Les gens *pouvaient* changer. Mais ils changeaient rarement, et Callie ne se priva pas de le lui faire remarquer.

— Et s'il ne change pas, hein ? Pourquoi prendre un tel risque ? Il a brisé le cœur de son ex-femme qui a dû endurer une humiliation publique…

— Tu ignores les raisons de l'échec de leur mariage.

— Ma foi, je pense que six liaisons ont dû amplement suffire, non ?

De toute évidence, Callie considérait tout engagement avec Simon comme une erreur monumentale. Et dans l'entourage de Gail, tout le monde partagerait son avis. Mais ce qu'ils ignoraient, c'est qu'elle connaissait d'avance le déroulement du scénario : elle n'était pas amoureuse de Simon et elle ne le serait jamais.

— Tu es trop dure avec lui. Pourtant, tu pourrais le trouver sympathique, si tu lui laissais une chance.

De fait, Simon pouvait être la personne la plus adorable du monde — mais uniquement lorsqu'il estimait que faire usage de son charme servait ses intérêts.

— Et quand aurons-nous l'honneur de faire sa connaissance ? demanda Callie.

— Il m'accompagnera peut-être chez papa pour Noël.

Mais le seul fait d'avoir eu cette conversation avec son amie avait convaincu Gail de ne plus s'opposer au refus de Simon de se rendre à Whiskey Creek.

— D'accord, mais… Je regrette que tu ne viennes pas le mois prochain. Nous étions tous si impatients de te revoir !

La voix de Callie trahissait une réelle déception. Elle pensait très certainement que quelques jours passés en compagnie de ses amis de toujours lui remettraient les idées en place.

— Ne t'en fais pas, je dégagerai un autre week-end très bientôt.

Comme la sonnette du portail retentissait, Gail se leva pour aller répondre. Elle n'attendait personne. Les paparazzis auraient-ils eu le culot de venir sonner chez elle ?

Certains, oui. Son portail donnant sur une rue étroite descendant vers la plage, il était accessible à n'importe quel promeneur. Et les paparazzis étaient prêts à toutes les indiscrétions pour voler une bonne photo, bien lucrative.

— Ecoute, Callie, j'ai de la visite. Il faut que je te laisse. Au sujet de Simon, ne dis rien à personne, d'accord ? Il est trop tôt. Je dois d'abord annoncer la nouvelle à mon père.

— Je serai muette comme une tombe, mais… je te souhaite bonne chance avec Martin.

Callie savait que le père de Gail ne prendrait pas bien la nouvelle.

— Merci. Je t'appelle dans quelques jours.

Gail mit fin à la communication tandis que la sonnette se faisait de nouveau entendre.

Posant le téléphone, elle se hâta de sortir de son petit

cottage et descendit l'allée pavée qui divisait en deux son jardin à la végétation luxuriante. Un homme se tenait au portail. En dépit de l'abondant feuillage qui lui procurait un minimum d'intimité, elle apercevait sa tête brune. Il semblait porter un uniforme de coursier, mais il pouvait s'agir d'une ruse.

— Qui est là ? lança-t-elle.

L'homme tenta de l'apercevoir ; Gail se plaqua contre le portail et l'observa à travers l'interstice.

Malheureusement, il se tenait trop près pour qu'elle puisse distinguer autre chose que vingt-cinq centimètres carrés de tissu sur sa poitrine.

— Je suis coursier. J'ai un paquet pour vous.

— C'est bon, déposez-le là.

— Impossible. Il me faut une signature.

Vraiment ? Prudente, elle entrebâilla le portail d'un centimètre, juste assez pour mieux voir l'individu.

Il avait l'air d'un authentique coursier. Il n'était pas armé d'un appareil photo, semblait être seul et portait un badge d'identification épinglé au col de sa chemise.

— Bon alors, vous signez ou non ? lui demanda-t-il avec impatience. J'ai d'autres livraisons à faire, moi !

Gail aperçut une camionnette au logo de sa société garée en double file dans la rue et desserra enfin les doigts du battant qu'elle ouvrit en grand.

— Oui, oui… Pardon.

Il lui tendit son porte-bloc.

— Signez là.

Elle griffonna son nom et il lui remit le petit paquet qu'il tenait.

— Merci.

L'homme repartit sans répondre ; quelques instants plus tard, sa camionnette de livraison démarrait. Il avait dû la prendre pour une espèce d'ermite paranoïaque. Mais cela lui était égal. Elle avait des raisons d'être nerveuse.

Après avoir refermé le portail à clé, elle examina

le petit colis que lui avait remis le coursier. Le cadre réservé à l'expéditeur mentionnait l'adresse de O'Neal Productions, la société de Simon.

Ian lui avait dit qu'il lui enverrait par e-mail un exemplaire de l'arrangement prénuptial dès que Simon y aurait apposé sa signature, mais le paquet n'était pas assez plat pour qu'il s'agisse d'un document. A en juger par sa taille et par sa forme, cela ressemblait à un écrin à bijou.

Sans doute l'alliance. Mais ce n'était pas cela du tout. Une fois le paquet ouvert, elle découvrit que Ian — elle supposait que c'était lui — lui avait fait parvenir un pendentif composé d'un énorme rubis et de deux diamants baguettes. Imposant, chic et sans doute hors de prix, c'était exactement le genre de modèle qu'elle aurait pu choisir si elle avait eu dix ou vingt mille dollars à dépenser pour un bijou.

— Joli, murmura-t-elle.

Mais… pourquoi ce cadeau inattendu ?

C'était sans doute la façon de Ian de s'assurer qu'elle garde le bon cap — un avant-goût de toutes les belles choses dont elle pourrait profiter le temps que durerait son mariage avec un homme aussi riche que Simon. Mais lorsqu'elle lut la carte manuscrite qui l'accompagnait, elle s'aperçut que le pendentif ne lui avait pas été envoyé par Ian. C'était un geste bien plus personnel que cela.

« Je te revaudrai ça dès que possible. Simon. »

9

La soirée était déjà bien avancée lorsque Gail trouva le courage de téléphoner à son père. Elle avait voulu l'appeler un peu plus tôt, mais elle était en communication avec la police au sujet de l'incident qui avait eu lieu dans son agence, avec Simon.

L'agent voulait obtenir une déclaration de la part de Gail, et s'assurer qu'aucun crime — aucune agression, sexuelle ou autre — n'avait été commis à son encontre.

Endosser la responsabilité d'un mensonge qui n'était pas de son fait l'embarrassait énormément, néanmoins elle parvint à affirmer à la police qu'il ne s'agissait que d'une simple querelle d'amoureux, explication qui fut d'ailleurs plutôt bien accueillie. Les flics avaient sans doute l'habitude d'entendre des histoires bien plus abracadabrantes que la sienne… L'agent au bout du fil était très professionnel et comme il n'y avait aucune preuve susceptible d'étayer une quelconque plainte, aucune accusation ne serait retenue contre Simon.

Gail était soulagée que cette affaire soit réglée, mais à présent il lui restait un autre obstacle à franchir. Les photos d'elle et de Simon avaient déjà été mises en ligne. Elle avait vérifié. Cela signifiait que son père risquait d'apprendre l'histoire avant qu'elle ait eu le temps de lui en parler. Par chance, Martin DeMarco n'avait guère de goût pour internet. Et il ne regardait pas beaucoup la télévision non plus.

Malgré tout, tôt ou tard — et sans doute plus tôt que tard — un habitant de Whiskey Creek finirait par tomber sur les photos la montrant en train d'« embrasser » Simon. Ensuite, tout le monde se chargerait de mettre son père au courant. A Whiskey Creek, « le cœur du Pays de l'Or », comme le proclamait le slogan de la ville, les nouvelles allaient très vite.

Assise dans l'obscurité de son séjour, les stores tirés et les aiguilles de la pendule se rapprochant de plus en plus de 22 heures, elle imaginait les réactions qui ne manqueraient pas de se produire dès que le scoop aurait atteint la petite localité. *Tu connais la nouvelle ? Gail sort avec ce vaurien de Simon O'Neal. Oui, oui, notre Gail à nous, avec ce type-là !*

Elle en arrivait presque à plaindre son futur mari. S'il estimait que la presse avait déjà sali son nom, Simon était loin de se douter de l'intolérance dont pouvaient faire preuve les habitants de sa bourgade conservatrice. Ceux-ci se targuaient de mener une vie discrète et raisonnable. A Whiskey Creek, la célébrité de Simon ne pouvait faire oublier sa mauvaise réputation. Plus maintenant. Il avait franchi ce stade six mois plus tôt.

Tandis qu'elle se remémorait la promenade d'Old West et l'architecture d'époque de Sutter Antiquités, du Café de l'Or noir et du Five and Dime de Whiskey Creek, Gail prit conscience que pour une fois elle supplanterait Matt Stinson à la rubrique des commérages — même en tenant compte de toutes les spéculations qui allaient bon train au sujet de sa blessure au genou et de l'éventualité de sa retraite prématurée. Gail était l'enfant de Whiskey Creek qui avait réussi : major de promotion de son lycée, diplômée de Stanford et, selon toutes les apparences, brillante chef d'entreprise. Les gens de là-bas considéreraient que Simon se servait d'elle — et d'eux, par conséquent — et tout irait de travers.

Comme elle avait eu tort d'alimenter leur ressentiment lors de sa visite du mois dernier ! Leurs préjugés ne feraient que rendre sa situation plus difficile. Mais à l'époque, Simon et elle étaient en conflit ouvert. Jamais elle n'aurait pu imaginer qu'elle allait devoir l'épouser.

S'armant d'avance contre la réaction de sa famille, elle décrocha le téléphone. Tout compte fait, la soirée avait été plutôt tranquille. Mais à présent, cela lui paraissait de mauvais augure, comme le calme avant la tempête.

Et cette tempête était sur le point d'éclater, elle en avait le pressentiment.

— Allô ?

C'était Joe, son frère, qui avait répondu. Non contents d'être propriétaires de la station-service et de l'entreprise de remorquage située aux abords de la ville, son père et lui vivaient sous le même toit depuis le divorce de Joe, survenu quatre ans auparavant.

Gail tenta de mettre un sourire dans sa voix.

— Salut, grand frère ! Comment vas-tu ?

— Je m'accroche. Et toi ?

Bien qu'étant plus au fait que leur père de ce qui se passait en dehors de Whiskey Creek, son frère ne semblait pas avoir eu vent d'une rumeur qui l'aurait bouleversé. Il se comportait avec elle comme à son habitude.

Gail laissa échapper un soupir de soulagement. Elle leur avait téléphoné à temps.

— Bien. Débordée, comme toujours.

— Comment vont les affaires ?

— De mieux en mieux.

Du moins cela se confirmerait-il très bientôt…

— Alors finalement, ça ne t'a pas causé trop de tort de supprimer Simon O'Neal de la liste de tes clients ? Je sais que ça te préoccupait.

Décidément, elle s'était montrée bien trop bavarde !

— Non, pas trop… Tout finira par s'arranger, tu verras. Est-ce que papa est dans les parages ?

— A côté de moi.

— Qui s'occupe de la station-service, ce soir ?

— Sandra Morton.

— Ah ? Je croyais qu'elle ne travaillait que de jour, le week-end.

— Elle nous a demandé de faire des heures sup'. Robbie va se marier. Tu es peut-être au courant ?

— Non.

Lors de sa conversation téléphonique avec Callie, ce détail devait s'être perdu dans l'émoi causé par le retour de Matt…

— Mais dis-moi, Robbie vient d'avoir… dix-sept ans, c'est ça ?

— Ouais ! Il est en terminale. Sa copine est enceinte.

Finalement, peut-être ne serait-elle pas la seule à défrayer la chronique à Whiskey Creek. Le retour de Matt et le mariage précipité de Robbie devaient aussi alimenter les ragots. Alors qu'elle aurait dû se sentir soulagée par cette diversion bienvenue, elle ne pouvait s'empêcher de penser à Robbie et à sa mère, pour qui ce n'était pas une bonne nouvelle.

— Ils disent qu'ils s'aiment ; ils veulent se marier et garder le bébé.

— Et Sandra, qu'en dit-elle ?

— Elle est bien décidée à les laisser faire.

Joe n'avait pas l'air de penser que ce mariage avait la moindre chance de réussir, sans doute parce qu'il attribuait l'échec de sa propre union au fait qu'il s'était mis en ménage trop jeune.

— Ils vivent chez elle ?

— Jusqu'à ce qu'ils aient fini le lycée, en tout cas.

Sandra était veuve et dépendait de l'aide sociale.

— Comment va-t-elle trouver les ressources financières pour subvenir à leurs besoins ?

— Robbie travaille lui aussi à la station-service, maintenant. Il fait les nuits. Sa mère le forme.

En dépit de son caractère exigeant, leur père avait bon

cœur. Mais il ne voulait pas que cela s'ébruite — et il était très doué pour dissimuler son petit secret.

— Vous avez vraiment besoin d'autant d'aide, papa et toi ?

— Bah ! ça ne peut pas faire de mal, de toute façon ! Tiens, je te le passe, il veut te parler.

— Eh bien, il était temps que tu te manifestes !

La voix de son père était aussi autoritaire que d'habitude.

Gail donnait souvent de ses nouvelles, mais pour lui ce n'était jamais assez. Il voulait qu'elle revienne vivre à Whiskey Creek, comme son frère Joe.

— Pardon, papa, mais je n'ai pas touché terre ces derniers temps.

— Qu'est-ce qui se passe ?

Hésitant à entrer dans le vif du sujet, elle chercha d'autres sujets de conversation.

— Oh ! le travail… c'est tout. Tu sais ce que c'est.

Elle s'enquit de la station-service, de Sandra et de Robbie. Son père lui confirma ce que lui avait appris son frère. Puis il lui parla du retour de Matt Stinson et lui affirma que son genou allait guérir. Comment pouvait-il en être aussi certain ? Cela restait obscur. Matt et son père ne s'adressaient la parole que lorsqu'il leur arrivait de se croiser dans la rue. Mais Martin DeMarco, même s'il ne disposait pas de renseignements de première main, avait toujours le dernier mot à propos de tout. Et, comble de l'ironie, il avait le plus souvent raison.

— Ce garçon n'a pas fini de jouer au football, décréta-t-il.

— Je l'espère bien. Il adore ce sport.

— Et nous, on adore le voir évoluer sur le terrain. Ici, chaque match des Packers est un événement, tu le sais.

Comment aurait-elle pu l'ignorer ? Aux oubliettes, les 49ers de San Francisco ! Du moment que Matt jouait pour les Packers, Whiskey Creek arborerait les couleurs vert et or.

Son père finit par dire qu'il se faisait tard et qu'il

devait se lever de bonne heure le lendemain matin. A cet instant, Gail comprit qu'elle avait trop tardé pour aborder le sujet de son mariage avec Simon. Son père s'apprêtant à raccrocher, il serait encore plus délicat de lui annoncer la nouvelle. Mais elle n'avait pas le choix.

Elle se racla la gorge.

— Avant que tu ne raccroches, euh… j'ai quelque chose à te dire.

Sa déclaration fut accueillie par un silence. Son père avait à coup sûr perçu sa nervosité.

— Tout va bien, Gabby ?

Où avait-il été pêcher ce diminutif ? Mystère, mais il l'employait comme terme d'affection depuis qu'elle était toute petite.

— Oui, bien sûr. Tout va très bien. Simplement, je…

— C'est quoi, ces conneries ?

En arrière-plan, Joe s'était exclamé avec tant de véhémence que leur conversation en fut interrompue.

— Passe-moi le téléphone !

— Qu'est-ce qui te prend ? s'insurgea Martin, tandis que la voix de Joe résonnait à l'autre bout du fil.

— Gail, dis-moi que ce n'est pas vrai ! Dis-moi que tu n'as pas été violée par Simon O'Neal !

Elle étouffa un gémissement.

— Non, pas du tout ! C'est… enfin, c'est sans importance. Je t'assure qu'il ne s'est rien passé de tel et que ce n'est pas moi qui suis à l'origine de cette rumeur.

— Tu es sûre, hein ? Tu nous le dirais si on t'avait fait du mal…

Pour qu'ils décident de faire justice eux-mêmes en s'occupant de Simon ? Non, probablement pas. Le cas échéant, elle laisserait la police faire son travail afin d'éviter que son père et son frère finissent sous les verrous. Mais elle s'abstint de le lui dire.

— Bien entendu. Je vous parlerais en toute franchise

si j'avais quoi que ce soit. Mais cette accusation n'est qu'un tissu de mensonges.

Joe n'était pas totalement apaisé.

— C'est ce qu'ils disent sur internet… Mais tu ne nous mentirais pas à propos d'une chose aussi grave, n'est-ce pas ?

— C'est l'un de mes employés qui a lancé cette rumeur un soir qu'il avait trop bu, Joe.

Il y eut une légère pause.

— Ce n'est pas possible, tu me racontes des histoires !

— Non.

— Quel employé ?

— Ecoute, Joe, je m'en suis occupée…

— Qui que ce soit, il mérite que tu le mettes à la porte !

— Tout est réglé, je te dis.

— Et c'est lui aussi qui est responsable du reste ? Parce que papa est en train de lire un article qui prétend que Simon et toi, vous vous voyez en cachette depuis plusieurs semaines.

Priant pour que tout se passe moins mal que ce qu'elle redoutait, Gail fit passer le combiné sur son autre oreille.

— Mon employé n'a rien à voir là-dedans.

— Ce qui veut dire que… Ce n'est pas possible ! Je ne peux pas croire que tu sortes avec un type comme Simon O'Neal ! Avec la réputation qu'il a, il faut vraiment chercher les ennuis pour s'embarquer dans une aventure avec lui !

— Je… Je veux dire que… je suis sortie avec Simon à quelques reprises, mais il n'y a rien de sérieux entre nous.

Gail s'exhorta au calme afin de pouvoir au moins tenir un discours cohérent à son frère.

— Les médias exagèrent l'importance de notre relation.

— Il y a une photo avec la légende : « Du nouveau dans la vie amoureuse de Simon O'Neal ! Il vit une passion torride avec la reine de la com' qui, hier encore, criait au viol. »

— Je te le répète, Joe, Simon et moi sommes sortis une ou deux fois ensemble, rien de plus.

Son père reprit le combiné.

— Gail ? Qu'est-ce que c'est que cette histoire ?

— J'étais justement en train d'expliquer à Joe que tout cela n'avait aucune importance, papa.

— Il n'y a rien de vrai dans cette histoire de viol ?

— Pas un mot. Je n'ai jamais déclaré une chose pareille et il ne s'est jamais rien passé. Ces rumeurs sur Simon sont insensées. Il ne peut pas lever le petit doigt sans que la presse ne monte la chose en épingle.

Mais son père n'entendait pas se laisser détourner du sujet par son petit commentaire sur les désagréments de la surexposition médiatique.

— Ton frère a raison, Gail. Avoir une liaison avec un type comme ce Simon, c'est chercher les ennuis. Tu ne tiens pas à gâcher ta vie, n'est-ce pas ?

Imaginant la réaction de son père à l'annonce de son futur mariage, Gail se tordit les mains.

— Non, bien sûr que non… Mais… Il… Simon n'est pas le mauvais garçon que tu t'imagines.

— N'en crois rien, Gabby ! Si tu as le moindre doute là-dessus, va donc poser la question à son ex-femme.

— Tu sais, papa, Bella et moi ne sommes pas amies. En outre, je n'ai pas l'impression que Simon soit le seul à blâmer dans leur divorce.

En réalité, elle n'en savait strictement rien, mais elle faisait feu de tout bois et cet argument en valait bien un autre.

— Elle a obtenu du juge qu'il ne puisse plus les approcher, elle et son fils, non ? Voilà tout ce qu'il y a à savoir sur le sujet.

Effectivement, vu de l'extérieur, tout semblait net et tranché. L'opinion publique avait cloué Simon au pilori. A une certaine époque — pas si lointaine — Gail aussi l'avait condamné. Mais depuis que Ian lui avait laissé entendre que la réalité était plus complexe qu'il n'y paraissait, elle était tentée de prendre la défense de Simon. Après tout, on ne connaissait de l'histoire que la version de Bella…

Gail était l'attachée de presse de Simon ainsi que sa conseillère. Elle portait le pendentif en rubis qu'il lui avait offert. Et elle avait accepté de devenir sa femme. Alors, si elle ne montait pas au créneau pour lui, qui le ferait ?

— Est-ce une raison pour ne pas lui venir en aide dans un moment difficile ? Pour refuser de lui donner une chance de remettre de l'ordre dans sa vie ?

— Des chances, il en a eu plus qu'à son tour. C'est toi-même qui me l'as dit. Tu ne peux pas t'engager avec un type qui te brisera le cœur à coup sûr.

En téléphonant à son père, Gail ne s'attendait pas à un autre discours de sa part, néanmoins sa réaction l'agaçait.

— J'ai trente et un ans, papa. Je suis tout à fait capable de choisir mes prétendants.

— Pas si tu parles d'un type qui saute sur tout ce qui bouge, Gail.

Fini les petits noms affectueux, pour lui elle était redevenue Gail…

— Simon essaie de changer de vie. Ne t'ai-je pas déjà précisé ce point-là ?

Son père émit un sifflement de mépris.

— S'il veut changer, grand bien lui fasse ! Mais toi, de ton côté, garde tes distances ou tu t'en mordras les doigts.

— Simon se bat pour obtenir la garde de son fils. Cela prouve qu'il l'aime.

— S'il l'aimait, il aurait commencé par ne pas perdre sa garde. Un juge ne t'enlève pas tes enfants à moins que tu ne l'aies bien cherché. On n'a que ce qu'on mérite.

De même que la mère de Gail n'avait eu que ce qu'elle méritait en son temps. Mais Simon n'était pas sa mère.

— Là, tu y vas un peu fort, papa. Ne pourrais-tu pas… faire preuve d'un peu plus de modération ?

A l'autre bout du fil, un silence glacial lui indiqua

qu'elle l'avait offensé. Or, son père n'avait pas le pardon facile, même si l'affront était minime. Il lui ferait sans doute payer cela pendant des semaines. Mais elle n'avait pas le temps de lui présenter des excuses ni de faire amende honorable.

— Tu fais une grave erreur, Gail, lâcha-t-il avant de raccrocher.

Elle fixa le combiné qu'elle tenait encore. Une partie d'elle-même était tentée de rappeler son père. Jusqu'ici, elle s'était toujours conformée à ses attentes et, au demeurant, il possédait une indéniable sagesse. Mais quand on est pompier, on ne peut éviter un immeuble en flammes sous prétexte que c'est dangereux. Il faut bien que quelqu'un se précipite à l'intérieur à la recherche d'éventuels rescapés.

Simon, lui, était prisonnier d'un immeuble en flammes et, aussi agressif, sarcastique et grossier qu'il puisse être, il était incapable de s'extirper de ce brasier sans aide. Sa colère intérieure et sa haine de lui-même l'empêchaient de pouvoir s'en sortir. Essayait-elle de lui venir en aide au risque de se brûler les ailes ? Valait-il mieux qu'elle ferme les yeux, passe son chemin et laisse quelqu'un d'autre se dévouer à sa place ?

Qui viendrait au secours de Simon si elle ne lui tendait pas la main ? Tous ceux en qui il avait confiance rampaient devant lui. Or, jamais il ne coopérerait avec quelqu'un en qui il n'aurait pas confiance.

Du reste, pourquoi se défaussait-on de ses responsabilités sur les autres ?

Non, il était hors de question qu'elle agisse ainsi ! Cette fois, la lance d'incendie était entre ses mains et elle comptait bien en faire usage, avec ou sans la bénédiction de son père. Certes, elle risquait de regretter amèrement sa décision — de toute façon, c'était le cas chaque fois qu'elle mécontentait Martin — mais à la place de Simon, elle aurait été bien contente que quelqu'un accepte de braver les flammes pour venir à sa rescousse.

Prenant une profonde inspiration, elle composa de nouveau le numéro de son père.

Pas de réponse. Il la punissait pour lui avoir manqué de respect. Mais elle refusait de céder. Pas aujourd'hui.

Ce fut Joe qui finit par décrocher.

— Salut, Gail. Je ne crois pas que papa veuille te parl…

— Je ne le lui demande pas. Je rappelle juste pour vous dire que je vais épouser Simon, lâcha-t-elle avant de raccrocher.

10

Simon avait exigé qu'il n'y ait plus une seule goutte d'alcool dans la maison, pas même du xérès en cuisine. Il avait également annulé toutes ses sorties et ses apparitions publiques de crainte d'être tenté. Enfin, il avait consenti à ce que, durant la première semaine, son chef cuisinier contrôle tous les jours et de façon aléatoire son taux d'alcoolémie, en gage de son honnêteté. Au moindre dérapage de sa part, Ian et Gail seraient mis au courant et leur collaboration prendrait fin.

Il s'agissait de mesures extrêmes, et pourtant Simon commençait à se demander si un tel dispositif serait suffisant. Il n'en était qu'au troisième jour de L'Opération Dernière Chance, comme il l'avait baptisée en son for intérieur, et déjà il rêvait de vider la bouteille d'alcool dénaturé rangée sous la vasque de la salle de bains — n'importe quoi qui puisse soulager un peu le manque qui le tenaillait constamment. Il avait laissé l'alcool prendre une place trop importante dans sa vie ; il s'en était servi comme d'un bouclier entre lui et toutes les choses qu'il préférait éviter. Quand l'ennui devenait trop fort, il buvait. Quand la frustration ou le désenchantement prenaient le dessus, il buvait. A fortes doses, l'alcool l'aidait même à dormir. Désormais, il lui faudrait affronter seul toutes les émotions qu'il avait jusque-là diluées dans l'alcool. Jamais il ne s'était senti aussi vulnérable face à ses démons, aussi… à nu.

Promenant le regard sur l'ancienne chambre de son fils, il fut saisi d'un immense sentiment de perte. C'était cela qu'il fuyait, en réalité : ses propres carences et ce qu'elles lui avaient coûté.

— Simon ? Mais où es-tu, bon sang ?

Quand il entendit la voix de son agent dans le vestibule, Simon s'avança à la fenêtre, faisant mine de s'intéresser à ce qui se passait au-dehors. Il ne voulait pas que Ian se rende compte qu'il était resté assis dans cette chambre à se languir de son fils pendant une heure, voire plus.

— Je suis là…

Le bruit sourd des pas de Ian s'interrompit. Celui-ci avait atteint la porte laissée ouverte et s'appuya au chambranle. S'il trouvait étrange de découvrir Simon dans la chambre qu'occupait anciennement son fils, il n'en souffla mot. Son regard balaya les peluches serrées dans le hamac, le portrait du père et du fils pris quelques jours après la naissance de Ty, le tapis en forme d'alligator et l'impressionnante collection d'insectes accrochée au mur, mais il se borna à lâcher :

— Putain, mec ! Tu m'as foutu une trouille bleue ! Pourquoi tu ne réponds pas au téléphone ?

Simon reporta son attention sur une femme qui, munie d'un appareil photo, tentait d'escalader le mur d'enceinte, au fond du parc de la propriété.

— Je ne sais pas où il est.

— Tu aurais peut-être intérêt à te souvenir de l'endroit où tu le poses dans les deux semaines à venir, histoire que Gail et moi puissions te joindre. Ce serait une bonne idée, tu ne crois pas ?

Non, Simon n'était pas de cet avis. Garder son téléphone à portée de main le rendrait également joignable pour ses autres amis. Or, il n'était pas censé les voir et ne voulait même pas entendre le son de leur voix. Au cours de ces derniers mois, il s'était fait maintes fois la promesse de se ressaisir. Maintenant, il était au pied du mur. Gail ne s'était pas trompée en lui présentant ce mariage comme une ultime tentative pour se remettre dans le droit chemin. Son avocat l'avait appelé ce matin pour lui apprendre que l'avocat de Bella avait réussi à convaincre le juge de reporter leur prochaine audience. Simon ne considérait plus cet ajournement comme une mauvaise chose : ce délai supplémentaire lui offrait l'opportunité de prouver au juge qu'il avait changé. En revanche, il était impératif que les prochains mois se déroulent sans anicroche.

« Je ne pourrai rien faire, avait insisté l'homme de loi, à moins que vous n'utilisiez ce répit en votre faveur… »

Message reçu. Il s'y efforçait.

— Je me suis dit que tu réussirais toujours à me trouver en cas de besoin, répliqua-t-il.

— Tu pourrais au moins me faciliter les choses. Il faut vingt minutes rien que pour traverser cette fichue baraque !

Simon préférait ne pas expliquer à son agent pourquoi il avait été si difficile à joindre. Sa détermination ne tenait qu'à un fil et il ne voulait pas que Ian s'en aperçoive. Bien que, depuis le début de ses problèmes conjugaux, il ait manqué à toutes ses promesses — envers lui-même et envers son entourage —, il était parvenu tant bien que mal à convaincre Ian et Gail qu'il saurait jouer le rôle du mari sobre et aimant. Pourquoi éroder leur foi en sa capacité de relever le défi ? Les attentes qu'ils plaçaient en lui, leur volonté de lui faire confiance, c'était justement ce qui le motivait à tourner la page et à faire le deuil de son ancienne vie. C'était cette raison qui l'avait poussé à envoyer ce collier à Gail. Dans ses instants de lucidité, il se rendait compte que son attachée de presse menait une petite vie bien agréable avant qu'il ne vienne y semer le désordre.

Il avait tendance à détruire son entourage, volontairement ou non. Le moins qu'il puisse faire était de dédommager Gail par un joli cadeau.

— Comment se déroule notre plan com'?

Ian se frotta les mains.

— Maintenant que le week-end est passé, la nouvelle se répand à vitesse grand V !

Simon se réjouissait qu'une personne au moins soit excitée par cette perspective. De son côté, il était partagé entre l'espoir et la crainte de tout faire rater, une fois de plus.

— Bon.

— Tu n'as pas eu de nouvelles ?

— Non.

Il avait évité l'ordinateur et la télévision, passant le plus clair de son temps à construire une cabane et une cage à écureuils dans son atelier de menuiserie. Il aimait travailler le bois, prenant un plaisir physique à manier la ponceuse, la scie, le marteau. Et construire quelque chose d'aussi élaboré pour Ty l'aidait à croire qu'un jour son fils reviendrait ici pour jouer avec.

— Hollywood est en effervescence, lui expliqua Ian. *Les Dessous de Hollywood* ont aussitôt mis les photos en ligne. Ils devaient avoir peur de se faire piquer le scoop ! Par la suite, l'info a été reprise partout. Sur Facebook, sur Twitter, sur les blogs de célébrités… On ne parle que de ça sur la Toile.

En effet, Simon avait remarqué une activité accrue au-dehors. Il savait que son service de sécurité avait encore plus de mal que d'habitude à empêcher les gens de pénétrer dans la propriété.

— Et qu'est-ce qu'on raconte à propos de l'accusation de viol ?

— Qu'elle est bidon, ce qui est tout à fait ce que nous escomptions. Tu as déjà eu des nouvelles de ton avocat à ce sujet ?

Des nouvelles, il en avait eu. Maître Harold J. Coolridge

avait justement brandi cette fausse accusation comme prétexte pour repousser la date de l'audience, arguant que trop de questions nécessitaient d'être résolues avant que le juge puisse se prononcer. En conséquence de quoi, il appuyait la proposition de la partie adverse. Mais Simon ne tenait pas à discuter de cela avec Ian. Les détails les plus complexes de sa vie privée ne regardaient pas son agent.

— Non, prétendit-il.

— Alors, ça ne tardera pas, et je suis sûr qu'il sera soulagé, lui aussi.

Ian désigna la fenêtre.

— Qu'est-ce qui se passe de si intéressant dehors ?

— Une jeune femme est assise sur le mur d'enceinte. Elle vient de montrer ses seins aux gars de la sécurité.

— Sans blague ?

Ian se rua à la fenêtre pour voir la scène de ses propres yeux.

— Hé ! vise-moi ça…

Il siffla longuement entre ses dents.

— Joli… Bon Dieu, tu sais que je t'envie, parfois !

Simon se massa la nuque.

— L'endroit grouille de cinglés et de paparazzis.

Ian ne détournait pas le regard du spectacle qui se déroulait à l'extérieur.

— Ça n'avait pas atteint une telle ampleur depuis la fois où Bella avait appelé les flics pour qu'ils t'embarquent. Comment font tes gars pour contenir tout ce petit monde ?

— Ils se débrouillent, j'imagine. Godzilla — alias Lance Pratt, le meilleur garde du corps de Simon — a dû botter le cul d'un gros lard qui avait profité de l'arrivée de la camionnette qui me livre mes provisions pour se faufiler par le portail, mais… jusqu'à maintenant, c'est le pire incident qui se soit produit.

Ian secoua la tête.

— Je n'aimerais pas me frotter à Godzilla… Ce type est une véritable armoire à glace.

C'était aussi un ami loyal. Simon savait que Lance n'hésiterait pas à lui filer une bouteille de vodka en douce s'il lui en faisait la demande, et qu'il n'en soufflerait mot à personne, mais ça n'était pas le genre d'ami dont il avait besoin en ce moment. Il avait besoin d'être entouré de davantage de gens comme son attachée de presse — sans complaisance. Gail n'était peut-être pas très complaisante, elle ne ménageait pas son ego, mais elle exigeait de lui qu'il se plie aux règles fixées — plus que quiconque dans son entourage.

— Et Gail, demanda-t-il, comment gère-t-elle ce déchaînement médiatique ?

Les paparazzis ne devaient pas la lâcher d'une semelle, et hélas ! sa vie privée était d'autant plus facile à violer qu'elle n'avait jamais eu à la protéger.

— Je ne lui ai pas parlé depuis l'autre jour. Elle s'est claquemurée chez elle, comme toi, et refuse de mettre le nez dehors.

Pointant le doigt vers l'extérieur, Ian émit un clappement de langue.

— Oh ! ça y est ! Ils l'ont attrapée.

Mais Simon se moquait comme d'une guigne de la fille à l'appareil photo. Il avait bien d'autres motifs d'inquiétude.

— Gail finira bien par sortir de son terrier. Sera-t-elle capable de gérer la pression ?

L'extérieur ayant perdu tout intérêt à ses yeux, Ian se détourna de la fenêtre.

— Bien sûr. C'est une dure à cuire. Tu es bien placé pour le savoir.

Rien n'était plus vrai. Gail possédait une telle maîtrise d'elle-même, de sa vie… Une qualité que Simon lui enviait. En épousant Bella, il était tellement sûr de faire le bon choix, tellement sûr qu'il ferait un meilleur mari que son propre père l'avait été…

— Quand compte-t-elle refaire surface ?

Ian accrocha ses lunettes de soleil à sa chemise.

— Je n'en sais rien. J'ai appelé Joshua, ce matin. Il prétend qu'elle ne décrochera pas le téléphone, même pour lui. Si tu veux mon avis, l'annonce de votre prétendue relation a dû la mettre en bisbille avec sa famille.

Simon sentit ses muscles se contracter.

— Ils ne me trouvent pas assez bien pour elle, c'est ça ?

— Bah ! tu sais comment sont les gens, toujours prompts à critiquer... Offre une Ferrari à son père et tout rentrera dans l'ordre.

Simon n'avait pourtant pas l'impression que le père de Gail était le genre d'homme qu'on se mettait facilement dans la poche.

— Gail est assez grande pour faire ses choix toute seule, dit-il. Ça ne regarde pas sa famille.

— N'empêche. Ils ne veulent pas qu'elle sorte avec un mec qui traîne une réputation de coureur.

Ces paroles l'atteignirent de plein fouet, mais Simon était passé maître dans l'art de jouer les indifférents. En fait, il s'étonnait qu'une remarque aussi insignifiante puisse l'affecter. C'était sans doute à mettre sur le compte du manque d'alcool, de sa vulnérabilité nouvelle. Il lui fallait trouver un autre moyen de se protéger.

— Par-dessus le marché, elle craint d'être sur écoute, poursuivait Ian. Elle ne fait pas non plus confiance à son portable. Même Joshua a insisté pour me téléphoner d'ailleurs que de leur agence.

Il eut un petit rire.

— Cette fille-là est une coriace, mec. C'est ce qui fait d'elle une super pro. Je vais être franc avec toi. Je ne voudrais pas m'embarquer dans un truc pareil avec quelqu'un d'autre qu'elle.

Simon acquiesça, saisi de l'envie soudaine de voir Gail. Ian était plein de bonnes intentions, mais il lui arrivait souvent de faire plus de mal que de bien. Peut-être pourrait-il puiser quelque force dans le caractère prosaïque de

Gail, dans son approche directe des vrais problèmes de l'existence. Passer un moment avec elle lui insufflerait peut-être le regain de détermination dont il avait besoin.

— Quand sommes-nous censés aller dîner dans ce restaurant romantique ?

— Pour jouer les effarouchés quand les journalistes arriveront, alors que nous aurons nous-mêmes veillé à communiquer votre réservation à la presse ? On avait dit un jour de la semaine prochaine, non ?

— Allons-y ce soir.

Ian se redressa.

— Il est déjà midi passé, Simon ! Comment je vais faire pour passer le message à Gail, moi, si elle ne répond pas au téléphone ? Je peux toujours lui envoyer un texto, mais…

— Tu n'as qu'à aller chez elle, le coupa Simon.

— Et si je suis suivi par les paparazzis ?

— C'est ce qu'ils sont censés faire, non ? Après tout, c'est le but du jeu.

Simon n'était pas à son avantage, mais le restaurant était si faiblement éclairé que Gail n'aurait su mettre le doigt sur ce qui clochait chez lui. Il était propre et soigné, bien habillé — mieux que le jour où ils avaient mis au point les détails de leur mariage dans son séjour. Non, il y avait autre chose. L'air bravache qu'il arborait d'ordinaire avait disparu. A sa façon de remuer sans cesse sur sa chaise, elle comprit qu'il était fatigué, stressé, nerveux. Elle aurait volontiers mis son comportement sur le compte de l'ennui, mais il avait fait traîner le repas au maximum, alors qu'il ne montrait aucun intérêt pour le contenu de son assiette. Il avait descendu cinq Coca et à peine touché à ses huîtres, de même qu'à son saumon ou à ses pâtes au salami dont il prétendait pourtant être friand.

Quand elle lui avait demandé pourquoi il ne mangeait pas, il avait répliqué qu'il n'avait pas faim.

— Ça va ?

C'était la seconde fois qu'elle lui posait la question, mais elle n'osait pas insister davantage. Pas en public. Une troupe de paparazzis s'était massée à l'entrée du restaurant, mais aucun n'avait réussi à y pénétrer. Malgré tout, Simon et elle se devaient de jouer leur rôle, même à l'intérieur du restaurant. Les autres clients et le personnel les épiaient en douce et risquaient de rendre compte de leurs observations, surtout s'il y avait de l'argent à la clé.

Pour maintenir l'illusion d'une intimité qu'ils étaient venus chercher ici, Gail posa sa main sur celle de Simon qui mêla ses doigts aux siens. Elle s'attendait qu'il se montre réceptif à ses marques de tendresse — après tout ils étaient venus ici pour flirter —, mais elle n'aurait pas cru qu'à ce simple contact un nœud se formerait dans sa poitrine, ni que le soulagement envahirait le visage de Simon dès que leurs mains se joindraient.

Ce soir plus que jamais, il avait l'air d'un petit garçon perdu. D'habitude, il le dissimulait pourtant plutôt bien.

Elle s'éclaircit la voix.

— Vas-tu me répondre ?

La poitrine de Simon se souleva comme s'il venait de prendre une profonde inspiration, mais un sourire illumina son visage. Il avait l'air si naturel qu'elle fut tentée de croire qu'il l'était — sauf qu'il jouait la comédie. Elle lisait déjà beaucoup plus facilement en lui que quelques jours auparavant.

— Je vais très bien.

Elle n'insista pas, au cas où un paparazzi tenterait de saisir leur conversation au moyen d'un amplificateur de voix.

— Mon repas était délicieux. Dommage que tu n'aies pas d'appétit, ce soir.

— Et le pendentif, il te plaît ?

Bien qu'il ne se soit guère passionné pour leur petit bavardage de la soirée, il paraissait à présent curieux de son opinion. A en juger par l'expression de son visage, Gail avait l'impression qu'en lui offrant ce bijou, Simon avait vraiment voulu lui faire plaisir — une première pour lui.

— Il est ravissant.

Elle le portait ce soir ; la pierre reposait juste au-dessus de son décolleté.

— Mais... je ne comprends pas bien ce qui t'a incité à me faire un cadeau aussi onéreux. Ce n'était pas nécessaire.

— C'est toi qui m'es nécessaire.

La comédie, toujours... Mensonges, compliments factices et sourires feints étaient faciles à combattre, mais le contact de sa main sur la sienne semblait si franc qu'elle en était troublée. Nerveuse aussi, car force lui était de constater que la caresse de son pouce sur sa main la mettait en émoi.

— Je savais qu'il serait mis en valeur sur toi.

Pour donner le change, elle lui adressa un sourire pareil à celui dont il venait de la gratifier et résista à l'envie impérieuse de retirer sa main.

— C'était très gentil de ta part.

— Tu as fini ton repas ?

— Oui.

Elle prétexta le fait qu'ils étaient sur le point de partir pour lâcher sa main. Mais, après avoir jeté deux gros billets sur la table, Simon passa un bras autour de ses épaules, prolongeant ainsi leur contact. Au début, Gail pensa que cela faisait partie du jeu, mais Simon lui fit savoir qu'il se préparait à affronter la foule qui les attendait à l'extérieur.

— Tu te sens prête ? murmura-t-il en lui faisant traverser le restaurant.

— Pour ?

— Les paparazzis.

Ceux-ci voulaient les saisir *tous les deux* dans leur objectif, et pour elle il s'agissait d'une expérience inédite.

— Autant que possible. Je ne sais pas comment tu peux supporter ce genre de chose au quotidien.

— Ça fait partie du job.

Mais cela le contrariait plus que ce qu'il voulait bien montrer, Gail le savait. Elle l'avait entendu déclarer qu'il se sentait « traqué ». Il aurait pu développer, mais le gérant du restaurant se précipita vers eux pour le remercier de son passage dans son établissement.

— J'espère que vous avez trouvé chacun des plats à votre goût ? demanda-t-il avec force courbettes.

Simon hocha la tête.

— Tout était délicieux.

Sachant que l'homme devait avoir remarqué le peu d'appétit de Simon, Gail se sentit tenue de renchérir avec enthousiasme.

— Oui, un vrai régal !

Soulagé, le restaurateur la remercia avec chaleur et les supplia de revenir bientôt dans son établissement.

— Quoi, je n'en ai pas fait assez ? bougonna Simon alors qu'ils s'éloignaient.

Gail s'inquiéta : l'avait-elle irrité ?

— C'est-à-dire que… Il était si… si plein d'espoir, le pauvre homme…

— Ils le sont tous.

Cette sollicitude de chaque instant devait être lassante, à la longue, elle pouvait le comprendre. De même qu'elle comprenait qu'être une célébrité n'était pas de tout repos. Ce soir, c'était encore plus flagrant que d'habitude. Simon ne pourrait jamais satisfaire tous les gens qu'il rencontrait car il était seul et eux, innombrables. Il n'éprouvait jamais le sentiment d'avoir réussi à combler toutes leurs attentes.

— Décidément, ils ne nous laisseront pas de répit, constata-t-elle à leur sortie du restaurant, dans le crépitement des flashes.

Gail s'était promis de sourire et de garder la tête haute chaque fois qu'elle croiserait un paparazzi, s'appliquant à elle-même les conseils qu'elle prodiguait à ses clients. « Faites-leur croire que vous aimez ça, que vous n'avez rien à cacher. »

Pour quelques photos, la belle affaire ! Mieux valait prendre la pose et obtenir des clichés flatteurs. C'était son principe de base.

Mais cette bousculade lui procurait un sentiment d'urgence bien plus aigu que tout ce qu'elle avait jamais vu jusque-là. Néanmoins, faire semblant d'être désagréablement surprise par cette intrusion faisait partie de leur plan de communication. Elle enfouit son visage dans la poitrine de Simon pour ne pas être aveuglée par les flashes et sentit son bras se contracter tandis qu'il la protégeait des photographes les plus agressifs.

— La voiture est là, dit-il.

L'un des gardes du corps de Simon, qui avait patienté toute la soirée en compagnie de leur chauffeur, leur avait ménagé un passage. Soulagée de pouvoir se mettre à l'abri, Gail se glissa à l'intérieur de la limousine qui était venue la chercher chez elle. Simon se déplaçait rarement dans de tels véhicules, sauf pour se rendre à la soirée des Oscars, à la première d'un film ou à d'autres manifestations particulières où il était attendu, mais pour ce soir il avait voulu faire les choses en grand.

Le silence qui les accueillit dans l'habitacle dès que la portière fut refermée sur eux parut à Gail étrange, oppressant. Mais cette impression fut de courte durée. La musique classique diffusée par l'autoradio prit le relais tandis que le chauffeur se frayait avec peine un passage parmi les curieux qui, pour la plupart, cherchaient encore à obtenir la meilleure photo — depuis le trottoir, la rue, n'importe quel endroit qui puisse leur donner un avantage sur les autres.

— Ouf ! souffla Gail.

C'était donc ce qui l'attendait. Serait-elle capable de jouer longtemps cette comédie ?

Elle pensait que Simon se montrerait aussi loquace durant le trajet qu'il l'avait été durant le repas, mais il ne pipait mot. Redevenu laconique comme à l'ordinaire, il regardait par la vitre.

— Alors ? Comment ça s'est passé, d'après toi ? lui demanda-t-elle tandis que la limousine tournait au bout de la rue tel un char roulant au pas lors d'un défilé.

— Bien.

La réponse de Simon était sèche, le ton détaché. De toute évidence, il avait joué son rôle au-delà de tout ce qu'elle s'était imaginé. Cette vulnérabilité qui lui plaisait tant chez lui faisait peut-être partie du personnage qu'il avait décidé d'interpréter. Elle l'espérait en tout cas, car cela l'incitait à prendre sa défense, qu'il le mérite ou non. Elle avait toujours été du genre à craquer pour les « exclus ».

Mais une star de l'envergure et de la renommée de Simon pouvait difficilement être considérée comme un exclu ; à l'avenir, elle devrait s'en souvenir.

Ils s'immiscèrent dans le flot de la circulation, laissant enfin derrière eux la meute des photographes. Gail revint à la charge :

— J'ai bien joué mon rôle ? Pour quelqu'un qui n'est pas du métier, est-ce que j'étais assez convaincante ?

Simon répondit sans la regarder.

— Tu t'en es très bien sortie.

— C'était naturel quand je t'ai pris la main ?

Cette question parut le tirer de ses sombres pensées.

— C'était bien vu. De cette façon, tu avais l'air sûre de mes sentiments pour toi et, en même temps, ton geste suggérait une intimité physique entre nous.

— Formidable…

D'autant plus que rien n'était plus éloigné de la vérité.

Même s'il était plus facile de toucher Simon en public qu'ailleurs, ce simple geste lui avait donné à réfléchir.

— Mais ça m'a surpris, ajouta-t-il.

— Pourquoi ?

Ce n'était pourtant pas la première fois qu'il lui prenait la main.

— Parce que pour toi, Gail, je suis le grand méchant loup.

— Je ne vois pas de quoi tu parles.

— Oh que si ! Tu as peur de me toucher, même par inadvertance.

Le connaissant, elle aurait dû s'attendre à une telle franchise de sa part. Simon disait toujours ce qu'il pensait, sans se soucier de la placer dans une situation embarrassante.

— Je n'ai pas *peur* de toi.

Elle chercha une meilleure façon d'expliquer sa manière de se comporter avec lui.

— Simplement, je ne rampe pas à tes pieds comme la plupart des gens qui mourraient pour un seul regard de toi.

En effet, Gail n'ignorait pas que l'intérêt de Simon pour elle serait superficiel, qu'il se lasserait très vite.

— En fait, mon attitude devrait plutôt te sembler… rafraîchissante.

La vitre de séparation de la limousine s'ouvrit avant qu'il ait eu le temps de répliquer.

— Patron ?

Le regard de Simon se posa sur le rétroviseur intérieur dans lequel se reflétaient les yeux de son chauffeur.

— Qu'est-ce qu'il y a ?

— Où va-t-on ?

— Chez moi.

— Chez toi ? s'exclama Gail en écho. Tu veux dire, après m'avoir ramenée chez moi, n'est-ce pas ?

— Ils nous filent le train. Autant leur laisser croire

que tu passes la nuit chez moi. Après tout, nous avons tout fait pour leur donner cette impression.

Gail se retourna pour regarder la route. Il était logique que les paparazzis qui les avaient guettés devant le restaurant veuillent connaître leur prochaine destination et qu'ils suivent la limousine dans l'espoir de leur voler une autre photo.

— D'accord, mais… ne vont-ils pas camper devant chez toi ?

Le regard de Simon revint sur les bâtiments qui défilaient à toute vitesse maintenant que le chauffeur avait accéléré.

— Oh ! Si. Certains vont sans doute passer toute la nuit dehors…

— Comment ferai-je pour rentrer chez moi sans qu'ils me voient, alors ?

— Tu ne rentreras pas chez toi.

Les lèvres de Simon se retroussèrent en un sourire de défi.

— Je crois bien qu'il va falloir que tu partages mon lit.

11

Une fois qu'ils furent à l'abri de la maison, loin du regard indiscret des photographes, Gail suggéra de dormir dans la chambre contiguë à celle de Simon, de manière qu'ils puissent bénéficier chacun d'une certaine intimité. Elle n'avait pas envie de passer la nuit à s'angoisser à l'idée de le frôler dans le lit. En quoi le fait d'avoir sa propre chambre dans une demeure aussi vaste que celle-ci pourrait-il nuire à la crédibilité de leur couple ? Avec ses cheveux en désordre et ses vêtements froissés, elle pourrait toujours jouer un numéro assez convaincant devant les journalistes qui auraient la ténacité de rester là jusqu'au matin.

Mais Simon s'y opposa, arguant qu'il avait trop d'employés de maison. Certains risquaient de s'apercevoir qu'ils faisaient chambre à part et cela leur semblerait assez étrange pour qu'ils commettent des indiscrétions. Gail dut s'incliner. Ils devaient passer pour des amants, aussi se prépara-t-elle à être la première femme à dormir tout habillée dans le lit de Simon.

En réalité, elle retira ses vêtements, mais à l'intérieur de son dressing de luxe, derrière la porte fermée. Elle lui emprunta un T-shirt ainsi qu'un boxer afin de pouvoir au moins dormir confortablement. Puis, elle le rejoignit dans le lit et, comme lui, s'adossa à quelques oreillers pour regarder le film indépendant qu'il souhaitait visionner sur son écran géant.

— Tu es bien installé, dis-moi, lui fit-elle remarquer alors que le générique de fin se mettait à défiler.

Elle se demandait ce qu'ils allaient faire ensuite. Simon arriverait peut-être à s'endormir, mais pour sa part elle s'en sentait incapable. Depuis qu'ils avaient refermé la porte de la chambre, elle tentait de se persuader que passer la nuit avec Simon était comme se retrouver chez un ami. Après tout, elle avait bien souvent partagé une chambre d'hôtel avec Joshua lors de congrès, n'est-ce pas ?

Mais, outre le fait évident que Josh et Simon n'avaient pas la même orientation sexuelle, la situation était différente. Simon était assis à quelques centimètres d'elle, vêtu en tout et pour tout d'un boxer. Gail l'avait prié de mettre un pyjama, mais il lui avait lancé son fameux regard, celui qui signifiait qu'il entendait faire comme bon lui semblait et pas autrement.

Son entêtement aurait dû la contrarier davantage. Au fil des années, elle avait dressé une longue liste de doléances à propos du caractère de Simon, mais question physique ou sex-appeal, elle ne trouvait rien à lui reprocher.

— C'est facile d'être bien installé quand on a de l'argent, répliqua-t-il, avant de s'emparer de la télécommande et de zapper d'une chaîne à l'autre. C'est ce qui ne s'achète pas qui est plus difficile à obtenir.

Même dans l'obscurité, avec la lueur de l'écran comme unique éclairage, Gail constatait que son regard était attiré par la poitrine nue de Simon. La plupart des femmes auraient donné n'importe quoi pour être à sa place, elle le savait mais, personnellement, son seul souhait était de rentrer chez elle. Sa présence chez Simon, compte tenu des sentiments qui l'animaient à cet instant… non, ça n'allait pas. C'était elle qui avait insisté sur la clause de chasteté obligatoire et, pourtant, elle ne pensait plus qu'à une chose : s'abandonner entre ses bras. Et s'il s'agissait précisément de la réaction qu'il escomptait obtenir en l'emmenant chez lui ?

— Tu parles de la tranquillité d'esprit ? l'interrogea-t-elle. Ou des relations personnelles ?

Faisant appel à toute la maîtrise dont elle était capable, elle reporta son attention sur l'écran.

— Des deux, répondit Simon.

Elle hocha la tête.

— Tu as vraiment besoin d'aide, dans ces domaines.

Le commentaire n'eut pas l'air de plaire à Simon qui, après lui avoir jeté un regard noir, passa sur la chaîne de golf.

— Du golf ? Tu es sûr ?

— Oh ! dis donc ! Là, j'ai vraiment l'impression d'être marié !

Il continua à zapper, mais son choix suivant ne plaisait pas davantage à Gail.

— Oh ! du basket, de mieux en mieux ! Ça m'intéresse au moins autant que le golf.

Autre regard noir.

— C'est *SportsCenter*. Et ils parlent des Colts. C'est une équipe de foot.

Si elle avait prêté attention à ce qui passait à l'écran, ce fait-là ne lui aurait pas échappé, car elle suivait de très près la carrière de Matt.

— Peu importe. En tout cas, on peut dire que tu t'y entends pour divertir les femmes.

Il la gratifia d'un sourire en coin.

— C'est toi qui m'as passé la corde au cou, je te rappelle.

— En un sens, ça ne te fera qu'apprécier davantage toutes celles qui succomberont à ton charme dans deux ans, non ?

Elle fit semblant de bâiller.

— Ça me rend surtout dingue que toi, tu y résistes, grommela-t-il.

Gail ne put s'empêcher de rire devant sa mine renfrognée. Leur dîner s'était plutôt bien passé. En fait, elle avait passé une excellente soirée. En dépit de certaines piques que lui avait lancées Simon depuis leur retour, elle commençait à croire qu'ils pourraient finalement bien s'entendre, tous les deux.

— Nous pouvons toujours regarder une chaîne de télé-achat, suggéra-t-elle.

— Plutôt me planter une fourchette dans l'œil !

— Mais il est temps que je commence à dépenser ton argent !

— Qui a dit ça ?

— N'est-ce pas la principale occupation d'une épouse de star de cinéma ?

— Tu m'as bien fait comprendre que tu ne serais pas *vraiment* ma femme.

— Et toi, tu m'as bien fait comprendre que je pourrais bénéficier d'un peu d'argent de poche !

Il se leva.

— Parfait. Comme tu voudras. Simplement, je te demanderai de faire tes achats sur ton temps libre.

Gail remonta le drap et la couverture.

— Parce que c'est le temps libre de qui, en ce moment ?

— Le mien, répliqua-t-il sans se retourner.

— Qui a dit ça ? Toi ?

— Ça fait partie du contrat.

Il passa dans la salle de bains et referma la porte derrière lui.

— Je n'ai signé aucune clause m'obligeant à regarder la télé avec toi ! lança-t-elle.

Simon passa la tête par l'entrebâillement de la porte.

— Non, en effet. Tu es tenue de partager mon lit et de faire semblant d'aimer ça, rien de plus. Alors ne te gêne pas : choisis ton côté et endors-toi.

Elle essaya. Mais, à l'affût des moindres mouvements de Simon dans la salle de bains, elle fut incapable de trouver le sommeil.

Au bout de quelques minutes, il revint se coucher et recommença à faire défiler les chaînes.

— Dans combien de temps vas-tu éteindre ? demanda-t-elle.

— Il est encore tôt.

— Dans quel pays ? Parce que, ici, je te signale qu'il est 1 heure du matin passée.

— Encore une émission… La dernière.

Gail soupira.

— Très bien. Mais moi, je dors !

Il passa la main dans ses cheveux tout ébouriffés.

— Ça veut dire que je peux enfin regarder ce que je veux ?

— Bien sûr.

Elle lui tourna le dos, s'attendant qu'il choisisse un programme de sports, comme il l'avait fait plus tôt. Jamais elle n'aurait imaginé que son choix se porterait sur un film porno…

Des gémissements attirèrent aussitôt son attention vers l'écran où une femme dotée d'une monstrueuse paire de seins faisait l'amour avec un homme aux parties génitales tout aussi impressionnantes. C'était un film à petit budget, stupide et minable, mais redoutablement efficace. Il y avait si longtemps que Gail n'avait pas couché avec un homme que de telles images ne pouvaient que provoquer en elle un déluge hormonal.

— Simon, qu'est-ce que tu fais ?

Il se tourna vers elle d'un air innocent.

— Je regarde la télé.

— C'est de la pornographie !

— Tu viens de me dire que tu voulais dormir et que je pouvais regarder ce que je voulais !

— Mais c'est de la triche ! Tu essaies d'éveiller mon intérêt.

Il leva les mains en secouant la tête.

— Moi ? Jamais de la vie !

Il cherchait à se venger. Il trouvait sûrement très

amusant de l'émoustiller, car c'était elle qui avait banni tout plaisir physique du programme de leur mariage.

Lorsque la femme rejeta la tête en arrière en hurlant son plaisir, au comble de l'extase, Gail sentit son visage s'embraser.

— Je ne veux pas regarder ça !

— Très bien. Alors choisis autre chose.

Et, lui lançant la télécommande, il roula de son côté et ferma les yeux.

Gail sélectionna une chaîne d'information en continu qu'elle regarda durant quelques minutes, puis passa sur une émission reconstituant d'anciennes affaires criminelles et finit par tomber sur une rediffusion d'une de ses séries préférées. Elle avait remporté cette bataille, songea-t-elle, satisfaite d'avoir pris le contrôle de la télécommande. Mais tandis que les minutes s'éternisaient et que la respiration de Simon se faisait plus régulière, elle ne put s'empêcher de zapper pour voir si le film qu'il avait choisi était terminé. Elle le regarda jusqu'au bout, apparemment incapable de détacher son regard de l'écran. Quand elle éteignit la télévision et posa la télécommande sur la table de chevet, elle n'avait plus du tout sommeil. En fait, elle était si excitée qu'elle avait envie de se jeter sur Simon.

— Un problème ? lui demanda-t-il, voyant qu'elle n'arrivait pas à trouver une position confortable.

Comme il n'avait pas bougé depuis un bon moment, Gail l'avait cru endormi.

— Non, pourquoi ?

— Je croyais que tu ne voulais pas regarder *Brûlante rencontre*.

Le rire qu'elle perçut dans sa voix la mit au comble de l'embarras.

— Je ne voulais pas vraiment le regarder. Je ne faisais que… zapper.

— Bien sûr…

Il l'avait piégée et il le savait.

— C'est ta faute, aussi !

Elle lui lança un oreiller, qu'il écarta de la main.

— C'est pourtant toi qui tenais la télécommande…

— Je m'étais promis de ne pas revenir sur ce film, mais…

— Mais ?

Gail cessa de chercher une excuse à laquelle de toute façon Simon ne croirait pas.

— D'une certaine manière, c'était fascinant. Je n'avais jamais rien vu de pareil.

Un tel aveu parut l'étonner.

— Sans blague ?

— Sans blague.

— Bon sang, tu es sacrément coincée comme nana !

Il avait l'air tout sauf ravi…

— Et déjà, tu commences à me pervertir, marmonna-t-elle.

— Je ne fais que me montrer à la hauteur de ma réputation…

Il étouffa un bâillement.

— De toute façon, si j'avais su que ce film était si bien, je l'aurais regardé avec toi. Qu'est-ce qu'il avait de si fascinant ?

Gail ne pouvait trouver les mots pour le lui expliquer, mais regarder ces images pendant qu'il reposait à côté d'elle, presque nu, avait constitué pour elle une expérience érotique. Ce qui montrait bien la pauvreté de sa vie sexuelle. Simon ne l'avait même pas touchée et c'était l'expérience la plus intense de sa vie !

— C'était… eh bien, fascinant, c'est tout.

Comme Simon tenait le rôle principal dans ses fantasmes, elle décida qu'il valait mieux en rester là.

— Content d'apprendre que tu as une libido, comme tout le monde.

Elle se redressa.

— Etait-ce une sorte de *mise à l'épreuve* ?

— Plutôt une blague.

Il tendit la main et lui saisit le menton pour la forcer à le regarder dans les yeux.

— Mais vu qu'elle s'est révélée plus efficace que prévu, je peux te soulager, si tu veux.

Une petite voix lui soufflait de profiter de l'occasion. Mais Simon avait recommencé à se moquer d'elle, et ricanait doucement.

— Tu es vraiment un sale type !

Laissant retomber sa main, il se calma aussitôt.

— Je sais.

Ces derniers temps, Simon ne dormait que par bribes et l'arrêt de l'alcool ne rendait pas ses nuits plus faciles. Il avait la bouche sèche, la nausée et les mains qui tremblaient. Rien qui nécessitât le recours à un médecin : son corps lui réclamait avec insistance de satisfaire sa dépendance, rien de plus. D'ailleurs, il s'agissait peut-être davantage d'un manque psychologique que physique. Il n'empêche qu'il se réveilla à peine quarante minutes après s'être endormi et fut incapable de se rendormir.

Et lui qui avait espéré qu'en mettant une femme dans son lit — même si Gail dormait de son côté et lui interdisait de franchir cette ligne imaginaire —, il aurait une bonne raison de rester sagement couché au lieu d'errer dans toute la maison ! Mais rien n'y faisait. Il pouvait toujours prendre un somnifère mais, vu son état d'esprit, il redoutait les conséquences que cela risquait d'entraîner. Pas question d'échanger une béquille contre une autre. Ty méritait plus d'efforts de sa part.

Se tournant de l'autre côté, il se rapprocha de Gail. Pas trop, de peur qu'elle s'imagine qu'il lui faisait des avances. Mais le bruit régulier de sa respiration et sa présence réussiraient peut-être à l'apaiser, à chasser son insomnie. En gardant les yeux fermés, il pourrait se dire que Gail était Bella, avant qu'ils ne commencent à s'entredéchirer, et que Ty était encore un petit bébé endormi dans la chambre voisine.

Cela aurait pu marcher, sauf que Gail ne dormait pas.

— Qu'est-ce qui se passe ? lui demanda-t-il, vaguement gêné de se sentir observé.

— Tu ne dors donc jamais ?

— Pas beaucoup. Pas ces derniers temps. Et toi, qu'est-ce qui te tient éveillée ?

— Je réfléchissais.

Il donna un coup de poing dans son oreiller.

— Attention, mec ! s'exhorta-t-il Ne cogite pas trop si tu ne veux pas devenir fou.

— C'est l'effet que ça te fait ?

— Sauf si je stoppe le processus en me noyant le cerveau dans l'alcool.

— Chose que tu ne peux pas faire actuellement.

— Ni à aucun moment pendant les deux années à venir.

— Je me félicite que tu prennes cette résolution au sérieux, Simon.

Il poussa un soupir.

— Ça fait soixante-douze heures que je tiens.

Il aurait aussi pu lui donner le compte des minutes. Il était sûr qu'elle comprenait.

— Autrement dit… tu es à la recherche d'autres distractions.

— Sauf qu'il n'y a rien qui m'intéresse sur la liste des activités autorisées.

Gail arrangea le drap.

— C'est pour ça que tu n'as pas regardé le film porno que tu m'as montré ?

— En partie, oui.

— Tu pourrais te mettre à jouer de l'argent, s'il te faut absolument être accro à quelque chose.

— Je suis ouvert à toute proposition…

— Je veux bien le croire.

Quand elle rit, Simon se rendit compte qu'elle était plus séduisante qu'il ne l'aurait cru. Ce n'était pas une beauté au sens classique du terme, mais… elle avait *quelque chose.*

— Tu es vraiment jolie quand tu ris.

Elle ne répondit pas, se contentant de le fixer de ses yeux bleus toujours si sérieux, et il vit tout de suite qu'elle n'accordait aucune valeur à ses paroles.

— C'était un compliment de ma part, se sentit-il obligé de préciser.

— Rien ne t'oblige à m'en faire.

Son haussement d'épaules suggérait que, de toute façon, elle ne le croyait pas.

— Je n'attends pas de toi que tu fasses semblant de voir en moi quelque chose qui n'existe pas.

Le silence s'étira entre eux, à peine troublé par le bruissement du ventilateur.

— C'est pour ça que tu refuses que je te touche ? lui demanda-t-il enfin. Tu penses que pour moi tout se résume à un corps parfait ?

Gail parut réfléchir à sa réponse.

— Non, je ne pense pas que tu t'intéresses à mon physique, ni que tu l'aies seulement remarqué. Pour toi, le sexe est comme l'alcool, un moyen d'anesthésier tes souffrances. Rien de plus.

Elle avait raison. Depuis l'échec de son mariage, il avait collectionné les aventures. Certaines avec de parfaites inconnues qu'il ne revoyait plus jamais une fois la chose faite. Il arrivait même qu'il ne connaisse pas leur prénom.

— La vie avec toi ne va pas être de tout repos, miss DeMarco.

Les lèvres de Gail esquissèrent un sourire désabusé.

— Pourquoi cela ? Parce que tu ne peux pas me faire gober n'importe quoi ?

— Parce que tu discernes assez de vérité chez les autres pour t'imaginer tout savoir sur tout.

— Je te ferais remarquer que, jusqu'ici, je ne me suis pas trompée.

— Si, tu t'es trompée. Quand je t'ai dit que je te trouvais jolie, je le pensais vraiment.

Sur ces mots, il se leva. Gail s'appuya sur ses coudes.

— Où vas-tu ?

— Je travaille sur un projet.

— En pleine nuit ?

— J'ai besoin de faire quelque chose, répliqua-t-il avant d'enfiler son jean.

Gail se réveilla seule dans le lit de Simon. Après avoir revêtu sa tenue de la veille, elle sortit de la chambre et descendit dans la cuisine où le chef cuisinier insista pour lui préparer une omelette pour le petit déjeuner. Quand elle eut terminé, le chauffeur de Simon, un beau jeune homme d'environ vingt-cinq ans, apparut et déclara qu'il serait ravi de la reconduire chez elle dès qu'elle souhaiterait partir.

— Où est Simon ?

Se tournant vers une baie vitrée, Gail porta son regard vers la piscine — d'où était venu le chauffeur.

— Il doit être dans la propriété, dit le jeune homme en rassemblant ses clés. Toutes les voitures sont au garage. Mais je ne peux pas vous dire où il se trouve exactement. Il m'a envoyé un texto tout à l'heure pour me demander de vous ramener chez vous dès que vous seriez prête. C'est tout ce que je sais.

Haussant un sourcil incrédule, elle attendit qu'il aille vérifier. L'homme s'exécuta d'un air un peu gêné, comme s'il répugnait à couvrir son patron. De son point de vue, Simon s'était amusé avec Gail ; à présent, son boulot en tant que chauffeur était de la reconduire chez elle, comme il l'avait sans doute fait pour de nombreuses femmes avant elle.

Mais dans quel but Simon la traiterait-il de la même façon que toutes les autres alors qu'il leur fallait justement convaincre qu'elle occupait une place à part dans son cœur ?

— A moins que… Je peux lui envoyer un texto en lui disant que vous voulez le voir, si vous le souhaitez, ajouta le jeune homme avec réticence.

Il ne s'attendait pas qu'elle accepte sa proposition, doutant que cela serve à quelque chose.

Quant à Gail, elle n'osait pas prendre le risque que Simon la congédie devant ses employés de maison. Partir sans lui dire au revoir avait déjà été suffisamment grossier !

— Non, ça ira, dit-elle, tout en caressant le rubis qui ornait son cou. Si vous êtes prêt, je le suis aussi. Je voulais juste remercier Simon pour le collier.

En découvrant que leur patron lui avait offert un bijou d'une telle valeur, le chef cuisinier et le chauffeur échangèrent un regard lourd de sous-entendus, mais s'abstinrent de tout commentaire. Le chauffeur, vêtu d'un polo et d'un pantalon chino, prit une paire de lunettes de soleil sur le comptoir et lui fit traverser la maison jusqu'à un tunnel qui la reliait au garage — un garage qui semblait pourtant être indépendant lorsqu'on le voyait de l'extérieur.

— Ça me fait penser à la Batcave, remarqua Gail.

Le chauffeur ouvrit la portière arrière de la limousine.

— C'est pratique.

— Je m'en doute.

Passant les doigts dans sa chevelure emmêlée, elle s'enfonça dans le cuir de la banquette. Ne disposant pas de ses affaires de toilette, elle n'avait même pas pu se brosser les dents. Peut-être Simon lui avait-il fait une faveur en la laissant filer sans lui dire au revoir.

« Tu es vraiment jolie quand tu ris… »

La nuit dernière, elle avait tourné et retourné cette

phrase dans sa tête longtemps après que Simon eut quitté la chambre. Mais, maintenant qu'elle lui revenait à l'esprit, elle la repoussa aussitôt. Elle ne pouvait pas rivaliser avec les femmes qu'il côtoyait. Il n'y avait aucune raison de se mettre dans tous ses états pour un simple compliment. Et puis de toute façon, les paroles que prononçait Simon ne comptaient pas. C'était purement professionnel.

Le chauffeur enclencha la marche arrière, mais elle l'arrêta.

— Attendez ! Sommes-nous obligés de prendre cette voiture ?

La limousine attirait un peu trop l'attention…

Les yeux cachés par ses lunettes miroir, le chauffeur la regarda dans le rétroviseur.

— Elle a des vitres teintées. Simon m'a demandé de vous reconduire chez vous en veillant bien à ce que personne ne vous importune.

Il avait donc fait quelque chose pour convaincre ses employés qu'il se souciait de son bien-être. Sans doute aurait-elle dû lui être reconnaissante pour cette petite marque de courtoisie, mais elle était encore un peu contrariée qu'il n'ait pas pris la peine de la croiser ce matin.

S'était-il seulement recouché ?

Elle était incapable de s'en souvenir. Quand elle avait enfin réussi à s'endormir, elle n'avait plus bougé jusqu'au matin.

— C'est parfait.

Son téléphone portable se mit à vibrer tandis que la limousine effectuait un demi-tour et s'engageait dans l'allée. C'était un texto. De Callie.

> Comment ça s'est passé avec ton père ?
> Pas bien, j'imagine.
> Je suis désolée. Mais… tu devrais peut-être l'écouter.

Gail ne répondit pas. Elle avait contrarié son père et

ne tint pas compte du conseil de son amie. Il était trop tard : elle s'était déjà engagée dans son plan d'action. Mais… qu'est-ce qui lui faisait croire que son opération allait réussir ? Simon venait de se débarrasser d'elle en la confiant à son chauffeur comme il le faisait pour toutes ses conquêtes d'un soir, alors même qu'il comprenait la nécessité de la traiter comme une femme à part. Qu'avait-il en tête ?

Elle n'en avait pas la moindre idée, mais une partie d'elle-même redoutait qu'il ait recommencé à boire. Et s'il buvait, il fallait qu'elle le sache. Elle jouait gros sur ce coup, et l'enjeu était double : il s'agissait pour elle de sauver son agence et de convaincre son père. Elle refusait de laisser Simon donner raison à Martin. Simon était *capable* de changer, de se ressaisir et de stopper cette spirale infernale. Et elle allait faire tout ce qui était en son pouvoir pour l'aider.

— Ramenez-moi !

Le chauffeur, surpris, ralentit. Ils venaient de franchir le portail.

— Pardon ?

— Vous m'avez très bien entendue. Je veux retourner là-bas. Tout de suite.

12

La sécurité refusa de la laisser rentrer dans la propriété. Mais Gail n'était pas du genre à se laisser décourager. Elle appela Ian et le menaça d'annuler le contrat si on lui interdisait l'accès au domaine de Simon. Ian se chargea de régler le problème. Au bout d'un quart d'heure de négociations téléphoniques visant à faire comprendre à un gigantesque molosse prénommé Lance que les moindres souhaits de Gail devaient être exaucés, la limousine franchit le portail et s'engagea de nouveau sur la longue allée sinueuse menant au garage.

Quand Gail sortit du véhicule, elle avait déjà appelé deux fois Simon sur son portable. Elle lui avait aussi envoyé des textos. Sans obtenir aucune réponse. Gisait-il inconscient quelque part ? Séduisait-il une domestique ? Ou avait-il suffisamment de bon sens pour comprendre qu'il valait mieux rester caché pour échapper à sa colère ?

Maudit soit-il ! Elle avait pris de gros risques pour lui. S'il était en train de boire…

— Madame ? Madame, puis-je faire quelque chose pour vous ?

Le chauffeur se hâtait derrière elle. Pas plus que Lance, le vigile, il n'aimait l'idée de la laisser vaquer en toute liberté dans la propriété. Mais Gail n'en avait cure. Evitant le tunnel, elle fit le tour de la maison jusqu'à la porte d'entrée.

A quelques mètres d'elle, le chauffeur ne la lâchait pas d'une semelle.

— Je peux vous aider ? lança-t-il de nouveau.

— Vous pouvez m'aider à trouver Simon, car je ne m'en irai pas d'ici avant de lui avoir parlé.

Pas question d'attendre les bras croisés que son ancien client — ou plutôt, son fiancé — fasse échouer leur plan. A partir de maintenant, ils étaient tous dans le même bateau.

— Simon ? Où es-tu ? cria-t-elle en entrant dans la maison.

Deux escaliers monumentaux, l'un à droite et l'autre à gauche, un sol en marbre dépourvu de tout mobilier à l'exception d'un piano à queue, et une belle hauteur sous plafond, conçue pour obtenir une acoustique parfaite.

Simon ne répondait pas.

Une femme de ménage se présenta en haut d'un escalier. Visiblement étonnée par cette interruption, et par le ton irrité de Gail, elle se posta devant la balustrade et la dévisagea, bouche bée.

— Où est-il ? lui demanda Gail lorsque leurs regards se croisèrent.

L'employée secoua la tête.

— Je n'en sais rien. Je vous le jure.

— Il y a bien quelqu'un ici qui le sait, non ?

D'un pas décidé, elle se rendit jusqu'au séjour où elle s'était entretenue la veille avec Simon. Il était vide. Sur sa lancée, elle découvrit un bureau, une bibliothèque, une salle de cinéma, une salle de jeux… trop de pièces pour pouvoir les compter. Lorsqu'elle atteignit enfin la cuisine, son opinion était faite : Simon était certainement en train de boire. Elle allait lui dire sa façon de penser, puis rompre tout lien avec lui, quelles qu'en soient les conséquences.

Le claquement de ses talons sur les dalles du carrelage alerta le chef cuisinier qui tourna la tête vers elle.

— Vous l'avez vu ? l'interrogea-t-elle.

Contrairement à la femme de ménage, lui s'attendait à la voir. Assis sur un tabouret de bar, il buvait une tasse de café avec le chauffeur qui avait renoncé à la suivre lorsqu'elle s'était mise à déambuler dans toute la maison. Avec un regard indiquant qu'il ne lâcherait rien, l'homme se contenta de répondre :

— Non. Mais je le vois rarement le matin.

— Parce qu'il a la gueule de bois, marmonna-t-elle, effrayée à l'idée que personne ne l'ait vu ce matin pour cette même raison. Vous ne lui rendez pas service, vous savez. Moi, j'essaie de l'aider.

— C'est ce qu'on dirait, répliqua le chef.

Soudain, elle se remémora le « projet » mentionné par Simon en pleine nuit.

— Où va-t-il quand il est dans la propriété mais pas dans la maison ?

Les deux hommes le savaient, bien entendu, mais ils étaient trop loyaux pour vendre la mèche. Le chauffeur la regarda en clignant les yeux.

— Je n'en ai pas la moindre idée, miss DeMarco.

Le chef écarta les mains en signe d'impuissance.

— Il peut être n'importe où.

Gail se souvint qu'elle ne s'était pas présentée aux employés. Donc, soit Simon leur avait donné son nom, soit ils avaient vu les photos d'eux en train de s'embrasser et lu l'article les concernant sur internet. Si tel était le cas, ils ne semblaient pas croire aux histoires qui circulaient à leur sujet. La presse la surnommait le « tout dernier coup de cœur » de Simon. Ses employés, la prenant sans doute pour une conquête parmi tant d'autres, devaient croire qu'elle était déjà tombée en disgrâce auprès de leur patron qui, autrement, ne leur aurait pas demandé de se débarrasser d'elle.

— Quand il travaille sur un projet, je veux dire. Où va-t-il alors ?

Les deux hommes échangèrent un regard mais demeurèrent muets.

— Très bien, je vais donc devoir continuer mes recherches, répliqua-t-elle en s'avançant d'un pas résolu vers la porte-fenêtre.

Mais avant qu'elle ait pu traverser la terrasse, le chauffeur se posta sur le seuil.

— Miss DeMarco ?

Elle se retourna. L'homme fronçait les sourcils. S'exprimer allait à l'encontre de ses habitudes mais, de toute évidence, il avait pris la mesure de la détermination de Gail et décidé qu'il valait mieux jouer franc jeu avec elle plutôt que de la voir passer la propriété au peigne fin pendant des heures, interrogeant chacune des personnes qu'elle croiserait.

— Je lui ai envoyé plusieurs textos, mais il ne répond pas. A ce stade, je ne sais pas quoi faire, alors… S'il souhaite que vous partiez, je suppose qu'il peut aussi bien vous le dire en face. Je vais vous conduire à son atelier de menuiserie.

Un atelier de menuiserie ? Simon n'avait pas l'air d'un menuisier, mais peut-être que le projet dont il lui avait parlé consistait à travailler le bois.

— Merci.

Pressant le pas pour rester à sa hauteur, elle le suivit tandis qu'il traversait la pelouse et passait derrière les courts de tennis, devant le *pool house*, le pavillon des invités, puis près d'une seconde aire à barbecue, agrémentée celle-ci d'un bassin à carpes koï et de ce qui ressemblait à un pavillon de danse.

Enfin, ils arrivèrent devant une espèce de cabane géante, située dans l'angle de la propriété.

— C'est ici ? demanda-t-elle.

Le chauffeur fit un geste vague de la main.

— C'est ici, oui.

Le cœur cognant dans sa poitrine, redoutant ce qu'elle allait découvrir, elle frappa à la porte.

Il n'y eut pas de réponse, mais le bruit d'une scie électrique lui parvint. Elle appuya sur la poignée.

La porte n'était pas fermée à clé. Gail passa la tête à l'intérieur.

— Simon ?

Tout d'abord, elle crut que l'atelier était vide. Elle aperçut la scie, mais il n'y avait personne à côté. Le moteur grinçait tandis que la lame tournait dans le vide.

— Je ne pense pas qu'il…

Elle se tut en apercevant le sang.

— Oh ! mon Dieu !

Le chauffeur de Simon se tenait derrière elle. Il remarqua les gouttes de sang au même instant qu'elle, mais fut plus prompt à découvrir son employeur. Il la bouscula sans ménagement, se précipitant vers Simon. Celui-ci était affalé contre le mur ; du sang recouvrait ses mains, son téléphone portable, et maculait ses vêtements.

Gail s'accroupit à son tour près de lui.

— Simon ? Que s'est-il passé ?

— Je ne pense pas qu'il vous entende, dit le chauffeur.

Il avait raison. Simon avait les yeux vitreux, sa peau était moite et glacée.

Elle se releva, sortit son portable de son sac. Ses mains tremblaient tant qu'elle arrivait à peine à appuyer sur les touches, mais elle parvint à composer le 911.

— Depuis combien de temps pensez-vous qu'il saignait ?

Debout dans un coin de la salle d'attente de l'hôpital, Gail conversait à voix basse avec le médecin de Simon.

— Au vu de la taille de la blessure ? Je dirais depuis une heure au moins.

Elle tenta de déglutir, mais sa bouche était trop sèche.

— Donc… c'était une tentative de suicide ?

Le médecin, un homme grand et sec aux cheveux gris, plissa les lèvres.

— Je ne pense pas qu'il ait essayé de se tuer, non.

— Dans ce cas, pourquoi n'a-t-il pas appelé à l'aide ?

— Qui sait ? Il a peut-être cru qu'il pourrait stopper l'hémorragie tout seul, en s'asseyant et en compressant la plaie. Mais l'entaille s'est révélée plus grave que ce qu'il avait cru et il s'est retrouvé en état de choc. Pour être franc, je ne suis pas sûr qu'il ait eu l'esprit très clair à ce moment-là, entre son important manque de sommeil et le stress qu'il subit depuis quelque temps.

Gail aurait pu le lui confirmer sans mal.

— Et l'alcool ? Etait-il ivre quand cela s'est produit ?

— Non. Il n'y avait aucune trace d'alcool dans son organisme.

Pour une raison inexplicable, cette information apaisa les nerfs de Gail en même temps qu'elle lui fendait le cœur. Ainsi, Simon faisait des efforts pour rester sobre…

— Il m'a déclaré que cela faisait trois jours qu'il n'avait pas bu.

— Quelle quantité d'alcool prenait-il avant ?

— Une grande quantité.

— Il traverse peut-être une phase de manque qui pourrait expliquer cet accident. Le sevrage peut engendrer un état dépressif, une certaine anxiété ainsi qu'une foule d'autres effets secondaires. Je dirais que cet accident résulte de la conjonction de plusieurs facteurs, parmi lesquels l'épuisement.

— Mais d'après vous, il ne s'agit pas d'un suicide ?

Gail avait besoin d'entendre le médecin le lui répéter.

— J'en doute. Se blesser à l'aide d'une scie électrique est une façon assez effrayante de s'ôter la vie, vous savez. En outre, seule l'une de ses mains est entaillée, et assez loin du poignet. C'était un accident, mais… le fait qu'il n'ait pas appelé tout de suite à l'aide pourrait être révélateur de son état psychique. Mais encore une fois, peut-être pas. Il se peut aussi que l'accident se soit produit comme je vous l'ai décrit.

— Gail ? Qu'est-ce qui se passe ?

Ian courait vers elle. Après avoir remercié le médecin de lui avoir accordé quelques minutes d'entretien, elle se tourna pour saluer l'agent de Simon.

— Il va s'en sortir.

Le regard de Ian passa de Gail à la haute silhouette du médecin qui s'éloignait.

— Mais qu'est-ce qu'il s'est passé, bon sang ?

Gail laissa échapper un long soupir.

— Je n'en sais rien, au juste. D'après le médecin, il s'agirait d'un accident.

— Parce que vous n'êtes pas de cet avis ?

L'image de Simon assis par terre dans son atelier de menuiserie, tenant sa main blessée, le regard dans le vide comme s'il était en train d'agoniser, lui revint à l'esprit. Pourquoi n'avait-il pas appelé à l'aide ? Il disposait de toute une armée de domestiques dans sa propriété. Le médecin n'avait pas le sentiment qu'il s'agissait d'une tentative *active* de mettre fin à ses jours, cependant il avait laissé entendre qu'il pouvait s'agir d'une tentative passive, ce qui avait de quoi leur donner bien des motifs d'inquiétude.

— Si, mais… Ian, Simon a besoin de faire un break.

Il la fusilla du regard.

— Que voulez-vous dire par là ?

— Je veux dire par là qu'il a besoin d'une vraie pause. Il doit prendre soin de lui, se remettre d'aplomb à la fois physiquement et psychologiquement. Il a besoin de s'affranchir de toutes les contraintes qui pèsent sur lui.

— Mais il est sous contrat pour la promo de son film ! Je vous l'ai déjà dit. Et il est censé commencer un nouveau tournage dans quinze jours.

Dans l'état de nerfs qui était le sien, Gail démarrait au quart de tour.

— Vous aviez dit que vous pourriez alléger son emploi du temps début novembre, pour notre mariage !

— Je parlais d'un week-end, d'une semaine à la rigueur. Mais avant *et* après, Simon croule sous le boulot.

— Ça m'est égal ! Libérez-le de toutes ses obligations. Il ne peut pas travailler dans l'état où il est.

— Mais je ne peux pas…

— Si, vous pouvez !

Elle le saisit par le bras pour bien lui faire comprendre l'urgence de la situation.

— Il ne s'agit que d'argent, Ian.

— Facile à dire ! Ce n'est pas *vous* qui en perdrez, ce n'est pas *votre* carrière qui en pâtira ! Ce film dans lequel il doit jouer est le genre d'œuvre qui fait ou défait une carrière. Les producteurs me mettent la pression pour être sûrs qu'il arrivera aux studios en pleine forme.

Comme un couple assis sur un sofa levait les yeux sur eux, Gail entraîna Ian dans un coin.

— Simon a failli se trancher une main, répliqua-t-elle en baissant la voix. Qu'il s'agisse ou non d'un accident, il n'a pas appelé à l'aide. Il est resté là comme s'il se moquait de vivre ou de mourir, et l'hémorragie a bien failli le tuer ! Si ça n'est pas un appel au secours, j'ignore ce qu'il vous faut. Alors maintenant, sortez votre téléphone et appelez qui de droit, mais dites bien à tout le monde que Simon ne sera pas disponible pendant les trois mois à venir !

Ian, très agité, se mit à faire les cent pas.

— Les gens vont penser qu'il craque, qu'il a fini par péter les plombs ! J'ai passé tant de temps à essayer de les convaincre que tout irait bien, que Simon allait se ressaisir, revenir à son état normal.

Gail écarta les mains.

— Alors dites-leur qu'il est tombé amoureux et qu'il va se remarier. Nous leur fournirons des tas de photos à l'appui. S'engager envers quelqu'un de stable devrait être interprété comme un signe positif, pas négatif.

— Mais ils ignorent que vous êtes une personne stable ! De toute façon, vous auriez pu être parfaitement équilibrée jusqu'à ce que vous commenciez à le fréquenter.

— C'est pourtant ainsi qu'il nous faut vendre l'histoire aux médias, parce que je crois que pour Simon il s'agit de l'opération de la dernière chance, et ce à plus d'un égard.

Ian resta interdit plusieurs secondes avant de trouver les mots pour répliquer, mais au moins avait-il cessé d'arpenter la pièce.

— Bon… je le libère de toutes ses obligations, et ensuite ?

— Nous quittons Los Angeles.

— Pour aller où ?

Mille idées se bousculaient dans la tête de Gail. Un plan prenait forme dans son esprit, elle le sentait. Sa certitude se renforça tandis qu'elle envisageait le problème sous tous les angles. Simon ne pouvait pas rester à Los Angeles. Ici, il était en proie aux mêmes tentations, aux mêmes souvenirs, aux mêmes personnes et aux mêmes soucis. Comment pourrait-il opérer les changements qui s'imposaient alors qu'il était prisonnier du passé ? Et que rien d'autre ne changeait autour de lui ?

Dans un premier temps, partir d'ici semblait logique. Mais où devait-elle l'emmener ? Dans l'une des résidences qu'il possédait à l'étranger ?

Non. Si cet accident n'en était pas un, elle ne voulait pas se trouver hors des Etats-Unis si un autre problème de ce genre survenait. Ou s'il se remettait à boire. Elle préférait un endroit où elle se sentirait à l'aise, en sécurité et où elle pourrait obtenir toute l'aide dont Simon aurait besoin.

Un endroit où il pourrait entamer un sevrage sans être harcelé par des paparazzis. Un endroit où il n'y aurait aucun souvenir douloureux concernant Bella ou Ty, aucun ami susceptible de l'entraîner à faire la bringue, aucune incitation de la part des producteurs à jouer dans un autre film avant qu'il ne soit prêt à le faire.

Simon possédait d'autres maisons dans le pays, où ils pourraient s'isoler du monde, c'était certain, mais elle ne voulait pas non plus d'un bataillon de domestiques susceptibles d'observer leurs faits et gestes.

Ils avaient besoin d'un changement de décor, d'intimité, de soutien et de protection. A partir de là, la réponse devenait évidente.

— J'ai trouvé ! s'écria-t-elle.

Ian étrécit son regard.

— Vous avez trouvé quoi ?

Son père n'allait pas apprécier. Pas plus que son frère et ses amis, tous persuadés qu'elle commettait la plus grosse erreur de sa vie… Même Simon se prononcerait contre ce projet.

Ils se rejetteraient tous les uns les autres — du moins au début. Mais son père et son frère étaient des gens bien. Ils avaient fait d'elle une femme équilibrée et heureuse, en dépit de la défection de sa mère. Ils avaient répondu présents à l'époque où elle avait eu le plus besoin d'eux. Et ils seraient encore là pour la soutenir aujourd'hui.

Simon avait besoin d'un engagement à toute épreuve de la part de ses proches et de ses collaborateurs, et cela pour une bonne raison : il lui fallait découvrir ses véritables priorités dans l'existence et décider ce qu'il entendait faire de sa vie.

Où mieux qu'à Whiskey Creek serait-il en mesure de se retrouver ?

— Je vais l'emmener chez moi.

13

A son réveil, Simon aperçut Ian et Gail assis de part et d'autre de son lit, se regardant en chiens de faïence.

— Pourquoi tant d'hostilité ? marmonna-t-il.

Gail se leva.

— De l'hostilité, comment ça ?

On lui avait administré un médicament qui le rendait groggy, mais cela ne l'empêchait pas de voir qu'elle lui cachait quelque chose.

— Vous deux, on dirait que vous n'attendez qu'un signal pour vous sauter à la gorge.

— Pas plus que d'habitude, non ?

Gail se mit à rire, imitée par Ian, mais leurs yeux restaient glacés lorsqu'ils se croisaient et leurs sourires étaient factices.

— Non, il y a autre chose. Je le sens.

Le regard de Simon passa de l'un à l'autre.

— Je pensais qu'on avait fait la paix, qu'on s'était remis à jouer tous dans la même équipe.

— Mais c'est le cas ! affirma Gail. Demande à n'importe qui : toi et moi sommes follement épris l'un de l'autre et nous faisons l'amour non-stop dans ta demeure de Beverly Hills. Il n'y a pas le moindre problème…

Sauf qu'elle le traitait comme s'il avait perdu les pédales — se demandant sans doute à quelle espèce de cinglé elle avait lié son sort…

Malgré ses bonnes intentions et tous ses efforts, il avait encore réussi à tout faire rater.

— Ah oui ? C'est ce que croient les gens ?

— Comment tu te sens, Simon ?

Ian se leva à son tour.

Simon n'avait jamais vu son agent avec une mine aussi grave.

— Drogué. Qu'est-ce qui s'est passé ?

— Tu l'ignores ?

Simon leva sa main droite afin d'examiner le bandage qui donnait l'impression que son bras se terminait par un gourdin.

— Des infirmières m'ont dit que je m'étais entaillé la main. Que ça n'était pas trop méchant, mais elles faisaient une tête d'enterrement, et puis ça doit être un peu plus sérieux qu'une égratignure, sinon je ne serais pas ici, pas vrai ?

Gail s'appuya contre la barrière métallique du lit médicalisé.

— Tu ne te souviens pas de l'accident ?

Dans son esprit, c'était le trou noir. La dernière chose qu'il se rappelait, c'était d'avoir reçu un texto de Bella — une courte vidéo la montrant en train de faire l'amour avec un type, assortie d'un message :

Le nouveau papa de Ty.

— Non, j'étais complètement parti…

Se rendant compte de l'ambiguïté de ses propos, il s'empressa de préciser :

— Mais je n'avais pas bu.

Il s'était longuement posé la question. Avait-il cédé à la tentation ?

— Non, en effet, confirma Gail.

— Il y a donc un point positif dans tout ça.

Il lui sourit mais, voyant qu'elle restait tendue, il cessa toute tentative de charme.

— Alors… quoi ? Tu reviens sur ta promesse ? Tu me lâches, c'est ça ?

Et pourquoi pas ? Il savait bien ce qu'elle devait penser. Il devinait à certaines des questions que lui avait posées le médecin qu'il n'avait pas appelé à l'aide au moment où il aurait dû.

Ils se demandaient tous s'il s'était blessé intentionnellement. Peut-être l'avait-il fait, d'ailleurs. Il n'aurait pas été assez stupide pour tenter de se suicider avec une scie électrique, mais il pouvait avoir saboté ses propres efforts pour se remettre dans le droit chemin ou tenté d'éviter un échec par manque de volonté. Il avait toujours été son pire ennemi. Son père le lui serinait tout le temps, même si pour sa part c'était plutôt ce dernier qu'il voyait dans ce rôle. Leurs liens n'avaient jamais été très solides, mais ces temps-ci ils s'étaient distendus.

Il laissa ses paupières se fermer.

— Tu peux quitter le navire, si tu veux.

Il s'attendait que Gail saute sur l'occasion, à condition qu'il accepte une clause qui sauve son agence de la faillite, mais sa réaction l'étonna.

— Non, ce n'est pas ce que je veux.

Rouvrant les yeux, il s'aperçut que Ian et elle le scrutaient d'un peu trop près. Il faillit leur affirmer qu'il était en pleine possession de ses moyens et en état de faire face à ses obligations, mais cela faisait trop longtemps qu'il répétait cela en boucle. Ses affirmations n'étaient pas suivies d'actes, alors à quoi bon ?

— Ah ? Que veux-tu, alors ?

Gail se mordit la lèvre inférieure.

— Je veux t'emmener à Whiskey Creek.

Avait-il bien entendu ?

— Ce n'est pas là-bas que vit ta famille ?

Il ne se donna pas la peine de dissimuler son scepticisme.

— Si, c'est exact.

— Ecoute, on en a déjà parlé…

— Oui, mais…

Elle croisa les bras sur sa poitrine, et Simon comprit qu'elle était prête à en découdre.

— Entre-temps, certaines données ont changé et… je pense à présent qu'un séjour là-bas est devenu impératif pour la réussite de notre mariage.

Il haussa les sourcils.

— Pourquoi ? Quelle différence cela fait-il que je rencontre ta famille ou non ? Tu essaies de me pousser à picoler ou quoi ?

Par cette petite plaisanterie, il pensait au moins la faire sourire, lui montrer qu'il faisait des efforts pour donner le change, mais Ian intervint avant que Gail ait pu réagir.

— Ça implique d'annuler tous tes engagements dans les trois mois à venir, Simon.

A l'évidence, son agent était loin d'être enchanté par ce changement de programme… Simon frotta sa barbe naissante.

— Je vais louper le tournage de mon prochain film.

— Oui.

— Trois mois à Whiskey Creek, ça fait long, comme séjour…

Gail redressa les épaules.

— Entre ta blessure et notre mariage, tu as un prétexte tout trouvé, une excuse en or, qui te permettra de dégager du temps sans perdre la face. Vois le bon côté des choses, Simon. Notre mariage n'en paraîtra que plus authentique aux yeux des gens.

Il la dévisagea avec irritation.

— Comment des vacances à Whiskey Creek pourraient-elles produire cet effet-là sur le public ?

— En suggérant que tu m'aimes assez pour séjourner dans ma famille. Et, au final, le fait de te soustraire aux yeux du public te permettra d'obtenir plus facilement la garde de ton fils.

La *sex tape* de Bella, accompagnée de cette légende

cruelle — *Le nouveau papa de Ty* — s'imposa à l'esprit de Simon. Les images le bouleversaient. Mais ce qui lui faisait le plus mal, c'était l'idée que l'homme qui couchait avec son ex-femme allait le remplacer auprès de son fils et ça, Bella en était parfaitement consciente.

— Tu crois que ça changerait quoi que ce soit ?

— Tu ne pourras pas commettre de frasques à Whiskey Creek, même si tu en avais envie.

Des frasques, il pouvait en commettre n'importe où. Il l'avait déjà prouvé. Mais… Gail semblait très convaincue. Or, qu'il l'admette ou non, il commençait à lui faire confiance, plus qu'à Ian, en tout cas. Ian avait ses qualités, mais Gail était plus intelligente, plus rigoureuse. Tout à fait ce dont il avait besoin en ce moment.

— Qu'est-ce que je ferais là-bas ?

— Tout ce que tu veux. J'ai vu la cabane pour enfants que tu es en train de construire. C'est formidable ! Tu aimes travailler le bois. Pourquoi ne louerions-nous pas une maison le temps que tu nous en bâtisses une plus grande ?

Bâtir une maison de ses mains… L'idée avait toujours plu à Simon. Un frisson d'excitation le parcourut, le premier depuis bien longtemps. Mais non, il refusait de succomber à la tentation. Pas question d'aller au-devant d'une nouvelle déception.

— Tu cherches à me piéger ?

— Pardon ?

— Ton père va me détester.

— Il te déteste déjà. Mon frère aussi. Mais tu es tout à fait capable de gagner leur affection. Tu es capable de gagner l'affection de n'importe qui.

Elle lui offrait l'occasion de redevenir un citoyen lambda pendant quelque temps, la possibilité d'échapper à la lumière des projecteurs et de faire une pause.

Ian le mit en garde :

— Ça va nuire à certaines de tes relations, Simon.

Tu avais des projets fermes. Et si je dois monnayer le retrait de ta participation au film que tu devais faire, ça va te coûter un max.

C'était indéniable, pensa Simon, mais sa santé mentale n'avait pas de prix. L'expérience lui avait appris que l'argent, même en quantité faramineuse, ne faisait pas le bonheur. D'ailleurs, ce n'était pas pour rien qu'on en avait fait un proverbe. C'était un cliché, et pour cause.

— Les producteurs de *Hellion* vont flipper si tu reportes ta participation trop longtemps, poursuivit Ian. Ça va créer des difficultés au niveau du casting, compliquer le calendrier du tournage en studio…

— S'ils ne peuvent pas attendre, ils n'auront qu'à chercher quelqu'un d'autre pour le rôle, répliqua Simon.

— Tu es sérieux ?

Ian était stupéfait, mais Simon ne se voyait pas travailler dans l'état d'esprit qui était le sien actuellement.

— Très sérieux.

Il se tourna vers Gail.

— Ecoute, c'est d'accord, on ira à Whiskey Creek.

— C'est vrai, tu viendras là-bas avec moi ?

Elle semblait sceptique et il ne pouvait le lui reprocher. Il songea à toutes ces heures passées à se languir douloureusement de son fils, dans sa chambre d'enfant. Peut-être le moment était-il venu d'effectuer un changement radical dans sa vie.

— Pourquoi pas ? Donnons à ton père une chance de se montrer sous son meilleur jour.

Avant toute chose, ils devaient se marier, Gail en était convaincue. Pour que Simon soit accepté par la population de Whiskey Creek, il lui fallait pouvoir afficher un statut de conjoint légal — à partir de là, il ne pourrait plus être relégué au rang de compagnon « temporaire ». D'où l'obligation de modifier le timing précédemment établi pour leur « période de séduction ».

N'ayant jamais été fiancée, elle ignorait tout de la marche à suivre pour légitimer une union, aussi effectua-t-elle des recherches sur internet depuis son Smartphone. Sans quitter le chevet de Simon, elle se renseigna sur la procédure d'obtention d'une licence de mariage.

Par chance, cela ne s'annonçait pas très compliqué. Du moment qu'ils étaient en mesure de fournir des papiers d'identité et la preuve de la dissolution de la précédente union de Simon, ils pouvaient, moyennant finances, obtenir une licence sur-le-champ. Pas besoin de prises de sang, pas besoin d'aller à Las Vegas.

En revanche, ils devaient se présenter ensemble devant l'officier de l'état civil du comté, et comme Simon n'avait pas encore été autorisé à quitter l'hôpital, il ne fallait pas compter pouvoir le faire aujourd'hui.

Ian était resté, lui aussi, mais Simon, assommé par les médicaments, ne parlait pas beaucoup et passait le plus clair de son temps à dormir. Plusieurs fois, Gail fut tentée de s'en aller afin de préparer leur grand déménagement. Mais elle était agacée par le nombre de soignants qui passaient dans la chambre. Sous prétexte de faire leur travail, ils entraient les uns après les autres. Gail était persuadée qu'ils ne venaient qu'en curieux, pour voir de près une star de cinéma, une attitude qu'elle jugeait des plus inconvenantes car Simon n'avait même pas conscience de leur présence.

Combien de fois dans la journée devait-on vérifier les points de suture d'un patient ? L'état de Simon ne justifiait en rien une surveillance aussi rapprochée. Il n'avait fait ni crise cardiaque ni AVC. Il avait simplement besoin de rattraper du sommeil en retard, et c'est à cela que servaient les médicaments qu'on lui administrait.

— La rumeur est en train de se propager, dit-elle à Ian alors que la porte se refermait sur un énième visiteur.

L'agent de Simon, les coudes en appui sur les genoux, se tenait la tête à deux mains. Il leva les yeux.

— De quoi parlez-vous ?

— C'est la cinquième infirmière qui entre dans sa chambre en moins d'une heure.

— Je sais. Si vous n'étiez pas là, elles auraient sûrement tenté de le séduire.

Au ton boudeur de Ian, Gail devina qu'il regrettait de s'être embarqué avec elle dans cette aventure. Il avait cru qu'elle permettrait à Simon de rester productif afin que les deux années à venir se déroulent sans encombre. Au lieu de quoi, voilà qu'elle mettait son client hors circuit.

— Ce n'est pas de cela dont Simon a besoin, mais d'une parenthèse, à l'abri des objectifs des photographes et loin de l'adulation dont il fait l'objet.

— Je vous trouve bien sûre de vous. Pourquoi on ne lui poserait pas directement la question ? Est-ce qu'il n'aimerait pas qu'une de ces jolies petites infirmières lui…

— Arrêtez…

Gail leva les yeux au ciel.

Ian cherchait à la choquer. Sans se laisser démonter, elle reprit :

— Moi, je vous propose un concept novateur : et si nous donnions à Simon ce dont il a besoin au lieu de lui donner ce dont il a envie ?

— Il n'a pas besoin que vous lui dictiez sa conduite. Il est majeur et vacciné !

Elle baissa la voix au cas où Simon émergerait de son sommeil.

— Qui est au bord de l'effondrement ? Si vous avez sollicité mon aide, c'est pour une bonne raison, vous vous rappelez ? Le fait que vous vous opposiez à le laisser faire ce qui est bon pour lui m'indique que vous lui êtes tout aussi néfaste que ses autres prétendus amis. Vous êtes tous des vautours, chacun attendant de le dépecer quand il sera à terre.

Ian se leva d'un bond.

— N'importe quoi ! Je me soucie bien plus de Simon que vous !

Gail se leva, elle aussi.

— Alors prouvez-le !

— Je n'ai rien à vous prouver.

— Alors au moins, arrêtez de faire la tête. Vous me rendez folle.

— Surtout, ne vous gênez pas pour rentrer chez vous, si vous en avez envie.

Certainement pas, songea Gail. Ce serait faire le jeu de Ian qui n'attendait que d'avoir le champ libre pour essayer de dissuader Simon de partir pour Whiskey Creek.

— Désolée de vous décevoir, Ian, mais il est hors de question que je vous laisse seul avec lui.

Il se pencha vers elle.

— Vous savez, c'est vraiment nul, ce que vous faites. Vous changez la règle du jeu en cours de partie.

— J'effectue des ajustements nécessaires, c'est tout.

Ian se passa les doigts dans les cheveux, hésita, puis poursuivit d'une voix plus calme, dans l'espoir de l'amadouer :

— Bon, écoutez, je marche pour un mois, d'accord ? Un mois, c'est suffisant pour se mettre au vert. Nous pouvons faire patienter les producteurs de son prochain film jusqu'à ce que sa main soit guérie, mais pas plus.

— Désolée, mais Simon doit quitter la vie publique suffisamment longtemps pour en ressentir des effets bénéfiques, pour décompresser et se concentrer sur d'autres…

Une énième infirmière entra dans la chambre, mais à peine eut-elle franchi le seuil que l'expression du visage de Gail la fit se figer. Balbutiant un rapide « Pardon », elle s'éclipsa comme si elle était entrée par erreur.

Ian émit un petit sifflement.

— Bonté divine, vous êtes un véritable cerbère !

— Ecoutez, Ian, vous me connaissiez avant d'accepter notre marché.

— Mais j'étais loin d'imaginer que vous persuaderiez Simon d'arrêter de travailler !

— Il n'arrête pas de travailler, il fait juste une pause, afin de restaurer sa relation avec son fils et de préserver sa carrière. Et vous pouvez me traiter de tous les noms, vous ne me ferez pas fléchir. Maintenant que je me suis engagée, j'irai aussi loin qu'il le faudra, alors autant vous faire une raison dès maintenant.

Simon remua mais n'ouvrit pas les yeux.

— Dites donc, vous deux, vous pourriez pas aller vous engueuler ailleurs ?

Qu'avait-il perçu de leur discussion ? Gail échangea avec Ian un regard interrogateur. Mais son impression était que Simon n'avait pas saisi grand-chose en dehors de l'âpreté de leur conversation.

— Excuse-moi, dit Ian. Je crois que je vais y aller.

Simon ouvrit les yeux.

— Je m'étonne que tu sois resté aussi longtemps. Tu dois crever d'ennui, ici.

— J'ai pensé que tu aurais peut-être besoin de moi, mais… tu es en bonnes mains avec Attila le Hun.

— Attila était un homme, répliqua Gail d'une voix cassante.

— Je suis au courant, rétorqua-t-il sur le même ton.

— Je n'en doute pas.

Ian se pencha en avant et ajouta :

— Il était impitoyable, non ?

Simon leva sa main valide.

— Qu'est-ce qu'elle t'a fait ?

— Comment puis-je arracher à certaines de ces infirmières leur numéro de téléphone si ce pit-bull les fait fuir ?

Du plat de la main, Ian lissa sa chemise froissée.

— Je vais faire le vide dans ton emploi du temps,

reprit-il, d'un ton indiquant clairement qu'il considérait cela comme une erreur.

Comme la porte se refermait sur son agent, Simon inclina son lit vers l'avant et se tourna vers Gail.

— Qu'est-ce qui se passe entre vous deux ?

Les muscles noués d'être restée assise toute la journée, Gail fit jouer ses épaules.

— Je lui ai fait comprendre que je ne le laisserai pas se mettre en travers de mon chemin, c'est tout.

— Et il s'est écrasé, comme ça ?

— Je préfère penser qu'il a fini par se ranger à mon avis.

— Je ne sais pas…

Il la dévisagea, les sourcils froncés.

— Draguer les infirmières, ce n'est jamais une idée *complètement* mauvaise.

Gail sursauta. Simon suivait donc leur discussion depuis un certain temps…

— Pourquoi me poses-tu la question puisque tu connais la raison de notre dispute ?

— Franchement ? C'est le seul passage de votre conversation dont je me souvienne.

De toute évidence, il s'attendait qu'elle lui fasse la leçon, qu'elle lui rappelle de ne pas perdre de vue ses priorités, mais pour quelle raison lui aurait-elle infligé un sermon de plus ? Simon plaisantait. Et elle commençait à le soupçonner de se faire passer pour superficiel et hédoniste dans le but de cacher son hypersensibilité à son entourage. En un sens, il était plus facile pour lui de choquer les autres que de leur laisser entrevoir la profondeur de sa détresse.

— Contente-toi plutôt de profiter de l'action des antalgiques, ironisa-t-elle. Car c'est l'unique réconfort dont tu bénéficieras ici.

Elle lui adressa un sourire facétieux.

— Et par la suite, les choses ne feront que se dégrader puisque nous serons mariés.

— Hé ! c'est moi qui suis censé te rabaisser !

— Nous nous connaissons si bien que je sais d'avance ce que tu vas dire.

Il ne réagit pas.

— Alors… à quand le grand jour ? La date a dû changer, j'imagine. Tu vas vouloir être mariée avant de me présenter à ton cher papa, je me trompe ?

Non, il ne se trompait pas, évidemment. Mis devant le fait accompli, Martin ne pourrait plus la dissuader d'épouser Simon ou désapprouver leur cohabitation.

— Qu'en sais-tu ?

— Tu dois bien avoir un moyen de leur faire accepter un… comment tu m'as appelé, déjà ? *Un débauché ?*

Sa voix rendue pâteuse par les médicaments, il articulait mal certains mots mais cela n'empêchait pas Gail de les comprendre.

— Ce sera à toi de te faire accepter tout seul. Mais pour répondre à ta question, je propose que nous nous mariions dès que tu seras rétabli.

— Je serai sur pied demain. Nous en profiterons pour nous procurer des alliances.

Avant de fermer les yeux, il parvint à ajouter une dernière chose :

— Tu n'es pas obligée de rester ici, tu sais…

Etant donné la relation tendue qu'entretenait Simon avec le reste de sa famille, qui d'autre qu'elle viendrait à son chevet ? L'un de ses gardes du corps ? Son chauffeur, une femme de ménage ? Tout cela semblait terriblement impersonnel.

— Désolée, mais j'ai passé ma journée à refouler des hordes d'infirmières. Ce n'est pas maintenant que je vais abandonner la place.

Comme pour souligner son propos, la porte s'ouvrit sur un soignant. Simon se tourna vers Gail et lança d'un air railleur.

— Avec celui-ci au moins, je ne risque rien !

Toute à sa contrariété, elle ne releva pas.

— Y a-t-il une raison particulière à votre présence dans cette chambre ? demanda-t-elle sèchement au jeune homme.

Une expression penaude se peignit sur son visage.

— En fait, je suis un grand admirateur et…

Il brandit un papier et un stylo tandis que son regard se posait sur Simon.

— Je me demandais si… si je pourrais avoir un autographe. J'ai vu *Frissons* des dizaines de fois.

— Si ça ne vous dérange pas que je… Si ça ne vous dérange pas que je fasse juste une croix, marmonna Simon, mais Gail savait qu'il était trop groggy pour tenir un stylo.

Et puis, sa main droite était inutilisable. Ce type était sans doute un infirmier ou un manipulateur en radiologie, mais dans tous les cas quelqu'un qui aurait dû savoir qu'on ne fait pas irruption dans la chambre d'un patient sans raison valable.

— Sortez d'ici et laissez-le se reposer ! ordonna Gail. Et si vous ne posez pas un panneau sur sa porte restreignant l'accès à cette chambre au personnel autorisé, je porterai plainte contre vous et cela pourrait se terminer devant un juge.

L'homme écarquilla les yeux.

— Mais… je ne voulais pas…

Elle insista.

— Je suis certaine qu'un bon avocat saura trouver un chef d'accusation approprié. Si vous tenez à votre emploi, vous ne devez pas avoir envie de vous retrouver dans une telle situation, non ?

— Non, madame, murmura l'infirmier avant de s'éclipser à toute vitesse.

Simon se mit à pouffer.

— Bon Dieu, avec toi, pas besoin de service de sécurité !

Gail se laissa choir dans son fauteuil — toujours aussi inconfortable.

— Je me réjouis que te le penses car, à Whiskey Creek, tu n'auras pas de gardes du corps.

La bonne humeur déserta le visage de Simon.

— Ah bon ?

— Non. Ni femme de ménage, ni chef cuisinier, ni chauffeur.

Il lui lança un regard noir.

— Et pourquoi ça, bon sang ?

— C'est trop compliqué, surtout dans un endroit aussi petit que Whiskey Creek.

— Il faudra pourtant bien que *quelqu'un* fasse la cuisine.

— Je la ferai si tu te charges de conduire.

— Tu es bonne cuisinière ? demanda-t-il, sceptique.

— Pas mauvaise.

— Tant mieux. Parce que moi, je suis un sacré conducteur. On prendra ma Ferrari.

Gail croisa les jambes.

— Tu tiens vraiment à ce que les gens te détestent encore plus ?

— Le fric, c'est la seule chose qui me reste. Alors autant que j'en profite !

— Plus tard. Sinon, les gens verront cela comme une provocation de ta part. Je te rappelle que notre objectif est de créer l'image humble d'un homme transformé.

Simon tenta d'arranger son oreiller malgré sa main bandée.

— Si j'ai bien compris, les gens de ton bled ne me feront pas de cadeaux.

Elle s'était efforcée de lui présenter leur plan comme une chance pour lui de repartir du bon pied. C'était d'ailleurs sa conviction profonde. Et, contrairement à Ian, Simon l'avait bien compris, sinon jamais il n'aurait accepté ce mariage. Il semblait même un peu excité par l'aventure. Bien sûr, dès que l'effet des médicaments se serait estompé, il serait effrayé par le défi que représentait leur opération de communication. Cela faisait longtemps qu'il n'avait pas connu de relation d'égal à égal. Parce qu'il n'avait pas de vrais amis, estima Gail.

A Whiskey Creek, tout serait différent. Simon redeviendrait un citoyen comme les autres, une personne normale, ou du moins aussi « normale » que le permettait son immense célébrité. Restait à espérer qu'il saurait plaire aux habitants et développer avec eux des liens de confiance mutuelle, de respect, bref des sentiments profonds. Pour le moment, c'était de cela dont il avait besoin.

— La plupart d'entre eux ne te lécheront pas les bottes, c'est certain, mais tu n'en mourras pas.

— J'ai hâte d'y être…

Etouffant un petit rire, elle cliqua sur le site d'ESPN.

— Tu sais que les Lakers jouent contre le Heat, ce soir ?

Simon posa sa main blessée sur sa poitrine.

— De quoi tu me parles ?

— De basket.

— Ça, je le sais. Je me demande juste *pourquoi* tu me dis ça. Tu détestes le sport.

— Je suis en train de reconsidérer ma position, figure-toi. De toute façon, tu étais un grand fan des Lakers, avant.

— Je ne les ai pas suivis durant la présaison.

Gail nota que Simon s'était désintéressé de beaucoup de choses qu'en temps normal il appréciait. Il faudrait également remédier à cela…

— Je sais. Alors ?

— Alors quoi ?

— Ils vont commencer fort si jamais ils gagnent.

— Combien de matches ont-ils remporté jusqu'à maintenant ?

— Huit sur leurs dix premiers.

Elle l'informa de tous les détails avant de passer au

reste de l'actualité sportive. Puis, elle se rendit sur d'autres sites et lui fit part de bribes d'informations concernant l'Egypte, le Soudan, tous les lieux où intervenaient des Américains hors de leur pays. Elle espérait ainsi rappeler à Simon que Los Angeles n'était pas la seule ville du monde et que la gloire, l'industrie du cinéma ou ses ennuis actuels ne pesaient pas lourd comparés au reste de l'actualité.

Savoir que des gens se font tuer ou expulser de chez eux aidait à prendre du recul.

— Tu te crois très maligne, hein ?

Elle lui sourit d'un air innocent.

— Je te demande pardon ?

— Comment je vais faire pour te supporter ?

— Faire semblant de m'aimer constituera le plus grand défi de toute ta carrière d'acteur.

Simon laissa passer quelques secondes avant de s'enquérir :

— Il y a combien d'habitants à Whiskey Creek ?

— Whiskey Creek — population totale : 2 000. A cent âmes près.

Simon ne semblait plus aussi affecté par la somnolence, remarqua-t-elle.

— Et tous ces gens-là vont me haïr sans exception ?

Gail laissa tomber son téléphone portable dans son sac.

— A cent âmes près, oui.

Il plissa les yeux.

— Je leur donne deux semaines pour me manger dans la main.

— Ravie de te l'entendre dire.

Elle ne doutait pas une seule seconde qu'il puisse y parvenir — elle espérait juste ne pas faire partie du lot.

14

Chacun des diamants était énorme, bien plus gros que tous ceux que Gail avait eu l'occasion de voir auparavant. Quant à leur prix... La maison de l'Américain moyen ne coûtait pas autant.

M. Nunes, installé dans le séjour de Simon, avait étalé tout son trésor en vrac sur un carré de velours noir. Brandissant entre le pouce et l'index un énième diamant de cinq carats, il fanfaronna :

— Celui-ci est d'une qualité que vous ne trouverez nulle part ailleurs. Regardez cette pureté !

Il était magnifique. Mais les autres l'étaient tout autant.

— Combien ? demanda Gail, s'attendant à une autre somme astronomique — le précédent coûtait la bagatelle de quatre cent trente-cinq mille dollars...

Nunes commençait à montrer une certaine irritation devant son insistance à vouloir connaître la valeur de chaque pierre.

— Si c'est celui-ci qui vous plaît, je suis certain que Simon et moi trouverons un arrangement.

Il se pencha pour plonger son regard dans celui de Gail.

— Il s'agit de votre bague de fiançailles. Le prix n'entre pas en ligne de compte.

C'était facile à dire pour lui. Mais, étonnamment, Simon ne discuta pas ce point-là avec Nunes. Pas plus qu'il ne demanda à voir des diamants plus petits ou moins chers. Il se contentait de regarder tout en remuant ses doigts qui dépassaient de son bras en écharpe.

— Sa taille est parfaite, ajouta Nunes. Et il n'a aucune couleur. Des diamants de cette taille, de couleur D et de pureté IF, sont très rares.

— Est-il plus cher que le précédent ? demanda Gail.

Nunes balaya sa question d'un geste dédaigneux de la main.

— Guère plus.

Qu'entendait-il par là ? Cinq mille de plus ? Dix mille ? Gail aurait voulu que le joaillier se montre plus précis. Simon était riche, mais ce n'était pas une raison pour qu'il paye les yeux fermés.

— Combien de temps vous faudra-t-il pour le sertir ? demanda-t-elle.

— Je peux l'avoir dans trois jours. Je ferai de vous ma priorité absolue.

A ce prix-là, c'était la moindre des choses ! Mais…

— Je ne sais pas.

Dépassée par les prix et le choix des pierres, Gail fronça les sourcils.

— Peut-être… Peut-être devrions-nous encore y réfléchir, Simon et moi.

Simon la dévisagea, perplexe.

— Réfléchir à quoi ? Il doit y avoir une centaine de diamants, ici. Tu dois pouvoir trouver ton bonheur parmi eux.

Elle adressa à Nunes un sourire contrit.

— Veuillez nous excuser quelques instants.

— Choisis-en un, qu'on puisse décider de la monture, insista Simon.

Mais, déjà, elle le saisissait par la manche de son bras valide pour l'attirer hors de la pièce.

— Qu'est-ce que tu fais ? l'interrogea-t-il lorsqu'ils furent seuls dans le vestibule.

— Je crois qu'on devrait laisser tomber, pour le diamant.

Simon écarquilla les yeux.

— Il te faut une bague pour le mariage !

— Il nous en faut une à tous les deux. Mais de simples alliances en or feront très bien l'affaire, je t'assure.

— Enfin, pourquoi voudrais-tu te contenter d'une alliance en or ?

Elle n'en savait rien. Il y avait quelque chose de… de factice à choisir un gros diamant alors que, dans leur cas, cette bague ne serait investie d'aucune signification particulière. Elle avait l'impression de bafouer tous les symboles traditionnels du mariage. Elle comprenait qu'une personne aussi riche que Simon puisse acheter une pierre pareille pour témoigner son amour à la femme de sa vie mais, justement, elle n'était pas la femme de sa vie. Tout cela n'était donc pas… correct. Surtout lorsqu'elle songeait à l'énorme somme d'argent qu'allait devoir débourser Simon pour annuler sa participation au prochain film qu'il aurait dû tourner.

— Je ne veux pas être responsable de l'achat d'un bijou aussi onéreux. Et si jamais je le perds ?

— Il sera assuré.

Mais un diamant — surtout de cette taille ! — ne faisait pas partie de leur accord. Du moins, elle ne l'entendait pas ainsi lorsqu'elle avait fait stipuler dans le contrat que l'achat des bagues incomberait à Simon. Sa conscience exigerait qu'elle lui rende ce bijou une fois leur divorce prononcé, alors à quoi bon s'y attacher ?

— Il est inutile d'établir des comparaisons entre Bella et moi, Simon. Restons simples, modestes et sobres dans l'élégance.

— Tu es sérieuse, là ?

— Tout à fait. Nous devons vendre au public le fait que notre mariage est différent des unions typiquement hollywoodiennes. Nous nous concentrons sur l'essentiel. Pas de cérémonie en grande pompe. Pas de coups médiatiques. Pas de train de vie luxueux. Il ne doit y avoir que nous et notre amour, dans une petite maison de ma bourgade natale, et cela jusqu'à ce que, hélas ! nous nous éloignions peu à peu l'un de l'autre et que nous divorcions à l'amiable, bien entendu.

Simon la dévisagea avec attention.

— Tout cela aurait-il un rapport avec la proposition que je t'ai faite ? Tu as peur de devoir coucher avec moi en échange de ce diamant ?

— Non.

— Alors c'est quoi ? Tu ne veux éprouver aucun sentiment positif à mon égard ?

— Non, ce n'est pas ça non plus, affirma Gail, sans se résoudre à croiser son regard.

Simon en tira une conclusion hâtive.

— Même mon argent n'est pas assez bien pour toi, alors ! Je comprends…

En le voyant regagner le séjour, elle comprit qu'elle l'avait offensé. Il croyait qu'elle ne le laisserait pas se racheter en lui offrant un cadeau, qu'elle le trouvait indigne d'elle.

Là n'était pas la question, hélas ! Simon lui plaisait, qu'elle approuve ou non ses actes. Et ce n'était certes pas un diamant d'un demi-million de dollars qui l'aiderait à lutter contre cette attirance…

Il fallut presque une semaine à Gail et à Ian pour préparer la cérémonie, et le jour fatidique approchait à grands pas. Ils avaient donné à Simon le temps de se remettre un peu, de se procurer la licence de mariage et d'acheter les alliances. Ian avait trouvé quelqu'un qui pourrait les unir légalement. Moyennant un supplément d'honoraires, cette personne consentait à se déplacer jusque chez Simon. Ils organiseraient une petite cérémonie toute simple, dans l'intimité, avec Josh et Ian comme témoins.

Cette cérémonie officialiserait leur union et, en moins d'une heure, tout serait fini.

Ce n'était pas tout à fait le genre de mariage dont avait rêvé Gail quand elle était adolescente, mais il lui fallait s'accommoder de ce que la vie lui offrait, comme tout le monde.

Assise dans la chambre de Simon, où elle avait passé la plupart de ses nuits afin de préserver les apparences, elle s'appliquait du vernis sur les ongles. Elle venait de finir la première main quand on frappa à la porte.

— Qui est là ?

— Moi. Tu vas bien ?

Josh venait la voir ! Le seul fait d'entendre sa voix apaisa ses nerfs à fleur de peau.

— Je suis toujours en vie, répliqua-t-elle en se levant d'un bond pour le faire entrer.

— Tu es splendide ! s'exclama-t-il dès qu'elle ouvrit la porte.

Il semblait sincèrement impressionné. Gail aussi trouvait sa tenue à son goût. La veille, Simon l'avait envoyée, munie de sa carte de crédit, faire des emplettes dans Rodeo Drive, mais au vu des derniers articles parus dans la presse, elle s'était sentie trop exposée au milieu de toutes ces boutiques de luxe. Dissimulée derrière une paire de lunettes noires, elle s'était rendue au centre commercial le plus proche, ce qui lui avait permis de se fondre dans la foule et d'ajouter un tailleur à sa collection déjà impressionnante. Son choix ne serait guère du goût de Ian ni de Simon, elle le savait. Mais ce tailleur-là était bleu canard et puis il lui rappelait les modèles cintrés des années 1940. Elle avait presque l'impression de devoir l'assortir d'un bibi fantaisie.

— C'est vrai ?

Elle pivota sur elle-même.

— Ça ira ?

— Il te va divinement bien. Simple mais classe.

Gail laissa échapper un soupir nerveux. Josh était le plus intransigeant des *fashionistos.* Si sa tenue n'avait pas été seyante, il n'aurait pas hésité une seule seconde à le lui dire.

— Et toi, prêt à jouer ton rôle de témoin ?

Il dégaina un petit appareil photo de sa poche.

— Autant que celui de photographe officiel !

Elle savait qu'il s'occuperait aussi de vendre ces photos à *People.* Ils en étaient convenus à l'avance.

— Formidable. Simon est en bas ?

— Il attend dans la bibliothèque. C'est là qu'ils ont décidé d'organiser la cérémonie.

— Que porte-t-il ?

— Un costume. Oh ! il est super mignon… même avec son gros bandage à la main.

— Oh ! toi… Tu le trouves mignon dans n'importe quelle tenue.

— Parce que c'est la vérité !

Sur ce point, elle ne pouvait guère le contredire.

— Et l'officiant ? Il est arrivé ?

— L'officiant ? Oh ! tu veux dire *le pasteur…* Non, il n'est pas encore là, mais il est en route.

Josh souleva la main dont Gail n'avait pas encore verni les ongles.

— Tu ne devrais pas terminer ce que tu as commencé ?

— Je m'apprêtais à le faire.

Elle se peignit les ongles en rose tandis que Josh continuait son bavardage, mais lorsqu'elle eut fini, il la dévisagea avec attention.

— Tu ne vas pas t'évanouir, quand même ?

— Non, pourquoi ?

— Tu es toute pâle.

— C'est ma couleur naturelle.

Mais son rire mal assuré confirmait qu'elle n'était pas dans son élément. Ce qu'ils étaient en train de faire risquait d'attirer un mauvais karma. Simon et elle allaient promettre de s'aimer, de s'honorer et de se chérir jusqu'à leur mort sans la moindre intention de respecter leurs vœux. Sans être superstitieuse, Gail ne pouvait s'empêcher de se demander si cela n'allait pas lui porter malheur.

— J'ai vu les bagues, dit Josh.

Son ton indiquait qu'il n'était guère impressionné.

— A quoi ressemblent-elles ?

— Comment, tu n'es pas au courant ? Ce sont de simples alliances en or. Quel minable, ce type ! Pourquoi ne t'a-t-il pas offert quelque chose de scandaleusement cher ?

— C'est moi qui ai refusé.

Elle s'éventa les ongles pour faire sécher le vernis.

— J'essaie de garder les pieds sur terre. De rester quelque peu dans la réalité. Sinon, tout cela va me sembler trop… excentrique.

— Et moi, j'ai un scoop pour toi, miss DeMarco. Tu vas épouser l'une des plus grandes stars d'Amérique. Dans ces conditions, comment ne pas être excentrique ? Moi, je lui aurais demandé le plus gros diamant du monde !

— Pourquoi lui infliger une telle dépense ? Cela n'aurait eu aucun sens. Et il aurait tout de même fallu que je lui restitue la bague à la fin.

Josh la dévisagea comme si elle avait perdu la raison.

— Qui a dit ça ?

Ils furent interrompus par un coup frappé à la porte.

— Miss DeMarco ?

— Oui ?

— Tout le monde est prêt, vous êtes attendue dans la bibliothèque.

Simon avait envoyé une employée la chercher. Redressant les épaules, Gail adressa de nouveau à Josh un sourire timide.

— On y va ?

— Je vous en prie, chère madame…

Et d'un geste aussi théâtral que galant, il l'escorta jusqu'en bas.

*
* *

Comme prévu, Simon l'attendait dans la bibliothèque. Rasé de près, les cheveux coiffés en arrière, il était aussi beau que le portrait qu'en avait fait Josh. A côté de lui se tenait Ian, en costume lui aussi, à l'évidence peu enthousiaste. La seule autre personne présente dans la pièce était un homme d'allure distinguée, aux cheveux argentés, qui se présenta comme étant le révérend Bob Grady, pasteur des Disciples unis de l'Eglise du Christ.

Gail n'avait pas la moindre idée de ce que pouvaient être les croyances de cette église dont elle n'avait jamais entendu parler mais, songea-t-elle, c'était sans importance.

— Enchantée de faire votre connaissance…

— Je m'entretenais avec Simon du genre de cérémonie que vous souhaitiez, tous les deux, expliqua le pasteur. Certaines personnes rédigent leurs propres vœux, mais il m'a expliqué que vous préfériez vous en tenir à la récitation des vœux traditionnels. Est-ce exact ?

— Oui, ce sera très bien comme ça.

Son cœur cognait dans sa poitrine. Elle n'osait pas lever les yeux vers Simon mais sentait son regard peser sur elle. Etait-il gagné par un sentiment d'espoir ? Etait-il soulagé à l'idée que ce jour était enfin arrivé et qu'ils allaient pouvoir en finir avec cette partie-là du contrat ? Hésitait-il à se lancer dans le plan qu'ils avaient élaboré ? Elle n'en savait rien et ne voulait surtout pas le savoir, de peur de saper sa propre détermination.

Le pasteur hocha la tête.

— Alors, c'est ainsi que nous procéderons. Si vous voulez bien joindre vos mains — autant que cela vous est possible, se reprit-il en désignant la blessure de Simon, et vous faire face devant moi, nous allons commencer.

Simon s'avança et obéit aux instructions. A ce stade, Gail devait le regarder. Il semblait pensif. Peut-être partageait-il sa nervosité. Elle devinait pourquoi. Il avait juré de ne jamais se remarier. Or, même si cette union n'était pas une union classique, authentique comme l'avait été la première, elle en présentait tous les dehors.

Elle faillit se retourner pour vérifier qu'ils étaient tous bien convaincus d'agir au mieux, mais Simon resserra son étreinte pour l'empêcher de bouger, et elle décida qu'en fin de compte seule comptait la force de son engagement à lui.

Elle sentit la sueur lui dégouliner dans le dos tandis que le révérend Grady débutait la cérémonie. Sa crainte d'un mauvais karma empira, surtout lorsque le pasteur prononça les mots « pour le meilleur et pour le pire » et « jusqu'à ce que la mort vous sépare ».

Néanmoins, elle parvint à répéter ces paroles. Simon fit de même sans paraître trop paniqué. En fait, il avait l'air… résolu.

Ils échangèrent leurs alliances, et le prêtre prononça la formule : « Je vous déclare à présent mari et femme. Simon, vous pouvez embrasser la mariée. »

Gail savait que Simon était passé en mode professionnel — il jouait la comédie. Il avait l'habitude de ce genre de gestes intimes, cela ne lui faisait aucun effet. Elle, en revanche, sentit ses genoux se dérober sous elle au contact de ses lèvres chaudes. Espérant jouer son rôle aussi bien que lui jouait le sien, elle noua ses bras autour de son cou — jusqu'à ce que la langue de Simon s'insinue dans sa bouche. Alors, elle s'écarta.

Si elle étonna le prêtre en interrompant leur baiser, il n'en montra rien. Avec un sourire approbateur, il lui serra le coude, puis, lorsque Simon se fut détourné pour s'entretenir avec Ian, il s'adressa à elle à voix basse :

— J'espère que vous pourrez lui apporter la paix de l'esprit.

— Je l'espère moi aussi, murmura-t-elle.

Ils posèrent pour des photos. Puis Josh la prit dans ses bras.

— Félicitations, Gail ! Tout va bien se passer, tu le sais ?

— Bien sûr que je le sais. Nous connaissons tous deux…

Elle s'interrompit, puis baissa la voix pour que le pasteur ne surprenne pas leur conversation.

— … l'enjeu de ce mariage, acheva-t-elle.

Elle se força à afficher un sourire lumineux en s'écartant de Josh, mais elle était dangereusement proche des larmes.

— Rendez grâce à Dieu pour chaque jour que vous passerez ensemble, conclut le pasteur. Puisse votre union être longue et féconde…

Lorsque Gail entendit Simon le remercier, elle fut une fois de plus gênée par les mensonges qu'ils proféraient tous les deux. Mais ce ne fut que lorsque Simon raccompagna Josh, Ian et le révérend Grady qu'elle s'autorisa à se laisser choir dans l'un des fauteuils en cuir alignés contre le mur. Elle se prit la tête entre les mains.

— Ils sont partis, annonça Simon en revenant près d'elle.

Elle leva les yeux.

— Je n'arrive pas à croire que nous l'ayons fait, que nous soyons allés jusqu'au bout.

Il s'adossa à la porte.

— Tu penses à quitter le navire ?

— Non, pas vraiment. Mais…

Elle acheva sa phrase dans un murmure afin que personne ne puisse l'entendre.

— Je me suis sentie comme une idiote en prononçant ces vœux. Pas toi ?

Il la dévisagea durant un temps qui lui parut interminable.

— J'ignorais à quel point ça m'avait manqué.

Elle ignorait de quoi il parlait.

— Qu'est-ce qui t'avait manqué ?

— Tu es vraiment… candide.

Gail ne saisissait toujours pas.

— Parce que je ne regarde pas de porno ou parce que…

— Non.

Il eut un petit rire, comme si le sens de sa remarque était évident, mais Gail n'avait pas la moindre idée de ce que Simon essayait de lui faire comprendre. Jamais encore on ne l'avait qualifiée de « candide ». Ce n'était pas un mot que la plupart des gens associaient à une femme active, encore moins à une femme de plus de trente ans.

— Et alors ? demanda-t-elle.

Il secoua la tête.

— Tu es si dure et si inflexible que…

Elle leva une main.

— Tu as déjà fait allusion à mon manque de qualités… féminines.

Simon se rapprocha d'elle.

— … que je m'attends toujours que tu sois désabusée et intéressée, acheva-t-il, ignorant sa remarque. Mais c'est faux. Tu n'es pas du tout ce genre de femme.

Changeant de position dans le fauteuil en cuir géant mais confortable, Gail s'abîma dans la contemplation de ses ongles vernis pour éviter de lever les yeux vers lui — mais elle finit par le regarder quand même.

— Je vais sans doute me maudire de t'avoir posé cette question, mais… selon toi, qui suis-je ?

— Quelqu'un d'honnête, de sincère et qui a trop bon cœur pour ne pas en souffrir.

Il fronça les sourcils, comme si toutes ces qualités étaient l'ultime épreuve dans la longue série de calamités qu'il avait eu à affronter dernièrement.

— Je te le répète, quelqu'un de candide.

— Et tu n'apprécies pas plus la candeur que la dureté et le côté inflexible, c'est ça ?

Il essaya tant bien que mal de desserrer sa cravate d'une seule main.

— C'est là que tu te trompes. J'ai une *folle envie* de candeur. C'est si rare dans mon univers que cela m'attire énormément. C'est pourquoi je crains que nous ne nous retrouvions confrontés à un problème inattendu.

— Admirer un trait positif de mon caractère, ce serait un problème pour toi ?

— Ça pourrait l'être, pour toi. C'est pourquoi je vais joindre ma voix au concert de toutes celles qui ont déjà tenté de te dissuader : si tu sais ce qui est bon pour toi, tu dois quitter cette maison à la seconde et déposer une requête en annulation.

Il parlait sérieusement.

— Je vois que tu as confiance dans notre entreprise ! répliqua-t-elle avec ironie. C'est encourageant.

Simon clarifia son discours :

— J'ai mauvaise conscience, Gail.

— Parce que tu as prononcé des vœux qui ne signifiaient rien pour toi ?

— Parce que je sais que je finirai par anéantir ta candeur et ton innocence.

— Et comment comptes-tu t'y prendre ?

— Tu n'es pas passée par ce que j'ai enduré, Gail ; toi, tu n'as pas perdu la capacité d'aimer.

Il désigna la porte du menton.

— Alors file tant que tu le peux encore ! Je resterai ton client. Fais ce qu'il faut pour redresser ton agence…

Et lui, que ferait-il ? Il continuerait à noyer ses démons dans l'alcool ? Il avait déjà bien gâché sa vie. Gail ignorait s'il méritait la seconde chance qu'elle avait montée de toutes pièces pour lui, mais elle voulait qu'il la saisisse, juste pour voir.

— Tu lis trop de choses dans un seul baiser, Simon. Ce n'était rien. J'étais gênée d'avoir un public, c'est pour cela que j'ai réagi comme je l'ai fait.

Il ne répliqua pas. Mais son expression sceptique incita Gail à poursuivre.

— Allons, Simon, tu n'es tout de même pas irrésistible à ce point !

Elle n'avait qu'à se remémorer les risques qu'il y avait à tomber amoureuse de lui et tout irait bien. Ce n'était pas comme si elle s'embarquait dans cette aventure les yeux fermés. Même Simon s'était montré franc avec elle, au sujet de ses limites.

Le regard de Simon s'attardait sur son corps.

— Je te donne une semaine.

— Une semaine pour quoi ?

— Pour enfreindre ton principe d'abstinence sexuelle. Tu ne tiendras pas plus.

La prise de conscience qui s'était si violemment imposée à Gail tandis que Simon la tenait dans ses bras resurgit dans son esprit. Elle désirait cet homme et il le savait. Elle l'avait désiré dès la première fois qu'elle l'avait vu sur un écran de cinéma.

Mais ni plus ni moins que la plupart des femmes. Et elle n'était pas assez sotte pour céder à cet élan.

— Cesse de chercher à me faire peur pour me dissuader de continuer. Nous sommes déjà parvenus à ce stade. Maintenant, nous irons jusqu'au bout.

Elle se leva.

— Bon, je rentre chez moi faire mes bagages et je te suggère de faire de même. Nous partons pour Whiskey Creek demain dans la matinée.

— Quoi, tu découches ?

— Eh oui…

Il rit doucement.

— Tu vois ?

— Qu'est-ce que je vois ? dit-elle.

— Tu l'as senti.

— Je n'ai rien senti du tout. J'ai simplement une montagne de choses à faire, répliqua-t-elle.

Mais il lui fallait du sommeil, et le fait qu'elle ait décidé de dormir dans son propre lit n'avait rien d'anodin, même à ses propres yeux.

Lorsqu'elle l'effleura en passant, Simon se raidit mais

ne fit aucun geste pour l'arrêter. Pas plus qu'il ne tenta de la persuader de rester.

— Nous irons à Whiskey Creek dans ma Lexus, alors sois prêt quand je passerai te chercher demain matin, lui dit-elle, avant de tourner les talons.

15

Le premier contact de Simon avec la bourgade natale de Gail prit la forme d'une pancarte, sur la voie rapide sinueuse qu'ils suivaient depuis qu'ils avaient quitté l'Interstate 5 :

« Bienvenue à WHISKEY CREEK,
au cœur du Pays de l'Or. »

Ils avaient traversé d'autres localités similaires. Jackson et Sutter Creek dataient également des années 1800, l'époque de la ruée vers l'or — et cela se voyait. Cependant, Whiskey Creek avait quelque chose de différent. Une différence subtile, mais que Simon perçut aussitôt. Il y avait dans cette petite ville une unité certaine, une fierté évidente dans la manière dont les bâtiments étaient entretenus. Cet endroit, songea-t-il, aurait dû s'appeler : « La Vallée du bonheur ».

Gail écarta sa ceinture de sécurité pour se tourner vers lui.

— Alors, qu'en penses-tu ?

— C'est… intéressant.

Il avait insisté pour conduire, même s'il ne connaissait pas la route. Il lui fallait garder tout au moins un *semblant* de contrôle sur la situation et Gail ne s'y était pas opposée. Elle semblait assez satisfaite de jouer le rôle de copilote.

— Ça ne te plaît pas ?

Tenant le volant de la main gauche, Simon fit glisser

ses lunettes de soleil le long de son nez à l'aide de sa main blessée pour se faire une meilleure idée de l'environnement.

— Le paysage est splendide. Simplement, je n'ai jamais vécu dans un endroit aussi petit. Je ne sais pas si je réussirai à m'adapter.

Gail baissa la vitre de son côté et passa la tête au-dehors, comme si elle était impatiente de humer l'air de son pays.

— Rien n'est plus beau que les contreforts, surtout à l'automne.

L'amour de Gail pour sa région suscitait l'étonnement de Simon. Bien qu'ils ne se soient jamais livrés au jeu des confidences, à l'époque où il était encore son client, ils avaient passé pas mal de temps ensemble. Hormis une ou deux allusions à l'endroit d'où elle était originaire, elle ne lui avait jamais parlé de Whiskey Creek. Cela dit… elle avait toujours été très boulot-boulot. C'était le premier aperçu qu'il avait de son passé, auquel il n'avait jamais eu aucune raison de s'intéresser.

— Pourquoi tu es partie d'ici ?

Gail baissa le volume de la radio.

— Pour les mêmes raisons qui font que j'y reviens aujourd'hui. Ma famille vit ici. Et puis je connais tout le monde.

— Et c'est un point négatif pour toi ?

— Mon père peut se montrer… un peu dominateur et intransigeant.

Simon avait déjà eu cette impression.

— Et puis, quand tu connais tout le monde, tu n'as aucune chance de sortir du rang et d'avoir un parcours différent de ce que les gens attendent, ajouta-t-elle. Cela peut être… réducteur.

Elle leva les yeux au ciel.

— Et puis, il y a les inévitables ragots…

— J'ai du mal à imaginer qu'on puisse jaser sur ton compte ! Tu es tellement comme il faut…

Il lui lança un regard en biais pour voir si elle réfuterait son affirmation.

— Je n'ai pas toujours été à mon avantage, dans certaines situations…

— Cite-moi un exemple…

— Non, je préfère éviter. Ces incidents ont été assez pénibles à l'époque où ils se sont produits. Je ne tiens pas à les revivre en t'en parlant.

Elle fouilla dans son sac et en sortit un paquet de chewing-gums.

— Maintenant que nous sommes mariés, les commérages vont aller bon train.

— Contrairement à toi, j'ai l'habitude d'être au centre de toutes les conversations.

D'un signe de la tête, il refusa le chewing-gum qu'elle lui proposait.

— Je ne pense pas pouvoir me sentir chez moi quelque part si je ne suis pas le point de mire de tout le monde, déclara-t-il pour plaisanter.

— Dans ce cas, tu te sentiras ici comme un poisson dans l'eau.

Elle le gratifia d'un large sourire.

— De toute façon, je devais partir. Il n'y a guère de débouchés dans la com', à Whiskey Creek.

— Et à Sacramento ? Si j'en crois les panneaux que j'ai vus, ça n'est pas loin d'ici.

— Il y a tout de même une heure de trajet, ça reste long pour faire la navette tous les jours. A moins de vouloir tenir un magasin dans le coin, ou peut-être un *bed and breakfast*. Or, Whiskey Creek en compte déjà deux.

Simon désigna de la tête le Chambre avec vue, une pittoresque demeure victorienne perchée dans Main Street, à l'endroit où la route décrivait un virage à angle droit.

— Dis-moi qu'on peut prendre une chambre ici…, l'implora-il, mais il savait que Gail ne reviendrait pas sur sa décision.

Elle lui avait annoncé qu'ils s'installeraient chez son père le temps de trouver une location. Un peu plus tôt, il l'avait entendue le confirmer au téléphone. Il allait être l'hôte de Martin DeMarco, même s'il n'était pas le bienvenu chez lui.

— Si nous ne restons pas chez mon père, du moins un jour ou deux, il ne nous le pardonnera jamais.

— *Nous ?* Pourtant, il ne souhaite pas ma présence sous son toit.

— Je ne peux pas le laisser te rejeter. Ce mariage a fait de nous un duo indissociable, à prendre ou à laisser.

— Dire que c'est une femme qui vient à ma rescousse !

Il soupira.

— Je n'arrive pas à croire que je suis tombé si bas.

S'il s'attendait à un peu de sympathie de la part de Gail, il en fut pour ses frais.

— J'espère que cette expérience te rendra plus humble, parce que c'est le but, rétorqua-t-elle.

— Heureusement que mon ego est indestructible.

Il laissa son regard s'égarer vers le décolleté en V de la robe rouille de Gail qui l'avait distrait toute la journée. Il avait beau ne pas vouloir trouver sa nouvelle « épouse » trop attirante — ils savaient tous deux que leur relation serait plus facile à gérer s'ils la réduisaient à un simple contrat — elle l'intriguait à bien des égards. Avant tout, il appréciait sa façon d'être. Il avait toujours admiré sa vivacité d'esprit et son approche prosaïque, directe, de l'existence, raisons pour lesquelles il l'avait engagée comme attachée de presse. Mais il y avait autre chose, quelque chose en elle qui lui semblait… juste. Elle l'inspirait.

Si leur relation devait en rester là, les deux années à venir s'écouleraient sans anicroche. Mais ces derniers jours, il s'était souvent interrogé. Comment la perfection de son teint avait-elle pu lui échapper ? Ou la façon attendrissante dont sa bouche se relevait d'un seul côté lorsqu'elle tentait de lui dire qu'il disjonctait complètement ?

— Arrête, dit-elle en lui donnant une petite bourrade dans l'épaule.

— Quoi ? fit-il d'un air innocent.

— Ce n'est pas parce que tu portes des lunettes de soleil que je ne vois pas ce que tu regardes.

C'était à cause du baiser qui avait clos la cérémonie de mariage, estima Simon. Depuis qu'elle s'était écartée de lui, à l'instant où leurs lèvres s'étaient frôlées, il ne pensait plus qu'à l'embrasser de nouveau. Mais cette prise de conscience ne l'arrangeait guère. S'il n'y prêtait pas attention, il entraînerait Gail vers le bas avant qu'elle ait eu le temps de le tirer vers le haut…

— Je serais ravi de séjourner tout seul au *bed and breakfast*, si je vous dérange.

— Bien tenté, mais il est hors de question que j'aille chez mon père sans toi.

S'entendre rappeler ce qu'ils allaient bientôt devoir affronter refroidit aussitôt les ardeurs de Simon.

— Mais il est si difficile que ça, ce M. DeMarco ? s'enquit-il en ralentissant en vue d'un feu rouge.

— Que veux-tu dire ?

Le feu passa au vert avant que Simon ait stoppé la voiture.

— Il n'a jamais été violent envers toi…

— Bien sûr que non ! Ce n'est pas l'impression que je t'ai donnée, j'espère. Mon père est un homme bien, un homme *vraiment* bien. Mais il nourrit trop d'attentes à mon égard, et il est très vite déçu. Sa… forte personnalité peut être difficile à supporter.

Simon fit la grimace.

— J'ai du mal avec les figures d'autorité.

Gail ne chercha pas à le rassurer. Encore une chose, songea Simon, qui différait chez elle, par rapport aux personnes de son entourage : si elle disait quelque chose, il pouvait la croire.

— Sans blague ! ironisa-t-elle.

— Alors… comment ça va se passer, d'après toi ?

— Nous verrons bien, dit-elle. Au pire, ce sera toujours intéressant.

Après le *bed and breakfast*, ils dépassèrent plusieurs commerces : Les Trésors d'Eureka — un magasin d'antiquités —, le Café de l'Or noir, les Douceurs des 49ers, un *Five and Dime* et une poignée de petits restaurants de style familial qu'on aurait crus tout droit sortis des années 1960. Simon n'aperçut à l'horizon ni fast-food ni supermarché, une caractéristique qui différenciait Whiskey Creek des autres localités de la région — et de la plupart des agglomérations américaines.

Un peu plus loin dans la rue se trouvaient un bureau de poste, un magasin de cycles — Le Grand Braquet — ainsi qu'un coiffeur pour hommes, signalé par une traditionnelle pancarte de barbier.

— Quand aura-t-on une maison à nous ?

Arrivé à hauteur d'un deuxième feu, Simon regarda par-dessus son épaule pour voir les affiches scotchées sur la vitrine de la quincaillerie Harvey. L'une faisait de la publicité pour la visite d'une mine d'or des environs. Une autre incitait les touristes à pratiquer la spéléo dans les Moaning Caverns. Derrière ces affiches, la vitrine arborait des décorations de Halloween.

— Dès que Kathy Carmichael, de l'agence immobilière, nous aura trouvé quelque chose de convenable.

Des demeures vieilles d'un siècle ornaient les collines qui s'élevaient à main droite. D'autres — le long de Sutter Street — avaient été converties en boutiques de cadeaux ou en galeries d'art.

— Je n'ai pas l'impression que l'offre immobilière soit très importante dans le coin. Tu crois qu'on aura le choix ?

Gail eut un sourire espiègle.

— Pas trop mais… comme grâce à toi le budget n'est pas limité, nous prendrons le meilleur produit que nous trouverons. Choisir notre parcelle et mettre en chantier la maison que tu construiras de tes mains sera une entreprise de plus longue haleine.

Pas s'il y avait moyen de faire autrement, pensa Simon. Il avait besoin de s'occuper, sans quoi il retomberait dans ses anciens travers avant même que Gail ait pu hausser un sourcil réprobateur. Elle l'avait privé de tous ses mécanismes de défense. Non qu'ils aient jamais très bien fonctionné, mais au moins lui avaient-ils toujours fourni une échappatoire.

— Tu te rends bien compte que je ne peux pas construire une maison tout seul. Je n'ai jamais entrepris un projet d'une telle envergure.

— Ne t'inquiète pas. L'un de mes meilleurs amis est entrepreneur. Je suis sûre qu'il sera ravi de te fournir l'assistance et les conseils dont tu auras besoin — moyennant finances, bien entendu.

— Et tu crois que nous pourrons construire une maison durant le laps de temps où nous comptons rester ici ?

— Sans doute pas, non, mais tu pourras toujours demander à Riley de te relayer sur le chantier quand nous rentrerons à Los Angeles. Ensuite, cela nous fera un pied-à-terre à Whiskey Creek…

Elle afficha un air faussement innocent.

— A moins que tu ne préfères séjourner chez mon père à chacun de nos passages ici ?

— Reçu cinq sur cinq, grommela-t-il.

L'attention de Gail se reporta sur ce qui l'entourait, comme si elle prenait note de quelques subtiles modifications, mais Simon rompit de nouveau le silence.

— Autrement dit… tu étais sérieuse quand tu parlais de trois mois, pas vrai ? Il faut que je reste ici pendant trois mois, et notre période « Whiskey Creek » sera terminée, à part pour une visite de temps en temps ?

Elle lui effleura le bras.

— Accorde-lui une chance de te plaire, d'accord ?

Elle désigna une petite rue à droite, perpendiculaire à la rue principale.

— Tourne là.

A presque soixante ans, Martin DeMarco était un grand rouquin grisonnant, au maintien très droit, doté d'une carrure impressionnante et de mains larges comme des battoirs. Il traitait Simon avec une réserve glaciale, ne s'adressant jamais à lui directement, sans toutefois manquer aux règles de l'hospitalité à son égard. De toute façon, il se montrait fort peu loquace. Après avoir accueilli sa fille d'un bref hochement de la tête, il consentit aux brèves présentations d'usage. Puis, il les aida à transporter leurs bagages de la voiture à l'ancienne chambre de Gail, dans une maison qui ressemblait à un vaste chalet. Après avoir posé la valise de sa fille, il jaugea Simon du regard, fronça les sourcils comme s'il n'était pas satisfait de ce qu'il voyait et se tourna vers sa fille.

— Le dîner est au frigo. Tu n'as qu'à le faire réchauffer si tu as faim.

Il n'alla pas plus loin mais le sous-entendu était on ne peut plus clair : *Et donne-lui aussi à manger, s'il le faut.*

— J'ai un pépin à la station-service, mais ça ne devrait pas me prendre trop de temps.

— Rien de grave, j'espère ? s'enquit Gail.

— Non, c'est juste Robbie. Ce petit crétin ne sait pas ouvrir la caisse pour rendre la monnaie !

— Où est sa mère ? Je croyais que c'était elle qui assurait sa formation.

— Elle fait de son mieux, mais elle ne se sentait pas bien, aujourd'hui. C'est le premier soir que le gamin est tout seul à la station-service.

— Il apprendra.

M. DeMarco sortit de la maison en lâchant un grognement sceptique, mais son départ n'améliora guère la situation de Simon. Joe, le frère aîné de Gail, n'était pas encore parti travailler et il était aussi grand et imposant que son père. La ressemblance ne s'arrêtait pas là. Comme Martin, il semblait fort mécontent du choix de sa sœur. Depuis leur arrivée, il était resté appuyé au comptoir, à boire un café tout en jaugeant du regard son tout nouveau beau-frère.

Lorsque Simon et Gail revinrent dans la cuisine, il dégageait une telle hostilité que c'en était offensant, mais Simon s'attendait à cette réaction. Il fit de son mieux pour l'ignorer — jusqu'à ce que le bruit de la guimbarde de son beau-père se soit estompé dans le lointain.

Joe s'adressa alors à lui.

— Alors comme ça, c'est toi, le fouteur de merde ?

— Joe ! Inutile d'être grossier, s'écria Gail, mais Simon couvrit ses protestations.

Il ne voulait pas qu'elle prenne sa défense. Il affronterait ces gens-là tout seul. Peut-être se ferait-il botter les fesses par son géant de frère mais, tout compte fait, ce ne serait peut-être pas plus mal. Un peu de violence fournirait un exutoire à ses émotions puisqu'il ne pouvait plus les anesthésier au moyen du sexe et de l'alcool. Il se sentait au bord de l'explosion.

— C'est exact.

Il adopta l'air insolent qui avait le don d'énerver ses interlocuteurs.

— Comment tu le sais ?

— Je lis les journaux.

Simon baissa la voix comme pour divulguer un fait notoire que Joe était visiblement trop arriéré pour connaître.

— Les tabloïds, tu veux dire ? Parce que, au cas où tu ne serais pas au courant, leurs articles ne sont bien souvent qu'un tissu de mensonges.

Il reprit, un peu plus fort.

— Mais que ça ne te fasse pas changer d'avis sur moi, surtout ! Je suis aussi pénible qu'ils me décrivent.

— Et spirituel, avec ça. J'apprécie…

Levant sa tasse de café, Joe lui sourit. Il aurait eu l'air détendu si le muscle qui tressautait au niveau de sa joue n'avait trahi sa nervosité.

— Mais le fait que tu sois une superstar ne m'impressionne pas, tu sais.

Simon sentit tous ses muscles se contracter.

— Dans ce cas, pourquoi y faire allusion ?

Le frère de Gail posa sa tasse et se redressa de toute sa hauteur.

— Il y a une chose qu'il faut que tu saches.

— Joe…

Inquiète, Gail tenta de s'interposer entre les deux hommes. Durant leur échange, son regard était allé de l'un à l'autre, mais Simon la repoussa doucement derrière lui afin de ne pas être gêné dans ses mouvements.

— Quoi donc ? dit-il.

— Je me fiche pas mal que tu sois riche et célèbre. Il se peut que tu aies l'habitude de faire toutes tes saloperies sans être inquiété, mais sache qu'ici ça ne se passera pas comme ça. A Whiskey Creek, si tu marches sur les pieds de quelqu'un, tu te feras remettre à ta place. Et si jamais tu trompes ma sœur, c'est moi qui m'occuperai de toi personnellement. Pigé ?

Simon savait qu'il méritait la méfiance de son beau-frère, l'avertissement qu'il lui donnait, aussi essaya-t-il de se conduire en homme. Mais la critique n'était pas facile à accepter, venant de quelqu'un qui n'avait pas la moindre idée de ce qu'avait été sa vie avec Bella.

— Je ne vous causerai aucun embarras à toi ou à ta famille. Tu as ma parole.

Joe se tourna pour rincer sa tasse dans l'évier.

— Pour ce qu'elle vaut…

Sans ce commentaire, Simon aurait pu en rester là.

Mais les paroles de colère qu'il avait réussi à contenir jusqu'ici lui montèrent aux lèvres.

— Maintenant qu'on a déterminé ce qui avait causé l'échec de mon mariage, on peut savoir ce qui a fait échouer le tien ?

La question prit Joe au dépourvu. Vu son gabarit, il s'attendait certainement à rouler des mécaniques et à faire son numéro habituel de grand frère sans rencontrer de résistance.

— Pardon ?

— Tu m'as très bien entendu.

— C'est pas tes oignons !

Joe se sécha les mains et jeta le torchon sur le côté.

— Simon…, intervint Gail, mais il l'ignora.

— Donc si j'ai bien compris, tu es en droit de me demander des comptes, mais moi non, c'est ça ?

Joe sourit avec mépris.

— Je ne sais pas de quoi tu parles.

— Oh ! je suis bien sûr que si, au contraire ! En général, les maris modèles ne se font pas plaquer.

Voyant la figure de Joe virer au cramoisi, Simon crut qu'il allait le frapper. Le frère de Gail affichait dix centimètres et vingt kilos de plus que lui. Et avec sa main droite invalide, Simon n'était même pas en mesure de lui coller un coup de poing digne de ce nom. Mais pas question non plus de s'écraser devant lui. Essayer de changer de vie était déjà suffisamment difficile sans avoir en plus à supporter les vacheries que lui balançait ce type qu'il ne connaissait même pas !

Par chance, Joe ne déclencha pas de bagarre. Sa poitrine se soulevait et retombait à un rythme rapide, mais il se contenta de lancer un regard accusateur à sa sœur, comme pour lui reprocher d'avoir révélé sa situation de divorcé à son mari, et sortit de la pièce en trombe. Une seconde plus tard, il faisait rugir le moteur de son pick-up dont les pneus crissèrent sur le revêtement de l'allée.

Gail se laissa tomber sur une chaise, à la table de la cuisine.

— Ouf…

Prêt à l'affronter, Simon fit volte-face. Mais alors qu'il pensait l'avoir bouleversée en refusant de tolérer les insultes de son frère, elle le surprit par sa réaction.

— Bien joué !

— Bien joué ? Je viens de mettre ton frère dans une rage noire.

— Il était déjà en colère avant que tu n'arrives. Il attendait sans doute le moment de faire son petit numéro depuis le soir où je lui ai annoncé que nous allions nous marier.

Simon s'accorda quelques secondes pour assimiler le fait que Gail n'allait pas se retourner contre lui.

— Sauf que maintenant, il ne peut plus me voir…

— Ne t'inquiète pas trop. Au moins, il aura compris qu'il ne peut pas te rudoyer impunément. Le respect passe avant tout le reste. C'est le respect qui jettera des bases entre vous. Mais il faut tout de même que tu comprennes que Joe a ses limites.

— Moi aussi, j'ai mes limites ! maugréa Simon.

Elle le considéra d'un air perplexe.

— Comment es-tu au courant ?

Il n'avait pas la moindre idée du sens de sa question.

— Au courant de quoi ?

— Que Joe a été marié. Et que Suzie l'a quitté.

— Il y a une photo de lui en compagnie d'une femme et de deux petites filles, dans l'entrée.

— Oh ! En effet, oui.

Elle hocha la tête.

— Evidemment. Mais ça aurait pu être lui qui avait quitté sa femme.

— Je me suis dit que si c'était le cas, il ne vivrait pas chez son père.

— Je vois.

Gail le dévisagea.

— Tu vas avoir du mal à t'intégrer, ici.

— Ne t'en fais pas pour moi. Je gère.

Mais tout à coup, il fut pris d'un besoin de boire de l'alcool, un besoin si impérieux qu'il dut se retenir pour ne pas se précipiter dans le bar le plus proche.

— Tirons-nous d'ici, Gail. Allons au resto.

Elle hésita.

— Tu es sûr que ça va, Simon ?

— Très bien.

— Il y a un bon italien, au coin de la rue.

— Génial ! Et si ça se trouve, il y a peut-être aussi un casino pas loin.

— En fait, oui, il y en a un. Certains habitants de Whiskey Creek y travaillent, mais je ne suis pas certaine que ce soit l'endroit le plus approprié pour toi.

Elle attrapa son sac et lui demanda :

— Toujours en quête d'un vice acceptable ?

Il sortit les clés de voiture de sa poche.

— J'ai besoin de me changer les idées. Or, je suppose que tu refuses toujours de me fournir la distraction qui m'intéresse…

— Qu'est-ce qui est arrivé à sa main ?

Gail était toujours assise à la table de la cuisine, mais à présent c'était son père qui se tenait adossé à l'évier. Elle avait demandé à Simon de la ramener à la maison, après le repas. De son côté, il avait insisté pour aller au casino, prétendant avoir besoin d'être seul un moment. Malgré ses craintes, elle avait fini par accepter, pleinement consciente qu'elle courrait droit à l'échec en étant sans cesse sur son dos. En outre, elle souhaitait passer quelques moments d'intimité avec sa famille pour calmer le jeu après l'annonce de son mariage, mais Joe n'était pas encore rentré.

— Un accident avec une scie électrique.

L'arôme du café que son père était en train de faire emplit la pièce. Il la considéra d'un œil sceptique.

— Tu es bien sûre qu'il ne s'est pas encore fourré dans une énième bagarre ? Qu'il ne s'est pas de nouveau frotté à son ex-beau-frère ?

Elle lui lança un regard désapprobateur.

— Certaine.

Et elle en resta là. Ce ne seraient pas les détails qui l'aideraient à convaincre son père qu'elle avait fait un bon mariage.

Celui-ci fit clapper sa langue.

— Qu'est-ce qui t'a pris, Gail, d'épouser un type pareil ?

— Un type pareil ? C'est-à-dire ?

— Quelqu'un d'aussi superficiel… impétueux… stupide…

Voyant qu'il cherchait d'autres épithètes, elle l'arrêta avant qu'il ait pu poursuivre son énumération.

— Simon est tout sauf stupide, rétorqua-t-elle, sur la défensive.

Lorsqu'elle avait accepté leur « contrat », elle éprouvait la même irritation et la même répugnance que son père face au comportement de Simon, et toute sa sympathie allait à Bella — sans réserve aucune. Mais le mutisme de Simon, la nuit où il s'était tailladé la main, lui avait fait comprendre que sa conduite n'était pas le fait de son complexe de supériorité ou de son arrogance, comme le croyaient la plupart des gens. Sa détresse morale était si grande qu'il n'arrivait plus à faire face.

Elle voulait que son père et les autres comprennent le passé de Simon, mais celui-ci ne laissait personne s'approcher suffisamment de lui pour cela. Sans cet accident, elle non plus n'aurait pas pu le percer à jour.

— Il a traversé beaucoup d'épreuves.

— Ça, tu me l'as déjà dit. Mais si tu veux parler de son divorce, je ne suis pas d'accord. Moi aussi, j'ai vécu un divorce. Et par-dessus le marché, j'avais des enfants à élever et pas un sou !

Linda, la mère de Gail, avait quitté son père pour un ancien amour de lycée. A présent mariés, ils habitaient Phoenix. Gail savait combien son père avait souffert de cet abandon. Elle savait aussi que cette épreuve avait modifié son comportement tout autant que le divorce de Simon avait transformé ce dernier. Manifestement, son père estimait que sa propre situation avait été bien plus pénible. Cependant, Gail n'en était pas aussi convaincue que lui. Dans son cas, au moins, la célébrité n'avait pas compliqué les choses ; l'événement n'avait pas été couvert par les médias jusque dans ses moindres détails sordides, ce qui aurait rendu plus malheureux encore un homme aussi fier que Martin DeMarco. Après cette épreuve, celui-ci était devenu strict et autoritaire, en particulier vis-à-vis d'elle et de son frère. De temps en temps, Gail soupçonnait que sans son père, qui pouvait se montrer tyrannique et difficile à vivre à ses heures, sa mère n'aurait pas totalement coupé les ponts avec eux.

Elle aurait voulu pouvoir lui faire part de ses critiques, mais elles auraient été mal perçues, elle le savait. De plus, si son père avait le droit de faire allusion à son ex-femme, Linda restait un sujet tabou pour les autres, même après tout ce temps.

— Simon vaut la peine qu'on essaie de le sauver, se contenta-t-elle de dire.

— C'est ce que tu essaies de faire ? Le *sauver* ?

Son père agita l'index.

— On ne peut pas sauver les gens d'eux-mêmes, Gail. Tu es stupide de t'en croire capable.

— Donc… d'après toi, je devrais jeter l'éponge avant même d'avoir essayé ?

Martin DeMarco n'avait apparemment pas de réponse à cela.

— Nous sommes d'ores et déjà mariés, papa. Tout ce

que je te demande, c'est de traiter Simon avec respect tant qu'il est sous ton toit, de lui laisser une chance de s'intégrer à notre famille.

Quand la porte s'ouvrit, tous deux levèrent les yeux. Gail craignait qu'il ne s'agisse de Simon. Elle ne se sentait pas d'humeur à l'affronter. Mais ce fut Joe qui franchit le seuil.

Son frère parcourut la cuisine des yeux, puis posa sur elle un regard courroucé.

— Alors, il est où, le beau gosse ?

Bien décidée à défendre sa position face à son père *et* à son frère, elle redressa les épaules.

— C'est toi qui as commencé, Joe.

Son père tira une chaise et s'assit en face d'elle.

— Commencé quoi ?

— Après ton départ, il a tenté de rabaisser Simon.

— Ça n'a pas dû être bien difficile ! rétorqua son père, l'air narquois.

Elle croisa les bras sur sa poitrine.

— Peut-être, mais il n'a pas fini de s'en mordre les doigts, je te le garantis. Simon se sent attaqué de toutes parts. Il se rebiffe contre tout et n'importe quoi même si, au bout du compte, c'est lui qui en fait les frais.

— Pourquoi tu l'as amené ici ? demanda Joe d'un ton sec. Tu sais ce qu'on pense de lui.

Repoussant brusquement sa chaise, Gail se leva. Son père et son frère étaient si grands, si… dominateurs qu'ils pouvaient paraître intimidants même lorsqu'ils ne se liguaient pas contre elle.

— Que veux-tu dire par là, frérot ? Que j'aurais dû venir sans lui ? Ou que j'ai eu tort de mettre les pieds ici, moi aussi ? Parce que si vous ne voulez pas de nous sous votre toit, nous pouvons toujours aller passer la nuit au *bed and breakfast*, Simon et moi…

Son père leva la main dans une tentative d'apaisement.

— Ne monte pas sur tes grands chevaux, Gail. Tout

ça ne rime à rien. Simon est chez nous, maintenant. On s'en accommodera au mieux.

Mais Joe n'était pas disposé à capituler si facilement.

— Tu ne t'attends tout de même pas que ce mariage dure, non ? Parce que moi, je peux te dire tout de suite que tu te mets le doigt dans l'œil !

L'espace d'une seconde, Gail regretta de ne pas être en mesure de le détromper. Mais ça aurait été une folie, bien sûr. En temps normal, Simon ne lui aurait jamais accordé le moindre regard. Et dès qu'il aurait obtenu la garde de Ty, il retrouverait avec joie Hollywood et les femmes qui avaient coutume de se jeter à sa tête, cela ne faisait aucun doute. Il ne l'avait épousée que dans le but de récupérer son fils. Là-dessus, il avait été clair depuis le début.

— Il se peut que notre union ne dure pas, admit-elle, mais cela m'est égal.

Son père s'insurgea :

— Non, ça ne peut pas t'être égal, Gail ! Tu ne peux pas envisager de gaieté de cœur un divorce !

— Il est trop tard maintenant pour m'en inquiéter ! Ce risque, je l'ai pris en épousant Simon. Tout ce que je vous demande, c'est de ne pas compliquer davantage ma vie et mon couple en rejetant mon mari.

Ce fut le silence qui accueillit ses dernières paroles. Elle avait marqué un point en leur démontrant que rien de bon ne pouvait résulter de leur comportement hostile. Il était trop tard pour la dissuader de faire sa vie avec Simon. Elle décida d'enfoncer le clou.

— Simon a besoin d'amitié. Je vous demande donc de lui offrir la vôtre et de voir ce que vous obtenez en retour. Si vous le détestez, assurez-vous au moins qu'il l'a mérité. Ne le détestez pas par principe.

Joe se laissa tomber sur une chaise à côté de leur père et posa les coudes sur la table.

— Tu veux qu'on oublie ce qu'on sait de lui et qu'on passe l'éponge sur ses frasques, c'est ça ?

Résoluc à plaider la cause de Simon, elle se rassit à son tour.

— Et pourquoi pas ? Tu ne le connais même pas ! Tout ce que tu sais à son sujet, tu l'as lu dans la presse.

— Je l'ai aussi entendu de ta propre bouche, lui fit-il remarquer.

Gail éprouva un pincement de culpabilité.

— Eh bien, j'ai eu tort de dire ce que j'ai dit. Je réagissais à de… de fausses impressions. Exactement comme toi en ce moment. Quoi qu'il en soit, est-ce que tu imagines ce que c'est de rendre visite à ta belle-famille et de se faire traiter de la manière dont vous l'avez reçu ce soir ?

Joe tripotait nerveusement le sucrier posé sur la table.

— Je le sais très bien, figure-toi. Mes beaux-parents me détestaient parce que je ne m'intéressais pas à leur religion.

— Ah bon ?

— Tu as toujours eu le don de me faire me sentir complètement nul, marmonna-t-il.

Gail parvint à lui adresser un sourire froid.

— Nous sommes frère et sœur, c'est mon rôle…

Leur père se leva pour aller se servir un café.

— Bon, explique-moi une dernière chose, Gail : si vous êtes si amoureux que ça, tous les deux, qu'est-ce que vous êtes venus faire ici, à Whiskey Creek, au lieu de vous offrir une superbe lune de miel ?

Elle n'osait plus croiser son regard.

— Il s'agit de quelque chose de plus important que notre mariage.

— Comme quoi ?

Le souvenir du matin où elle avait trouvé Simon inanimé dans son atelier s'imposa soudain à elle. Après un tel choc, l'idée d'un voyage de noces ne lui avait même pas effleuré l'esprit. Sur le moment, sa seule ambition avait été d'aider Simon à se rétablir.

— Cette maison a toujours été un refuge pour moi.

Son père ouvrit de grands yeux.

— Mais quelqu'un d'aussi connu que lui doit bien avoir d'autres endroits où aller !

— Simon ne trouverait pas ailleurs qu'ici le soutien dont il a besoin. Whiskey Creek est le meilleur endroit que je connaisse, moi. Le seul qui ait toute ma confiance. Je veux que Simon puisse jouir de la même tranquillité d'esprit que celle que vous m'avez procurée tout au long de mon enfance. C'est pour cette raison-là que je l'ai amené ici.

Son père posa sa tasse sur la table et vint s'accroupir devant elle.

— Simon n'est pas un chien sans collier, Gail, lui dit-il en lui prenant les mains, mais une richissime star de cinéma qui va te briser le cœu…

— Ma foi, si cela doit arriver… cela arrivera. Simon est un être humain, papa. Et actuellement, il vit un enfer. D'accord, il l'a bien cherché, mais il arrive à tout le monde de perdre les pédales, non ? Simon a besoin qu'on l'aide à enrayer sa chute. Et c'est ce que j'essaie de faire.

Le silence retomba entre eux tandis que son père réfléchissait à ses paroles.

— Très bien.

Ce fut son frère qui céda le premier.

— Ecoute, à partir de maintenant, je me tiendrai à carreau, promis. De toute façon, tu nous ferais faire n'importe quoi, tu le sais bien.

A son grand étonnement, Gail sentit ses yeux s'emplir de larmes. Elle n'avait pas mesuré l'importance que le soutien de sa famille revêtait à ses yeux.

— Merci, Joe. Donne-lui une chance, c'est tout ce que je te demande.

— Ça marche.

Son père lui serra les doigts et se leva, comme pour officialiser sa bénédiction.

— En ce qui me concerne, je suis prêt à passer l'éponge sur son passé. Mais si jamais il te rend malheureuse…

— Simon ne peut pas me rendre malheureuse, papa. Pour la bonne raison que je sais à quoi je m'expose.

Son père retourna à son café.

— Tu veux lui venir en aide, un point c'est tout ?

— C'est tout.

Elle n'aurait su dire à quel moment sa motivation initiale s'était infléchie, à quel stade le rétablissement de Simon avait pris le pas sur le sauvetage de son agence, mais son engagement avait pris un tour plus affectif.

— Maintenant, au moins, tout ça m'apparaît plus logique, conclut son père. N'empêche que la pitié est une mauvaise raison pour épouser quelqu'un…

Mais ce qu'éprouvait Gail allait bien au-delà de la pitié. Si, adolescente, elle adulait Simon, son acteur préféré, elle déplorait aujourd'hui le gâchis qu'était devenue sa vie. Et cela effrayait sa famille, elle le savait. Ses sentiments lui faisaient peur, à elle aussi. Un jour viendrait, peut-être, où le désenchantement balaierait l'admiration qu'elle éprouvait pour Simon, mais il n'était décidément pas facile de se placer au même niveau que son idole.

— Merci, papa.

— Tu es trop bien pour lui, ajouta son père lorsqu'elle vint l'embrasser sur la joue. Mais je suis prêt à lui donner l'opportunité de me prouver le contraire.

Elle leur adressa à tous deux un sourire mouillé. Elle avait toujours su que son père et son frère la soutiendraient contre vents et marées. Ils l'avaient toujours fait.

— Merci.

16

Cela faisait trois heures maintenant que Gail fixait le plafond de sa chambre de jeune fille. Elle avait attendu le retour de Simon, mais il n'était toujours pas rentré. Elle ne pouvait s'empêcher de craindre qu'il ait roulé jusqu'à Sacramento, laissé sa voiture au parking de l'aéroport et pris un vol pour Los Angeles. Ou qu'il ait accompagné chez elle l'une des serveuses du casino. Dire qu'elle avait demandé à sa famille de lui donner une chance, alors qu'elle-même n'était pas certaine de pouvoir lui faire entièrement confiance ! Si les changements que Simon devait opérer dans son mode de vie avaient été simples, il aurait pu les accomplir tout seul.

Ce n'était pas la première fois qu'elle doutait de lui, et pourtant il n'avait trahi aucun de ses engagements envers elle. Et s'il avait été impliqué dans un accident de la route ou dans une bagarre ?

Bientôt une 1 h 30 du matin… Trop anxieuse pour rester au lit, Gail attrapa un pull, l'enfila par-dessus son pyjama et descendit dans la cuisine, où elle se prépara une tasse de chocolat chaud qu'elle alla boire sous la galerie.

Le temps était clair mais l'air frais — la température atteignait tout juste une dizaine de degrés. Une douce brise murmurait à travers les arbres du jardin, détachant des branches les dernières feuilles rouge et or qui tombaient dans un bruissement. Ce n'était pas un quartier au sens classique du terme. Il n'y avait ni trottoir ni caniveau.

Pas de pâtés de maisons bien carrés, non plus. A peine deux voisins, installés bien plus loin sur l'étroite route de campagne, là où elle se transformait en chemin de terre.

Son père avait construit cette maison peu de temps après s'être marié. Joe et elle y étaient nés tous les deux.

C'était bon d'être de retour ici. Elle espérait simplement ne pas avoir commis d'erreur en y amenant Simon.

Comme elle ne l'attendait plus et qu'elle n'avait même pas jeté un regard à l'allée, il lui fallut un moment avant de s'apercevoir que sa voiture était garée là. Clignant les yeux, elle tenta de distinguer l'intérieur du véhicule.

Simon, derrière le volant, soutenait son regard. Depuis quand était-il là ? Et pourquoi ?

Lorsqu'elle se leva, il sortit de la voiture et s'approcha de la maison.

— Ça va ? lui demanda-t-elle.

— Pas trop mal. En tout cas, je n'ai pas bu.

Pouvait-elle vraiment le croire sur parole ? En tout cas, il marchait droit.

Serrant sa tasse à deux mains, elle attendit qu'il soit suffisamment près d'elle pour le questionner de nouveau.

— Tu as gagné de l'argent au casino ?

Il s'arrêta à cinquante centimètres d'elle.

— La chance m'a souri, oui, au début.

— Et au final ?

— J'y ai laissé vingt mille billets, environ.

Son élocution n'était pas non plus laborieuse, ce qui apporta un grand soulagement à Gail, et ce pour plusieurs raisons : un délit de conduite en état d'ivresse aurait anéanti tous ses efforts pour restaurer l'image de Simon, sans parler des dégâts bien plus graves qu'il aurait pu causer en conduisant sous l'emprise de l'alcool.

— Le jeu est un vice qui coûte cher…

— Oui, je ferais peut-être mieux de me remettre à boire, tout compte fait.

— Cela te coûterait encore plus cher, Simon.

Il désigna la galerie sombre et peuplée d'ombres ainsi que le fauteuil à bascule.

— Qu'est-ce que tu fais dehors à cette heure ?

— Je m'habitue à être de nouveau chez mon père.

Il étrécit son regard, incrédule.

— C'est vrai ?

— Et puis je me demandais aussi à quelle heure tu allais rentrer.

Autant le lui avouer, puisqu'il avait déjà deviné qu'elle s'était fait du souci pour lui.

— Tu as cru que j'avais enfreint les règles de notre accord, c'est ça ?

Gail s'en voulait d'avoir douté de lui, mais les premiers jours et les premières semaines seraient les plus durs, elle le savait. Et vu la façon dont son frère avait traité Simon tout à l'heure… Leur algarade aurait pu servir d'élément déclencheur.

— Oui.

— J'ai failli, reconnut-il avant de passer devant elle pour rentrer dans la maison.

Au moins était-il franc avec elle.

Gail attendit encore une quinzaine de minutes sous la galerie. Elle ne savait trop que dire à Simon. Une part d'elle-même avait envie de savoir laquelle de ces deux tentations avait été la plus forte : les femmes ou l'alcool. L'autre part redoutait d'entendre sa réponse. Comme Josh l'avait souligné, elle n'avait aucun droit sur lui. Mais elle avait encore du mal à admettre que l'homme qu'elle avait épousé ait pu être tenté de partir en compagnie d'une autre femme.

Les deux années à venir allaient représenter un défi beaucoup plus grand qu'elle ne l'avait cru au départ…

Lorsqu'elle estima que Simon avait eu suffisamment de temps pour se coucher *et* s'endormir, elle emporta sa tasse vide à l'intérieur, la rinça dans l'évier et monta l'escalier à pas de loup. Dans la maison, le silence régnait et toutes les lumières étaient éteintes. Elle n'en alluma aucune de crainte de réveiller son père, son frère… ou Simon.

Ce dernier était couché. Elle distinguait la forme de son corps dans le clair de lune qui entrait à flots par la fenêtre. Sa chambre de jeune fille donnait sur le jardin — sorte de friche adossée à la montagne. Comme il n'y avait aucun voisin alentour, elle se donnait rarement la peine de baisser les stores.

Aussi silencieusement que possible, elle ôta son pull et se glissa entre les draps.

Mais Simon ne dormait pas. Lorsqu'il bougea, elle eut l'impression que c'était pour éviter tout contact avec elle.

— Un problème ? lui demanda-t-elle.

— Je ne suis pas sûr de rester ici.

Elle avait craint qu'il ne renonce ; tout son corps éprouvait cette angoisse, cette inquiétude qui la rongeait depuis qu'elle avait prononcé ce « oui » fatidique devant le pasteur.

— Pourquoi ? Que s'est-il passé, ce soir ?

— J'ai failli me tirer, rouler jusqu'à Los Angeles.

C'était donc à cela qu'il avait pensé tout le temps qu'il était resté assis dans la voiture ? A filer à l'anglaise ?

— Simon, je suis désolée si mon frère a…

— Ce n'est pas la faute de ton frère. Il a toutes les raisons de se montrer protecteur envers toi. Je le serais aussi, à sa place.

Gail arrangea la couverture.

— Alors, qu'est-ce qui a provoqué ta… réaction de fuite ?

— Je ne vois pas comment je pourrais avoir un effet positif sur ta vie.

Délaissant la couverture, elle enserra l'oreiller de ses bras.

— Pourquoi ça ?

— Parce que mon engagement envers toi aura une fin. Dans deux ans, comme nous l'avons planifié.

Elle souleva la tête pour tenter de distinguer ses traits dans la pénombre.

— Qu'est-ce qui te fait croire que je m'attends à autre chose ?

— J'ai peur qu'à partir d'un moment, le sauvetage de ta boîte ne suffise plus à compenser les sacrifices que tu vas devoir consentir.

— Pour moi, l'opération ne se limite pas à cela, Simon. Certes, il y a la question financière. La somme peut te sembler dérisoire, mais pour moi il s'agit d'une petite fortune. Ne te méprends pas sur mon compte : je n'aurai aucun scrupule à empocher cet argent car je l'aurai bien gagné, mais… ce n'est pas tout. Je trouverais gratifiant de te voir remis d'aplomb et de nouveau maître de ton destin. J'ai l'impression de rendre un immense service à l'Amérique en t'aidant à sauver ta carrière. Les gens veulent te voir jouer plus souvent au cinéma, et je suis comme eux.

— Mais j'ai peur que tu ne saisisses pas réellement ce qui va se produire à un niveau plus personnel.

— Ecoute, nous avons tout détaillé noir sur blanc dans le contrat. Que reste-t-il encore à comprendre ?

— La situation pourrait devenir très compliquée.

— Compliquée, elle l'est déjà.

— Mais ça ne fera qu'empirer au fil du temps.

Il se frotta le visage.

— Nous n'en sommes qu'au début, Gail…

— De quoi parles-tu ?

— Je parle d'attentes satisfaites ou déçues, de désir, de notre amitié naissante, des devoirs qui en découleront, de l'obligation de s'habituer à vivre ensemble. Je parle de jalousie, de complicité, de responsabilité… Notre « accord » avait l'air assez simple quand nous l'avons passé, même à mes yeux. Mais je ne t'appréciais pas vraiment, à l'époque ; je n'imaginais même pas pouvoir te trouver sympathique un jour. Et je n'avais pas non plus prévu de venir à Whiskey Creek et de faire la connaissance de tes proches.

— Tu sais, Simon, il t'arrive parfois de faire preuve d'une franchise excessive.

— J'essaie seulement d'être juste !

— Alors c'est ça, le problème ? C'est ça qui t'a mis dans un tel état d'angoisse, ce soir ? Tu éprouves de *l'affection* pour moi ?

— Oui, et j'ai l'impression que la réciproque est vraie.

— En effet, mais c'est une bonne chose ! Cela signifie que notre union ne sera pas aussi malheureuse que nous le pensions.

Quelques secondes s'écoulèrent.

— Le problème, Gail, c'est que je ne t'aimerai jamais d'amour. Tu le comprends, n'est-ce pas ? Je ne veux pas me retrouver dans la situation que j'ai connue avec Bella. *Plus jamais*. Je ne permettrai pas de nouveau à une femme d'exercer ce genre d'emprise sur moi.

Gail se mordilla la lèvre. Simon avait aimé Bella. Et il était *toujours* amoureux d'elle, ainsi qu'elle s'y était attendue.

— Je ne cherche pas à te garder pour moi, Simon.

— Ça, je le sais. C'est vrai maintenant mais… et si la situation venait à changer ? Qu'est-ce qui se passera si nous faisons l'amour et que…

— Cela n'arrivera pas. Je te l'ai déjà dit. Notre relation peut rester très simple à condition d'y mettre de la bonne volonté. De ton côté, ta seule préoccupation doit être de rester clean, sobre et de jouer les maris modèles en public. Pour le reste, je prendrai soin de moi toute seule.

Il la dévisageait : elle voyait ses yeux briller dans la pénombre.

— J'espère simplement que tu ne regretteras pas de t'être associée à moi. Je ne veux pas te laisser dans un état pire que celui dans lequel je t'ai trouvée, Gail. J'ai assez de trucs sur la conscience comme ça.

Sur ces bonnes paroles, il se tourna et s'endormit.

Gail se réveilla, le visage pressé contre le dos de Simon. Il portait un T-shirt et un bas de pyjama, sans doute parce que son lit de jeune fille n'étant pas aussi large que le sien, il lui était plus difficile d'éviter les contacts. Mais elle était bien trop soulagée de le trouver près d'elle pour s'inquiéter de s'être rapprochée de lui pendant la nuit.

Il semblait avoir passé une bonne nuit réparatrice. Ravie, elle glissa un bras autour de sa taille, le serra affectueusement contre elle et lui embrassa le dos.

— Tu as réussi.

— Hmm ?

Le bras de Simon reposait sur le sien, l'empêchant de bouger, mais son propriétaire paraissait peu désireux d'émerger de son sommeil.

— Ta première nuit à Whiskey Creek est derrière toi.

Libérant son bras, il s'étira et se tourna vers elle.

— Dès que j'ai fermé les yeux, j'ai sombré. Je ne peux même pas te dire depuis quand ça ne m'était pas arrivé.

Elle se souleva au-dessus de lui, un sourire aux lèvres.

— C'est un signe. Tu ne crois pas ?

Il ramena derrière son oreille quelques mèches de ses longs cheveux blond vénitien.

— Quel genre de signe ?

— Ton inquiétude d'hier soir était sans fondement, Simon. Tu es bien là où tu es. Je suis contente que tu n'aies pas renoncé.

— Bah ! de toute façon, j'étais trop crevé pour prendre le volant !

Il était incapable de s'attribuer les mérites de ses actions positives, de crainte de mettre à mal son image de *bad boy*. Mais Gail était si fière de lui qu'elle ne put s'empêcher d'embrasser sa joue hérissée de barbe.

— A nous deux, rien n'est impossible — tant que nous resterons amis.

— Tu te sens de plus en plus à l'aise avec moi, dis donc ! lui fit-il remarquer tandis qu'elle s'écartait.

— Nous avons de l'affection l'un pour l'autre, tu t'en souviens ?

Le regard de Simon se posa sur sa poitrine.

— Et moi, je trouve que je commence à éprouver un peu trop d'affection pour toi.

— Qu'entends-tu par là ?

— Tu as quelque chose contre les amitiés amoureuses ?

Gail fit la grimace.

— Arrête, Simon… Hier soir, à t'entendre, le sexe nous aurait conduit à la catastrophe.

— Je le crois, oui. Mais ça ne veut pas dire que je n'aie pas envie de coucher avec toi.

— Je regrette. Entre nous il peut y avoir de l'affection mais pas d'intimité. Ce n'est qu'à ce prix que nous parviendrons au terme de ces deux années.

Simon se couvrit les yeux de son bras.

— Ça me paraît raisonnable, mais barbant.

Maintenant qu'il ne la regardait plus, Gail s'autorisa à s'attarder sur lui. Il était terriblement séduisant — même avec la marque du drap incrustée sur sa joue et ses cheveux en bataille. Elle adorait ses traits taillés à la serpe, la douceur satinée de sa peau dorée, l'épaisseur de sa tignasse indisciplinée.

— Le spectacle te plaît ?

Elle se sentit rougir.

— D'accord, je te regardais. La belle affaire ! Tu es beau. Tout le monde le sait.

— Ne t'en fais pas pour ça. Au cas où tu l'ignorerais encore, ma beauté n'est que superficielle.

Elle l'avait pensé autrefois, mais plus maintenant.

— Ah bon ? Je ne serai pas tentée, alors ! « Raisonnable », à partir de maintenant, ce sera notre mot d'ordre, conclut-elle en sautant hors du lit.

Simon se dressa sur ses coudes, faisant saillir ses biceps.

— Tu te lèves pour de bon ?

— Nous nous levons tous les deux.

— Pour quoi faire ? Il est encore tôt…

— Nous avons rendez-vous au café.

Il la regarda fouiller dans sa valise.

— *Nous ?*

— Oui, c'est bien ça. Toi et moi, si tu préfères.

— C'est bien ce que j'avais compris. Et qui nous attend là-bas ?

— Mes amis d'enfance.

— A quelle heure ?

Cette perspective ne semblait guère l'enthousiasmer.

Gail jeta un coup d'œil au réveil : 7 h 10.

— Dans vingt minutes.

Se vautrant en travers du lit, Simon enfouit sa tête sous l'oreiller de Gail.

— On ne peut pas repousser le rendez-vous d'une heure ou deux ?

— J'aimerais bien ! Nous n'aurons même pas le temps de prendre une douche. Mais… contrairement à nous, mes amis doivent aller travailler.

— De combien de personnes parlons-nous, au juste ? Sa voix lui parvenait de façon étouffée, mais elle arrivait malgré tout à distinguer ses paroles.

— Ça dépend. C'est une invitation permanente : vient qui peut.

— Et tes amis, ils savent que tu es revenue ? Ils s'attendent à te voir ?

Gail opta pour le jean noir, la splendide paire de bottes en cuir et le pull turquoise qu'elle avait achetés au centre commercial avec la carte bleue de Simon. Le tout composait un ensemble séduisant — une tenue propre à mettre en valeur sa silhouette élancée. Certes, ses amis la connaissaient depuis des années et leur opinion sur elle n'était pas susceptible de changer, toutefois elle tenait à faire un effort. Elle n'avait aucune envie d'être éclipsée par son mari, bien que le résultat soit couru d'avance.

— Non, ils l'ignorent. Mon père est la seule personne au courant de mon retour. Et c'est le seul habitant de Whiskey Creek à qui tu peux tout raconter sans craindre qu'il aille colporter tes propos à travers la ville. Ici, tout le monde à part lui fonctionne en mode « ragots ».

Son amie Callie avait tenté de la joindre à plusieurs reprises, mais elle ne lui avait pas répondu, hormis par quelques textos dans lesquels elle lui affirmait être heureuse et la priait de ne pas gâcher son bonheur. Sur le moment, elle ne s'était pas sentie prête à affronter la réaction de Callie. Mais ce matin, elle allait lui présenter son mari — à elle et à tous ses amis.

Après avoir vérifié d'un coup d'œil par-dessus son épaule que Simon avait toujours la tête enfouie sous son oreiller, elle se retourna vers un coin de la chambre pour s'habiller. Mais à peine son débardeur eut-il touché le sol qu'elle sentit le regard de Simon sur elle. Il la matait carrément !

— Bon, là, ça va trop loin…

Il la fixait d'un œil de prédateur. L'intensité de son regard alluma en elle un brasier qu'elle s'efforça d'ignorer.

— Ne me dis pas que c'est la première fois que tu vois le dos d'une femme nue…

— Non, mais je ne pense pas en avoir déjà vu un d'aussi tentant.

— Tu es désespéré à ce point ? Déjà ?

Elle se mit à rire pour lui faire comprendre qu'elle n'était pas dupe un instant de sa comédie, et de son côté il ne chercha pas à la convaincre. Mais lorsqu'il reprit la parole, sa voix rauque indiqua clairement à Gail l'effet qu'avait sur lui sa quasi-nudité.

— Tourne-toi.

C'était un défi, un ordre. Gail se dit qu'elle serait folle d'entrer dans son jeu alors qu'ils venaient justement d'énumérer toutes les raisons de ne pas compliquer encore les choses entre eux. Mais le fait d'avoir classé leur relation dans la catégorie des amitiés privilégiées la libérait d'une certaine pression. Cela la rassurait, elle se sentait comme en droit de se relâcher un peu, maintenant qu'ils avaient renouvelé leur promesse de s'en tenir aux règles du contrat.

— Juste une seconde, la supplia-t-il, enjôleur.

Il avait *vraiment* l'air désespéré. Et elle était *vraiment* tentée de se tourner vers lui. Surtout si l'on considérait que, dans les deux années à venir, ils allaient sans doute multiplier les occasions de se voir nus. Commencer aujourd'hui ne serait pas la fin du monde…

S'exhortant à faire preuve pour une fois d'un peu plus de légèreté, d'audace et de folie, elle hésita. Certes, elle avait toujours été trop stricte, mais jamais elle ne s'était autant sentie dans la peau de la bibliothécaire-type que depuis qu'elle côtoyait Simon.

Candide. Coincée. Inflexible. C'étaient les qualificatifs que Simon avait employés pour la décrire…

Bien décidée à le surprendre, elle se retourna tant qu'elle s'en sentait encore le cran.

Voir l'expression de Simon la récompensa de son audace. La stupéfaction se peignit sur son visage — exactement la réaction qu'elle souhaitait obtenir.

— Bon Dieu ! murmura-t-il, hypnotisé par ses seins.

Gail ne s'attarda pas assez longtemps pour savoir ce qu'il aurait pu dire ou faire après. Soudain libérée de la crainte que son père ou son frère puisse la surprendre en train de se faufiler dans la salle de bains pour s'habiller, elle enfila son pull, empoigna son soutien-gorge et son jean et s'enfuit de la chambre.

*
* *

C'était une erreur.

Il fallut dix bonnes minutes à Simon pour retrouver un rythme cardiaque normal. Il n'aurait jamais dû provoquer Gail. Ce défi, il le lui avait lancé par taquinerie, pour voir comment elle allait réagir. Elle était toujours si convenable, si collet monté… c'était marrant de la faire rougir.

Jamais il n'aurait cru qu'elle oserait se retourner et lui montrer ses seins…

Et maintenant il ne pouvait plus s'ôter cette vision-là de l'esprit !

On pouvait dire que, dans l'histoire, c'était elle qui avait eu le dernier mot…

Elle frappa doucement, puis ouvrit la porte et passa la tête par l'embrasure.

— Tu viens ?

— Gail…

Elle haussa les sourcils.

— Oui ?

Très bien. Elle avait décidé de faire comme si rien ne s'était passé. Et étant donné leur discussion de la nuit dernière, sans doute valait-il mieux qu'il fasse de même.

— Rien, laisse tomber. J'arrive.

17

Whiskey Creek, en dépit de son charme désuet, semblait posséder un café des plus ordinaires, avec un menu rédigé à la craie sur tableau noir. L'établissement, qui se targuait de servir à sa clientèle des cafés exclusivement issus du commerce équitable et de l'agriculture biologique, proposait également une variété de thés. A l'intérieur, plusieurs personnes installées à des petites tables rondes devant leur ordinateur portable profitaient de l'accès Wi-Fi gratuit.

— Alors là, je me sens comme chez moi !

Simon inspira à pleins poumons, savourant l'arôme réconfortant du café fraîchement moulu tandis que la porte d'entrée se refermait derrière eux.

Gail ne répondit pas, trop occupée à scruter la foule.

Elle agita la main en direction d'un groupe de personnes installées dans l'un des deux grands box.

— Les voilà. Là-bas, dans l'angle. On dirait que…

Elle inclina la tête pour les avoir tous dans son champ de vision.

— Ted, Eve, Callie, Cheyenne, Riley et… oh ! zut ! Sophia est là.

— Et qu'est-ce qui coince avec Sophia ?

Gail baissa la voix.

— Personne ne l'aime.

— Peut-être que personne ne m'aimera, moi non plus.

— Oh ! ne te fais pas de souci…

Elle lui tapota le dos.

— Ce petit déjeuner sera bien moins pénible que ce que tu crains.

— Pourquoi devrais-je m'attendre qu'il soit pénible, en effet ? Après tout, le premier contact avec ta famille a été on ne peut plus chaleureux…

Gail lui envoya un coup de coude dans les côtes.

— Arrête tes sarcasmes !

Ses amis ne tardèrent pas à l'apercevoir.

— Oh ! Gail est de retour !

— Où ça ?

— Et regardez, elle a amené Simon !

— C'est parti…, murmura Gail. J'espère que tes talents d'acteur sont à la mesure du défi.

Simon regrettait de ne pas avoir pris ses lunettes de soleil. Peu importait qu'il fasse trop sombre à l'intérieur du café. Le monde qui était devenu le sien depuis que Gail les avait entraînés dans son ultime plan com' lui paraissait bien trop simple et accessible.

— Hé ! je suis un pro, je te rappelle !

Entre-temps, tous les clients du café s'étaient retournés pour les dévisager. Mais Simon avait l'habitude d'être l'objet de tous les regards. Feignant de ne rien remarquer, il attendit que Gail ait commandé pour demander un expresso. Tandis qu'il payait au comptoir, elle se hâta vers ses amis, le laissant seul s'approcher d'eux. Mais Gail avait vu juste : une fois évacuée la question de leur mariage surprise, d'autres sujets furent abordés et son intégration à la petite bande se déroula bien mieux qu'il ne l'avait craint au départ.

Par chance, ces gens-là n'affichaient pas leur désapprobation de manière aussi flagrante que le père et le frère de Gail. Certains le regardaient à la dérobée, comme hésitants sur la conduite à adopter envers lui, mais lorsqu'il croisait leur regard, tous lui souriaient poliment avant de reporter leur attention sur autre chose — la personne qui s'exprimait à ce moment-là, leur café ou leur yaourt aux fruits frais.

Pendant que Gail et ses amis bavardaient de choses et d'autres, il savourait son expresso à petites gorgées, appréciant pleinement de pouvoir enfin se détendre, conscient du plaisir nouveau qu'il prenait à regarder Gail. Il aimait son attitude expressive et animée, surtout lorsqu'elle était dans son élément, comme ici. Bien sûr, il aimait aussi se la rappeler debout dans la chambre, ce matin, vêtue d'un simple bas de pyjama et se retournant vers lui…

Soudain, elle interrompit le cours de ses pensées.

— Ted est écrivain…

Simon avait perdu le fil de la conversation. Se redressant sur son siège, il s'éclaircit la voix et tenta de donner le change.

— Ecrivain ? Il écrit quel genre de bouquins ?

— Des thrillers. Deux ont déjà été publiés !

Après une telle introduction, Simon s'attendait que le fameux Ted sollicite de lui la faveur habituelle. Des centaines d'auteurs envoyaient leur œuvre à sa société de production dans l'espoir de retenir l'attention et d'obtenir l'adaptation de leur livre au cinéma. Mais à son grand soulagement, la conversation se porta aussitôt sur quelqu'un d'autre, un certain Kyle Houseman qui n'était pas là, ce matin. Kyle traversait un divorce orageux et, très vite, il devint évident que tous en rejetaient la responsabilité sur sa femme.

Simon pensa qu'il devait être le seul du groupe à éprouver une certaine compassion pour la méchante future ex-épouse. Et pour cause : il savait ce que c'était d'être le « problème » dans un couple. Il savait aussi que dans un divorce la répartition des torts n'était jamais aussi simple que ce qu'il y paraissait…

Après la discussion sur le divorce de Kyle, Eve, une jeune femme brune, prit la parole.

— Que diriez-vous si je me lançais dans un nouveau plan marketing pour le *bed and breakfast* en prenant pour thème ces histoires de fantômes qu'on se racontait du temps où on était gosses ?

— Quand on faisait comme si l'auberge était hantée ?

C'était Sophia qui avait posé la question. Simon avait remarqué que chaque fois qu'elle tentait de prendre part à la conversation, les autres se raidissaient instantanément.

— Aux dernières nouvelles, tu voulais étouffer l'histoire, de peur de faire fuir les clients, s'étonna-t-elle.

Eve haussa les épaules en guise de réponse, mais sans vraiment croiser le regard de Sophia.

— Oui, c'est vrai mais… les temps ont changé. Je dois trouver une approche commerciale plus agressive.

Toutes ces femmes étaient séduisantes, songea Simon. Sophia, avec ses grands yeux bleus, ses cheveux bruns et son teint de porcelaine, était sans doute la plus jolie de toutes, mais elle ne l'attirait pas comme il s'y serait attendu. Il reporta son attention sur Eve et sa chevelure plantée en V.

— C'est toi, la propriétaire du *bed and breakfast* Chambre avec vue ?

Elle piqua un fard, comme surprise qu'il se mêle à leur conversation.

— Non. De l'autre, L'Auberge de la Pépite d'or. Elle n'est pas aussi jolie ni aussi bien placée.

— Elle est très jolie, intervint Gail. Mais Simon ne l'a pas encore vue.

Elle se tourna vers lui.

— Les parents d'Eve l'ont achetée juste après leur mariage et entièrement rénovée, cela fait donc des années qu'elle est dans sa famille. Elle se trouve dans le virage, quand on sort de la ville en direction du nord. Cheyenne (elle lui désigna son autre amie) l'aide à la tenir. Je te la montrerai plus tard.

Riley s'immisça dans la conversation. Gail l'avait

présenté un peu plus tôt à Simon comme étant son « ami entrepreneur », aussi avait-il retenu son nom.

— Crois-tu que l'histoire qui circulait à l'époque soit vraie ? Celle qui prétendait que la fille du couple qui avait construit la Pépite d'or avait été assassinée au sous-sol ?

— C'est la vérité, oui.

L'affirmation émanait de Cheyenne. Jusque-là, celle-ci s'était contentée d'écouter sans rien dire ; elle donnait à Simon l'impression d'être le genre de fille très secrète qui garde ses pensées pour elle.

— Quand nous sommes arrivées à Whiskey Creek, ma mère nous a traînées jusqu'au cimetière, ma sœur et moi, et là, elle nous a dit que si nous ne nous occupions pas bien d'elle durant sa maladie, le même démon qui avait emporté la petite Mary Hatfield viendrait nous chercher.

— C'est intolérable ! s'indigna Callie.

Elle était la seule à paraître peu désireuse d'accepter Simon au sein de leur bande. Elle avait froncé les sourcils quand on les avait présentés et se crispait chaque fois qu'il la regardait.

— Mais connaissant ta mère, ça ne m'étonne pas, conclut-elle.

Gail se tourna vers Cheyenne.

— Tu avais l'âge d'être au lycée quand vous êtes arrivées ici. J'espère que tu as eu suffisamment de bon sens pour ne pas la croire.

Les yeux sombres de Cheyenne se fixèrent sur Gail.

— Je l'ai crue à deux cents pour cent, au contraire. Avec ma mère, il fallait s'attendre à tout. On ne savait jamais de quoi elle était capable.

Ted intervint.

— N'empêche, il était tout à fait inutile d'infliger ce genre de discours à ses enfants.

— Tout à fait, acquiesça Eve. Ses filles auraient pris soin d'elle de toute façon. Regarde ce qu'elles font pour elle depuis que son cancer a récidivé.

— C'est ma mère ! protesta Cheyenne. Comment pourrais-je faire autrement ? Et puis, de toute façon, je ne veux pas parler d'Anita. Nous étions en train de discuter de l'auberge.

Eve l'encouragea :

— Raconte-leur ce que tu as découvert à la bibliothèque, Chey !

— Non, dis-leur, toi !

Mais Gail renchérit :

— Qu'est-ce que tu as trouvé ?

Cheyenne remua la crème fouettée qui couronnait la boisson qu'elle avait commandée — un chocolat chaud ? — tout en entamant son récit.

— Quand Eve a exposé son idée pour la première fois, je suis allée à la bibliothèque du comté pour faire des recherches sur cette histoire. Et, là, je suis tombée sur un vieil article de journal daté du 1er août 1898, affirmant que le père de la petite l'avait trouvée morte au sous-sol de l'auberge. Etranglée…

Ted hocha la tête.

— C'est ce que j'avais entendu dire, moi aussi. On n'a jamais su qui avait fait le coup.

— A l'époque, confessa Eve, j'avais une peur bleue de voir apparaître le fantôme de la petite Mary.

— Et tu veux utiliser cette tragédie à des fins commerciales ?

Callie semblait horrifiée.

— Tu ne trouves pas ça quelque peu… morbide ?

Eve haussa les épaules.

— Oui, ça l'est, mais comme je vous l'ai dit, il faut que je trouve quelque chose.

— C'est sûr que comme changement d'image, c'est radical ! fit remarquer Riley dans un éclat de rire.

De toute évidence, Eve n'appréciait pas l'attitude de ce dernier.

— Comptes-tu également changer son nom ? demanda

Sophia. L'Auberge des Revenants, ça fait froid dans le dos…

Affaissée sur la banquette, Eve tripotait nerveusement une dosette de sucre en poudre.

— Je suis prête à faire n'importe quoi. L'endroit a besoin d'être modernisé, et je n'ai pas l'argent nécessaire pour les travaux. Et comme je refuse de m'endetter auprès des banques, il va falloir que je fasse preuve d'inventivité. Avec ce projet, je pourrais peut-être encore tenir un an ou deux, le temps de remonter la pente.

— Ça me paraît sensé…

Gail lui serra les doigts par-dessus la table.

— Quand tu seras prête, je t'aiderai à monter un dossier de presse afin que l'auberge bénéficie d'un maximum de publicité.

Eve la remercia d'un sourire.

— Je ne sais pas…

Riley n'était pas convaincu.

— Tu risques de tomber dans l'effet de mode, Eve. Un truc éphémère.

— Ah non ! Je ne suis pas d'accord, protesta Cheyenne. Moi, je pense qu'on devrait se lancer.

Autour de la table, remarqua Simon, tout le monde semblait étonné qu'elle s'oppose à Riley.

— Actuellement, il y a un véritable engouement pour le surnaturel, poursuivit-elle. Nous devrions engager des diseuses de bonne aventure et accueillir les nouveaux clients en leur proposant un tirage de tarot gratuit — exploiter le filon à fond.

Eve se tourna vers Simon.

— Qu'en penses-tu ?

Il ne s'attendait pas qu'on s'adresse à lui alors qu'il semblait être le dernier à avoir une opinion sur le sujet. Il se creusa les méninges en quête d'une idée utile au projet.

— Ma foi, si tu veux t'orienter dans une direction plus sinistre… je pourrais te dénicher quelques accessoires de film intéressants ; ça donnerait une ambiance hitchcockienne à l'endroit.

Eve s'illumina.

— Ça, c'est génial, comme idée ! Mais... d'authentiques accessoires de film, ça risque de coûter cher, non ?

— Pas forcément, répliqua-t-il. Il se trouve que j'ai quelques connaissances dans l'industrie du cinéma.

Cette réplique déclencha quelques rires étouffés autour de la table.

— Je verrai ce que je peux faire.

— C'est vraiment super sympa de ta part !

Eve regarda Gail comme pour lui signifier qu'elle appréciait son mari, et cette dernière lui sourit. Mais à cet instant, remarqua Simon, quelqu'un mentionna un certain Matt et l'ambiance se tendit aussitôt.

— Tu l'as revu ? demanda Ted à Gail.

Autour de la table, le silence se fit. Manifestement, ils mouraient tous de lui poser la question depuis le début.

Gail ajouta de la crème à son café alors que d'ordinaire, elle n'en mettait pas beaucoup.

— Non, pas encore. Nous ne sommes arrivés qu'hier soir...

— Il est ici depuis déjà deux jours, dit Sophia. Je l'ai vu, hier soir, il dînait au restaurant Comme chez Maman.

— Comment est-il ? demanda quelqu'un.

— Plus beau que jamais, répondit Eve.

— Et son genou ? l'interrogea Gail.

— Il porte une attelle, mais il peut marcher en s'appuyant dessus, répondit Ted.

Gail ajouta encore un peu de crème à son café.

— Pourra-t-il rejouer un jour ?

— C'est difficile à dire, soupira Riley. Personne n'en sait rien.

Simon engloba le petit groupe du regard. En temps normal, il ne serait pas intervenu, comme un peu plus tôt, quand la conversation s'était portée sur Kyle Houseman.

Mais cette fois, il y avait anguille sous roche, et l'allusion semblait concerner Gail.

— Qui est Matt ? s'enquit-il.

Gail répondit avant les autres.

— Oh ! l'un de nos amis…

— Il joue dans l'équipe des Packers, du moins quand il n'est pas blessé, précisa Eve.

— Il fait partie de votre bande ?

— Pas vraiment.

Eve reprit :

— Enfin, je veux dire qu'il… qu'il ne fait pas partie du groupe initial. Nous avons tous passé le bac la même année. Matt, lui, a trois ans de plus.

— C'est un type *formidable*.

Callie avait prononcé le mot de manière délibérément appuyée.

Gail regarda sa montre.

— Oh ! Mais vous ne devriez pas être déjà au travail, tous ?

Eve acquiesça.

— Si, d'ailleurs Chey et moi sommes déjà en retard. Jane prépare les petits déjeuners, mais elle a besoin de nous pour le service.

Tout le monde se leva. Tandis qu'ils débarrassaient la table, Callie entraîna Gail à part, mais pas assez loin pour que Simon ne puisse pas les entendre.

— Mais qu'est-ce que tu fous, bon sang ?

Gail croisa le regard de Simon par-dessus la tête de son amie.

— Je n'arrive pas à croire que tu l'aies épousé. Et si vite ! Il ne t'est pas venu à l'idée qu'on aurait aimé savoir que c'était sérieux à ce point entre vous, avant de l'apprendre par la télé ?

— Je t'avais dit qu'on sortait ensemble.

— Entre sortir avec un homme et l'épouser, il y a une nuance !

— Nous n'avons rien planifié, Callie. Nous nous sommes juste décidés à… sauter le pas. Tout s'est passé très vite.

— Ça, je n'en doute pas ! Espérons simplement que tu ne te retrouveras pas divorcée avec la même rapidité. Avec en prime un cœur brisé !

Callie fit volte-face et braqua sur Simon un regard noir.

— C'est sympa d'être venu faire connaissance avec la famille, même s'il est trop tard pour que nous puissions encore dissuader Gail de gâcher sa vie avec vous.

— Je n'avais pas compris qu'il nous fallait votre bénédiction, rétorqua-t-il d'un ton sec.

Callie se retourna vers Gail pour lâcher un dernier commentaire apparemment cinglant mais qui échappa à Simon, interpelé au même moment par Riley qui s'était approché de lui.

— Au fait, je voulais te dire… Désolé, pour ta main.

Il désigna le bandage qui protégeait encore les points de suture.

— C'est la poisse !

— Disons que ça m'a permis de reconsidérer l'usage que je fais de ma main droite.

Simon regarda par-dessus son épaule pour voir s'il pouvait saisir quelques bribes de l'échange entre Gail et Callie, mais cette dernière avait quitté le café. C'était Sophia qui s'entretenait à présent avec Gail.

— Qu'est-ce que vous avez prévu pour aujourd'hui, tous les deux ? s'enquit Riley, continuant à faire bande à part avec lui.

— Nous espérons obtenir un rendez-vous avec une certaine Kathy qui doit nous faire visiter une maison à louer.

— Parce que vous comptez rester *ici* ?

Riley avait parlé assez fort pour que tous les membres de la bande encore présents tournent la tête vers eux.

— Et ta carrière d'acteur, alors ?

Simon leva sa main blessée.

— Je prends trois mois de repos.

Voyant qu'il avait également attiré l'attention de Gail, c'est à elle que Riley adressa sa question suivante.

— Tu laisses Big Hit aux mains de quelqu'un d'autre ?

— C'est exact. Je vais confier les rênes de l'agence à mon assistant pendant quelque temps. Pour tout te dire, Riley, nous espérions t'engager pour aider Simon à nous construire une maison.

— Avec plaisir. Tu as mon numéro. Passe-moi un coup de fil.

— Il semblerait que nous soyons amenés à nous revoir, alors, dit Sophia à Simon, tandis que Riley s'éloignait vers la sortie. C'est merveilleux ! J'allais justement vous dire que je serais ravie de vous avoir à dîner un de ces soirs, si le cœur vous en dit.

L'enthousiasme de Sophia tranchait avec la fureur de Callie. Simon ne put s'empêcher d'y répondre.

— Bien sûr, nous viendrons volontiers. Quand ?

Sophia parut étonnée et soulagée en même temps, comme si elle avait anticipé un refus de leur part.

— Eh bien, disons… après-demain ? Enfin, j'ignore si mon mari sera rentré. Skip voyage beaucoup pour ses affaires. Mais Alexa sera là, elle.

— Alexa ?

— Ma fille.

Cette invitation semblait de bon augure à Simon. Enfin il rencontrait une personne impatiente de lui offrir son amitié !

— Parfait. On se voit après-demain chez toi, alors.

Gail lui prit le bras.

— En fait, nous ne sommes pas encore sûrs de nos projets pour l'instant. On peut t'appeler avant de fixer un jour ?

Les lèvres de Sophia tremblèrent brièvement, mais elle parvint à garder le sourire.

— Bien entendu.

La déception manifeste de la jeune femme faillit faire flancher la résolution de Gail. Elle marqua une pause, comme si elle était tentée d'accepter l'invitation, puis fit mine de se raviser.

— On y va ? demanda-t-elle en se tournant vers Simon.

— Quand tu veux.

Ils prirent congé de ceux qui restaient. Puis Simon escorta Gail jusqu'à la porte et ils sortirent dans le soleil d'automne. Tant qu'ils furent à portée de voix des autres, ils parlèrent du temps qu'il faisait, de leur future location, de la gentillesse des amis de Gail.

Mais dès qu'ils furent à l'intérieur de la voiture, Simon se tourna vers Gail.

— C'est qui, ce Matt ?

18

— Tu viens de faire la connaissance de six de mes amis. Et tu veux qu'on parle d'un de ceux qui n'étaient même pas présents à ce petit déjeuner ? s'étonna Gail en bouclant sa ceinture de sécurité.

De toute évidence, elle cherchait à éluder la question. Simon n'insista pas. Pour le moment.

— Parlons de Sophia, alors.

A son tour, il boucla sa ceinture.

— Pourquoi avoir décliné son invitation ?

— Je n'ai pas décliné. J'ai dit que je l'appellerais.

Il fit démarrer la voiture.

— Et tu le feras ?

— Je n'en sais rien.

— Pourquoi ? demanda-t-il en enclenchant la marche arrière.

Gail poussa un soupir.

— Parce que j'ai du mal à lui pardonner.

— A lui pardonner quoi ?

Tournée vers la vitre tandis que Simon sortait de l'emplacement de parking, elle fit signe de la main à Ted qui montait dans son 4x4.

— Des tas de choses.

— Ecoute, Gail, nous sommes ici pour trois mois. Ça te laisse largement le temps de m'expliquer.

— Ce ne sont que de vieilles histoires, répliqua-t-elle comme si tout cela ne comptait pas.

En réalité, il n'en était rien puisqu'elle continuait à en garder rancune à Sophia.

Arrivés à la sortie du parking, ils attendirent qu'une brèche se forme dans la circulation.

— Toute la ville est au courant à part moi, c'est ça ?

— Evidemment. Il n'y a aucun secret à Whiskey Creek.

— Dans ce cas, tu peux tout me raconter.

— Très bien.

Elle coupa la radio.

— Du temps où nous étions au lycée, le père de Sophia était maire de la ville. Sophia était une enfant unique, pourrie gâtée par ses parents. C'était aussi la fille la plus populaire du lycée et elle sortait avec Scott Harris, le meilleur joueur de basket que Eureka High ait jamais connu.

Sa voix s'adoucit.

— Scott était le meilleur ami de Joe. Et pour moi, il était comme un second frère.

Simon s'immisça dans Main Street : vitesse limitée à 40 km/h. Finalement, il avait bien fait de ne pas prendre la Ferrari…

— J'ai comme l'impression que c'est une histoire qui finit mal.

— Oui. Scott s'est tué dans un accident de voiture causé par l'alcool, et la plupart des gens d'ici tiennent Sophia pour responsable de sa mort.

Simon tressaillit.

— Y compris toi.

— Peut-être. Dans une certaine mesure.

Elle ne souhaitait pas s'engager dans cette voie.

— Il est difficile de ne pas l'accabler.

Un cycliste tourna brusquement à l'angle de la rue. Simon fit un large écart pour lui laisser la place.

— Que s'est-il passé ?

— Scott attendait que Sophia le retrouve à une soirée, mais elle n'est pas venue. Et quand quelqu'un a dit qu'on l'avait vue en compagnie d'un autre type un peu plus tôt dans la journée, il est parti la chercher alors qu'il était bien trop ivre pour prendre le volant.

— Et personne n'a essayé de le retenir ?

— Bien sûr que si ! Sur le moment, il a fait semblant de se raviser, puis il s'est éclipsé alors que nous ne faisions plus attention à lui.

Simon devinait la suite.

— Il a eu un accident ?

— Il a terminé sa course dans un fossé. Le temps que l'ambulance arrive sur les lieux, il était trop tard.

— Je suis désolé.

Gail semblait perdue dans ses souvenirs.

— Il aurait fait un mari et un père merveilleux s'il lui avait été donné de vivre plus longtemps.

— Mais Sophia était-elle vraiment avec quelqu'un d'autre ce soir-là ? demanda Simon tandis qu'ils arrivaient à un feu rouge.

Il ne pouvait s'empêcher de s'interroger.

— Elle prétend que non et personne n'est jamais venu en disant « C'était moi, l'autre type ». Mais des bruits ont couru.

— Evidemment. Whiskey Creek est une petite ville. Cependant, accuser Sophia d'avoir poussé Scott à prendre le volant en état d'ivresse revient à rendre Bella responsable de mes frasques. Aux dernières nouvelles, je n'ai jamais prétendu ça.

Elle le dévisagea avec attention.

— Non, tu n'as même pas essayé.

Parce que pour lui, cela équivalait à de la tricherie. Il avait ses défauts, mais rejeter la responsabilité de ses actes sur les autres n'en faisait pas partie.

— A la réflexion, reprit Gail, on devrait t'en faire compliment.

Surpris par cette concession, Simon lui lança un coup

d'œil pour s'assurer qu'elle était sérieuse. Constatant qu'elle l'était, il haussa les épaules.

— Je possède donc une qualité qui compense tous mes défauts ?

Gail esquissa un sourire.

— Des qualités, tu en as plus d'une…

Il sentit un flot de désir lui incendier les veines.

— Je t'en prie, développe, dit-il, tentant de pousser le flirt un peu plus loin.

Mais elle se déroba.

— Je pense que tu les connais déjà.

Le feu passa au vert.

— Si tu veux parler de mon physique, je ne me sens pas particulièrement flatté.

— Tu as travaillé dur pour avoir le corps que tu as.

— Ça fait partie du job, tout ça. Mais ça me fait quand même plaisir que tu aies remarqué mes efforts dans ce domaine.

Elle le fusilla du regard.

— J'ai aussi remarqué avec quelle facilité tu illumines une pièce de ta présence et à quelle vitesse tu as neutralisé toutes les personnes qui se montraient trop protectrices envers moi. Elles sont toutes tombées sous ton charme, quasiment à la seconde.

Ils se retrouvèrent bloqués derrière un 4x4 dont le conducteur attendait qu'un emplacement de parking se libère.

— Tu trouves ? Parce que ta copine Callie m'a semblé totalement immunisée, elle.

— Oh ! elle finira bien par changer d'avis…

Peut-être, pensa Simon. Mais peut-être pas. Callie lui avait paru très contrariée par leur mariage.

— Qu'est-ce que c'est que cette histoire à propos de Cheyenne et de sa mère ?

— Anita ? Oh ! c'est un drôle de phénomène… Tu ne peux pas imaginer tout ce qu'a enduré Cheyenne à cause d'elle. Durant toute son enfance, sa mère les a traînées d'une ville à l'autre, sa sœur et elle. Elles vivotaient dans des voitures ou des motels miteux. Cheyenne n'était même pas scolarisée avant d'arriver ici, et à l'époque elle avait quand même quatorze ans !

— Elle s'en est sortie comment ?

— Mieux qu'on aurait pu le croire. Cheyenne avait appris beaucoup de choses toute seule — c'est une fille intelligente. Mais il lui a fallu presque toutes les années de lycée pour rattraper son retard scolaire. Et bien entendu, elle n'a pas eu la possibilité d'aller en fac, comme le reste de la bande.

— Elle porte un prénom peu commun.

— Elle pense tenir son nom de la ville de Cheyenne, dans le Wyoming.

— L'une de celles que sa mère a traversées…

— Tu as tout compris. Qui sait ce qu'elle serait devenue si Anita n'était pas tombée malade ? C'est uniquement pour cela qu'elles se sont fixées ici.

— Un *bed and breakfast* hanté, une gamine scolarisée à l'âge de quatorze ans, une femme rendue responsable par toute la ville de la mort du jeune héros local… Tu as une bande d'amis tout à fait intéressante.

— Et comme je te l'ai déjà dit, tout le monde en sait beaucoup trop long sur la vie des autres.

— C'est le gros inconvénient, je suppose, quand on vit dans un bled aussi petit. Personne n'oublie jamais. Personne ne peut pardonner.

— Sauf que pour toi, Simon, c'est le monde entier qui est à l'image de ce bled, comme tu dis !

C'était l'un de ses problèmes, en effet. L'autre étant qu'il ne semblait pas excellent psychologue… Si seulement il avait su déceler l'abîme d'insécurité qui se dissimulait derrière le beau visage de Bella, il aurait eu une petite idée du pétrin dans lequel il se fourrait en l'épousant. Mais il n'avait rien vu. A moins que Bella n'ait raison de prétendre que c'était lui qui, d'une manière ou d'une autre, avait provoqué ce sentiment d'insécurité chez elle. Pour sa part, il avait l'impression d'avoir *tout* tenté pour la persuader de son amour. Car il l'avait réellement aimée, plus que n'importe qui au monde — à part Ty. Hélas ! elle n'arrivait pas à s'en convaincre et il fallait sans cesse qu'il lui donne de nouvelles preuves de son amour.

Une Jetta s'inséra enfin dans la circulation et le 4x4 s'engagea sur l'emplacement libéré.

— Dis-moi, Gail…

— Oui ?

— Si Sophia sait qu'elle n'est pas la bienvenue parmi vous, comment se fait-il qu'elle soit venue au café, ce matin ?

— La nouvelle de notre mariage a déjà fait le tour de la ville…

Gail prit un chewing-gum.

— Sans doute espérait-elle que nous serions présents à ce petit déjeuner.

Pourtant, Simon n'avait pas eu l'impression que Sophia était venue le voir par simple curiosité. Son sentiment était qu'elle cherchait sincèrement à se faire des amis, voire à faire amende honorable, mais qu'en savait-il ? Il venait à peine de faire sa connaissance.

— Dis-moi la vérité, Gail. Tu étais à deux doigts d'avoir pitié d'elle quand tu as hésité à accepter son invitation.

— Non, pas du tout. Sophia a fait bien d'autres choses dont je ne t'ai pas parlé. Et si les gens ne veulent pas la fréquenter, c'est parce qu'elle l'a bien cherché, voilà ce que je pense !

Mais Simon voyait bien qu'elle était partagée.

Ils durent encore s'arrêter à un feu rouge. Simon était agacé par le rythme au ralenti de Whiskey Creek — jusqu'à ce qu'il prenne conscience qu'il n'y avait pas lieu de se dépêcher. Pour une fois, le monde n'allait pas s'écrouler s'il ne se trouvait pas à l'heure au lieu dit. Et il n'avait pas à craindre de se balader au grand jour. Il n'y avait pas de paparazzis, pas d'appareils photo, pas de Bella ni de journalistes armés de questions embarrassantes. Il ne craignait même pas d'être reconnu, et de voir aussitôt un attroupement se créer autour de lui. Ici, les gens se bornaient à le dévisager en murmurant, puis ils baissaient les yeux vers leurs chaussures s'il les surprenait en train de le fixer trop longuement.

Le feu passa au vert et il appuya sur l'accélérateur.

— Bon, et maintenant, parle-moi de Matt.

Gail laissa aller sa tête en arrière.

— On en revient encore à lui ?

— Y a-t-il quelqu'un d'autre dont tu veuilles m'entretenir avant ?

— Pas si ça ne suffit pas à te l'ôter de l'esprit !

La Jetta qu'ils suivaient depuis un moment tourna dans une rue et Simon se retrouva derrière une voiture roulant au pas, à la recherche d'une place de parking — là encore, de toute évidence, des touristes venus faire les boutiques de Sutter Street.

— Ce type compte à ce point pour toi ? s'enquit Simon.

Auquel cas, pourquoi n'avait-elle jamais mentionné son existence ? Il se serait plutôt attendu à ce genre de révélation *avant* leur mariage.

— Matt est joueur de football professionnel. De ce fait, il compte beaucoup pour tout le monde, du moins par ici.

Vu qu'elle avait délibérément botté en touche, il revint à la charge.

— Ce que je veux savoir, c'est ce qu'il représente pour *toi*.

— Rien. Nous sommes sortis ensemble une fois, cet été. C'est tout.

— Alors pourquoi tout le monde semble aussi intéressé de connaître ta réaction à sa présence ici ?

— Ça, je suis incapable de te le dire.

— Tu es une piètre menteuse. On te l'a déjà dit ?

— Je ne mens pas… pas vraiment.

— Alors qu'est-ce que tu me caches ? Tu as couché avec lui, c'est ça ?

Elle hésita, signe qu'il n'était pas tombé loin de la vérité.

— Tu n'as pas à me dissimuler tes aventures, lui rappela-t-il. Je suis l'exemple même du pécheur, je te signale.

— Je n'ai pas couché avec Matt.

— Mais…

— Mais la seule fois où nous sommes sortis ensemble, cela a bien failli se produire.

— Ah ! nous y voilà ! Autrement dit, Matt est ton soupirant local, et tout le monde le sait.

— Personne ne sait rien parce que, en réalité, il ne s'est rien passé entre nous. Nous sommes sortis une seule fois ensemble. On ne peut donc pas parler de… de soupirant !

Enfin, la voiture devant eux trouva une place.

— Tu n'es pas raide dingue de lui, quoi ?

— Non.

Ils atteignirent la bifurcation qui menait à la maison de Martin DeMarco.

— Dis-moi où nous allons, maintenant.

— A la maison, prendre une douche et nous préparer pour la journée. Je veux vérifier l'ampleur de notre couverture médiatique sur internet et étudier les dispositions prises par Josh avec *People* pour l'exclu de nos photos de mariage. Ensuite, nous contacterons Kathy pour voir si elle a le temps de nous faire visiter quelques locations.

Toujours intrigué par la réaction embarrassée de Gail vis-à-vis de Matt, Simon revint à la charge.

— Il t'a appelée depuis cette fameuse soirée ? Il comptait te revoir ?

— Qu'est-ce que ça peut te faire ?

— J'ai peut-être envie de m'assurer que tu vas respecter ta part du contrat de mariage, maintenant que c'est à ton tour d'être soumise à la tentation.

Elle croisa les bras, ce qui la fit paraître encore plus guindée que d'habitude.

— Lâche-moi un peu, Simon. Tu n'as aucune inquiétude à avoir. Entre Matt et moi, il s'agit d'un béguin à sens unique. Enfin, non… même pas d'un béguin. D'une brève toquade.

— Sauf que tu en parles au présent.

Le visage de Gail vira à l'écarlate.

— Pourrait-on s'en tenir là, s'il te plaît ?

Elle commençait à se troubler…

Simon se gara tout au bout de l'allée, au cas où Martin ou Joe rentrerait. Leurs véhicules respectifs n'étaient plus là — Dieu merci ! — ce qui allait lui fournir une trêve bienvenue après les répliques haineuses qu'il avait subies la veille.

— Je ne voudrais pas être un obstacle à votre histoire d'amour, tu comprends ?

— La question ne se pose même pas, je t'assure.

Après avoir serré le frein à main, il coupa le contact.

— Tu as des sentiments pour ce Matt, je le vois bien.

— Non.

— Qu'est-ce qui te plaît chez lui ?

— Callie te l'a dit : c'est un type bien.

Simon fit le tour de la voiture pour la rejoindre.

— Contrairement à moi — j'ai bien compris le message. Ce qui nous ramène à Callie. Qu'est-ce qui te plaît chez elle ?

— Oh ! il ne faut pas lui en vouloir pour son comportement de ce matin ! Elle finira par te trouver sympathique. Elle cherche à me protéger, c'est tout.

— Je la trouve très critique envers autrui. Elle n'a donc rien à se reprocher, cette fille-là ?

— La plupart des gens ne perdent pas les pédales en public, comme toi, Simon. Cela te porte préjudice.

— C'est la rançon de la gloire et de la richesse !

Cette réplique faussement désinvolte était destinée

à masquer sa rage de voir chacune de ses erreurs et de ses faiblesses s'étaler en première page des magazines. Sans cela, peut-être n'aurait-il pas eu cette volonté de prouver qu'il pouvait agir à sa guise, sans se soucier du scandale. Dans une certaine mesure, ses pires incartades n'étaient que sa façon à lui de faire un doigt d'honneur au monde — et à tous ceux qui jugeaient sa conduite.

— Tu regrettes de ne pas avoir couché avec Matt quand tu en as eu l'occasion ?

Gail souhaitait visiblement mettre un terme à cette conversation, aussi fut-il surpris de la voir s'arrêter net pour faire volte-face.

— Oui ! lança-t-elle, exaspérée. Oui, je le regrette ! Et d'autant plus maintenant qu'on me paie pour ne pas faire l'amour durant les deux années à venir !

Simon plaqua la main sur sa poitrine comme si elle venait de le frapper.

— Qui te paie pour ne pas faire l'amour ?

— Notre mariage sombrera à la seconde où nous enfreindrons cette règle, et tu le sais.

L'obstination qu'il voyait luire dans ses yeux lui apparut soudain comme un défi irrésistible. Elle était si… normale. C'était l'une des choses qui lui plaisait le plus chez elle. Elle savait prendre du recul et exigeait de lui qu'il fasse de même. Depuis qu'elle avait pris son destin en main, il retrouvait un sens à son existence.

Mais comme elle était aussi un peu rigide, c'était d'autant plus amusant de la provoquer.

— Je suis prêt à tous les compromis dans ce domaine, lui déclara-t-il. Je te donnerai volontiers quartier libre pour une nuit si, de ton côté, tu acceptes de me rendre la pareille.

Son intonation se fit plus sensuelle :

— Réfléchis, Gail… Tout ton désir refoulé pourrait se déchaîner sur ton béguin de jeunesse.

Etrangement, il n'avait pas envie qu'elle accepte,

mais il était curieux de voir si elle serait tentée par sa proposition — histoire de se faire une idée de la place que Matt le footballeur occupait dans son cœur.

Mais Gail ne mordit pas à l'hameçon. L'empoignant par sa chemise, elle essaya de l'attirer à elle… mais Simon ne bougea pas d'un pouce. Voyant qu'il riait de ses efforts vains, elle se dressa sur la pointe des pieds afin de se trouver nez à nez avec lui.

— Ne crois pas que tu peux évoluer à ta guise dans le cadre tranquille de Whiskey Creek, Simon ! *Tout le monde* a les yeux rivés sur toi. Un seul faux pas dans cette ville et tu peux dire adieu à tes velléités d'obtenir ne serait-ce qu'une vague respectabilité…

Elle lâcha sa chemise et la lissa pour la défroisser.

— Et j'aimerais autant que tu t'abstiennes de me ridiculiser devant mes amis, si tu vois ce que je veux dire.

Simon baissa les yeux sur ses lèvres. Elle était si proche de lui que l'odeur mentholée de son chewing-gum lui flattait les narines. S'il l'embrassait maintenant, il en aurait sans doute aussi le goût dans la bouche.

— Bien, ça ne nous laisse qu'une seule possibilité, je suppose.

— Laquelle ?

Lui relevant le menton, il amena sa bouche à un millimètre de la sienne.

— Tu ne devines pas ?

— Si, au contraire, je devine très bien.

Et, lui plaquant sa main sur l'entrejambe, elle lança :

— Amuse-toi bien !

Puis elle s'éloigna vers la maison.

De toute évidence, elle en avait assez de ses taquineries. Mais quelque chose dans sa façon de réagir vis-à-vis de son ancienne flamme suscitait en lui un sentiment désagréable…

Il réfléchit. Puisque cela ne pouvait être de la jalousie,

cela devait être une blessure d'amour-propre. Il n'avait pas l'habitude de se faire voler la vedette.

Bien décidé à ne pas laisser Gail avoir le dernier mot, il cria :

— C'est moi que tu es censée désirer, je te signale ! C'est moi, la star de cinéma !

Décidément, il se comportait comme le crétin narcissique que décrivaient les tabloïds.

— Certaines femmes préfèrent les sportifs professionnels aux acteurs ! Trop égocentriques…, rétorqua-t-elle.

Arrivée à hauteur du perron, elle lui adressa un sourire moqueur par-dessus son épaule.

— Si tu voyais *la taille* qu'il fait !

Simon sentit ses sourcils se rejoindre sous le coup de la stupéfaction.

— Tu parles de sa stature, n'est-ce pas ?

Pas de réponse. Gail tentait d'ouvrir la porte.

Il se dirigea à grandes enjambées vers la galerie.

— Tu ne peux pas comparer ce que tu n'as jamais vu ! On devrait aller dans la chambre et vérifier. Un peu de compétition ne me fait pas peur !

— Je veux divorcer, grommela-t-elle lorqu'elle réussit enfin à ouvrir la porte.

Retenant son rire, il lui donna une petite tape sur les fesses.

— Oui, c'est l'effet que je semble produire sur les femmes !

Amener une star du grand écran à Whiskey Creek se révélait bien différent de ce que Gail avait d'abord imaginé. Comme prévu, son père et son frère restaient sur la défensive mais, à l'exception de Callie, ses amis avaient plutôt bien réagi. Sans doute parce que Simon et elle étaient déjà mariés. A partir de là, ils ne pouvaient plus faire grand-chose pour la mettre en garde contre lui.

Malgré tout, elle se serait attendue à un peu plus de… d'inquiétude de leur part.

Au petit déjeuner, il lui avait semblé que ses anciens copains d'école avaient du mal à comprendre que sa situation ait changé de manière aussi radicale. Pourtant, elle leur avait suffisamment parlé de ses clients célèbres. Non, ce qui les avait le plus étonnés, c'était que Simon O'Neal ait bu un café *avec eux*. Jusque-là, elle n'avait jamais amené personne à Whiskey Creek, et encore moins un acteur de cette envergure, d'où leur nervosité à son égard.

Fait intéressant, néanmoins : ils n'avaient pas paru lui reprocher d'avoir épousé Simon. Les garçons tenaient pour acquis qu'en tant qu'acteur il avait toutes les femmes à ses pieds, Gail y compris, et ce indépendamment de toutes ses frasques passées. Quant aux filles, elles ne se leurraient pas : elles n'auraient pas manqué, elles non plus, de tomber dans les bras de Simon s'il leur avait manifesté un quelconque intérêt. Gail avait failli éclater de rire en voyant à quelle vitesse tous — à l'exception de Callie — succombaient à son charme ravageur.

C'était son sourire, estima-t-elle, qui agissait comme un poison lent. Sans être fatal, son sourire avait le pouvoir de faire perdre tous ses moyens à une femme. Il devait brouiller certaines fréquences du cerveau, rendant les victimes de Simon très réceptives à toutes ses suggestions. C'était sans doute ce qui l'avait elle-même poussée à s'exhiber devant lui ce matin même, alors qu'elle refusait avec obstination de lui faire oublier l'espace d'une nuit son chagrin, refusait de n'être qu'un nom de plus sur la liste de ses conquêtes d'un soir. Elle savait déjà que son estime d'elle-même ne le supporterait pas.

Simon finirait bien par se rallier Callie. Si cette dernière restait sur ses gardes, c'était uniquement parce qu'elle avait recommandé à Gail d'éviter toute histoire avec lui et que celle-ci avait ignoré son conseil.

— Hé ! qu'est-ce qui te retient si longtemps ?

Manifestement, il venait de mettre fin à sa conversation avec Ian, qui lui avait exposé par téléphone ses difficultés à annuler le contrat de son prochain film.

— J'ai encore quelques petits détails à régler.

— Alors, ça donne quoi dans les journaux ? lança-t-il depuis le salon. Est-ce que je suis blanc comme neige ? Repenti ?

— L'Amérique n'en est pas encore à ce stade-là. Pour l'heure, tout le monde est sous le choc.

— Comment, j'ai encore la capacité de choquer ?

Gail ne put s'empêcher de rire, même si de nombreux commentaires l'avaient touchée dans son amour-propre. Avoir conscience de ses propres limites était une chose, mais lire autant de remarques insultantes à son égard sous la plume de journalistes déplorant que Simon n'ait pas choisi une épouse plus jolie en était une autre.

— La presse me qualifie d'« ordinaire », lâcha-t-elle sur un ton faussement désinvolte.

— C'est parce qu'ils ne te connaissent pas.

Bien tenté…

— Cette description ne se rapporte pas à ma personnalité…

Elle s'apprêtait à éteindre son ordinateur lorsqu'elle entendit les pas de Simon derrière elle. Comme si cela n'était pas assez pénible de lire ce genre de remarques seule, voici qu'il allait lui demander de lui montrer certains de ces articles.

— Qui écrit sur nous ? s'enquit-il en entrant dans la pièce.

— *Perez Hilton*, *Hot Hollywood Gossip*, tous les sites people.

— « Le beau gosse de Hollywood épouse une fille ordinaire… » La partie concernant le « beau gosse » me semble très bien vue !

Il essayait de la ménager en tournant l'insulte en dérision, mais sans succès. Gail ne répondit pas, se contentant de cliquer sur d'autres sites afin qu'il puisse continuer à parcourir les gros titres.

— « Simon O'Neal, la star du box-office, convole en justes noces »… « Quelle mouche a piqué Simon O ? »… « La dernière débâcle de Simon O'Neal »… « La véritable Cendrillon »… « Big Hit PR et sa dirigeante frappent un grand coup, mais pour combien de temps ? »… Ma foi, on dirait bien qu'ils ont tous gobé l'histoire.

— Evidemment ! Je suis peut-être une fille ordinaire, mais je connais mon métier !

— Allez, Gail…, dit-il en posant ses mains sur ses épaules pour masser ses muscles noués.

— Je te parie que c'est une femme qui a écrit ça…

— John McWhorter, plutôt étrange comme nom pour une femme…

— Un gay, alors. Un gay jaloux de toi. C'est possible, tu sais. Il m'est déjà arrivé de recevoir des lettres d'amour écrites par des mecs.

— Tout cela m'est égal.

Et Gail était sincère. Elle savait à quoi elle s'exposait en se lançant dans cette aventure. Elle savait que les critiques pleuvraient, surtout sur elle.

Et pourtant… Ce n'était guère agréable de savoir qu'on ne la trouvait pas assez bien pour être l'épouse de Simon. Quand elle lui avait montré ses seins, ce matin, elle s'était sentie belle dans son regard. Jamais aucun homme ne l'avait autant grisée de désir.

Mais Simon ne cherchait qu'à la séduire et, en refermant le piège sur elle-même, elle était devenue son unique proie. Il ne pouvait avoir été aussi impressionné par son corps qu'il l'avait paru. Sans doute déployait-il tous ses talents d'acteur dans l'espoir d'obtenir ses faveurs.

— C'est à ça que tu as passé tout ce temps ? lui demanda-t-il. A lire toutes ces âneries sur ton compte ?

— Je dois savoir ce qui se dit sur nous si je veux établir un plan d'action.

Simon se rembrunit.

— Pourquoi les gens se sentent-ils tous obligés d'avoir leur petit avis sur mes moindres faits et gestes ? Ils ne peuvent pas aller voir mes films et s'en tenir là ? Allez, ferme tout ça et viens !

— Je n'étais pas en train de m'apitoyer sur mon compte, si c'est ce que tu crois.

Il voulut fermer son moteur de recherche mais elle l'en empêcha.

— J'étais en train de répondre à mon courrier électronique.

C'était la vérité. Il avait fallu qu'elle s'informe des affaires courantes à Big Hit, qu'elle prenne connaissance des nouveaux lancements et qu'elle s'assure que Josh et Serge assuraient correctement l'intérim. Dans son dernier e-mail, Josh lui déconseillait de lire les blogs, affirmant qu'il surveillerait lui-même l'ampleur du buzz les concernant, elle et Simon. Cela aurait dû lui mettre la puce à l'oreille, mais elle n'avait pu s'empêcher d'aller voir par elle-même ce qui se disait sur la Toile.

— Des nouvelles de *People* ? lui demanda Simon.

— Ils nous proposent deux millions de dollars.

— Tiens bon jusqu'à trois.

— C'est ce que j'ai dit à Josh.

Il continuait à lui masser les épaules, mais Gail détestait l'idée que cette sollicitude lui soit dictée par la pitié.

— Et Kathy Carmichael ? Tu as réussi à la joindre ?

— Non, pas encore. Je lui ai laissé un message.

— Que se passe-t-il à ton bureau ?

— On croule sous les appels. Principalement des journalistes en quête d'un scoop quelconque à notre sujet, mais il y en a aussi d'autres, de la part de clients potentiels. Josh est d'avis que nous devrions embaucher deux attachés de presse supplémentaires.

— Et tu es d'accord avec lui ?

Sa question étonna Gail. Depuis quand Simon s'intéressait-il à son agence ?

— Nous devons être en mesure de grandir assez vite pour gérer notre soudaine popularité. Pour autant, je ne veux surtout pas que la qualité des prestations en pâtisse, ça ruinerait ma réputation. Alors, oui, je lui ai donné mon feu vert. Il se peut que cette reprise d'activité soit due à l'annonce de notre mariage, mais ce n'est qu'en travaillant d'arrache-pied que nous parviendrons à maintenir Big Hit à flot — surtout après notre divorce.

— Et ça ne te dérange pas de passer à côté de toute cette effervescence professionnelle ?

Gail détestait se sentir coupée de l'agence qu'elle avait créée. Elle avait trop l'habitude d'être à la barre. Mais elle avait suffisamment de défis à relever ici, à Whiskey Creek. S'empêcher de gémir de plaisir sous les doigts de Simon, qui continuait de la masser, en était un. Et elle devait aussi veiller à ce que les sentiments qu'elle éprouvait pour lui ne prennent pas des proportions plus alarmantes.

— Je suis ici pour une mission.

— Et tu iras jusqu'au bout.

— Bien entendu.

— Ça aussi, c'est ta marque de fabrique.

— Non, c'est ma personnalité !

Il la dévisagea quelques secondes dans le miroir de la coiffeuse.

— Quoi, qu'est-ce que j'ai dit ? fit-elle, soudain embarrassée.

— Tu as raison. C'est ta personnalité. Tu es quelqu'un de responsable, de fiable.

Même si dans l'esprit de Simon, Gail savait qu'il s'agissait d'un compliment, il n'était pas assez flatteur pour contrebalancer l'effet des commentaires négatifs qu'elle venait de lire sur son compte. Ce n'était pas la même chose qu'être « belle », « sexy », « charismatique » — autant de qualificatifs qui s'appliquaient à Simon. Cela dit, quelques individus fiables n'étaient sans doute pas de trop dans ce monde. Pour sa part, elle s'occupait de suffisamment de personnalités qui ne l'étaient pas assez !

— Attention, Simon, à force je vais prendre la grosse tête — comme toi ! répliqua-t-elle avec un petit rire.

Il reprit son massage.

— Mais moi, *j'aime* les gens fiables et responsables.

Elle le regarda dans le miroir de sa coiffeuse.

— Ça ne m'étonne pas. Etre fiable et responsable, c'est presque aussi positif qu'être consciencieux et digne de confiance.

— Tu ne trouves pas ça flatteur ?

— Non.

Les mains de Simon s'immobilisèrent.

— D'accord. Tu me croirais si je te disais que tu as les plus beaux seins que j'aie jamais vus ?

Là, il commençait à se rapprocher dangereusement des compliments qu'une femme avait envie d'entendre — même une femme aussi pratique, responsable et consciencieuse qu'elle. Mais il ne pouvait pas être sincère : elle remplissait à peine un bonnet C !

— Non.

— Tu comprends donc pourquoi je n'ai pas pris la peine de te le dire, ce matin.

Gail s'exhorta à ne pas réagir à sa remarque, en vain.

— Tu le penses vraiment ? ne put-elle s'empêcher de demander d'un air méfiant.

La bouche de Simon esquissa un sourire sexy tandis qu'il se penchait pour lui murmurer à l'oreille :

— Je serais ravi de te convaincre de ma sincérité si tu voulais bien m'en donner l'occasion.

Et ses mains se refermèrent sur ses seins.

Gail sentit ses tétons se dresser sous la chaleur de ses paumes. Elle s'ordonna intérieurement de se lever et de s'éloigner de Simon, mais elle resta pétrifiée, incapable de détacher son regard de ses doigts hâlés posés sur son pull bleu turquoise.

— Il doit y avoir quelque chose qui ne tourne pas rond chez moi…, murmura-t-elle.

De ses pouces, Simon se mit à lui caresser la pointe des seins, faisant naître des ondes de plaisir dans tout son corps.

— Non, rien du tout, répliqua-t-il, ses lèvres contre son cou.

Gail arrivait à peine à respirer. Elle avait envie de laisser ces mains glisser sous son pull et la caresser pour de bon. Mais elle était bien décidée à se montrer raisonnable.

— Alors, il doit y avoir quelque chose qui ne tourne pas rond chez *toi* si tu t'imagines que tu vas me faire craquer comme ça, dit-elle.

Simon retira ses mains comme s'il s'était brûlé.

Gail pensait qu'il tournerait la chose en dérision, comme si ces caresses ne revêtaient aucune signification pour lui. Qu'il prétendrait avoir agi pour la mettre à l'épreuve et voir sa réaction. Mais il n'en fit rien. Leurs yeux se croisèrent dans le miroir ; ceux de Simon reflétaient une déception évidente.

Pas étonnant que cet homme puisse avoir toutes les femmes de la Terre ! En plus de sa beauté, il émanait de sa personne une franchise qu'elle trouvait courageuse. Peut-être n'éprouvait-il pas toujours ce qu'elle aurait voulu le voir éprouver mais, au moins, il ne dissimulait pas ses émotions.

— Quel mal y aurait-il à ça ? murmura-t-il. Tu es ma femme, après tout.

Il avait envie de jouir de la complicité physique que lui aurait procurée une épouse « normale », mais n'appréciait pas qu'elle exprime l'envie d'avoir avec lui la complicité *affective* qu'une épouse « normale » est en droit d'attendre en retour.

— Ecoute, Simon, je sais que tu n'as pas l'habitude de rester chaste, que cela fait plusieurs semaines que…

— Ah non ! je t'en prie ! Pas de ce ton condescendant avec moi !

Et sur ces mots, il sortit de la chambre.

Gail demeura assise encore quelques minutes, attendant que s'apaise son excitation. Mais chaque fois qu'elle repensait aux caresses de Simon, à l'intensité de son regard, la sensation revenait.

Finalement, elle s'ordonna de cesser de se conduire comme une idiote et descendit au rez-de-chaussée.

— Tu veux qu'on fasse le tour de la ville au cas où il y aurait des panneaux « A louer » ?

Simon, installé sur le canapé, regardait la télévision. Il ne prit même pas la peine de lever les yeux pour répliquer :

— J'ai décidé qu'une pancarte « A vendre » me conviendrait tout aussi bien.

— Tu veux acheter une maison ?

— Je dis juste que je prendrai ce qu'il y aura.

Evidemment. Il ne voulait pas rester plus longtemps que nécessaire sous le même toit que son père et son frère — comment aurait-elle pu lui en tenir rigueur ?

— Tu es en colère contre moi ?

— Non, je suis frustré.

— Simon…

— Je ne veux pas en parler.

— Très bien. Dans ce cas, nous n'avons qu'à…

Elle déglutit avec difficulté, déroutée de se sentir elle-même tiraillée entre deux désirs contradictoires.

— … faire comme si rien ne s'était passé, acheva-t-elle. Allez, viens…

Saisissant la télécommande, Simon éteignit la télévision et la suivit dans la cuisine. A peine avaient-ils franchi le seuil de la maison que Gail reçut un appel de Kathy, l'agent immobilier.

— Alors c'est bien vrai ? s'enquit cette dernière d'une voix suraiguë.

Distraite par Simon qui insistait pour prendre le volant alors qu'elle songeait qu'il valait mieux que ce soit elle qui conduise — contrairement à lui, elle connaissait la région —, Gail ne saisit pas aussitôt le sens de la question de Kathy.

— Qu'est-ce qui est bien vrai ?

— Que tu as épousé *Simon O'Neal* !

Gail avait parfois du mal à y croire elle-même…

— Eh oui…

— Oh ! mon Dieu ! s'écria Kathy. Oh ! mon Dieu, mon Dieu, mon Dieu !

— Kathy…

— Il est comment, au lit ?

Gail se figea. C'était bien la dernière question à laquelle elle se serait attendue de la part de Kathy Carmichael, femme d'âge mûr et heureuse en ménage. Mais la célébrité de Simon était telle que les gens s'imaginaient avoir une espèce de droit sur lui, un droit qui les autorisait à aborder sans vergogne les sujets les plus intimes.

Simon avait entendu la question, car il leva les yeux pour voir ce qu'elle allait répondre.

— Oh ! tu sais, il n'est pas aussi extraordinaire qu'on le dit…

Gail ne savait pas ce qui lui avait pris de dire cela ; l'envie irrépressible de le taquiner, peut-être.

Trop occupée à guetter sa réaction, elle n'entendit pas la réponse de Kathy.

— Si tu continues à dire des trucs comme ça, je serai obligé de te prouver le contraire, murmura Simon.

C'était précisément ce qu'elle avait envie qu'il fasse… tout en le redoutant. Elle s'empressa de rectifier :

— Non, je plaisante ! Simon est fantastique, bien sûr. Tiens, rien que de le voir, je fonds…

Aussitôt, elle lui fit un clin d'œil pour qu'il n'aille pas s'imaginer qu'elle parlait sérieusement.

— Enfin la vérité ! s'exclama-t-il.

— Oh, Seigneur ! mon chou, moi c'est pareil ! s'écria Kathy, en délire. J'ai dû voir *Frissons* une bonne dizaine de fois. La façon dont il fait l'amour à Tomica Kansas dépasse tout ce que j'ai pu voir au cinéma. C'est bien simple, dès que j'entends le thème musical…

Sa voix s'adoucit.

— Oh…

Gail n'avait pas envie de repenser à ce film, mais les images se mirent à danser dans son esprit.

— N'en veux pas à ton mari s'il n'est pas capable de reproduire cette scène avec toi. Je suis certaine que le réalisateur est pour beaucoup dans l'effet produit. Sans parler de la bande originale. Et puis, il y a la magie du cinéma… Le sexe n'est jamais décevant, dans les films.

Simon s'installa au volant.

— Continue de jacasser. Un jour, tu croiras peut-être ce que tu dis…

Gail n'était pas en mesure de riposter, car Kathy lui chuchotait dans le téléphone :

— N'empêche que… tu es une sacrée veinarde ! C'est tout ce que j'ai à dire.

Pressée de changer de sujet avant d'avoir à en entendre davantage, Gail s'éclaircit la voix.

— Je te remercie. Dis-moi, Kathy, connaîtrais-tu des maisons à louer pour trois mois ?

— Qui soit assez bien pour Simon, une seule.

Gail plaqua sa main sur le téléphone.

— Tu as entendu ?

— Oui, ça me semble prometteur.

— Je ferais mieux de ne pas m'infliger ça trop souvent, répliqua-t-elle.

Simon haussa un sourcil interrogateur.

— La façon dont les gens s'extasient sur toi, c'est vraiment ridicule ! lâcha-t-elle.

— C'est pour ça que tu me regardes comme si tu crevais d'envie de m'arracher tous mes vêtements ?

Elle le dévisagea, interdite. Comment faisait-il pour lire en elle avec autant d'aisance ?

— Tu es d'une vanité incroyable !

— Qu'est-ce que tu dis ? fit Kathy à l'autre bout du fil, tandis que Simon éclatait de rire.

Gail ôta sa main du téléphone.

— Excuse-moi, je parlais à Simon. Je lui expliquais que tu avais justement la maison qui nous convient.

— Tout à fait. Il s'agit de l'ancienne demeure des Doman. Tu la connais, n'est-ce pas ?

— Bien sûr. Mais… elle est à louer ?

— Non, à vendre. Pourquoi quelqu'un comme Simon s'embêterait-il à payer un loyer, dans ta ville natale qui plus est, alors que vous allez y revenir sans cesse ? Acheter une maison, ce n'est rien pour lui !

Le joaillier aussi, l'autre jour, s'était senti obligé d'indiquer à Simon la meilleure manière de dépenser son argent…

— Et ce rien, il se monte à combien ?

— Deux millions et demi. Il s'agit bien sûr du domaine tout entier : quatre hectares de terrain, les écuries…

— On le prend ! dit Simon.

Mais Gail n'avait aucune envie d'acquérir l'ancienne propriété des Doman.

— Je crains que cela ne nous convienne pas, expliqua-t-elle à Kathy. C'est beaucoup plus que ce que nous sommes disposés à investir. En fait, Simon souhaite acheter une parcelle de terrain afin d'y bâtir notre maison, mais en attendant il nous faut juste un petit nid douillet, plus facile à entretenir que tout un domaine.

— Ah !

Kathy semblait déçue.

— Si elle n'a pas de petit nid douillet sous le coude, on prend la propriété des Doman ! insista Simon.

Gail lui fit signe de se taire.

Kathy hésita.

— Eh bien, dans ce cas… Passez me voir à l'agence. Je vous montrerai deux produits possibles, mais… il n'y a pas grand-chose sur le marché de l'immobilier actuellement.

— Je comprends. Nous partons à l'instant.

Un sourire de triomphe aux lèvres, Gail mit fin à la communication.

— C'est quoi le problème, avec la baraque des Doman ? demanda Simon. Kathy avait l'air de penser qu'elle me conviendrait très bien.

Gail boucla sa ceinture de sécurité.

— Tu lui fais davantage confiance qu'à moi ?

— Oh que oui ! Elle au moins, elle sait reconnaître une bonne scène d'amour quand elle en voit une.

— C'était une scène d'amour… classique.

C'était un mensonge, et ils le savaient tous les deux. Cette scène d'amour était l'une des plus belles jamais tournées. Chaque fois que Gail se mettait au lit avec Simon, elle devait affronter le souvenir de sa bouche parfaitement dessinée descendant le long du ventre plat de Tomica Kansas…

Simon baissa les yeux sur ses seins.

— Ce n'est pas ce que me dit ton corps.

Elle résista à l'envie impérieuse de croiser les bras sur sa poitrine afin de dissimuler la preuve flagrante de son excitation.

— Je ne suis pas Tomica Kansas.

Il lui fallait absolument garder à l'esprit la différence qui existait entre elle, une fille ordinaire, et les femmes fatales qui partageaient l'affiche des films de Simon.

— Il y a un quart d'heure encore, tu aurais très

bien pu prendre sa place, objecta-t-il, mais il ne la regardait plus.

Il avait enclenché la marche arrière et vérifiait que la voie était libre pour sortir de l'allée.

19

— Alors, c'est ça ?

Simon ne semblait guère impressionné par la maison que convoitait Gail.

— Qu'est-ce qu'elle a qui te déplaît ? demanda-t-elle.

Il attendit pour lui répondre que Kathy se soit éloignée. Cette dernière avait reçu un appel et se dirigeait vers sa voiture pour noter une adresse.

— Elle n'a que deux chambres et elle date de 1880 !

— Et alors ?

— Elle est complètement vétuste !

— Pas du tout.

— Enfin, Gail ! Il n'y a qu'une seule salle de bains située de l'autre côté du couloir. Et la baignoire est à pattes de lion ! Il n'y a même pas de douche !

Gail leva les yeux au ciel.

— Il y a une pomme de douche au-dessus de la baignoire et un rideau que tu peux tirer.

De toute évidence, Simon avait vu la douche improvisée. Simplement, il ne la considérait pas comme acceptable.

— Je veux pouvoir me retourner quand je prends ma douche. La pièce entière tiendrait dans la moitié d'un dressing normal !

— Selon les critères en vigueur à Hollywood, peut-être. Mais nous ne sommes pas à Los Angeles.

Il lui lança un regard douloureux.

— Ça, j'avais remarqué…

Elle devait à tout prix le convaincre.

— Ecoute, Simon, nous n'allons pas nous éterniser ici… Entre-temps, nous pouvons bien nous accommoder de cette maison, n'est-ce pas ?

Après avoir de nouveau jeté un œil aux deux chambres et à la salle de bains, Simon poussa un soupir.

— On doit bien pouvoir trouver autre chose ! Cette baraque fait à peine… qu'est-ce qu'a dit Kathy ? Soixante-quinze mètres carrés ?

— Quatre-vingts.

Gail lui tendit le descriptif, mais il refusa de le prendre et s'appuya contre le mur, complètement abattu.

— C'est la superficie de ma chambre, chez moi, à L.A…

— Mais tu as entendu ce qu'a dit Kathy ? C'est notre dernière option. Il n'y a pas de locations à Whiskey Creek, et nous avons visité les seules autres maisons sur le marché. Aucune des deux n'était aussi jolie que celle-ci.

— La première était plus grande, bougonna-t-il. On pourrait la rénover.

— Elle est située en plein centre-ville. Nous ne tenons pas à avoir de voisins, n'est-ce pas ? Pas de voisins trop curieux, en tout cas. Or, il n'y a que ça à Whiskey Creek. Ici, nous aurons une certaine intimité. Mieux, même, nous pourrons avoir chacun notre chambre.

Simon se retourna vers elle.

— Quoi, je vais dormir tout seul ? C'est ça, l'argument censé me convaincre ?

Gail sourit.

— Moi, il me convainc tout à fait.

Il baissa la voix.

— Uniquement parce que tu as *peur*.

— Peur ? Moi ? Et de quoi ?

Elle regretta de s'être montrée ironique en voyant Simon pencher la tête sur le côté pour signifier qu'il n'avait pas l'intention de capituler.

— De moi. De perdre le contrôle. Du plaisir que tu pourrais prendre à sentir mes mains sur ton corps.

Gail déglutit avec peine.

— Je n'ai pas peur, prétendit-elle. Simplement je ne suis pas… pas assez sotte pour…

Pour quoi, au juste ? se demanda-t-elle. Pour s'installer dans un mariage qui n'était pas fait pour durer ?

Simon darda sur elle un regard sombre.

— Pour t'engager dans une relation avec moi ?

— Je suis déjà engagée avec toi. Ce n'est pas ce que j'allais dire.

— Il y a une autre façon de voir les choses, tu sais.

— Laquelle ? l'interrogea-t-elle.

— Ma façon à moi.

— Laisse-moi deviner… Selon toi, je devrais accepter que tu te serves de moi jusqu'à ce que tu sois prêt à tourner la page.

— Je te propose deux ans d'orgasmes ininterrompus. Pourquoi refuser d'emblée ?

Il insista :

— S'il y a une femme qui a besoin d'avoir un orgasme, c'est bien toi !

Elle s'écarta de lui.

— Cesse de me traiter comme si j'étais frigide !

Il leva les mains.

— Inutile de monter sur tes grands chevaux, ce n'est pas ce que je voulais dire.

— Mais c'est ce que tu penses !

— Je pense que tu es complètement coincée, oui. Mais ce n'est pas grave. Je vais m'occuper de toi.

Simon ne comprenait pas qu'elle les prive tous deux de prendre du bon temps sans raison valable. Et pour cause : il ne saisissait pas l'enjeu d'une telle proposition. Comment l'aurait-il pu ? Pour lui, le sexe ne représentait qu'une distraction sans conséquence. Mais Gail n'était pas faite comme lui.

— Je suis peut-être coincée, mais je vois à long terme, moi !

— C'est clair, mais alors explique-moi pourquoi tu tiens à louer une maison avec une seule salle de bains ?

Cette discussion donnait vraiment à Gail l'impression d'être mariée…

— Nous devrons nous la partager, mais… à part ça, cette maison est idéale.

Les mains posées sur ses hanches étroites, Simon fit demi-tour tandis qu'elle persistait :

— Elle est vieillotte, je te l'accorde, mais c'est sympa, ce style un peu désuet…

Elle l'attira dans le salon avec sa belle hauteur sous plafond, ses moulures en stuc et son parquet de bois massif.

— Regarde cette pièce. Regarde le manteau de la cheminée. Il a beaucoup de charme.

— J'aime bien la galerie, reconnut-il en regardant par les immenses fenêtres surmontées d'impostes de verre taillé en diamant.

— Moi, je l'adore ! Elle est presque aussi vaste que le salon lui-même. Imagine-toi, installé dessous, un verre de thé glacé à la main, dans le soleil déclinant… Les étés sont splendides à Whiskey Creek. Et la cuisine ne manque pas de potentiel…

Simon la suivit à l'intérieur de la pièce.

— A condition de tout démolir pour la refaire du sol au plafond, peut-être.

Il promena son regard sur les placards d'un vert jaunâtre.

— Ces placards sont hideux.

— Elle ne serait pas si difficile que cela à rénover, tu sais. Tout bien réfléchi, nous devrions peut-être restaurer une maison ancienne au lieu d'en construire une neuve.

La porte à moustiquaire se referma derrière Kathy qui les rejoignit dans la cuisine.

— Alors ? Qu'est-ce que vous en pensez ? leur demanda-t-elle.

Mais elle n'avait d'yeux que pour Simon. L'opinion de Gail ne comptait pas pour elle.

Simon dévisagea Gail pendant quelques secondes durant lesquelles elle l'implora en silence. Puis il reporta son attention sur Kathy.

— On la prend.

— Vous voulez faire une offre ?

— Donnez-leur le prix qu'ils en demandent. Ça n'est pas très cher.

Gail commençait à comprendre : Simon avait tendance à se faire facilement berner dès qu'il s'agissait d'argent. Dans ces conditions, il ne serait pas difficile pour elle d'obtenir à peu près tout de lui. Il l'avait prouvé en proposant de lui offrir un diamant d'un demi-million de dollars. Aussi ne s'étonna-t-elle pas outre mesure qu'il consente à se porter acquéreur d'une maison dont il ne voulait pas, juste pour lui faire plaisir, et qu'il accepte le prix sans marchander. Il la surprit, cependant, en se penchant vers elle pour effleurer ses lèvres d'un baiser. Bien entendu, c'était un geste de tendresse factice, pour donner le change devant Kathy — Gail commençait à trouver cela naturel. Mais ce baiser… Ce n'était rien, pourtant, juste un contact fugace, mais elle en eut le souffle coupé.

Elle leva les yeux vers lui pour voir s'il s'était rendu compte du plaisir qu'elle y avait pris, mais il se détourna.

— Quand pouvons-nous emménager ? demanda-t-il à Kathy.

Ce soir-là, Gail prépara une salade César, des pâtes et du pain aillé. La sauce des pâtes était agrémentée d'oignons, de petits pois et de bacon — Simon la trouva fort à son goût. Mais le repas, pris en compagnie de Martin et de Joe DeMarco qui étaient rentrés du travail en fin d'après-midi, se déroula dans une atmosphère pesante.

Gail devait avoir sermonné son père et son frère à propos de la façon dont ils avaient traité Simon jusque-là car, depuis, les deux hommes se tenaient à carreau. Martin ne secouait plus la tête avec dégoût chaque fois qu'il le regardait, et l'attitude de Joe lui semblait également moins hostile. Mais ils gardaient la tête penchée sur leur assiette et enfournaient leur nourriture comme s'ils étaient seuls à table.

— Un peu plus de pain aillé ? demanda Gail à Simon.

Il leva les yeux de son assiette.

— Non, merci.

Cet échange poli, songea-t-il, constituerait sans doute la seule tentative de conversation de tout le repas. Ce qui lui convenait à merveille. Il n'avait pas grand-chose à dire à sa belle-famille, de toute façon.

C'est alors que Martin s'essuya la bouche, jeta sa serviette sur la table et prit la parole. En s'adressant à lui.

— Alors, qu'est-ce que tu penses de Whiskey Creek ?

Une bouteille de vin de la Napa Valley était posée sur le comptoir. Simon, lui, n'avait eu droit qu'à du soda — Gail aussi s'en était servi un verre. Mais l'odeur du vin lui flattait les narines.

— Ce que j'en pense ? Du bien.

— C'est un endroit du tonnerre pour fonder une famille.

Martin faisait-il allusion au foyer qu'il avait lui-même fondé ici ? Ou cherchait-il à savoir si Gail et lui comptaient avoir des enfants ?

Il était bien naturel que le vieil homme espère avoir d'autres petits-enfants. Mais bien qu'ils n'aient pris aucune disposition pour le versement d'une hypothétique pension alimentaire, Simon avait bien l'intention d'insister pour qu'ils utilisent un moyen contraceptif quelconque — dans l'éventualité bien sûr où il parviendrait à convaincre Gail de consommer leur mariage. Plus jamais il ne fournirait à une femme une arme aussi puissante qu'un enfant. L'amour était un sentiment trop inconstant.

— J'aimerais bien y faire venir mon fils, un jour.

Il avait éludé ce qu'il soupçonnait être le véritable sujet de la question, mais sa réponse ne pouvait faire l'objet d'une quelconque critique.

Joe hocha la tête.

— Je me demandais si tu nous le présenterais un jour. Moi, j'ai mes filles un week-end sur deux.

Simon enroula une autre fourchetée de pâtes mais ne la porta pas à sa bouche.

— Et elles vivent où, le reste du temps ?

Si Joe se souvenait des précédents propos de Simon sur son divorce, il semblait disposé à les oublier.

— A Sacramento. Leur mère est infirmière au CHU de Davis.

— Quel âge ont-elles ?

Tous les parents adorent parler de leurs enfants, et Joe ne faisait pas exception à la règle. Il tira deux photos de son portefeuille.

— Elle, c'est Summer. Elle a dix ans.

Il sourit et son visage s'illumina d'une fierté sans bornes.

— Et cette petite diablesse, là, c'est Joséphine. Elle n'a que sept ans, mais c'est déjà un sacré tempérament.

— Comme sa mère, lâcha Martin d'un ton sec.

Joe fit clapper sa langue.

— Ouais, c'est vrai que sa mère, c'est quelqu'un.

Simon eut le sentiment que, dans la bouche de son beau-frère, il ne s'agissait pas d'un compliment.

Il regarda les photos suffisamment longtemps pour avoir l'air de s'y intéresser.

— Elles sont très jolies toutes les deux. D'ici quelques années, elles vont te donner du fil à retordre.

— Je te crois !

— Tu comptes bientôt faire un autre film ? demanda Martin.

— Oui, je songe à accepter un autre thriller romantique en mars, ça s'appellerait *Dernier train pour la Géorgie*.

— Un thriller, hein ? Genre *Frissons* ? demanda Joe.

Simon ne put s'empêcher de couler un regard en direction de Gail. Elle était bien placée pour juger de sa prestation dans ce film. Chaque fois que quelqu'un mentionnait *Frissons*, elle virait à l'écarlate, pour le plus grand plaisir de Simon. Si seulement elle avait pu savoir tous les efforts que lui avait coûtés cette fameuse scène d'amour ! Tomica, l'actrice avec qui il partageait l'affiche, portait le même parfum que sa mère, ce qui lui compliquait la tâche. Il était fier de sa performance d'acteur, car personne ne semblait avoir remarqué la réticence qu'il avait éprouvée en jouant cette séquence. A l'époque, il avait même envisagé d'exiger d'interrompre le tournage pour le reporter à un autre jour mais, bien sûr, cela aurait coûté trop cher à la société de production.

— Plus ou moins.

— Et qui jouera dedans, à part toi ?

— Une actrice du nom de Viola Hilliard-Paul.

Joe avala ses pâtes avec une gorgée de vin.

— Inconnue au bataillon.

— C'est une nouvelle venue dans le métier. Mais elle a du talent.

Et elle, au moins, ne lui rappelait pas sa mère… Il avait d'ailleurs couché avec Vi un certain nombre de fois — bien qu'il soit incapable de se souvenir si cela lui avait plu. La plupart du temps il était ivre, et il avait rompu à la minute où Vi avait commencé à prendre les choses trop au sérieux.

Joe tourna son regard vers Gail.

— Ça va te faire quoi de voir ton mari jouer dans des scènes d'amour, sœurette ?

Elle se leva pour aller chercher d'autres petits pains.

— Simon est acteur. Ça fait partie de son métier.

— Tu ne seras pas jalouse ?

— Pourquoi le serais-je ? Ce n'est pas pour de vrai.

Martin leva son verre.

— Y a intérêt !

Gail s'empressa de changer de sujet.

— Nous avons trouvé une maison, aujourd'hui.

— Où ça ?

Joe fit signe qu'il voulait encore du vin. Comme Gail venait de remplir le verre de leur père, elle fit le tour de la table pour aller le servir.

— Tu vois la petite maison victorienne où habitait la veuve Nelson, dans le temps ?

— La blanche ? Celle qui est toute seule au bout d'Autumn Lane ?

— C'est ça.

Un sourire nostalgique incurva les lèvres de Joe.

— Comment je pourrais l'avoir oubliée ? Mme Nelson nous donnait des pommes d'amour pour Halloween.

— C'est vrai, on passait toujours chez elle en premier.

Apparemment, pensa Simon, personne dans la région ne semblait craindre qu'un cinglé ait glissé des lames de rasoir dans les pommes… C'était un avantage à mettre au crédit d'une aussi petite communauté. Un de plus. Depuis son arrivée à Whiskey Creek, il en avait déjà dénombré quelques-uns.

Martin repoussa sa chaise.

— J'avais cru comprendre que vous vouliez louer. Cette maison-là est à vendre.

— Finalement, nous avons décidé d'acheter, dit Gail en reposant la bouteille de vin sur le comptoir.

— Ils en demandent combien ?

Simon s'efforça de ne pas fixer la bouteille.

— Deux cent cinquante mille.

— Ce n'est pas une mauvaise affaire, estima Martin. Vu le terrain.

— La maison a besoin de travaux, fit remarquer Gail.

Joe alla déposer son assiette dans l'évier.

— Tu pourrais demander à Riley de la rénover avant que vous vous y installiez.

Gail fit un geste en direction de Simon.

— En fait, Simon envisage de se charger lui-même des travaux, dès qu'on lui aura retiré ses points de suture. Il est très habile de ses mains.

Prenant conscience du caractère ambigu de sa dernière phrase, elle se racla la gorge, gênée.

— Avec le bois, surtout.

Joe ferma le robinet et posa son assiette sur le comptoir.

— Appelle-moi si jamais tu as besoin d'aide pour les travaux, dit-il à Simon. Je ne suis pas manchot non plus…

— Je n'y manquerai pas.

Simon sentit qu'il se détendait malgré l'attrait permanent de l'alcool. Décidément, Whiskey Creek avait quelque chose de spécial, et ses habitants aussi. Sa femme refusait qu'il la touche, sa belle-famille nourrissait quelques doutes à propos de leur mariage, et pourtant il commençait à se sentir à l'aise dans ce trou perdu. En fait, cela faisait des mois qu'il ne s'était pas senti aussi bien, aussi *en forme*.

Le plus dur était peut-être derrière lui.

C'est alors qu'il reçut un autre texto de Bella.

Gail comprit que cette nuit-là ne se passerait pas aussi bien que la précédente. Simon lui avait pourtant semblé très bien, dans la journée. A certains moments, ils avaient parlé et ri comme s'il avait été un homme comme les autres.

Et puis il était redevenu nerveux, incapable de rester en place. Visiblement, il ne parvenait pas à débrancher et à s'endormir. Après s'être tourné et retourné dans son lit, il avait paru s'assoupir. Mais lorsqu'elle se réveilla en pleine nuit, elle le trouva posté à la fenêtre, en train de contempler le jardin d'un air pensif.

— Un problème ?

Il lui jeta un regard par-dessus son épaule. Il portait encore le pantalon de pyjama qu'il avait enfilé pour se coucher, mais il avait ôté son T-shirt. Gail n'avait pas la moindre idée de ce qu'il en avait fait.

— Non. Tu peux te rendormir.

Refusant de le laisser veiller tout seul, elle passa de son côté du lit.

— On peut parler, si tu veux.

Il haussa les épaules.

— Il n'y a rien à dire.

La lune lui dessinait un profil argenté. Gail contempla son dos nu et ses larges épaules, juste assez ramassées pour indiquer qu'il ruminait de sombres pensées, quoi qu'il dise. Il était tout ébouriffé, comme s'il s'était passé les mains dans les cheveux à plusieurs reprises. C'était clair, quelque chose n'allait pas.

Saurait-elle le convaincre de lui confier ses ennuis ? Pourrait-elle apaiser ses inquiétudes… d'une manière ou d'une autre ? Elle ne voulait surtout pas qu'il rechute. Il avait fait tant de progrès en deux semaines, depuis qu'ils avaient passé leur accord.

— Viens ici…

Comme s'il se méfiait de ce qu'elle pourrait avoir à lui proposer, il lui lança un autre coup d'œil, circonspect cette fois.

— Pourquoi ?

— Je vais te faire un massage. Ça t'aidera peut-être à dormir.

— Ce n'est pas nécessaire.

En temps normal, il aurait répliqué avec désinvolture ou se serait arrangé pour glisser dans sa réponse une allusion à caractère sexuel ; mais son absence de réaction fit comprendre à Gail qu'il souffrait trop pour accepter de l'aide. Il pensait sans doute qu'en saisissant sa main tendue, il dévoilerait son réel besoin de réconfort. Or, il ne voulait à aucun prix qu'on pense qu'il avait besoin de quelqu'un, et surtout pas d'une femme !

— Allez, viens…, insista-t-elle, enjôleuse.

Elle avait beau s'en vouloir, force lui était de reconnaître que depuis qu'il l'avait embrassée, elle cherchait un prétexte pour le toucher. Non, depuis plus longtemps que cela. Depuis le début. Simon ne lui avait jamais témoigné la moindre marque d'intérêt — du moins, pas à l'époque où il était encore client de son agence —, de sorte qu'elle n'avait jamais sérieusement entretenu cette pensée.

— Il n'y a aucune raison pour que tu passes la nuit debout, dit-elle d'un ton plus autoritaire.

Comme il s'asseyait au bord du lit en soupirant, elle se leva pour aller chercher la lotion de massage dans la salle de bains, de l'autre côté du couloir. Mais lorsqu'elle revint dans la chambre et posa une main sur son épaule pour l'inciter à s'allonger, il résista.

— Qu'y a-t-il ?

Son regard était si intense qu'elle comprit qu'il voulait autre chose qu'un massage.

— Embrasse-moi, plutôt.

Gail déglutit avec difficulté. Aujourd'hui, chaque sourire de Simon, chaque effleurement de leurs doigts, chaque frôlement fortuit de leurs bras avait déclenché en elle un incontrôlable désir.

Cependant, dans la position très délicate qui était la sienne, elle ne devait surtout pas accéder à la requête de Simon. Néanmoins, elle souhaitait apaiser son mal-être. Et puis elle avait *envie* de l'embrasser.

— Ce que tu aimerais, c'est t'offrir une parenthèse, répliqua-t-elle, les obligeant tous deux à regarder la vérité en face. Or, il se trouve que… je suis là, et que c'est bien commode. Mais quelle que soit l'envie que tu éprouves en ce moment, Simon… d'ici à demain matin, elle t'aura passé.

— Enfin, bon sang, ne dis pas ça comme si je cherchais à me servir de toi ! J'en ai assez de me faire psychanalyser en permanence, assez qu'on pointe toujours mes insuffisances ! Je sais mieux que n'importe qui ce qui cloche chez moi. Je n'ai pas besoin que tu me dictes mes désirs ou mes actes !

Il était impatient, irritable, sans doute démuni face à sa propre détresse. Et il n'était même pas dans un environnement familier. Gail craignait que cela n'affaiblisse sa détermination et l'incite à replonger dans l'alcool.

Mais si elle lui cédait et faisait l'amour avec lui, dans quelle situation se retrouverait-elle, demain matin ?

Elle ne serait pas mieux lotie que toutes celles qui l'avaient précédée dans le lit de Simon.

— Détends-toi, dit-elle avec douceur. Et allonge-toi.

— Un baiser, rien qu'un seul… Montre-moi que tu me fais suffisamment confiance pour me donner un baiser.

— Tu m'as déjà embrassée dans notre future maison, aujourd'hui.

— Ça ne compte pas. Je veux que tu me rendes mon baiser, ici, dans l'intimité de notre chambre, dans un lieu où nous ne jouons pas la comédie devant les autres. Je n'en profiterai pas, promis. Je ne suis pas aussi salaud que tu as l'air de le penser.

— Je le sais très bien.

— Alors prouve-le.

— Très bien.

Comptant lui autoriser un rapide baiser, rien de plus, elle se pencha vers lui, déjà prête à s'écarter. Mais Simon tint parole. Il ne chercha pas à l'attirer à lui. Sa main gauche effleurant sa joue, il l'embrassa avec une tendresse qui instilla le doute en elle. Cherchait-il réellement une échappatoire dans le sexe ? Il semblait plutôt en quête d'un contact humain, d'une personne à qui se raccrocher.

Il la surprit en interrompant leur baiser avant même qu'elle ait pu être tentée de le repousser.

— Ça n'était pas si terrible que ça, si ?

Devant sa douceur et sa franchise, Gail sentit sa résistance voler en éclats. Les yeux fixés sur son visage, elle faillit nouer les bras autour de son cou et l'embrasser de nouveau.

— Mais non, pas du tout.

— Ça t'a plu, alors.

— Oui, murmura-t-elle.

Il écarta les mains.

— Tu vois ! Et tu ne t'en portes pas plus mal. Je ne t'ai pas contaminée ou je ne sais quoi.

— Je n'ai jamais dit que tu me… contaminerais.

De fait, elle l'avait bel et bien accusé d'être porteur de certaines maladies, mais c'était du temps où ils étaient encore fâchés. Simon avait alors rétorqué qu'il était en parfaite santé, comme le prouvaient ses résultats d'analyses.

— Tu me crois moralement inférieur à toi, insista-t-il. Tu t'imagines que je me fous de tout sauf de moi-même.

Parce qu'elle avait *besoin* de le voir ainsi. C'était son unique rempart contre les assauts du désir qu'elle devait sans cesse repousser. Elle tenta de trouver une réponse appropriée, une explication qui puisse satisfaire Simon sans qu'elle ait à se dévoiler elle-même. Mais il ne lui en laissa pas le temps.

— Maintenant, je veux bien un massage, dit-il avant de se mettre sur le ventre.

20

A son réveil, Gail s'avisa que Simon dormait, lové contre elle. Elle sentait la chaleur de son torse nu contre son dos, son souffle contre son oreille, et elle se souvint de l'excitation qu'elle avait éprouvée à le toucher, la nuit dernière. Tandis qu'il commençait à se détendre et à sombrer dans le sommeil, elle était restée éveillée, savourant sa présence virile. A certains moments, son désir avait été tel qu'elle avait failli poser la main sur lui…

Elle était presque certaine que, à un moment donné, il s'en était aperçu. Elle s'était penchée vers lui, avait déposé un baiser sur sa mâchoire, puis au coin de ses lèvres. Mais dès qu'elle l'avait senti bouger, elle s'était écartée, de crainte qu'il ne réagisse à ses baisers.

Ils n'avaient rien fait. Alors pourquoi était-il en train de passer la main sous son T-shirt ?

Au début, elle crut qu'il s'agissait d'un geste délibéré de sa part, mais le rythme de sa respiration ne s'était pas modifié. Il dormait toujours.

Elle envisagea d'ôter la main de Simon dès qu'il arriverait à hauteur de son sein, mais il n'y avait aucune intention derrière sa caresse. Simon se blottit encore davantage contre elle sans cesser de la toucher, et elle y prit plaisir. Elle aimait tout chez lui — à tel point que son corps lui semblait se fondre dans le sien.

Elle resta un certain temps immobile, à se dire qu'elle

devait l'arrêter. Mais elle n'en fit rien et dut se rendormir car lorsqu'elle s'éveilla de nouveau, Simon n'était plus là.

Il y avait un mot sur la table de chevet.

« Je suis au café. Retrouve-moi là-bas quand tu seras réveillée. »

C'était donc lui, le fameux Matt…

Simon se tourna pour mieux le voir. Mais il n'était pas facile d'être discret alors qu'il devait se dévisser la tête pour l'apercevoir. Le gars qui faisait la queue à trois personnes derrière lui devait mesurer près de deux mètres. Il le dominait de toute sa hauteur, comme il dominait tout le monde dans le café, et devait peser dans les cent vingt kilos.

Simon regrettait presque que ce type n'ait pas le nez crochu ou une bedaine qui lui retombe sur la ceinture comme certains défenseurs de première ligne, mais Matt était tout en muscles. En plus, il était blond, bronzé, avec des traits ciselés que la plupart des femmes devaient trouver irrésistibles. Pour couronner le tout, il avait le sourire facile et, visiblement, tout le monde l'appréciait. Trois personnes l'avaient salué depuis son entrée dans le café, et c'est ce qui avait attiré l'attention de Simon.

Gail était sortie avec cet homme. Elle avait failli coucher avec lui. Et Dieu sait qu'elle ne s'intéressait pas au premier venu !

— Et ce genou, comment il va ? demanda quelqu'un.

Dissimulé derrière ses Ray-Ban, Simon vit Matt désigner l'appareil orthopédique qui lui enserrait la jambe droite.

— Il me fait un mal de chien, mais… je suis en rééducation. Ça finira bien par revenir.

— J'arrive pas à croire que tu vas louper le reste de la saison !

— Moi non plus.

— Ça fait plaisir de te voir, mec !

— A moi aussi…

— Tu crois que les Packers peuvent battre les Raiders, lundi ?

Une voix de femme s'éleva.

— Excusez-moi, monsieur, je vous sers quelque chose ?

Absorbé par la conversation de Matt, Simon mit un moment avant de s'apercevoir que la voix provenait d'une autre direction. La barista lui demandait ce qu'il voulait commander. Obligé de reporter son attention sur elle, il commanda sa boisson habituelle, un expresso.

Pendant qu'il attendait son café, plusieurs autres personnes s'approchèrent de Matt, toutes très excitées de voir leur joueur de football préféré.

— Votre café est prêt, lança la fille à Simon avec un sourire qui fit apparaître des fossettes sur ses joues.

Sur un côté du gobelet, elle avait inscrit son numéro de téléphone. Sauf qu'elle semblait à peine âgée de dix-huit ans. Même en dernier recours, Simon ne l'aurait jamais appelée.

— Merci, dit-il avant de se diriger vers une table.

Son intention en venant ici était de parcourir quelques scénarios. Il n'en avait pas eu le temps, cette année. Et puis il n'avait pas eu la tête à ça. Mais même en ayant à l'esprit la photo que Bella lui avait envoyée cette nuit — elle, complètement nue, les mains posées sur les seins — il était impatient de trouver son bonheur parmi les dossiers proposés par Ian : un personnage qu'il mourrait d'envie d'incarner, un film qui lui redonnerait le goût de son métier d'acteur.

Il faisait tout ce qui était en son pouvoir pour récupérer Ty. Déjà, il n'avait pas bu une seule goutte d'alcool en deux semaines. S'il tenait le coup, il aurait meilleure mine à la prochaine audience. Quant aux menaces de Bella, il était inutile de s'en faire. Elle pouvait bien poser toute nue et se payer sa tête tant qu'elle voulait. C'était fini, il ne la laisserait plus retourner le couteau dans la plaie.

L'espace d'une seconde, il envisagea de faire parvenir la *sex tape* de Bella ainsi que cette dernière photo à son avocat qui pourrait ensuite les présenter au juge chargé de statuer sur l'avenir de Ty. Par sa conduite, son ex lui indiquait qu'elle se souciait davantage de le faire souffrir que de protéger ses propres droits parentaux. Mais elle savait que Simon ne la dénoncerait jamais. Il ne pouvait pas faire ça. Car la justice pourrait estimer alors que ni lui ni elle n'étaient aptes à s'occuper de Ty. Alors, le juge déciderait peut-être de placer le petit en foyer d'accueil. Or, c'était la dernière chose que souhaitait Simon. Au moins Bella était-elle une bonne mère pour son fils. Ty était mieux auprès d'elle qu'au sein d'une famille de parfaits inconnus.

Simon ouvrit un scénario intitulé *Jusqu'à l'os*, encore un thriller, mais il n'arrivait pas à se concentrer. Ses yeux ne cessaient de se poser sur Matt, à qui on avait servi sa consommation et qui s'était installé avec ses admirateurs dans le box où, la veille, Simon avait rejoint Gail et sa bande d'amis.

— Tu viendras au repas de l'école ? lui demandait l'un de ses fans.

— Bien sûr.

— Tu vas leur donner un truc à vendre aux enchères ?

— Un maillot dédicacé, mais je fais ça chaque année. Depuis le temps, il ne doit plus y avoir un seul habitant de Whiskey Creek qui n'ait pas mon maillot !

— T'auras qu'à leur filer une coquille de protection, l'année prochaine ! lança quelqu'un avec malice.

Tout à coup, Matt leva la tête et croisa le regard de Simon. Quelque chose passa entre eux. Simon n'aurait su définir de quoi il s'agissait. Leur intérêt pour la même femme, peut-être. Simon dévisagea Matt d'un air de défi, s'attendant que ce dernier relève son impolitesse, voire son attitude hostile, mais le sportif ne paraissait pas s'en soucier. Il ne détourna le regard que lorsqu'un de ses compagnons s'adressa de nouveau à lui.

— Tu es au courant, pour Gail ?

L'un des hommes assis à la table de Matt avait remarqué leur échange de regards. La présence de Simon lui avait visiblement fait penser à Gail.

Baissant les yeux sur son ordinateur portable comme s'il avait perdu tout intérêt pour ce qui se passait autour de lui, Simon tendit l'oreille pour saisir la réponse de Matt, en vain. Le joueur de football lui avait tourné le dos.

Simon faillit se lever et partir. Il ne rimait à rien de rester là s'il n'arrivait pas à se concentrer sur les scénarios qu'il était en train de lire, mais avant qu'il ait pu éteindre son ordinateur, Gail fit son entrée dans le café.

Le souvenir de s'être réveillé avec sa main sous son T-shirt réveilla sa libido. Il n'avait pas fait exprès de la toucher, mais lorsqu'il s'était réveillé, il s'était tout de suite aperçu de ce qu'il était en train de faire. Durant quelques minutes, il était resté là sans bouger, savourant le contact de son corps. Il lui en avait coûté de ne pas pouvoir poser sa bouche à l'endroit où s'étaient posés ses doigts. Mais son sexe était si dur qu'il avait craint qu'elle ne sente son érection. Alors, il s'était levé et avait quitté la maison avant qu'elle puisse l'accuser d'avoir tenté de la séduire.

— Par ici ! lança-t-il en agitant la main.

Elle lui adressa un sourire lumineux… avant d'apercevoir Matt. Alors, elle manqua de trébucher.

Soucieux qu'elle se dirige vers lui en premier, Simon se leva pour regagner son attention. Mais Matt l'avait vue, lui aussi. Il se leva, passa devant Simon en boitant légèrement et, enveloppant Gail dans son étreinte, il la souleva de terre. Son corps immense sembla l'engloutir tout entière, ce qui rappela à Simon la réplique que Gail lui avait lancée la veille : « Si tu voyais la taille qu'il fait ! »

Même agacé par cette remarque qui résonnait encore à

ses oreilles, Simon aurait pu ne pas se formaliser. Après tout, ce n'était qu'une étreinte. Mais elle s'éternisait. Gail, les yeux fermés, lui donnait l'impression d'assister à une scène intime.

Lorsque Matt la reposa enfin à terre, ils échangèrent quelques mots. Puis, sans accorder un seul regard à Simon, Gail se dirigea vers le bar pour passer sa commande tandis que Matt retournait s'asseoir. Simon pensait qu'il passerait devant lui sans même le saluer. Le bonhomme l'avait déjà gratifié de son petit numéro, soucieux de souligner la place à part qu'il occupait dans le cœur de Gail, et il comptait sans doute enfoncer le clou. Mais rien ne se passa comme prévu. Matt s'arrêta devant lui, l'air plus ému que suffisant et, de son poing fermé, frappa un petit coup sur la table.

— Gail est une femme bien.

Simon n'eut aucun mal à saisir le sous-entendu : *Trop bien pour toi.*

Il n'apprécia pas.

— C'est pour ça que t'es défilé, l'été dernier ? lui demanda-t-il.

Matt eut l'air surpris.

— Absolument. C'est la seule et unique raison. Gail n'est pas le genre de fille avec laquelle on s'amuse.

— Parce que pour toi, ce n'est pas sérieux, le mariage ?

— Pas quand on ignore tout du sens d'un tel engagement.

Simon se laissa aller contre le dossier de son siège et croisa les bras.

— Parce que toi, tu le connais…

— Un peu, oui !

— Dans ce cas, ton malheur fait mon bonheur.

— Ça, c'est ce qu'on verra ! rétorqua Matt.

— Pardon ? fit Simon en abandonnant sa pose faussement nonchalante.

Matt baissa la voix.

— J'attends le moment où tu déraperas. Et tel que je te connais, ça ne saurait tarder.

Simon ne put s'empêcher de serrer les dents.

— Tu ne me connais pas.

— Détrompe-toi, tout le monde sait qui tu es ! lâcha Matt avant de s'éloigner.

Gail rejoignit Simon une seconde après. Elle devait avoir été témoin de leur petite passe d'armes, mais elle ne s'enquit pas de ce qu'avait pu lui dire son ancienne flamme. De toute évidence, elle n'avait pas envie de parler de Matt.

— Comment te sens-tu, ce matin ?

— Comme un obstacle pour toi.

— Comment ça ?

Baissant la voix, elle acheva dans un murmure :

— Tu n'es pas un obstacle pour moi, Simon. Je te l'ai déjà dit, Matt et moi, nous ne sommes sortis qu'une seule fois ensemble. Et depuis, il ne m'a pas rappelée.

Simon but une gorgée de son expresso.

— A mon avis, il se mord les doigts de ne pas avoir été plus clair sur ses intentions à ton égard.

— Oh ! ça m'étonnerait…

Pour Simon, au contraire, le doute n'était pas permis, mais il ne voulait pas discuter avec elle. Il n'était pas habitué à fréquenter une femme qui désirait un autre homme. Son ex l'avait trompé presque dès le début, mais seulement parce qu'elle se délectait de le voir jaloux. Il avait beau multiplier les déclarations d'amour, Bella avait besoin de preuves, seule chose qui la rassurait sur la force de ses sentiments. Ce qui l'épanouissait, c'était de provoquer sa rage, de le pousser à bout avec ses infidélités. Mais dès que leur relation retrouvait un peu de calme, voire s'installait dans une routine à peu près normale, Bella trouvait autre chose. Surtout après la naissance de Ty. Chaque fois qu'elle menaçait Simon de le quitter en emmenant leur fils, elle arrivait à le mettre dans un état de panique qui apaisait momentanément son angoisse.

Gail, elle, n'était pas comme ça. C'était une femme équilibrée qui ne s'adonnait ni aux caprices ni aux scènes d'hystérie. Mais elle l'avait épousé alors qu'elle était amoureuse d'un autre homme, et Simon n'était pas sûr de la conduite à adopter dans une telle situation.

Ne rien faire, peut-être. Dans deux ans, Gail serait libre d'épouser Matt. Cependant, l'obliger à mettre sa vie entre parenthèses pendant aussi longtemps lui paraissait plutôt égoïste, surtout maintenant que Matt semblait prêt à faire le grand saut.

Avec tout ça, Simon avait perdu tout intérêt pour les scénarios.

— Tu as eu des nouvelles de Kathy ?

— Oui !

Gail posa sa tasse sur la table.

— Elle m'a laissé un message pendant que j'étais sous la douche. Elle nous attend pour signer le compromis de vente, nous pouvons passer à l'agence n'importe quand.

Elle désigna l'ordinateur portable.

— Sur quoi travaillais-tu ?

— Sur rien.

Il referma l'ordinateur.

— On peut avoir les clés dès aujourd'hui ? Emménager chez nous ?

— Si nous signons un bail de location couvrant la période de rétractation, je ne vois pas pourquoi cela ne serait pas possible.

S'ils s'installaient dans leur nouvelle maison, Simon ne pourrait plus se réveiller avec la main sous son T-shirt, car ils feraient chambre à part. Maintenant plus que jamais, ils avaient besoin de prendre un peu de distance.

— Et les meubles ?

— Nous pourrions aller faire quelques achats à Sacramento.

— Bonne idée.

Après sa rencontre avec Matt, Simon se dit qu'un petit break loin de Whiskey Creek ne pourrait pas lui faire de mal.

Il rangea son portable dans sa sacoche et escorta Gail jusqu'à la porte du café. Elle n'esquissa même pas le geste de se tourner vers Matt, mais Simon sentit son regard les suivre jusqu'à la sortie.

Gail se reprochait son mutisme prolongé. Il devenait en effet de plus en plus évident que sa rencontre avec Matt l'avait bouleversée. S'il n'avait pas eu l'air aussi affecté par la nouvelle de son mariage, peut-être serait-elle parvenue à faire bonne figure. Ces derniers mois, elle avait fini par se persuader qu'il ne s'intéressait pas à elle. Mais lorsqu'il l'avait serrée dans ses bras, il lui avait murmuré à l'oreille « J'ai tout gâché » d'un ton sincèrement déçu.

Elle n'avait rien répondu à cela. Elle n'en avait pas eu le temps, et puis elle n'allait pas mettre à mal la crédibilité de son mariage avec Simon en s'écriant : « Attends-moi, Matt ! Tout ça, c'est du bidon ! » Elle aurait eu l'air d'une fille intéressée, n'agissant que par appât du gain. Mais ce n'était pas la seule raison qui l'avait incitée à garder le secret. Simon avait besoin de se stabiliser. Il aurait été désastreux pour lui que sa toute nouvelle épouse décide de rompre à cause d'un ancien béguin.

Elle avait l'impression d'avoir correctement géré la situation, mais elle n'avait pas le cœur de faire la conversation à Simon. Elle continuait à s'interroger… Si elle l'avait laissé régler ses problèmes seul et avait cherché une autre solution pour redresser son agence, ainsi que Callie le lui avait suggéré, Matt et elle auraient-ils eu une chance ? Auraient-ils enfin sauté le pas ? Matt… Dire qu'à treize ans déjà, elle s'était promis de l'épouser !

*
* *

Jusqu'à Sacramento, elle contempla le paysage qui défilait par la vitre, se remémorant comment, au fond du jardin de Callie, elle et son amie épiaient Matt à tour de rôle par le trou de la serrure du portail dans l'espoir de l'apercevoir en train de jouer au football avec son père ou son grand frère. Sa blessure au genou — en plus du risque qu'elle mette un terme à sa carrière de joueur professionnel — le poussait peut-être à envisager de se fixer. Peut-être ne retournerait-il pas dans le Wisconsin, finalement. Il se pouvait qu'il décide de rester à Whiskey Creek et épouse une autre femme puisque, de son côté, Gail serait toujours mariée à Simon.

Quelle ironie du sort ! Sans doute n'était-ce que son juste châtiment pour avoir menti au monde entier à propos de Simon et elle…

— Ça va ? demanda ce dernier.

Depuis qu'ils avaient quitté Whiskey Creek, il ne s'était guère montré bavard, lui non plus.

Pour ne pas avoir à croiser son regard, Gail fouilla dans son sac à la recherche de son gloss. Elle avait peur de ce qu'il pourrait lire sur son visage.

— Très bien, pourquoi ?

— Tu veux qu'on fasse comme si de rien n'était ?

— Oui.

Il avait ouvert le toit et l'air chaud de cette matinée lui ébouriffait les cheveux ; Gail, quant à elle, avait pris soin de rassembler les siens en queue-de-cheval afin de ne pas être gênée.

— Pourquoi ne pas m'avoir dit dès le départ que tu vivais une histoire d'amour ? lui demanda-t-il.

Ils portaient tous deux des lunettes noires, ce qui les aidait à dissimuler leurs sentiments et leurs réactions. Aujourd'hui, Gail appréciait tout particulièrement cet écran improvisé. Elle ne tenait pas à connaître les pensées de Simon et n'avait aucune envie qu'il puisse deviner les siennes.

— Nous en avons déjà parlé… Parce que ce n'était pas le cas. Je ne sais pas ce qui se passe entre nous. Je pense… je pense que le retour de Matt à Whiskey Creek relève plus d'un timing malencontreux que d'autre chose.

— Quand tu es prête, lui ne l'est pas. Quand il est prêt, tu ne l'es plus.

— Il y a de ça, oui.

— Ma foi, nous pourrions apporter quelques amendements à notre… contrat, lui fit-il remarquer.

Leur accord était purement pragmatique. Côté cœur, Gail savait qu'elle ne représentait rien pour Simon, aussi n'avait-elle pas à craindre de le blesser dans ses sentiments. Toutefois, elle ne pouvait dissoudre leur mariage trop vite, sous peine de faire perdre à Simon tous les avantages qu'ils venaient de reconquérir ensemble à force d'efforts. Et si jamais une telle rupture devait se produire, elle constituerait l'élément déclencheur de sa rechute alcoolique. Simon avait besoin de davantage de temps.

Elle pouvait bien le lui accorder, non ?

— De mon côté, tout va très bien. Je suis prête à me sacrifier pour mon équipe.

Simon pinça les lèvres.

— Parce que me choisir moi plutôt que lui, c'est te sacrifier pour ton équipe ? Toi alors, on peut dire que tu t'y entends pour flatter un mec !

— Comme si tu n'avais pas suffisamment d'admiratrices ! Je ne suis pas là pour te passer la brosse à reluire, Simon.

En réalité, Gail était elle-même plus qu'en admiration devant lui… Simplement, elle ne voulait pas qu'il le sache. Chaque fois qu'elle en avait la possibilité, elle l'observait à la dérobée. Par bonheur, elle savait faire la distinction entre réalité et fantasme. Matt, qu'elle connaissait depuis toujours, était un homme qu'elle était en droit d'espérer conquérir. Simon, au contraire, était pour elle aussi inaccessible que la lune, à l'exception de cette courte période, et uniquement parce qu'ils avaient tous deux de très bonnes raisons de rester ensemble. Sitôt ces deux années écoulées, ils cesseraient tout contact.

Gail espérait qu'au terme de cette expérience, elle aurait encore la possibilité de se raccrocher à quelques lambeaux de son ancienne vie… et surtout qu'elle saurait s'en satisfaire.

Le portable de Simon se mit à vibrer sur la console.

— Tu as reçu un nouveau texto, lui dit-elle, au cas où il aurait été trop préoccupé pour entendre le signal de son téléphone.

— Oui, je sais.

— Tu veux que je te le lise ?

— Non.

— Tu veux que je prenne le volant pour que tu puisses en prendre connaissance ?

— Laisse tomber, Gail. Pour l'instant, ça ne m'intéresse pas.

— Pourquoi ?

Elle baissa les yeux sur l'écran et vit le message affiché.

— C'est Bella.

Simon ne parut pas s'en étonner outre mesure, ce qui l'inquiéta.

— Pourquoi t'enverrait-elle un texto ?

Se soulevant légèrement de son siège, il fourra le téléphone dans la poche arrière de son jean.

— Si tu connaissais Bella, tu comprendrais.

— Que peut-elle avoir à te dire ?

— Rien de neuf, j'en suis sûr.

Gail sentit une autre onde d'alerte la parcourir.

— Dis-moi, tu ne l'as pas contactée depuis que nous sommes ensemble, n'est-ce pas ?

— Non. Pas une seule fois — du moins pas depuis plusieurs semaines.

Il semblait catégorique et elle le crut. A tort ou à raison, elle avait foi en sa parole. Jusque-là, elle ne l'avait jamais pris en flagrant délit de mensonge. Au contraire, même, il lui avait confié sur lui quelques vérités plutôt difficiles à avouer — y compris le fait qu'il se sentait incapable d'aimer de nouveau une femme. Simon méritait qu'on lui accorde le bénéfice du doute.

— C'est elle qui a cherché à te contacter ?

— Je n'appellerais pas ça me contacter.

— Que dirais-tu alors ?

— C'est sa façon toute personnelle de me torturer.

— Ce qui signifie ?

— Aucune importance.

— Je suis sûre du contraire. Pourquoi t'envoie-t-elle un texto ?

— Elle cherche à me faire sortir de mes gonds.

— Comment ?

Simon fit la grimace.

— En m'envoyant des textos du genre : « Je te présente le nouveau papa de Ty. » « Bientôt, ton petit garçon ne se souviendra même plus de ton nom. »

— Mais ce n'est pas juste ! C'est elle qui a obtenu une interdiction d'approcher à ton encontre ! Comment se fait-il qu'elle ait tout fait pour couper les ponts avec toi, mais continue néanmoins à te harceler ?

— Bienvenue dans le monde de Bella, où la logique n'a pas sa place ! On ne combat pas les sentiments par la raison, Gail. Il y a des années que j'ai appris ça.

— Autrement dit, tu n'es pas allé voir la police ?

Il la regarda comme si elle avait perdu l'esprit.

— Qu'est-ce que tu voudrais que je leur dise : « Mon ex-femme n'arrête pas de m'envoyer des textos qui me rendent malade » ? Je vais passer pour quoi, d'après toi ?

Gail reconnut que ce n'était pas très habile.

— Ma foi… peux-tu au moins bloquer ses appels ?

— Je n'en sais rien. Je n'ai jamais fait ça. Mais même si je le pouvais, je ne le ferais pas.

— Pourquoi ?

Le regard de Simon glissa de nouveau sur elle.

— Parce qu'elle a la garde de mon fils et que j'ai besoin d'avoir des nouvelles de Ty.

Gail écarta sa ceinture de sécurité afin de pouvoir se tourner vers lui.

— Est-ce qu'elle t'envoie parfois quelque chose en rapport avec lui ?

Simon dépassa une Honda.

— Une photo, de temps en temps.

— Elle essaie donc de te faire plaisir de temps en temps.

Il émit un petit rire.

— Sûrement pas ! Elle retourne le couteau dans la plaie, mais c'est mieux que rien.

Bella s'était sentie valorisée par l'obtention de la garde de son fils. La décision du juge avait réduit Simon à l'impuissance alors que son ex-femme avait toute latitude pour continuer à lui nuire. Gail était révoltée par cet état de fait. Mais tant que Bella aurait la garde de Ty, Simon aurait les mains liées. Jamais il ne s'opposerait à elle tant que subsisterait le moindre risque que Ty en pâtisse.

— Bella joue avec l'amour que tu portes à ton fils.

— Non, sans blague ?

La plupart des gens, songea Gail, seraient bien étonnés d'apprendre le fin mot de l'histoire. Bella s'était drôlement bien débrouillée pour salir Simon en le faisant passer pour un salopard cruel, égoïste et irresponsable.

— Nous allons récupérer Ty, Simon.

Il fit glisser ses lunettes de soleil sur son nez afin de lui lancer un regard par-dessus la monture.

— Et Matt ?

— Matt va repartir jouer à Green Bay.

— Pendant que tu continueras à donner le change avec moi ?

— Oui.

— Je peux compter là-dessus ?

Gail glissa sa main dans celle de Simon et se sentit plus troublée qu'elle n'aurait dû l'être quand ses doigts se mêlèrent aux siens.

— Oui.

— Mais qu'est-ce que tu veux que je fasse, exactement ?

Simon vérifia que Gail était toujours occupée avec le vendeur de meubles, à l'autre bout du *showroom*. Au téléphone, Ian semblait stupéfait, ce qui pouvait se comprendre, mais quel intérêt d'avoir de l'argent s'il ne pouvait pas s'en servir pour apaiser sa conscience ?

— Je veux que tu rappelles Mark Nunes, le joaillier.

— Oui, ça j'avais bien compris, Simon. Mais c'est la suite qui m'a surpris. J'ai cru que tu me demandais d'acheter un diamant pour Gail.

— C'est bien ce que j'ai dit. Tu lui demanderas de dessiner la monture lui-même. Et dis-lui qu'il a intérêt à ce qu'elle soit réussie !

De l'autre côté de la salle, le vendeur faisait essayer à Gail un nouveau canapé en cuir, avec dossier inclinable, celui-ci.

— Mais enfin, qu'est-ce qui te prend ? l'interrogea Ian. Tu t'en es tiré avec une simple alliance en or, mec ! Pourquoi tu veux lui payer autre chose ? Tu sais qu'elle va vouloir garder ce diamant une fois l'aventure terminée, n'est-ce pas ?

Mais Simon n'en avait cure. Dans cette histoire, Gail faisait plus de sacrifices que prévu, c'est pourquoi elle méritait d'avoir une plus jolie bague. A moins que ce ne soit l'effet de cette compétition inattendue ? Il voulait apparaître sous un meilleur jour, pas sous les traits d'une espèce de star caractérielle qui allait fatalement briser le cœur de la petite chérie de Whiskey Creek. Certes, il avait ses défauts, mais il tenait à ce que les gens tels que Matt sachent qu'au moins il ne regardait pas à la dépense. Les sportifs professionnels touchaient un salaire plus que confortable, mais il y avait de fortes, de très fortes chances pour que Matt ne puisse offrir à Gail un diamant d'une telle valeur. Rares étaient les hommes qui en avaient les moyens…

— Fais ce que je te demande, Ian, un point c'est tout.

— D'accord, mais… comment suis-je censé te le faire parvenir ? Ça m'étonnerait que les assurances couvrent son transport. Les objets de ce genre relèvent de conditions particulières.

Il l'avait appris à ses dépens lorsque Bella avait perdu sa bague de fiançailles et exigé qu'il la lui remplace par une autre, deux fois plus chère. Il s'était avéré que la compagnie d'assurances avait raison de se méfier. Bella avait menti à propos de la bague : elle ne l'avait pas perdue, elle voulait s'en faire offrir une autre, plus coûteuse — une augmentation, en quelque sorte.

— Apporte-la moi toi-même, s'il le faut ! répliqua Simon, avant de raccrocher, car Gail s'avançait vers lui.

— Qui était-ce ? demanda-t-elle dès qu'elle fut assez près de lui. Ne me dis pas que c'était encore Bella…

— Non, Ian.

— Qu'est-ce qu'il te veut, celui-là ?

Rien qu'à son intonation, Simon comprit qu'elle ne tenait pas son agent en très haute estime.

— Il me mettait au courant des derniers développements d'un projet, à L.A.

— Tout va bien ?

Comme elle scrutait son visage, il afficha un sourire affecté.

— Très bien, oui.

— Viens voir…

Gail l'entraîna vers le canapé en cuir marron sur lequel

il l'avait vue s'asseoir auparavant, et elle insista pour le lui faire essayer.

— Oui, il m'a l'air confortable, dit-il en s'installant sur le siège inclinable à l'une des extrémités.

— Moi aussi, je l'aime bien. Hélas ! il vaut pratiquement dix mille dollars.

Le vendeur, un homme d'un certain âge affublé d'un postiche, se tenait à distance respectueuse afin qu'ils puissent discuter de leur choix. S'il avait reconnu Simon, il n'en montra rien. Sa dernière séance de cinéma devait remonter à la sortie en salles de *Casablanca*…

— Tu veux bien arrêter ? murmura Simon.

— Arrêter quoi ?

— De t'inquiéter pour les prix !

Pour Bella, rien n'était jamais trop cher du moment qu'elle en avait envie. Lui offrir le *nec plus ultra* était une autre façon de lui prouver son amour. Gail, au contraire, semblait bien décidée à ne pas être un fardeau pour lui.

Elle se pencha pour lui chuchoter à l'oreille :

— Je ne vois pas l'intérêt de jeter l'argent par les fenêtres. Comment peut-on mettre dix mille dollars dans l'achat d'un canapé alors que, en Afrique, des enfants meurent de faim ?

— Ecoute, pour compenser je ferai un don à une association humanitaire. Pour l'instant, il nous faut un canapé, et ce dès aujourd'hui.

— Non justement, rien ne nous force à nous décider tout de suite. Nous pouvons encore faire quelques magasins pour dénicher ce que nous voulons à un prix moins élevé.

— Non. Fini le shopping pour aujourd'hui !

Il en avait par-dessus la tête de se traîner d'un magasin à un autre.

— Allons dire au vendeur que nous prenons ce canapé.

— Très bien, bougonna-t-elle.

L'étape suivante était l'ameublement des chambres. Finalement, il leur fallut la journée pour choisir deux lits

— sommiers à ressorts et matelas inclus — et de quoi équiper une kitchenette, avec en prime une paire de tables basses et des chaises de salle à manger. Ils prirent des dispositions pour se faire livrer le tout le lundi, puisque le magasin ne proposait pas ce service le week-end, et se retrouvèrent enfin sur le parking, fatigués mais heureux.

— Il nous faut encore une télévision, un lave-linge séchant et quelques meubles d'extérieur.

Gail énumérait les articles sur ses doigts tout en marchant.

— Il est 21 heures passées, lui fit remarquer Simon.

— Je sais. Mais au moins, nous avons commencé à nous équiper.

— Meubler soi-même une maison, c'est beaucoup de boulot, gémit-il en lui tenant la portière ouverte.

— Cela fait sans doute pas mal de temps que ça ne t'était plus arrivé.

— En effet…

— Mais c'est agréable, non ?

Simon s'attarda sur son sourire un peu las. Peu lui importait ce qu'ils faisaient tous les deux, ce qui était agréable, c'était de le faire avec elle.

21

— On passe la nuit chez nous ?

Gail, qui s'était assoupie contre la portière de la voiture, émit cette suggestion dans un bâillement tandis que Simon les ramenait à Whiskey Creek. Mais elle avait l'air assez emballée par cette idée. Simon aussi, d'ailleurs. Il ne comprenait pas comment une chose aussi simple — camper dans leur nouvelle maison — pouvait exercer un attrait quelconque sur lui, qui avait voyagé dans le monde entier avec tout le luxe possible et imaginable, mais il se sentait tout léger à la perspective d'être libre de toute contrainte pour la première fois depuis des années. Depuis quand n'avait-il pas été obligé de regarder par-dessus son épaule dans la crainte d'être épié par un paparazzi opiniâtre, un fan à la ferveur excessive ou son ex-femme, qui se croyait autorisée à débarquer chez lui quand bon lui semblait ? Malgré tout, il se pouvait que son passé continue à le poursuivre, même ici. Deux semaines de calme, ce n'était pas assez pour abandonner ses anciens réflexes. Mais, déjà, il se sentait plus proche de celui qu'il était jadis. L'alcool ne lui manquait plus autant que les jours précédents, ce qui prouvait bien qu'il n'était pas accro. Avec un peu de volonté, il pourrait se débarrasser de ce vice.

— Sans les meubles ?

— Nous pourrions emprunter le matelas gonflable de mon père et deux sacs de couchage.

— Et partir de chez lui ? Je ne sais pas…

Il fit mine d'y réfléchir.

— Il faudra me forcer la main pour que j'accepte.

Ce sarcasme lui valut une bourrade espiègle de la part de Gail.

— Arrête ! Il a été nettement plus aimable avec toi, hier soir.

— Vu la façon dont nos rapports s'étaient engagés, ça n'était pas bien difficile…

— C'est mon frère qui s'est montré grossier avec toi. Mon père ne t'a jamais rien dit de désagréable.

— Ton père a été stoïque. Mais il n'arrêtait pas de secouer la tête, comme s'il ne pouvait pas croire que sa merveilleuse petite fille ait pu être assez stupide pour épouser un type comme moi. Je n'appelle pas ça de la politesse.

Gail se mit à rire et il l'imita. Avant, il la trouvait plus séduisante quand elle baissait la garde et se détendait. A présent, il la trouvait séduisante tout le temps.

Comment avaient-ils pu collaborer si longtemps sans que jamais son charme ne lui ait sauté aux yeux ?

Il était aveuglé par ses propres ennuis. Ou par les paillettes de Hollywood, même si, à force, il était devenu blasé.

— Comment va ta main ? lui demanda-t-elle.

— Elle commence à me démanger.

— C'est bon signe.

Elle resserra sa ceinture de sécurité.

— Tu ne touches pas tes points de suture, au moins ?

Il lui lança un regard incrédule.

— Non mais tu me prends pour qui ? Un gosse de cinq ans ?

— Il t'arrive de ne pas savoir ce qui est bon pour toi.

— Sur ce point, je n'ai rien à dire.

Elle s'éclaircit la voix.

— Au fait… en ce qui concerne Matt…

Surpris qu'elle remette le sujet sur le tapis, il baissa le volume de l'autoradio afin de ne pas être distrait.

— Eh bien, quoi ?

— Notre arrangement me convient très bien. Tu n'as pas à t'inquiéter : mon engagement envers toi reste inchangé.

Simon n'était pas sûr de savoir comment réagir. Il ne voulait pas que Gail reste avec lui par obligation — même si cela faciliterait leur séparation le moment venu.

— Qu'est-ce qui te dit que ça m'inquiète ?

Elle fit une moue suffisante.

— Je commence à bien te connaître, tu sais.

— Ce qui signifie ?

— Tu n'es pas aussi dur que tu veux le faire croire.

— Oh ! bon Dieu ! J'ai déjà perdu tout mystère à tes yeux ? Comment puis-je tomber plus bas ?

Il plaisantait, mais c'est avec le plus grand sérieux qu'elle répondit :

— Les choses ne peuvent qu'aller en s'améliorant, Simon. Il n'est pas paru un seul article négatif sur toi en deux semaines.

— Et les fenêtres ? demanda Simon alors qu'ils faisaient leurs valises.

— Eh bien ?

Il imaginait déjà avec quelle facilité on pourrait les épier dans leur nouvelle maison.

— Elles ne sont pas protégées.

— Et alors ? Il n'y a pas de voisins.

Gail était en train de s'escrimer sur la fermeture Eclair de sa valise. Lorsqu'en désespoir de cause elle s'assit dessus, Simon se mit à pouffer et lui fit signe de se lever pour le laisser faire.

— Et les paparazzis, tu y as pensé ? Ils finiront bien par nous débusquer.

Mais, déjà, elle s'occupait de ranger son ordinateur portable.

— Comment feraient-ils pour retrouver notre trace jusqu'à Autumn Lane ? Aucun acte légal n'a été enregistré — du moins pas encore.

Lorsqu'il fut parvenu à fermer la valise de Gail, Simon rassembla leurs bagages.

— Nous ne faisons pas mystère de l'endroit où nous vivons. Très vite, toute la ville sera au courant.

— Peut-être, mais pas ce soir. Jusqu'ici, seule une poignée de personnes savent que nous avons acheté une maison.

Un autre détail le frappa.

— Et l'eau ?

Gail leva les yeux.

— Qu'est-ce qu'il y a, Simon ? Tu ne veux pas dormir là-bas, ce soir ?

— Si, bien sûr que si. A condition qu'il y ait l'eau et l'électricité.

— Et même s'il n'y a pas l'eau, pour une nuit nous pouvons bien nous en accommoder, non ?

Elle glissa le cordon d'alimentation de son ordinateur dans sa sacoche.

— Nous utiliserons la salle de bains d'ici avant de partir, voilà tout. Au moins pourrons-nous jouir de quelques heures d'intimité sans avoir à nous inquiéter en permanence des réactions de mon père et de mon frère.

Elle sourit.

— Je m'en voudrais vraiment de t'avoir fait miroiter la possibilité d'échapper à ma famille pour ensuite revenir sur ma parole.

Simon baissa la voix. Joe n'était pas rentré, mais le père de Gail dormait dans sa chambre.

— Dommage que tu ne sois pas obligée de faire connaissance avec ma famille, tu verrais ce que c'est que de rencontrer ses beaux-parents…

— Tu comptes les éviter pendant deux ans ?

Simon songea à son père : au fil des années, leurs rapports avaient connu des revirements brutaux. A l'époque de son mariage avec Bella, il s'était senti proche de lui pour la première fois. A présent, il avait du mal à croire que cela ait pu arriver.

— Je n'ai pas besoin d'éviter mes parents. Ils savent garder leurs distances.

— Mais tu as l'intention de renoncer à eux pour de bon ?

— Ce sont eux qui ont renoncé à moi les premiers.

Surtout mon père. Il entreprit de descendre les valises, laissant Gail se charger de son ordinateur et de son vanity-case, dans la salle de bains.

Joe rentra au moment où Simon sortait mettre les bagages dans le coffre de la voiture.

— Vous déménagez déjà ?

Simon fit un pas de côté pour éviter la collision.

— On a une maison à nous, maintenant.

Joe secoua la tête.

— Sacré nom d'un chien ! J'en reviens pas que tu restes ici, à Whiskey Creek…

— Pourquoi ça ? Les gens d'ici sont tellement accueillants !

C'était une plaisanterie, mais les oreilles de Joe virèrent au cramoisi.

— Vu ta célébrité, je voulais dire… Matt Stinson, qui joue chez les Packers, a toujours été notre seule gloire locale. Il ne doit pas apprécier ta présence ici.

— A plus d'un égard, marmonna Simon en s'accroupissant pour arranger une roulette de la valise de Gail.

— Qu'est-ce que tu dis ?

Simon releva la tête.

— Je dis que je vais acheter une autre valise à ta sœur.

— Ah…

Joe baissa la voix.

— Tu l'aimes, hein ?

Simon en resta interdit quelques secondes. Que répondre à cela ? C'était une question qui exigeait de jouer franc jeu.

Par chance, alors qu'il hésitait encore, Joe enchaîna :

— Tu ne ferais jamais rien qui puisse lui faire du mal…

Reconnaissant de se voir offrir un angle légèrement différent, Simon se releva.

— Non. Je ne ferais jamais rien qui puisse lui faire du mal, affirma-t-il, en toute sincérité.

Joe parut soulagé.

— Bon, ça va, alors.

Chargée de ses dernières affaires, Gail dévala l'escalier et embrassa son frère.

— Comment ça s'est passé à la station-service, aujourd'hui ?

— Bien. J'ai l'impression que Robbie commence à prendre le coup. Je suis resté avec lui ce soir pour surveiller que tout se passait bien.

— C'est gentil.

Elle désigna l'étage.

— Papa dormait déjà quand nous sommes rentrés. Tu voudras bien lui dire qu'on le verra demain ?

— Pas de souci. Au fait…

Il les rattrapa avant qu'ils puissent partir.

— Dans la journée, des gens m'ont posé des questions sur vous, à la station-service.

Déposant les valises sur le seuil de la porte, Simon se retourna.

— Des gens ?

— Des journalistes, à mon avis. Ils ne se sont pas présentés. Ils voulaient juste savoir si Simon O'Neal était passé par ici.

— Que leur as-tu répondu ? demanda Gail.

— Que je ne l'avais pas vu. Ils n'ont pas eu l'air de se rendre compte que j'étais ton frère. Mais… j'ai l'impression que le bruit court que vous êtes à Whiskey Creek, alors… ouvrez l'œil.

— Eh bien, soupira Gail, la trêve aura été de courte durée !

Elle se tourna vers Simon.

— Qu'est-ce qu'on fait ? On tente une sortie ? Nous pouvons toujours faire griller de la guimauve ici et regarder un film.

— Ça ne sera pas pareil, répliqua-t-il. Personnellement, je suis prêt à prendre le risque.

Alors qu'ils venaient à peine de poser leurs bagages, on frappa à la porte de leur nouvelle maison — encore plus tôt que ce qu'avait prévu Simon. Du fait de l'heure tardive — il était presque 11 heures du soir — et des propos de Joe, il y avait de fortes chances pour que leur visiteur soit un importun et non une personne que Simon aurait envie d'accueillir à bras ouverts. A cette heure-là, il ne devait pas y avoir grand-monde dehors, dans cette bourgade oubliée du temps.

C'était forcément un paparazzi. Ou un fan obsessionnel qui était parvenu à retrouver sa trace. Pour avoir fait l'expérience des deux, Simon ne tenait à se frotter ni à l'un ni à l'autre, surtout avec sa main handicapée qui limitait ses capacités à protéger Gail, au cas où la situation l'exigerait.

Il regarda par la fenêtre. Une silhouette se tenait sous la galerie, mais il était impossible de savoir qui c'était. L'éclairage extérieur refusait de s'allumer. Pourtant, ils avaient l'électricité !

— Gail ? C'est moi ! Je… Je sais qu'il est tard, mais Joe m'a dit que vous étiez là. Et je voulais vous apporter ça tant que c'est encore chaud.

Soudain plus intrigué que sur la défensive, Simon ouvrit la porte. C'était Sophia, la femme qu'il avait rencontrée au café et qui s'était mis à dos toute la population de Whiskey Creek.

— Désolée de vous déranger…

Elle tenait ce qui semblait être une tarte aux pommes et paraissait nerveuse que ce soit lui qui ait répondu plutôt que Gail.

— Mais non, pas du tout.

Il lui tint la porte ouverte.

— Tu veux entrer ?

Elle courba la tête en passant devant lui, si bien que ses cheveux dissimulaient en grande partie l'expression de son visage.

— Je vous ai confectionné un petit présent pour votre pendaison de crémaillère.

Son regard croisa brièvement le sien. De près, elle était encore plus jolie, mais il n'éprouvait aucune attirance pour elle. Parce qu'elle était mariée ? Ou bien parce que lui l'était ? Il aurait été incapable de le dire.

— Merci, dit-il en prenant la tarte qu'elle lui présentait.

Les mains de Sophia étaient protégées par des maniques, mais le plat en céramique n'était plus assez brûlant pour justifier leur emploi.

— Aux pommes ?

— Oui.

— Elle sent délicieusement bon. Je vais la mettre dans la cuisine.

— Où est Gail ? demanda Sophia dans son dos.

— Dans la salle de bains. Elle en a pour une minute.

Gail entra dans la pièce au moment où il revenait.

— Je pensais bien avoir entendu une voix de femme…

Sophia lui adressa un sourire soulagé. De toute évidence, elle se sentait mal à l'aise avec Simon. Mais il ne s'en formalisait pas. Au contraire, il se réjouissait de savoir qu'elle n'était pas venue pour lui.

— Je t'ai apporté une tarte. Tu l'avais beaucoup appréciée la dernière fois que tu es passée.

— Ah, oui ! C'est vrai ! Je te remercie…

— Je fais beaucoup de pâtisserie, en ce moment.

— La dernière fois qu'on s'est vues, tu m'avais dit que tu songeais à prendre un emploi. Que s'est-il passé depuis ?

Sophia haussa les épaules.

— J'ai décidé que non, finalement.

— Pourquoi ?

— Skip ne trouve pas que ce soit une bonne idée, pas tant que Lexi est encore petite. Ce qui l'inquiète, c'est que je ne sois pas là pour m'occuper d'elle quand elle va aborder l'adolescence.

Simon ne put s'empêcher de trouver incohérent le discours de Sophia. Ne lui avait-elle pas dit l'autre jour au café que son mari était lui-même souvent absent du foyer ? Il y avait donc deux poids, deux mesures dans le couple.

— Mais… tu m'avais parlé de travailler quelques heures par semaine avec Eve et Chey au *bed and breakfast*, rien de trop prenant.

— En fait, elles n'avaient pas besoin de mon aide.

Simon devina qu'il s'agissait d'un mensonge, mais Gail prit aussitôt la défense de ses amies.

— Je crois qu'elles ont énormément de mal à se sortir du rouge.

Sophia ne releva pas.

— Tu as sans doute raison.

— Enfin, je regrette tout de même que tu aies remis tes recherches d'emploi à plus tard.

— Ce n'est pas bien grave. Je t'assure.

Gail désigna la pièce vide.

— Et je suis désolée de ne pas pouvoir te proposer un siège…

— Ça ne fait rien. Je ne peux pas rester. Skip va se demander où je suis passée — si jamais il parvient à lâcher son téléphone.

Gail lança un regard à Simon.

— Il est à la maison, cette semaine ?

— Il est rentré tard, hier soir. Ça lui arrive parfois. Il débarque à l'improviste.

Sophia se mit à rire, mais d'un rire sans joie, et lorsqu'une mèche de cheveux glissa derrière son oreille, elle la rabattit aussitôt — mais Simon avait eu le temps de voir l'ecchymose qui marquait sa joue.

— Qu'est-ce qui t'est arrivé ?

Elle parut troublée.

— Comment ça ?

— Ta joue, là.

— Ah ? ça…

Elle leva les yeux au ciel.

— Je me suis cognée dans une porte. Ce que je peux être maladroite !

Gail se rapprocha d'elle pour examiner sa blessure.

— Ça m'a l'air douloureux.

— Non, ça ne l'est pas. Pas vraiment. Ça va guérir.

— Quand est-ce arrivé ? s'enquit Simon.

— Hier soir.

Avant ou après le retour de son mari ? Même si Simon n'avait pas la moindre raison de soupçonner ce Skip de battre sa femme, l'histoire de Sophia lui semblait assez peu crédible. Et puis, la façon dont elle parlait de son mari, comme si c'était lui qui avait le dernier mot pour tout, lui paraissait suspecte.

— Je comprends que vous ne soyez pas libres ce week-end, avec tout ce que vous avez à faire, mais si vous pouvez venir dîner un soir de la semaine prochaine, faites-moi signe, dit-elle avant de se diriger vers la porte d'entrée.

Quand Gail demanda : « Tu pensais à quel jour ? », Simon réprima un sourire. Il avait vu juste : elle avait beaucoup de mal à refuser son amitié à Sophia.

— Mardi ? Mercredi ?

— Mardi, ça devrait aller. A quelle heure ?

— 18 heures ?

Le sourire de Gail vacilla.

— Parfait. On apporte le dessert ? Ou le vin ?

— Non, c'est inutile. J'ai tout ce qu'il faut. Merci. Merci beaucoup.

Visiblement tout excitée d'avoir obtenu une date ferme de leur part, elle s'en alla.

— On peut dire que tu n'as rien cédé ! ironisa Simon quand Gail eut refermé la porte. Tu lui as montré qui était le chef.

— Je sais…, gémit-elle. Quelle bonne poire je fais !

— Ce n'est pas grave.

Il lui tordit gentiment le nez.

— J'adore les poires. Surtout lorsqu'elles sont aussi mignonnes que toi.

— Parce que toi aussi, tu me considères comme une poire ? répliqua-t-elle, contrariée.

— Depuis quand ? demanda-t-il avec un grand sourire. Si j'avais su que tu en étais une, j'en aurais profité.

Gail ne releva pas sa taquinerie.

— Mais pourquoi j'ai dit oui ?

— Parce que tu ne pouvais pas dire non. Sophia faisait trop d'efforts, en face. Et puis, tout se passera bien. J'espère seulement qu'elle est bonne cuisinière.

Il sortit le matelas gonflable de son carton et entreprit d'assembler la pompe.

— En tout cas, elle sait faire les tartes, dit Gail. Le reste, je l'ignore. Nous n'avons jamais été amies. Je viens d'accepter de dîner chez la fille qui, par simple caprice, m'a piqué mon cavalier au bal du lycée !

— Tu ne m'avais jamais parlé de ça !

— Parce que ça ne compte pas. A côté de Scott, je veux dire.

— Ce genre de mésaventure est plutôt traumatisant, pour une ado…

— Je ne peux pas en vouloir au garçon qui m'a

laissée tomber. Mon père était tellement à cheval sur les horaires… Je devais être rentrée avant 23 heures, ce qui excluait de pouvoir prolonger la soirée. Et puis, mon père refusait que j'expose un seul centimètre carré de peau. Ma robe de bal aurait eu l'air d'un sac à patates comparée à celles des autres filles.

Simon sourit au portrait que Gail brossait d'elle-même adolescente : une fille mal dans sa peau et accablée d'un père tyrannique.

— Ah ! je comprends maintenant d'où te vient ton goût pour les tailleurs BCBG !

Elle fronça les sourcils.

— Qu'as-tu contre mes tailleurs ? Ils sont très chic.

Il était obligé de parler fort pour couvrir le chuintement de la pompe à air.

— Ce serait sympa de te voir porter quelque chose de sexy pour une fois.

— Ça n'effacera ni mes cheveux roux ni mes taches de rousseur. Tu comprends maintenant pourquoi les hommes ne me remarquent pas !

Elle avait bien plus à offrir que la plupart des femmes, pensa Simon, mais il se garda bien de le lui dire. Après tout, lui-même ne l'avait jamais vraiment regardée, n'est-ce pas ? Or, la beauté de Gail était de celles qui ne sautent pas aux yeux.

— Il n'y a rien qui cloche dans ton physique. Et puis de toute façon, moi, je suis content que tu aies cédé pour ce repas.

— Pourquoi ?

— Pour Sophia. Elle a besoin de soutien.

Il tâta le matelas pour en éprouver la fermeté. Ça y était presque…

— Et son mari, alors ? Il est aussi populaire que sa femme, à Whiskey Creek ?

Gail s'assit à côté de lui et ramena ses genoux sous son menton, comme une enfant. Elle n'avait pas conscience de ses atouts, et pourtant ils étaient nombreux. Simon trouvait cela rafraîchissant. Attendrissant, même.

— Il tient tout le monde à distance, dit-elle. Mais il a bonne réputation. La plupart des habitants de Whiskey Creek ont investi de l'argent auprès de lui, un jour ou l'autre. Même mon père, qui est pourtant très méfiant.

— J'imagine… Que fait Skip dans la vie ?

— Il monte des sociétés de capital-risque, de sorte qu'il traite avec des investisseurs du monde entier.

Simon arrêta la pompe à air.

— Tu as vu la marque qu'elle avait au visage ?

— Oui, je l'ai vue.

Gail fronça les sourcils.

— Etant donné le mal qu'elle se donne pour la dissimuler, je ne crois pas à cette histoire de porte, ajouta-t-elle.

— Il y a déjà eu des rumeurs de violence conjugale à son sujet ?

Simon déroula les sacs de couchage tandis qu'elle se levait pour brancher son ordinateur portable.

— Quelques-unes… Ce n'est pas la première fois qu'elle affiche des bleus. Mais on a du mal à croire que Skip puisse la frapper. Il se comporte en père et en époux modèle — il veille à toujours offrir le *nec plus ultra* à sa famille.

— Peut-être qu'ils ne forment un couple idéal que pour la galerie ?

— A moins que ce ne soit nous qui tirions des conclusions hâtives sur eux, répliqua-t-elle tandis qu'elle sélectionnait le film qu'ils avaient choisi de regarder en ligne — encore une production indépendante.

A moins qu'ils ne soient particulièrement bien réalisés, Simon avait du mal à regarder de grosses productions commerciales comme celles dans lesquelles il jouait, qu'il jugeait trop prévisibles et trop convenues. Il leur préférait l'humour décalé ou les situations et les décors plus recherchés des productions étrangères ou indépendantes.

— Ça se peut.

Simon démarra une flambée avec l'allume-feu qu'ils avaient acheté en chemin.

— Est-ce que quelqu'un a déjà mis les pieds dans le plat en demandant à Sophia s'il arrivait à son mari d'être violent ?

Ayant fini de télécharger le film, Gail abandonna son ordinateur pour aller se réchauffer les mains aux flammes.

— Même si c'était le cas, elle ne l'avouerait jamais.

L'odeur de la fumée s'insinua dans la pièce, chassant un peu l'atmosphère de renfermé qui régnait dans la vieille maison.

— Elle n'ose peut-être pas le quitter de peur qu'il ne lui fasse *réellement* du mal, objecta Simon. Ou de se retrouver sans le sou. Elle a des diplômes, une expérience professionnelle ?

— Pas à ma connaissance. Rien que son physique, mais dans le passé ça lui a toujours suffi.

Simon, pour sa part, la trouvait trop poupée Barbie à son goût ; elle lui rappelait des tas de femmes qu'il avait croisées à Hollywood.

— Elle pourrait toujours danser dans un night-club…

Gail posa son ordinateur à côté du lit préparé par Simon et se glissa dans son sac de couchage.

— Tu pourrais la mettre en relation avec les gens qu'il faut, je parie.

— On m'y a déjà invité, c'est vrai.

— Et c'était comment ?

— Je n'y suis pas allé.

— Pourquoi ?

Simon n'appréciait pas trop de voir les femmes ainsi exposées.

— Je devais être occupé, ce soir-là…

— Comme c'est dommage pour toi…

— Tu crois que je devrais faire des avances à Sophia ? lui demanda-t-il, juste pour voir sa réaction.

Gail le foudroya du regard.

— Ne t'approche pas d'elle.

Simon se pencha pour scruter son visage.

— Jalouse ?

— Bien sûr que non ! J'essaie de t'éviter des ennuis, c'est tout.

— Dans ce cas, ma proposition ne va pas t'intéresser, mais…

Il prit une mèche de ses cheveux entre ses doigts.

— … je préférerais te faire l'amour à toi plutôt qu'à elle, et c'est quand tu veux.

Il n'aurait sans doute pas dû dire cela, car cet aveu augmentait encore le désir qu'il avait d'elle. Il avait envie de la toucher pour voir sa réaction. Elle était si différente des femmes qu'il avait connues et qui, pour la plupart, commençaient à s'effeuiller avant même qu'il ait émis la moindre suggestion en ce sens ! Mais ce qu'elles voulaient, c'était pouvoir se vanter d'avoir séduit une célébrité, être admises dans son cercle ou se sentir en droit de lui demander une faveur en vue de décrocher un rôle. Ses anciennes partenaires s'étaient servies de lui autant qu'il s'était servi d'elles. Même son ex utilisait son propre corps comme une arme…

Mais peut-être ne faisait-il que chercher une justification à ses actes.

Gail, elle, attendait plus d'une relation. Au moment où elle avait endossé ce nouveau rôle dans sa vie, il se sentait tellement vide à l'intérieur, tellement désabusé… Depuis, grâce à elle, les petites choses de l'existence avaient retrouvé de l'importance à ses yeux.

Ce qu'il essayait de lui dire, c'est qu'il avait changé d'avis à son égard, que faire l'amour avec elle serait une expérience différente des autres, mais elle ne l'écoutait pas.

— Tu dis cela parce que je suis la seule femme qui se soit jamais refusée à toi, affirma-t-elle avec un rire dédaigneux, avant de tendre la main vers les brochettes qu'ils avaient apportées pour faire griller leur guimauve. A la seconde où je t'aurai cédé, je perdrai tout intérêt pour toi.

Comme il ne répondait rien, elle se tourna vers lui. Simon se força à sourire.

— Tu m'as percé à jour, dis donc !

Elle le dévisagea.

— Je ne t'ai pas vexé, j'espère ?

— Bien sûr que non.

Les propos de Gail n'auraient pas dû le contrarier. Non, ils n'auraient pas dû, sauf qu'il commençait à se soucier de l'opinion qu'elle avait de lui. Ce qui était complètement idiot. Gail l'avait vu sous son pire jour. L'an passé, alors qu'elle le représentait encore, il n'avait reculé devant rien pour lui faire savoir le peu de cas qu'il faisait de son avis ou de l'avis de quiconque. Dans ces conditions, comment pouvait-il s'attendre qu'elle discerne chez lui quoi que ce soit de valable ?

— Tout le monde sait que je suis un salaud, ajouta-t-il avec un haussement d'épaules.

Il redressa la brochette de Gail, y piqua une guimauve et la lui rendit.

— Mais je suis super doué pour faire griller de la guimauve.

22

Simon afficha tout le reste de la soirée une attitude plutôt taciturne. Il se montrait poli envers Gail, mais la camaraderie qui s'était instaurée entre eux depuis leur arrivée à Whiskey Creek s'était envolée. Et il avait fallu qu'elle soit remplacée par l'indifférence qui avait jusque-là régi leurs rapports pour que Gail prenne conscience du plaisir que lui avait procuré cette nouvelle complicité.

Accuser Simon de la désirer uniquement parce qu'il ne pouvait pas l'avoir ne lui avait pas paru bien méchant sur le moment, néanmoins sa remarque l'avait blessé. A présent, elle craignait que cette rebuffade ne le décourage de changer, de s'améliorer en tant que personne. Chaque fois qu'il faisait une tentative, chaque fois qu'il se mettait à croire en ses capacités, elle brandissait devant lui le miroir de son passé. Ce faisant, elle lui rappelait qu'elle n'oublierait jamais ce qu'il avait fait et que, partant, lui non plus n'en aurait pas la possibilité.

Simon devait être troublé et déçu. Tout comme elle. Gail ne voulait pas lui envoyer de signaux ambigus. Mais personne ne l'avait jamais effrayée comme Simon O'Neal. Il émanait de lui un charisme dévastateur qui, si elle y cédait, risquait fort de lui faire perdre tout contrôle. Au bout de quelques instants, elle lui demanda :

— Ça va ?

— Très bien.

Il lui tendit un autre morceau de guimauve, grillé à la perfection.

Mais l'indifférence dans laquelle il s'était réfugié donnait à Gail l'impression que le soleil avait brusquement disparu derrière un nuage.

Simon s'assoupit avant la fin du film, mais elle demeura longtemps allongée près de lui, les yeux grands ouverts, en proie à un sentiment de… remords. De conflit intérieur. Et d'attirance pour lui. Toujours cette attirance…

A la lueur des braises mourantes, elle admirait le contour de son visage tout en cherchant le meilleur moyen de maintenir leur « mariage » dans la bonne voie. Elle était censée être éprise de Matt. Pendant des années, elle l'avait follement désiré. Et la sourde palpitation qu'elle avait ressentie au creux de l'estomac en le revoyant l'autre jour l'avait poussée à s'interroger sur sa décision d'épouser Simon. Pourtant, c'est à peine si elle avait pensé à lui depuis leur brève rencontre, au café. Quand Simon était là, plus rien ne semblait compter pour elle.

Mais Simon ne serait pas toujours là…

Soudain, il ouvrit les yeux, comme tiré du sommeil par l'intensité de son regard. Se retourner et feindre de ne pas l'avoir regardé dormir, voilà ce qu'elle aurait dû faire, mais elle refusait de se conduire de manière aussi lâche. Même après que le regard de Simon eut croisé le sien, elle continua de le fixer avec la même attention, l'autorisant à faire de même.

Finalement, il rompit le silence.

— A quoi tu pensais ?

— A toi, avoua-t-elle dans un soupir.

— Ne perds pas ton temps à ça.

Simon se tourna de l'autre côté, mais Gail refusait qu'il l'exclue si aisément. Elle posa la main sur son dos et, comme il ne réagissait pas, elle remonta jusqu'à sa nuque et enfouit ses doigts dans ses cheveux. C'était si bon de sentir cette masse de boucles épaisses et soyeuses…

— Que veux-tu de moi, Gail ? murmura-t-il sans bouger. Parfois, tu as des façons de me regarder… On dirait que tu as envie de moi. Et pourtant, dès que je réponds, tu me repousses.

— Je suis désolée.

Au terme d'un silence pénible, Simon se retourna vers elle et ouvrit la fermeture Eclair de son sac de couchage.

— Viens…

Le cœur de Gail battait à grands coups dans sa poitrine. Elle avait sauté le pas ; elle s'était engagée dans une voie sans issue. Mais elle ne pouvait en vouloir à Simon. Il avait correctement décrypté les regards qu'elle lui portait. Et que pouvait-il penser d'autre, alors qu'elle continuait à le caresser ?

— Peut-être… peut-être devrions-nous avant toute chose établir quelques principes de base, murmura-t-elle.

— Quel genre de principes ?

— Qu'il ne pourra pas y avoir de seconde fois, par exemple. Et que cela ne signifie rien…

— C'est inutile.

Mais les prochaines minutes allaient tout changer. Du moins pour elle. Elle s'humecta les lèvres.

— Tu en es sûr ?

— Certain. Alors, tu viens ou non ? Parce qu'il fait froid, et que sinon je remonte cette fichue fermeture Eclair !

— Je me sens un peu gênée, lui avoua-t-elle.

— Ne t'en fais pas, tout va bien se passer.

— Mais… tu te rends compte de la pression qui pèse sur mes épaules ?

Elle se mordilla la lèvre.

— Tu as couché avec des top-modèles, des actrices, des championnes olympiques…

A sa grande surprise, Simon éclata de rire.

— Des championnes olympiques ? Où est-ce que tu es allée pêcher un truc pareil ?

— Simple supposition. Certaines sont plutôt sexy, non ? Avec les femmes, tu n'as que l'embarras du choix.

Il reprit plus sérieusement, à voix basse :

— Ce n'est pas un concours, Gail. Tu n'es en compétition avec personne.

— N'empêche que je n'ai pas envie faire partie de tes pires souvenirs. Tant qu'à faire, j'aimerais au moins être dans la moyenne.

— Bon Dieu ! Pas étonnant que tu ne veuilles pas coucher avec moi !

— Que veux-tu dire par là ?

— Rien, laisse tomber. Allez, viens…

Gail hésita. Le trac lui nouait l'estomac.

— Ce que j'essaie de te dire, Simon, c'est que pour moi, ça fait longtemps…

— Combien de temps, exactement ?

— Trois ans.

Il se passa la main dans les cheveux.

— Tu as couché avec combien d'hommes ?

— En même temps ?

Simon haussa les sourcils.

— Non, je plaisantais…

— Tu as failli m'avoir, tu sais. Alors, combien ?

Gail envisagea un instant de lui mentir. Avancer un chiffre trop bas la ferait passer pour une femme trop sérieuse ou singulièrement dénuée de *sex-appeal*. Ou encore, pour une perle rare. Mais non, il fallait qu'il sache dans quoi il s'engageait.

— Deux.

— Je comprends mieux ton embarras, maintenant. Mais écoute, ce n'est que moi, d'accord ? Tu n'as pas à t'inquiéter de quoi que ce soit.

— Ce n'est que toi…

Elle s'apprêtait à se donner à l'une des plus grandes stars de la planète. Il y avait de quoi se sentir un peu angoissée, non ? Mais après qu'il l'eut aidée à se glisser à l'intérieur de son sac de couchage, Simon se contenta de la prendre dans ses bras. Il n'essaya même pas de l'embrasser.

— Simon ? murmura-t-elle, alors que les minutes s'écoulaient sans qu'il tente quoi que ce soit.

On aurait dit qu'il allait sombrer dans le sommeil…

— Quoi ?

Mais oui, il était bel et bien sur le point de s'endormir !

— Tu ne veux pas ôter ton pyjama ?

— Non.

Stupéfaite, Gail cligna les yeux. Elle ne pouvait pas voir son visage, car elle avait la joue collée contre sa poitrine.

— Pourquoi ? murmura-t-elle.

— Parce que tu le regretteras demain matin.

Ce n'était pas la réponse à laquelle elle se serait attendue de sa part. C'était quand même lui qui l'avait attirée dans ses bras !

— Qu'est-ce que tu en sais ?

— Tu n'as pas confiance en moi.

Elle réfléchit à cette affirmation avant de rompre de nouveau le silence.

— Bon, alors… qu'est-ce qu'on fait ?

D'un geste de la main, Simon lui ramena les cheveux en arrière tandis que ses lèvres effleuraient son front.

— On dort.

— As-tu déjà… couché avec quelqu'un comme ça ?

— Seulement avec ma femme.

Elle n'était donc pas allée trop loin, en fin de compte. Simon lui proposait son corps en guise de réconfort et cela ne lui déplaisait pas. En tout cas, cela apaisait ses craintes et son anxiété, et même sa peur du ridicule.

Elle ferma les yeux, et tandis qu'elle respirait sa chaude odeur masculine, un étrange sentiment de satisfaction l'envahit. Peut-être n'était-ce pas aussi excitant que de faire l'amour, mais c'était malgré tout gratifiant.

— Tu sens bon, murmura-t-elle.

La main de Simon remonta dans son dos, sous le T-shirt. Mais il ne la referma pas sur son sein, se contentant de plaquer sa paume contre sa peau nue. Puis, lentement mais sûrement, la respiration de Simon se fit plus régulière, et la sienne aussi, sans doute, car lorsqu'elle se réveilla, il faisait jour.

Gail avait dormi à poings fermés. Mais, alors qu'elle émergeait du sommeil, elle constata qu'elle ne se satisfaisait plus de la situation de la veille. Elle aimait toujours autant se trouver dans les bras de Simon et ne souhaitait pas être ailleurs, mais, après avoir passé la nuit tout contre lui, elle ne pensait plus qu'à une chose : se mettre nue et sentir son corps au plus près du sien.

La scène d'amour de *Frissons* hantait son esprit tandis que la poitrine de Simon se soulevait et retombait à chacune de ses respirations. Elle imaginait qu'il lui faisait l'amour comme il l'avait fait avec sa partenaire à l'écran, imaginait sa bouche descendant lentement vers son bas-ventre…

— Tu as un problème ?

Elle étouffa un petit cri de surprise. Il était réveillé, et n'avait pas l'air ravi d'être dérangé dans son sommeil.

— Non, pourquoi ?

— Tu n'arrêtes pas de remuer.

— Oh ! Pardon, dit-elle avant de se déplacer de nouveau — afin que ses hanches épousent parfaitement les siennes.

Levant les yeux sur lui, elle vit son irritation s'estomper, remplacée par de l'étonnement tandis qu'il lui accordait toute son attention. Elle avait éveillé son intérêt, ainsi qu'en témoignait son érection croissante. Il s'apprêtait à dire quelque chose lorsque le carillon de l'entrée retentit.

— Ah non ! maugréa-t-elle.

Simon se mit sur le dos et se couvrit le visage d'un bras.

— Déjà ?

Gail prit son téléphone portable pour consulter l'heure. Il était à peine 8 heures.

— C'est qui, d'après toi ? lui demanda-t-il sans la regarder.

— Ce doit être Kathy. Elle m'a dit qu'elle nous apporterait les copies de l'acte de vente définitif, bien que j'ignore ce qui l'oblige à le faire de si bonne heure. Il doit lui tarder de te revoir… Bon, je vais ouvrir.

Dès qu'elle se fut extirpée du sac de couchage, Simon se leva à son tour et passa dans la salle de bains. Elle entendit la porte se refermer sur lui au moment où elle regardait par la fenêtre. Mais la personne qui se tenait sous la galerie n'était pas Kathy. Il s'agissait d'un homme.

Le connaissait-elle ? Sa silhouette lui rappelait vaguement quelqu'un, mais comme il lui tournait le dos…

— Qui est là ? lança-t-elle derrière la porte.

— Tex O'Neal.

En entendant sa voix, l'homme avait tourné la tête vers elle. C'était le père de Simon.

— Oh, mon Dieu ! marmonna-t-elle. Simon !

Elle avait chuchoté son nom. Il ne pouvait sans doute pas l'entendre depuis la salle de bains. En tout cas, il ne répondit pas.

— Je voudrais parler à Simon ! cria Tex.

Gail tourna les talons et s'engagea dans le couloir. Elle voulait consulter son mari avant de le laisser entrer chez eux. Simon et son père n'étaient pas en bons termes, elle le savait. Leur relation avait toujours été chaotique, mais le phénomène s'était accentué ces dernières années. Mais à quoi bon demander à Simon s'il voulait bien laisser entrer son père ? Il leur était impossible de rester à l'intérieur et de refuser de lui ouvrir.

Gênée à l'idée d'être vue au saut du lit, elle lissa les plis de son T-shirt et ouvrit la porte avec précaution.

Tex était loin d'être aussi séduisant que son fils. Pour

commencer, il n'avait pas la même carrure. Néanmoins, son visage était intéressant, à la façon de celui de Clint Eastwood. Perspicace. Dur. Inflexible. En dépit de leurs différences physiques, le père et le fils possédaient tous deux une forte personnalité — le même magnétisme et la même intelligence aiguë, aussi. Du moins était-ce l'impression qu'elle en eut.

— Je veux voir mon fils, déclara-t-il sans préambule.

Son regard glissa sur elle, ce qui fit regretter à Gail de s'être montrée courtoise en lui ouvrant sa porte.

— Simon est dans la salle de bains. Si vous voulez bien entrer, il ne va pas tarder.

Elle recula d'un pas, s'attendant presque à entendre Tex franchir le seuil dans un cliquetis d'éperons. Il avait interprété de nombreux rôles dans sa longue carrière, mais aucun ne lui convenait aussi bien que celui du coriace bandit armé — c'était de là, bien sûr, qu'il tenait son surnom. Depuis le temps que tout le monde l'appelait Tex, elle avait oublié son véritable prénom. Même pour rendre visite à son fils, il s'était chaussé de luxueuses santiags en peau de serpent et coiffé d'un chapeau de cow-boy. Nul doute qu'il était venu directement du ranch qu'il possédait un peu plus au nord.

Etait-il situé près de la ville de Chico ? De cela non plus, elle ne se souvenait pas.

Simon sortit de la salle de bains, se figea à la vue de son père, puis repoussa les mèches qui lui tombaient sur les yeux et se dirigea nonchalamment vers lui.

— Quelle surprise !

Tex le salua d'un bref hochement de tête.

— Je te rappelle que c'est toi qui as disparu sans dire à personne où tu allais.

L'attitude belliqueuse dont Simon ne parvenait pas à se débarrasser depuis deux ans revint aussitôt. Ses yeux étincelèrent ; il releva le menton. Sa transformation était si marquée et si brutale qu'elle prit Gail au dépourvu.

De toute évidence, le seul fait de voir son père suffisait à le braquer.

— Alors… comment m'as-tu retrouvé ? demanda-t-il.

— Ian en a eu assez que je le harcèle et a fini par me donner l'info que je cherchais. Mais il m'a bien fait promettre de ne pas te dire que c'était lui qui avait vendu la mèche.

— Et toi, bien sûr, tu le balances à la première occasion…

Son père le dévisagea.

— On ne me paie pas pour assurer sa protection.

— Non, ça exigerait que tu voies au-delà de tes propres intérêts. Mais je crains que questionner mon agent n'ait été qu'une perte de temps. Tu aurais été mieux avisé de m'appeler.

— Pourquoi me donner cette peine ? Tu ne décroches pas quand tu sais que c'est moi.

Simon se passa la main dans les cheveux.

— La plupart des gens saisiraient le message et ne débarqueraient pas chez moi.

— En temps normal, je te ficherais la paix. En ce qui me concerne, tu as été très clair sur ce que tu souhaitais.

Il inclina son chapeau en arrière pour ponctuer ses derniers mots.

— Mais ma démarche n'a rien de personnel. Il s'agit d'affaires. Si tu n'étais pas ma tête d'affiche, j'irais sonner chez quelqu'un d'autre.

Un muscle se contracta dans la joue de Simon.

— *Ta* tête d'affiche ? Mais qu'est-ce que tu racontes ?

Avec un petit rire condescendant, Tex s'avança dans la pièce.

— Comment, tu n'es pas au courant ? Tu vis vraiment dans un monde de brutes, dis donc ! C'est moi qui finance ton prochain film.

— C'est faux. Le financement est assuré par Frank et Jimmy Kozlowski.

— Ainsi que par quelques autres investisseurs, dont je fais partie.

Simon serra les mâchoires. Lorsqu'il reprit la parole, on aurait dit qu'il forçait chaque mot à franchir ses lèvres.

— Tu as mis de l'argent dans *Hellion*, toi ? Ton nom n'a jamais été mentionné dans le projet.

Tex eut un haussement d'épaules désinvolte.

— Ton agent était au courant dès l'instant où je suis entré dans le projet. Je n'en ai jamais fait mystère.

Gail sentit ses ongles s'enfoncer dans ses paumes. Ce cher vieux Ian jouait sur les deux tableaux afin de les monter l'un contre l'autre… Que s'était-il donc imaginé ? Que Simon ne découvrirait jamais que son père était partie prenante dans ce projet ?

Ce n'était pas réaliste. Ian devait escompter que le film serait bouclé avant que Simon n'apprenne la participation de Tex. C'était sans doute possible. Lorsqu'il y avait plusieurs producteurs pour un film, un groupe d'investisseurs, tous n'avaient pas leur mot à dire sur le tournage.

— Pourquoi ? l'interrogea Simon. Il y a tant d'autres projets, tant d'autres acteurs. Pourquoi t'es-tu investi dans ce film-là en particulier ?

— Franchement, c'était le genre d'opportunité que je ne voulais manquer pour rien au monde. Un tel scénario ne se présente pas tous les jours. Et personne d'autre que toi ne conviendrait mieux au personnage.

Le front de Simon se plissa de dégoût.

— Pour l'amour du ciel, c'est un rôle de tueur en série !

— Oui, ce qui ne l'empêche pas d'être un bon père et un bon mari — un personnage très complexe. C'est ce qui le rend intéressant. D'ailleurs, je suis sûr que c'est ce qui t'a décidé à accepter le rôle. De toute façon, il y a peu d'acteurs aussi *bankables* que toi en ce moment. Comment puis-je te convaincre de te bouger et de reprendre le collier ?

Simon se mit à rire.

— Tu ne peux pas. Il n'est pas question que je retourne à Hollywood avant d'avoir obtenu la garde de Ty.

— Tu n'as pas la moindre chance de récupérer Ty. Tu as tout fait pour ça.

Simon croisa les bras.

— Je me demande d'où je tiens la conduite qui m'a amené là où j'en suis aujourd'hui.

— Ce n'est pas ta conduite que j'essaie de comprendre, Simon. C'est la raison qui t'a empêché de te montrer plus discret.

— Je me fiche peut-être de devenir le Grand Imposteur de Hollywood, contrairement à toi.

— Si tu avais un peu plus de cervelle, tu ne te retrouverais pas dans cette situation. Bella, tu la tenais et tu l'as laissée filer. Je suis bien placé pour le savoir.

— Que tu oses insinuer que j'aie délibérément étalé mes problèmes sur la place publique, après le rôle que tu as joué dans cette histoire, me donne envie de te botter les fesses ! gronda Simon. D'ailleurs, tu espérais sans doute que je le ferais. Que je te placerais dans la lumière des projecteurs…

Tex balaya ses propos du revers de la main.

— Oh ! arrête, Simon ! Quoi que j'aie pu faire, ton mariage avec Bella n'aurait jamais tenu la route, de toute façon. A l'époque, votre couple battait déjà de l'aile.

Il désigna Gail.

— Et celle-là non plus ne durera pas. Tu ne peux pas être heureux avec une seule femme alors que toutes celles qui croisent ton chemin sont prêtes à te tomber dans les bras. Tu me ressembles trop, Simon.

Gail en avait la nausée.

— Dehors ! Sortez ! Tout de suite !

Simon retint son bras avant qu'elle ait pu atteindre le visage de Tex.

— Je n'ai rien à voir avec toi, lança-t-il à son père, et je vais te le prouver !

Tex rajusta son chapeau.

— Tu peux toujours essayer. Mais comprends bien une chose, Simon : tu as trois jours. Je serai au *bed and breakfast* de Sutter Street jusqu'à mardi. Si tu ne t'engages pas à jouer dans ce foutu film, je te poursuivrai pour rupture de contrat et je ferai signer un autre acteur à ta place. On verra bien si tout ce battage médiatique t'aidera à récupérer Ty. Le juge pensera comme tout le monde : *Simon O'Neal a failli une fois de plus, comme nous l'avions prévu*. A ce moment-là, il ne te servira plus à rien de venir te terrer ici, au fin fond de nulle part. Pourquoi ne pas te conduire de façon raisonnable tant que tu le peux encore ?

— Tant que ça sert tes intérêts, c'est ça ? Tant que ça te donne l'occasion de financer un film qui va te rapporter des millions, bien plus que si tu prenais un autre acteur ?

— Les gens que j'ai convaincus de s'engager financièrement dans ce projet sont très contrariés par la tournure des événements. Je leur suis redevable à eux aussi.

Gail explosa :

— Mais à qui êtes-vous le plus redevable ? Vous ne vous intéressez donc pas à votre petit-fils ? Vous ne souhaitez pas établir de meilleures relations avec lui qu'avec votre fils ?

Tex reporta son attention sur elle.

— A mon avis, vous ne devriez pas vous mêler de ça, lâcha-t-il avant de sortir de la maison à grands pas.

Simon écumait de rage. Le culot dont avait fait preuve son père en venant le voir chez lui et en se comportant comme si… comme s'il n'avait joué aucun rôle dans l'affaire qui était à l'origine de tout, lui donnait envie de balancer son poing dans le mur.

— Ça va ?

La voix de Gail lui parvint de très loin. Elle était animée de bonnes intentions, il le savait, et elle s'efforçait de l'aider, mais pour le moment il ne pouvait pas rester enfermé avec elle. Furieux comme il l'était, il ne pouvait rester à proximité de quiconque, car il lui serait impossible de retirer par la suite les paroles qu'il était sur le point de proférer.

— Il faut que je sorte d'ici !

Gail lui bloqua le passage.

— Pour aller où ? Tu ne connais même pas la région !

— Qui ça dérange ?

— Moi.

— Laisse-moi passer !

— Non. Si tu pars maintenant, Simon, c'est toi qui vas regretter toute ta vie ce que tu es sur le point de faire.

D'une certaine manière, il était d'accord avec elle. Il pensa à Ty ; il voulait que son fils soit fier de lui. Mais même l'amour qu'il lui portait ne suffisait pas à endiguer le flot de rage qui déferlait dans ses veines. Car réclamer la garde de Ty, c'était comme vouloir attraper de l'air à pleines mains. Son père avait raison : jamais il ne récupérerait son fils.

Le seul moyen d'anesthésier sa douleur était de boire un verre. Tout de suite. S'il ne faisait rien, il allait exploser — ou donner enfin à son paternel la leçon qu'il méritait. C'était précisément ce qu'il avait envie de faire, mais s'il s'engageait dans cette voie, il était sûr de finir derrière les barreaux.

Il tenta de contourner Gail, mais elle l'arrêta.

— Non ! dit-elle d'un ton plus ferme. Je ne laisserai pas ton père détruire tout ce que tu as accompli durant ces deux dernières semaines.

— Je me fous de ce que j'ai accompli ! D'ailleurs, je me fous de tout !

Il pensait effrayer Gail par sa colère. En tout cas, ça

avait marché lorsqu'il avait fait irruption dans son bureau après cette accusation de viol bidon. Mais elle ne recula pas, même lorsqu'il tenta de se dégager.

— Il est hors de question que je renonce à toi ! cria-t-elle. Je t'en prie, Simon, ne laisse pas ton père remporter la partie !

— Tu n'as pas d'autre choix que de renoncer, Gail. Notre mariage — ce simulacre de mariage — est terminé !

Bien décidé à franchir le seuil de la porte, il la souleva de terre et la poussa sur le côté. Mais elle le rattrapa et le saisit par le bras. Il fit volte-face, prêt à l'invectiver et à lui lancer suffisamment d'insultes pour qu'elle comprenne enfin qui il était vraiment, lorsqu'elle lui prit la main et la fourra sous son T-shirt.

— Reste, souffla-t-elle.

Sentir son sein sous sa main provoqua en lui une réaction immédiate. Il songea qu'il n'avait pas le droit d'accepter la proposition qu'elle lui faisait, mais sa fureur était comme un monstre à l'intérieur de lui, un monstre doté d'une volonté propre. Sa fureur exigeait une action physique, une libération…

Toutefois, il hésita une seconde et faillit s'en aller. Il respectait trop Gail pour se servir d'elle. Mais il la désirait aussi — comme un fou. Et lorsqu'elle agrippa ses cheveux pour le forcer à tourner la tête et à l'embrasser, il sut qu'il ne pourrait pas résister.

Encore moins lorsqu'elle prit ses lèvres à pleine bouche en se cambrant contre lui, sans la moindre réserve.

23

Gail n'avait jamais rien connu de semblable. Entre Simon et elle, la tension était si forte que l'air semblait crépiter. Poussés par un élan irrépressible, ils s'arrachèrent mutuellement leur T-shirt et, nus jusqu'à la taille, ils s'embrassèrent à perdre haleine — ne s'arrêtant que pour reprendre leur souffle entre deux baisers.

Gail avait l'impression d'être montée dans un train fou lancé à pleine vitesse. Le crash était imminent. Mais elle n'avait pas la moindre envie de sauter en route. Pas encore. Peu lui importait, désormais, que leur mariage ne soit que temporaire, ou que cette étreinte aille à l'encontre des règles qu'elle avait elle-même établies. Peu importait qu'il fasse grand jour et que, après la nuit passée dans le sac de couchage de Simon, elle ne soit pas à son avantage. Elle le protégeait de lui-même. C'était tout ce qui comptait à ses yeux.

Par bonheur, il était trop occupé à la caresser et à la goûter pour remarquer sa coiffure en désordre. Et elle, trop occupée à jouir du plaisir qu'il lui donnait pour éprouver la moindre gêne…

Lorsqu'il la souleva dans ses bras, elle s'inquiéta pour les points de suture qu'il risquait de s'arracher, mais visiblement c'était le cadet des soucis de Simon. Il la porta jusqu'au matelas, lui arracha son pantalon de pyjama et enfouit son visage entre ses seins, tandis qu'il commençait à la caresser.

— Quel dommage que je ne puisse pas mieux me servir de ma main droite ! marmonna-t-il.

Gail, pour sa part, trouvait qu'il se débrouillait déjà très bien avec la gauche.

Se remémorant tous les fantasmes qu'elle avait nourris sur Simon O'Neal au cours de toutes ces années, elle avait du mal à croire ce qui lui arrivait. D'autant plus que ce Simon de chair et de sang était autrement plus sexy que le Simon de ses rêves. Il était bien plus brutal que ses deux précédents amants — plus exigeant, aussi — mais aussi plus attentif. Chaque fois qu'il se retenait, elle le sentait, il surveillait l'expression de son visage, contrôlait ses réactions pour s'assurer qu'elle appréciait vraiment ses caresses.

Ils flirtaient tous deux avec le danger et il n'existait pas de sensation plus grisante. Gail ne s'était jamais autorisée à aller jusque-là. Elle ne pouvait plus faire machine arrière — et ne le souhaitait même pas.

— Je me suis trompé sur ton compte, chuchota Simon en glissant la main entre ses cuisses.

Gail pouvait à peine parler. Tremblante, elle s'agrippa à son bras, déjà proche de l'orgasme.

— Dans quel… sens ?

— Dans tous les sens.

Sa bouche descendit sur la sienne, mais elle l'interrompit.

— Je te veux en moi, murmura-t-elle. Je n'en peux plus. J'ai l'impression d'avoir attendu ce moment toute ma vie…

Simon planta son regard dans le sien. Elle n'aurait su dire s'il était encore en colère, mais une lueur sauvage brillait au fond de ses yeux. Il se leva pour aller prendre un préservatif dans son portefeuille et l'enfila, puis il lui immobilisa les bras au-dessus de la tête et s'allongea sur elle…

Gail autorisa ses yeux à se fermer sous le poids du corps de Simon, sous l'exquise pression de son sexe lorsqu'il entra en elle. Elle était perdue. Elle était tombée follement amoureuse de cet homme tourmenté, et ce en un temps record. Sans doute parce que, en dépit de ses dénégations, elle était déjà éprise de Simon dès le début. En comparaison, Matt n'avait été qu'un béguin de collégienne, un homme qu'elle *croyait* désirer.

Une onde de peur la parcourut tout entière alors que la vérité se faisait jour dans son esprit. Car derrière cette vérité s'en dessinait une seconde, bien plus cruelle : Simon allait lui briser le cœur. Mais à cet instant, ce chagrin à venir ne lui apparaissait pas comme un souci, balayé qu'il était par le plaisir que lui procuraient les va-et-vient de plus en plus amples de Simon. C'était la première fois qu'elle faisait l'amour ainsi, et elle n'avait jamais rien éprouvé de semblable. En dépit de toutes les raisons qui auraient dû l'éloigner de Simon, son corps appelait ses caresses, les réclamait…

Comme elle atteignait un premier pic de plaisir, elle crut qu'elle allait se liquéfier pour se fondre en lui. Elle leva les yeux. Simon la regardait, cueillant avec avidité chacune des expressions de son visage, se délectant de chacun de ses gémissements étouffés… Mais le plus merveilleux dans tout cela était sans doute le sourire de satisfaction qui flottait sur ses lèvres.

Simon tremblait sous ses efforts pour se retenir, mais il était bien décidé à amener plusieurs fois Gail jusqu'à l'orgasme avant de s'autoriser à jouir à son tour. Il aimait la sentir frémir sous ses doigts lorsqu'elle prenait du plaisir, il aimait l'entendre gémir son prénom. Mais il agissait de façon égoïste, il le savait, en partie pour échapper à sa mauvaise conscience. Son cœur n'était plus à prendre, aussi se sentait-il obligé de combler Gail d'une autre manière.

Or, il était doué pour cela. Ce matin, il était trop énervé

pour faire l'amour aussi longtemps qu'il l'aurait voulu, mais il faisait son possible pour tenir…

— Encore, murmura-t-il en fermant les yeux.

Il lui fallait détourner son esprit de la chaleur moite du corps de Gail, de ses soupirs, sinon, tout serait fini. Mais elle semblait contrariée qu'il doive se contenir pour y arriver.

L'encourageant à se mettre sur le dos, elle l'enfourcha et ce fut le début de la fin. Lorsqu'elle prit le contrôle de leurs ébats, il réussit à se convaincre qu'elle lui faisait l'amour parce qu'elle voulait son plaisir aussi désespérément qu'il voulait le sien et se donnait à lui sans le moindre regret. Cela suffit à le désarmer.

Dès que ses mains trouvèrent ses seins, une succession de vagues de plaisir déferlèrent en lui. Fermant de nouveau les yeux, il succomba à la libération tant attendue… Puis il rouvrit les yeux, toujours haletant. Il ne savait pas à quoi s'attendre. Il était terrifié à l'idée que Gail se mette à pleurer, qu'elle enrage d'avoir manqué à ses « principes », qu'elle se cramponne à lui comme si, entre eux, c'était à la vie à la mort ou — pis que tout — qu'elle l'embarrasse par des déclarations d'amour intempestives.

Par bonheur, elle ne fit rien de tout cela. Avec un sourire démoniaque, elle se pencha pour lui donner un rapide baiser qui s'acheva en une morsure taquine de sa lèvre inférieure.

— Pas mal, estima-t-elle. Pas mal du tout.

Il haussa un sourcil, sceptique.

— Tu as déjà connu mieux ?

Lui, de son côté, n'avait jamais vécu d'expérience aussi forte. Pas dans un passé récent, du moins. Peut-être parce que chaque fois, il était soûl… Mais, déjà, il savait que jamais il n'oublierait leurs ébats de ce matin.

— Oui, deux fois…

Le ton de Gail se voulait taquin, mais Simon doutait encore.

— En tout cas, je te trouve assez doué pour que nos deux années de mariage aient une chance de passer bien plus vite que prévu, ajouta-t-elle.

Simon trouvait sa désinvolture un peu factice, mais il décida de jouer le jeu.

— Pourquoi, tu en doutais ?

— Je pensais que tu avais besoin de faire une pause, mais... je me félicite de ne pas m'en être inquiétée outre mesure.

Sur ce, elle se leva et passa dans la salle de bains, comme si ce qui venait de se passer entre eux n'était rien de plus qu'une partie de jambes en l'air.

Merci, mon Dieu !

Adossée à la porte de la salle de bains, Gail se prit le visage dans les mains. Elle tremblait de tous ses membres, incapable de se calmer. Mais pour rien au monde elle ne voulait montrer à Simon à quel point leurs ébats l'avaient bouleversée. Pour le moment, il n'était pas en état de gérer quoi que ce soit d'aussi compliqué, même s'il tenait à elle. Or, elle savait qu'il ne tenait pas à elle. Pas de la façon dont elle tenait à lui.

— Qu'est-ce que j'ai fait ? articula-t-elle à voix basse en se dévisageant dans le miroir.

Mais il était trop tard pour avoir des regrets ou se faire des reproches. Au pis, elle s'était entichée de Simon. Maintenant qu'elle n'était plus dans le feu de l'action, elle répugnait à appeler cela de l'amour. Et même si c'en était, elle était encore en mesure de sauver son amour-propre.

— Gail ? murmura Simon derrière la porte.

Elle s'empressa d'ouvrir un robinet.

— Oui ?

— Ça va ?

— Très bien. Pourquoi ?

— Je voulais juste m'en assurer.

— Tu es vraiment doué pour faire plaisir aux dames, tu sais…

Elle se mordit la lèvre pour ne pas parler, et montrer qu'elle était bouleversée par ce qui venait de se passer entre eux.

— Ravi de te l'entendre dire. Prenons une douche ensemble, alors.

Simon ne voulait pas s'arrêter là. Et, à son grand désarroi, elle non plus…

Leurs premiers rapports n'avaient pas été déplaisants — c'était un euphémisme. Mais, grâce à une complicité croissante, le sexe avec Simon devint encore plus agréable au fil du week-end. Gail était surprise de voir avec quelle rapidité l'intimité physique avait cessé de la mettre mal à l'aise, et avec quelle facilité elle s'était défaite de ses inhibitions. Elle avait tremblé à l'idée qu'il puisse la comparer à ses autres maîtresses, mais ses craintes étaient ridicules. Qu'importait le jugement de Simon puisque, de toute manière, leur relation n'était pas faite pour durer.

Hormis quelques brèves sorties pour faire quelques provisions, ils passèrent le week-end claquemurés dans la maison, à faire l'amour, à dormir et à manger. Une véritable lune de miel ! Gail savait que Josh se serait délecté de tous les détails coquins de ces deux derniers jours, mais elle entendait bien accorder à Simon le même respect de la vie privée qu'elle escomptait de sa part. Comme pour le confirmer, elle ignora l'appel de son assistant lorsqu'il arriva sur son portable.

— C'est qui ? demanda Simon alors qu'elle reposait le téléphone sur le tapis.

Se pelotonnant contre lui, elle embrassa son épaule nue.

— Josh.

— Que crois-tu qu'il veuille ?

— M'informer de ce qui se passe à l'agence.

— Un dimanche ?

— C'est un accro au boulot, comme moi. Et il meurt sans doute d'envie de savoir comment ça se passe entre nous.

Dehors, le soir commençait à tomber. Gail avait du mal à croire qu'ils avaient passé tout le week-end à se donner du plaisir. Mais elle avait déjà enfreint toutes les règles qu'elle s'était fixées. Au point où elle en était, il n'y avait aucune raison de ne pas profiter de Simon tant qu'elle en avait la possibilité.

— C'est tranquille, ici, tu ne trouves pas ?

Elle avait pris soin de ne pas mentionner Tex, mais savoir que ce dernier séjournait au Chambre avec vue depuis deux jours la mettait mal à l'aise. Simon devait avoir le même sentiment, et elle se demandait ce qu'il envisageait de faire au sujet de l'ultimatum posé par son père.

Peut-être allait-elle le perdre bien plus vite que prévu…

— C'était merveilleux.

Il l'embrassa.

— Tu ne regrettes pas ce qu'on a fait, n'est-ce pas ?

Il avait parlé d'un ton nonchalant, mais Gail comprit que sa réponse allait avoir de l'importance pour lui.

— Qu'y aurait-il à regretter ? Il était temps que ça arrive, pas vrai ?

Elle pouffa comme si ce week-end ne signifiait pas grand-chose pour elle et Simon n'insista pas.

— Les deux autres, c'était qui ? lui demanda-t-il enfin.

Elle fit courir sa main sur les contours de son ventre plat.

— Quels deux autres ?

— Tu m'as dit que tu avais couché avec deux autres types…

Se dressant sur un coude, elle lui lança un regard de défi. Mais elle le taquinait et Simon n'était pas dupe.

— Tu tiens vraiment à ce qu'on parle de mes anciens amants ?

Il la surprit par sa gravité.

— Uniquement parce que je devine qu'ils ont compté pour toi.

Gail arrangea les couvertures entortillées autour de leurs pieds, faisant bouger le matelas gonflable.

— Oh ! à peine !

— Comment ça ?

— Le premier s'est montré plus qu'insistant. Il trouvait que je lui devais plus qu'un dernier baiser en échange de son invitation à dîner.

Simon fronça les sourcils tout en l'aidant à mettre de l'ordre dans les couvertures. Elle adorait ses cheveux en bataille et sa mâchoire assombrie par une barbe naissante. Elle ne pensait pas l'avoir jamais vu aussi sexy, même au cinéma.

— Tu l'as dénoncé à la police, j'espère !

— Non, et je le regrette. Mais à l'époque, j'avais l'impression de l'avoir incité à agir ainsi en lui montrant que je m'intéressais à lui. J'étais tellement excitée quand enfin il m'a invitée au restaurant ! Avec le recul, je ne comprends pas ce qui m'a pris de le laisser s'en tirer à si bon compte. Mais à l'époque, je n'avais que vingt-cinq ans et aucune expérience des hommes. Je me disais que, après tout, c'était peut-être moi qui étais bizarre de ne pas avoir envie de coucher avec lui dès le premier soir. Il était vraiment très beau, et la plupart des femmes auraient bien aimé être à ma place.

— Qu'est-ce qu'il est devenu ?

— Ça, Dieu seul le sait ! Je l'avais rencontré dans une discothèque où m'avaient entraînée certaines de mes employées. Après ce soir-là, nous n'avons plus eu aucun contact.

— Et l'autre type ?

— Ah ! lui, c'était une bien meilleure expérience ! Il était beaucoup plus âgé que moi, charmant — le professeur d'université typique, veste en tweed comprise.

Gail sourit au souvenir du look un peu ringard de Skylar Henshaw.

— J'appréciais ses manières calmes, son côté digne de confiance. Nous sommes restés plusieurs mois ensemble.

— Pourquoi avez-vous rompu ?

— Il a décidé de retourner auprès de son ex-femme. C'était une femme charmante et ils avaient des enfants. Je n'ai jamais compris pourquoi ils s'étaient séparés.

La main de Simon suivit tendrement la courbure de sa taille jusqu'à l'arrondi de sa hanche.

— C'était à cause de toi ?

— Non, je l'avais rencontré dans un café, après son divorce. Il m'avait proposé de m'asseoir à sa table parce que l'endroit était trop bondé pour que je puisse me servir de mon ordinateur portable.

— Comme c'est romantique ! ironisa Simon.

Elle sourit.

— Comme je te l'ai dit, c'était un homme charmant.

Simon lui embrassa le cou, l'oreille.

— Il t'a brisé le cœur, Gail ?

Elle ferma les yeux.

— Pas vraiment. Je m'apprêtais à lui annoncer que je voulais tourner la page. Alors, je me suis dit que c'était une chance qu'il soit arrivé à la même conclusion que moi. Notre relation était… agréable, mais sans passion. J'appréciais le fait qu'il n'exige pas de moi autre chose que ce que j'étais prête à lui offrir. A cette époque-là, je montais mon agence, ce qui ne me laissait guère de temps et d'énergie à consacrer au reste. Il a veillé à mon confort matériel.

Simon releva la tête.

— A t'entendre, il ressemblait plus à une figure paternelle qu'à un amant.

— Mais c'est ce qu'il était pour moi, je suppose. Nous en étions conscients tous les deux.

— Et puis, il y a eu Matt…

Gail s'étira.

— Je te rappelle que je n'ai pas couché avec Matt.

— Mais tu en avais envie.

Elle ne le nia pas.

— Et tu comptes coucher avec lui dans l'avenir ?

— Peut-être.

Gail détourna les yeux afin de cacher à Simon le trouble que lui causait sa question, posée sur un ton neutre et indifférent.

— Pourquoi n'as-tu jamais couché avec quelqu'un de Whiskey Creek ?

— J'ai failli coucher avec Ted, à l'époque du lycée.

— Quoi, ton ami ? L'écrivain ?

— Oui.

— Et que s'est-il passé ?

— Sa mère nous a surpris en train de nous déshabiller et en a parlé à sa sœur, la pire commère de la ville. Les rumeurs qui ont couru par la suite ont suffi à me convaincre de rester dans le droit chemin. Je ne pouvais supporter l'idée que de tels ragots arrivent aux oreilles de mon père. Il avait déjà été suffisamment déçu par ma mère, je n'avais aucune intention d'être la prochaine sur la liste.

Simon suivit du doigt le contour de sa mâchoire.

— Qu'est-ce qu'elle avait fait, ta mère ?

Oh ! Etait-il nécessaire d'aborder ce sujet-là ? Gail faillit lui dire qu'elle ne souhaitait pas en parler mais, à la réflexion, mieux valait crever l'abcès une bonne fois pour toutes.

— Elle nous a quittés pour un ancien petit ami du lycée.

— Nous ?

— Il était hors de question que Joe et moi puissions la suivre. Elle a fait ses valises et disparu alors que nous étions à l'école. La première année, nous avons eu de ses nouvelles de temps en temps mais… c'est le genre de femme qui fuit les conflits et je pense qu'elle détestait qu'on lui rappelle son abandon. Alors, après son remariage, ses appels se sont faits de plus en plus rares. Assez vite, échanger quelques paroles est devenu trop embarrassant, même à Noël. *Surtout* à Noël.

— Ça a dû être dur pour toi de perdre ta mère de cette façon.

Pas aussi dur sans doute que ça l'avait été pour lui de perdre la sienne. Gail, au moins, avait pu compter sur la présence de son père. De plus, la pitié était la dernière chose qu'elle souhaitait inspirer à Simon O'Neal.

— Je n'ai jamais manqué d'amour. Le plus difficile à vivre pour moi, c'était que j'avais l'impression de devoir racheter sa conduite envers nous, de devoir prouver à mon père que toutes les femmes ne sont pas les mêmes.

Simon se mit sur le dos.

— C'est une sacrée pression… Ça a dû être un soulagement pour toi de partir faire tes études !

Il marqua une pause.

— Tu as bien fait des études ?

— Mais oui. A Stanford.

Il émit un sifflement admiratif.

— Tu m'impressionnes…

Le crépuscule tombant, Gail arrangea l'oreiller de façon à pouvoir se rapprocher de lui, et le regarder dans les yeux. Mais ils n'allumèrent pas les lumières.

— Et toi ? lui demanda-t-elle.

— Moi ? J'étais bien trop occupé à me rebeller contre ma famille pour aller en fac.

Elle s'en serait doutée…

— Tu as pris des cours de comédie ?

— A quoi bon prendre des cours quand on a un père aussi célèbre que le mien ?

Elle perçut la pointe d'amertume dans sa voix.

— Cela a dû te faciliter l'accès à certains contacts déterminants, mais… d'après les bruits qui courent, vous ne vous êtes jamais très bien entendus, ton père et toi.

En tout cas, c'était l'impression qu'elle avait eue quand Tex avait débarqué chez eux de bon matin.

— J'ai du mal à imaginer qu'il se soit mis en quatre pour te pistonner.

— Nous avons toujours entretenu une relation d'amour-haine, lui et moi. A certaines périodes de mon enfance, je voulais à tout prix gagner son amour. Mais trop d'éléments faisaient barrage entre nous. Il vouait à ma mère une haine féroce, bien qu'il ait été largement à blâmer dans l'affaire.

— Pourquoi a-t-il rejeté la faute sur ta mère ? Cela semble assez injuste.

— Il voulait qu'elle avorte. Devant son refus, il a tout fait pour envenimer leur relation qui n'était déjà pas très brillante. Par la suite, mes grands-parents maternels ont appris la vérité, qui n'a pas tardé à se propager. Mon père déteste avoir le mauvais rôle, il veut que tout le monde l'admire. Hélas ! à cause de moi, il ne pouvait plus échapper aux conséquences de ses actes. Enfin, comprends-moi bien : même s'il n'a jamais eu la fibre paternelle, à certaines périodes, il lui arrivait d'endosser son rôle de père mais… il est incapable de tenir la distance.

— Je me rappelle vous avoir vus tous les deux de loin, à la première de *Maintenant ou jamais*.

— C'était peu après mon mariage avec Bella.

Cela se passait aussi plusieurs années avant qu'il n'engage Gail comme attachée de presse.

— Il voulait s'impliquer activement auprès de Ty. A cette époque, il se donnait beaucoup de mal pour être un bon grand-père.

— Qu'est-ce qui l'a fait changer d'avis ?

Un muscle se mit à tressauter dans la mâchoire de Simon.

— Avec Ty non plus, il n'a pas été capable de tenir la distance. S'il y a bien une constante chez Tex O'Neal, c'est son inconséquence.

Cela ne répondait pas tout à fait à la question de Gail, mais elle ne chercha pas à forcer ses confidences. Simon continuait à parler, mais il était revenu sur sa carrière et sur la façon dont son père avait réagi à son ambition de devenir acteur.

— Je crois qu'à un certain moment, il a essayé de m'empêcher d'avancer, mais il était trop tard pour causer à ma carrière le genre de dégâts qu'il aurait pu m'infliger à mes débuts. Il déteste vieillir, ne plus être sur le devant de la scène, comme avant. Il a l'impression que je lui ai volé tout ce qu'il possédait à mon âge. Alors depuis, il fait ce qu'il peut pour me prendre ce qui m'appartient.

— Ce qui signifie ?

Simon prit un air pensif.

— Laisse tomber, Gail. Tex n'est pas… un père comme on l'entend au sens classique du terme. Et il n'a rien d'un grand-père non plus.

— Tu t'es hissé jusqu'à des sommets qu'il n'a jamais connus, Simon. Cela doit le contrarier. Et Ty est une extension de toi-même.

— C'est possible, mais… son nom a suffisamment de poids pour ouvrir certaines portes. Je dois ma carrière à la sienne, en quelque sorte.

— Ces portes-là te seraient restées fermées si tu n'avais pas eu le physique et le talent pour être l'acteur que tu es devenu aujourd'hui, souligna-t-elle. Tu devrais être fier de toi.

— Fier de moi…, répéta-t-il avec un petit rire d'autodérision.

Simon ne l'avait pas exprimé ouvertement, mais Gail sentait qu'on ne devait pas lui avoir tenu ce genre de discours très souvent.

— Mais oui, tu as accompli un parcours remarquable !

— J'ai eu de la chance. Ça a marché pour moi.

De l'avis de Gail, Simon allait un peu vite pour minimiser sa réussite. En tout cas, il n'était pas aussi vaniteux que ce que pensaient certaines personnes. Elle aussi l'avait accusé d'être imbu de lui-même. Mais, à l'époque, on accusait Simon de tout et de n'importe quoi. Depuis, elle en était venue à penser que les gens se faisaient beaucoup d'idées fausses sur son compte.

— La plupart des gens diraient que tu as connu une réussite éclatante…

Elle se pencha sur sa poitrine et promena ses lèvres sur sa peau veloutée.

— Si seulement cela pouvait marcher aussi bien pour tous les acteurs qui mangent de la vache enragée !

Simon s'abstint de tout commentaire. Il jouait avec les cheveux de Gail qui lui caressaient le torse.

— Tu as dû avoir des tas d'occasions avec les garçons, quand tu étais à l'université.

— Ah ? nous revenons à ma vie sentimentale ? Décidément, toi, quand tu as une idée en tête…

Elle lui caressa le visage, l'embrassa. Il lui plaisait de pouvoir se montrer aussi familière avec lui.

— J'essaie juste de me faire une idée de ce qu'a été ta vie, dit-il en la faisant rouler sous lui.

Elle plongea son regard dans le sien.

— Selon tes critères, assez ennuyeuse, sans doute. A l'université, j'étais trop prise par mes examens pour fréquenter les soirées étudiantes. Il me fallait décrocher des A dans toutes les matières pour pouvoir avoir la conscience tranquille en envoyant mes résultats à papa… A moins que je n'aie pas rencontré le garçon qu'il me fallait, tout simplement. J'étais plutôt timide, et puis j'ai toujours été complexée par mes cheveux roux.

Gail s'étonnait de lui confier ce détail qu'elle gardait d'ordinaire pour elle-même. C'était sans doute parce qu'elle ne fondait ni espoirs ni attentes sur Simon. Puisque, dès le départ, elle avait dû exclure l'idée d'une relation durable avec lui, il ne servait à rien de nier des complexes qui la caractérisaient tout autant que son goût pour l'ordre et la discipline. De toute façon, vu la personnalité de Simon et le genre de femmes dont il avait l'habitude de s'entourer, ces imperfections sauteraient aux yeux de tout le monde.

En appui sur un coude, il entortilla une mèche de ses cheveux autour de son doigt.

— Moi, j'aime ta couleur de cheveux.

— Bien sûr…

Elle parvint à le repousser.

— Mais pour ta gouverne, sache que je ne cherchais pas à t'extorquer un compliment. En plus, pour le moment, tu n'as pas d'autre choix que de t'accommoder de ce que tu as. Après tout, je suis « mieux que rien », tu te souviens ?

Simon parut fort peu goûter qu'elle lui retourne ses propos.

— Ce jour-là, je mourais d'envie de boire un verre. Et je ne décolérais pas à cause de cette accusation de viol. Je ne pensais pas ce que j'ai dit.

Gail repoussa les couvertures du pied.

— Bien sûr que si, tu le pensais ! Mais ça m'est égal. J'ai tout à fait conscience de ce que je vaux, tu sais.

Avec un sourire destiné à lui faire comprendre qu'elle ne se formalisait guère qu'il ne la trouve pas assez bien pour lui, elle roula sur le matelas.

— Et si on s'habillait ? On pourrait aller au restaurant Comme Chez Maman. Il est temps de nous offrir un repas correct, me semble-t-il.

— Gail…

Mais Simon avait la mine trop grave. Elle ne voulait pas entendre ce qu'il avait à lui dire. Pour assumer ce qui se passait entre eux, elle devait à tout prix cultiver une certaine légèreté et entretenir le moins d'espérances possibles.

— Allez, viens !

Résistant à l'envie de couvrir sa nudité, elle se leva.

— Non, nous n'avons que trop paressé !

— Franchement, je ne pensais pas ce que je t'ai dit, ce jour-là !

Mais Gail, déjà en chemin pour la salle de bains, feignit de ne pas avoir entendu.

24

Le restaurant Comme Chez Maman arborait des murs peints en violet et des rideaux blancs à ruchés ; une demi-douzaine de chaises hautes s'alignaient à l'entrée. Les banquettes formant le périmètre de la salle principale étaient recouvertes de tissu lavande ; au milieu de la pièce, les tables en chêne de style rustique étaient garnies de chaises agrémentées de coussins dont les énormes nœuds ne pouvaient qu'avoir été cousus à la main. Simon n'avait jamais vu un endroit qui lui rappelle autant la maison de sa grand-mère. Non qu'il lui ait été donné d'y passer beaucoup de temps. Bouleversée par les circonstances entourant la naissance de son petit-fils, Grand-mère Moffitt n'avait jamais pu pardonner à sa fille — ni à Simon, par voie de conséquence. Elle préférait ses autres petits-enfants, tous des filles. Néanmoins, il avait toujours secrètement apprécié le confort douillet de son ranch de Palm Springs.

— Ça sent bon, non ? murmura Gail par-dessus le tintement du carillon de l'entrée.

20 heures sonnaient. Il n'y avait pas foule dans le restaurant, mais pour un dimanche soir, c'était déjà bien.

— Rôti en cocotte, décréta Simon.

— Mildred Davies est la reine du pain de viande et du ragoût de bœuf. Et son rôti en cocotte doit également valoir le détour.

Par l'ouverture du passe-plat, large de soixante centimètres, Simon aperçut une petite femme toute ronde, couronnée de cheveux blancs, en train de régler la circulation à grands gestes dans la cuisine.

— C'est elle, le chef ? Mildred Davies ?

— Le chef et la propriétaire des lieux. Comme tu peux le voir, elle ne rajeunit pas, mais elle parvient néanmoins à tenir la cadence. Après dîner, il faudra que tu goûtes son gâteau à la carotte. Un délice !

— C'est peut-être par ça que je vais commencer !

Etrangement, il se sentait plus jeune, plus candide et sans aucun doute plus épanoui que l'homme qu'il avait été à Los Angeles. Soit les paparazzis n'arrivaient pas à retrouver sa trace, soit ils n'étaient pas disposés à entreprendre une telle route pour glaner un ou deux détails croustillants sur sa vie privée. Il n'avait pas eu de nouvelles de Bella depuis vingt-quatre heures. Jamais l'alcool ne lui avait aussi peu manqué depuis qu'il s'était arrêté de boire. Et, cerise sur le gâteau, pour la première fois depuis l'affaire qui avait causé sa dégringolade, il s'était remis à croire en sa capacité de faire le nécessaire pour récupérer Ty.

Seul le souvenir de la visite de son père, la veille, et la crainte de croiser celui-ci dans les rues de Whiskey Creek, ranimait en lui un sentiment de colère et de malaise mêlés. Un sentiment qui semblait surgir de nulle part chaque fois que Simon commençait à remonter la pente.

Mais il ne tolérerait pas que Tex le provoque de cette façon. Son père pouvait bien lui faire un procès si ça l'amusait. Simon était d'accord pour rembourser aux producteurs de *Hellion* les éventuelles pertes financières occasionnées par sa défection de dernière minute, mais il était hors de question qu'il laisse son père lui gâcher de nouveau la vie. Il ne se sentait pas encore prêt à replonger dans l'univers qui l'avait mené aux portes de la folie. Ce qu'il voulait, c'était Ty, et non un film ou quelques millions de dollars de plus sur son compte en banque.

Dès qu'il aurait obtenu la garde de son fils, même de façon partielle, il l'amènerait à Whiskey Creek. Ils pourraient y passer l'été, sûrs de pouvoir compter sur Gail à chacun de ses retours dans son fief natal, et aussi sur l'amitié de certaines des personnes dont il avait récemment fait la connaissance au café. Ici, Ty et lui pourraient oublier les fastes et les excès de L.A., jouer au base-ball, dîner dans ce restaurant kitsch mais chaleureux, tester le glacier du bout de la rue, faire des randonnées dans les montagnes…

Simon voulut prendre la main de Gail pour lui témoigner sa gratitude pour tout ce qu'elle avait fait pour lui. En dépit de ses réserves initiales, force lui était de reconnaître que tout avait changé depuis qu'elle était entrée dans sa vie. Cependant, il avait remarqué qu'elle s'appliquait à ne pas même l'effleurer depuis leur départ de la maison, ce qui lui paraissait plutôt étrange. Tout d'abord, il pensa que ce changement d'attitude n'existait que dans son imagination. Mais plus l'absence de tout contact physique se prolongeait entre eux, plus sa certitude se confirmait : Gail agissait ainsi à dessein. Elle était bien décidée à ne pas attendre de lui qu'il se comporte en amoureux avec elle.

Simon appréciait qu'elle ne se soit pas brusquement transformée en pot de colle. Leur arrangement actuel correspondait à ce qu'il avait exigé d'elle dès le départ. Il avait obtenu ce qu'il voulait et, pourtant, la soudaine réserve qu'affichait Gail à son égard le contrariait. Sa volonté de parer à tout débordement ne nécessitait en rien qu'elle se montre aussi vigilante ! Ne pouvaient-ils tout simplement se détendre et agir à leur guise, pour le moment ?

Il s'apprêtait à lui faire part de ses réflexions, gêné par ce rempart qu'elle avait de nouveau érigé entre eux. Cela faisait longtemps qu'il ne s'était pas senti aussi proche de quelqu'un et il n'était pas disposé à renoncer si vite à la complicité qui s'était établie entre eux.

Mais l'hôtesse du restaurant, une femme d'âge mûr en uniforme violet brodé d'une étiquette à son nom — Tilly —, s'approcha avant qu'il ait eu le temps d'aborder le sujet. A la seconde où elle le reconnut, sa bouche forma un O parfait témoignant de sa stupéfaction mais, se ressaisissant aussitôt, elle se racla la gorge et s'adressa à Gail d'une voix rauque de fumeuse :

— Une table pour deux ?

Tout comme lui, Gail sourit devant la réaction de l'hôtesse. Comme les autres habitants de Whiskey Creek, la femme ne s'était pas extasiée à grands cris sur sa présence ici et ne lui avait pas demandé d'autographe, même si tout son comportement trahissait une certaine nervosité.

— Bonsoir, Tilly, dit Gail.

— Contente de te revoir parmi nous !

Plaquant une main sur sa poitrine comme si son cœur battait trop vite, Tilly jeta un coup d'œil en direction de Simon mais se détourna dès qu'il croisa son regard.

— Par ici, je vous prie…

Elle prit deux menus dans le présentoir mais, dans son trouble, elle en laissa tomber un. Simon l'attrapa au vol et le lui rendit tandis que Tilly marmonnait :

— Oh ! mon Dieu, j'en reviens pas !

Gail lança à Simon un sourire de conspirateur pendant que Tilly les précédait d'un pas décidé dans la salle. Avant qu'ils aient pu atteindre leur table, une voix la héla.

— Gail !

Simon se retourna en même temps qu'elle. Assise à une table, Callie, la fille qui lui avait clairement fait comprendre l'autre jour qu'elle n'appréciait pas qu'il soit entré dans la vie de Gail, dînait en compagnie de Matt.

*
**

Gail ne savait pas quelle attitude adopter. Simon n'apprécierait sans doute pas d'être retenu par Matt et Callie. En même temps, Callie était l'une de ses meilleures amies, et il ne s'était rien passé entre Gail et Matt qui puisse les empêcher d'être amis. Ils n'avaient jamais été ensemble.

Pourtant, elle trouvait gênant de leur parler et encore plus gênant que Callie insiste pour que Simon et elle se joignent à eux.

— Vous êtes sûrs ? Je veux dire… vous n'avez pas encore commandé ?

— Non, pas encore. Nous sommes arrivés juste avant vous.

Le comportement de Callie mit la puce à l'oreille de Gail. Et si cette rencontre en apparence fortuite était en réalité une mise en scène destinée à jauger ses réactions, maintenant qu'elle était devenue Mme O'Neal ?

Gail ne voulait surtout pas que Callie s'imagine que le fait d'être mariée à Simon allait la rendre moins disponible pour ses amis.

— Dans ce cas…

Elle faillit adresser à Simon un regard d'excuse mais se retint : sa mimique n'aurait pas échappé à Matt et Callie. S'appliquant à ne pas regarder Simon, elle accepta donc l'invitation en rendant son sourire à Callie. Bien que son amie lui ait fait de la place sur la banquette, Gail choisit de s'asseoir à côté de Matt. Simon, dont la main droite était toujours prise par un bandage, était contraint de manger de la main gauche. Et vu le gabarit impressionnant de Matt, Gail avait du mal à imaginer qu'un autre homme puisse tenir à côté de lui dans le box.

— Tu es déjà venu ici depuis ton retour ?

Gail sentait le regard de Simon posé sur elle tandis qu'elle s'adressait à Matt.

L'expression de contrariété qui avait envahi le visage de Matt quand Simon s'était approché de leur table s'envola. De toute évidence, il considérait comme une victoire personnelle le fait que Gail ait choisi de s'asseoir à côté de lui.

— Une fois, oui. Je compte y venir le plus souvent possible avant d'être obligé de repartir.

Gail prit le menu que lui tendait Tilly.

— Quand cela ?

— Dès que je pourrai courir sans avoir mal.

— C'est terrible, ce qui t'est arrivé au genou. Comment se passe ta rééducation ?

— Bien. Ça m'aura au moins permis de rentrer au bercail…

Tilly donna son menu à Simon tandis que Gail s'enquérait :

— Avec qui travailles-tu ? Curtis ?

— Oui, c'est ça.

Curtis Viglione était l'un des meilleurs kinésithérapeutes des Etats-Unis. Il s'occupait de nombreux sportifs professionnels. Après s'être bâti une réputation et une clientèle considérables dans la baie de San Francisco, il était venu s'installer à Whiskey Creek trois ou quatre ans auparavant — Gail ne se souvenait pas de la date exacte. A présent, il faisait venir des sportifs dans son centre de rééducation ultramoderne construit au beau milieu des collines, à deux kilomètres environ de la ville.

— D'après ce que j'ai entendu dire, il fait des miracles. On dirait que tu es en d'excellentes mains.

Matt opina, mais son regard se posait sans cesse sur Simon qui le dévisageait d'un œil mauvais. Pourquoi ce dernier perdait-il son temps à entretenir cette rivalité ? se demandait Gail, perplexe. Se montrer possessif ou jaloux envers elle alors qu'il ne l'aimait pas réellement n'avait aucun sens. Mais une telle réaction aurait été attendue de la part d'un mari, et il fallait sans doute y voir l'une des facettes du rôle qu'il s'efforçait de jouer.

Il n'empêche, ce comportement la mettait mal à l'aise.

Sans trop pouvoir s'expliquer pourquoi, elle tenait à ce que ses amis apprécient Simon — ainsi, ils cesseraient peut-être de penser qu'elle avait été stupide de l'épouser…

Elle s'éclaircit la voix pour attirer l'attention de Simon.

— Alors, qu'est-ce qui te fait envie ?

Mais il n'eut pas le temps de lui répondre. Tilly était restée postée à leur table, attendant le bon moment pour leur proposer les plats du jour. Elle leur débita son petit laïus sur le chili fait maison accompagné de pain au maïs, et le bœuf Strogonoff servi avec sa crème aigre. Puis elle leur annonça que c'était Luanne qui les servirait et quand elle ne trouva plus rien à dire, elle s'éloigna enfin.

Du coin de l'œil, Gail l'aperçut devant le percolateur, en train de murmurer à l'oreille de deux serveuses. Les trois femmes, sans doute tout excitées de compter une star de cinéma parmi leurs clients, n'arrêtaient pas de se tourner vers Simon. Mais Gail était trop occupée à bavarder avec ses amis pour leur prêter attention.

— Comment se passe ton travail au studio, Callie ?

— En ce moment, je ne touche pas terre ! J'ai réalisé des tas de portraits de famille. Et j'ai fait quelques mariages, aussi.

— Tu es photographe ? demanda Simon.

— En effet.

Elle lui adressa un sourire factice.

— J'aurais été ravie de faire vos photos de mariage, à Gail et à toi… Mais vous n'avez pas organisé de noces à proprement parler, n'est-ce pas ?

Gail intervint avant que Simon ait pu lui répondre.

— Oui, nous tenions à nous marier dans la plus grande simplicité.

— On peut dire que c'est réussi ! On peut difficilement faire plus simple que de prononcer quelques vœux et de conclure par un « oui ».

Luanne apporta une carafe d'eau et promit de revenir dans quelques minutes afin de prendre la commande, mais Gail la retint, affirmant qu'ils avaient déjà choisi. En réalité, ils n'avaient même pas jeté un œil à la carte, mais elle tenait à expédier ce repas aussi vite que possible.

Tous firent silence pour parcourir les menus proposés. Puis Gail commanda le pain de viande, Simon le rôti en cocotte tandis que le choix de Callie et de Matt se portait sur le chili.

Après le départ de Luanne, ce dernier prit la parole.

— Alors… c'est comment, la vie conjugale ?

Simon le gratifia d'un sourire satisfait que Gail jugea un peu trop appuyé.

— La seconde fois, c'est toujours mieux.

— Dommage que ça ne se soit pas passé comme ça pour ton père. Au fait, il s'est marié combien de fois, déjà ?

Gail, gênée tant par le tour que prenait la conversation que par la dérision qui perçait dans la voix de Matt, doutait que celui-ci soit au courant de la présence de Tex à Whiskey Creek. Ce qui, finalement, rendait leur situation plus délicate encore.

— Je ne sais pas, j'ai perdu le compte, lâcha Simon.

— Vous envisagez d'avoir des enfants ? demanda Callie.

Décidément, ses amis cherchaient à mettre Simon dans l'embarras ! Gail décida de répondre, au cas où.

— Sans doute pas, non.

En employant un ton très ferme, elle avait voulu couper court aux questions sur le sujet. Mais aussitôt, elle comprit qu'elle avait commis une erreur.

— Et pourquoi ? insista Callie.

— Simon a déjà un fils, et…

— Et alors ? la coupa son amie, en reposant son verre si brutalement que de l'eau se répandit sur la table.

— Et *toi*, alors ? Tu as toujours voulu avoir des enfants.

Gail baissa la voix, avant de poursuivre.

— Il est inutile de te montrer si protectrice envers moi, Callie. Je suis heureuse comme ça. Du reste… peut-être aurons-nous des enfants, *un jour*. Nous disons simplement que nous n'avons pas le projet d'en avoir dans l'immédiat, d'accord ?

Callie foudroya Simon du regard.

— Ce n'est pas parce que tu as tout vu et tout fait dans ta vie que tu ne dois pas prendre en compte ses souhaits à elle !

Au lieu de voir rouge, comme Gail s'y attendait, Simon répondit d'un ton posé :

— Je comprends…

Son calme sembla éteindre la colère de Callie.

— Gail est l'une de mes meilleures amies, tu sais ? Je tiens beaucoup à elle. Et je veux qu'elle soit heureuse.

— Mais moi aussi ! affirma Simon.

Il semblait si sincère que Gail faillit applaudir sa performance d'acteur. Elle essuya l'eau renversée par Callie avec sa serviette.

— C'est merveilleux, murmura-t-elle. Vous tenez tous à moi et je ne pourrais pas rêver meilleurs amis que vous. Mais ce qui me rendrait vraiment heureuse, c'est que vous tentiez de vous entendre…

Callie fit une moue boudeuse, et Gail se pencha par-dessus la table pour lui serrer affectueusement les doigts.

— Callie… Simon et moi sommes déjà mariés. Je sais que tu m'en veux de ne pas avoir suivi ton conseil, mais… tout ça, c'est du passé. On peut en rester là, désormais ?

Son amie laissa échapper un bruyant soupir.

— Je crains que ton bonheur soit de courte durée.

Si elle avait pu savoir…

— C'est pour cela que tu comptes me le gâcher ?

— Non.

— Les mariages à Hollywood sont rarement des réussites.

La réflexion émanait de Matt. Appelait-elle une réponse ou énonçait-elle tout simplement un fait ? Difficile à dire…

Gail décida de ne pas relever et, d'un regard, suggéra à Simon de ne pas renvoyer Matt dans les cordes. Simon aurait pu en dire long sur les sportifs professionnels, mais à quoi bon ? Matt avait raison : à Hollywood, il était rare que les mariages durent et le leur ne tarderait pas à en être l'illustration parfaite.

— Bien, maintenant que tout le monde a exprimé ses doléances et ses inquiétudes, dont j'ai pris bonne note, pourrions-nous, s'il vous plaît, savourer notre repas sans que j'aie à regretter d'avoir convié mon mari à endurer une telle épreuve ?

Matt et Callie opinèrent à contrecœur, mais très vite l'ambiance se réchauffa au sein du petit groupe. Lorsque Simon entreprit de les régaler d'anecdotes sur certains des lieux insolites et reculés où s'était déroulé le tournage de certains de ses films, et sur les cascades qu'il avait dû réaliser sans doublure, Matt renonça à toute animosité à son égard. Très vite, sa fascination fut telle qu'il parlait et riait avec Simon comme s'il n'avait jamais vu en lui un rival.

Lorsque Simon quitta quelques instants la table, Gail crut que Callie allait en profiter pour lui demander pour la énième fois quelle mouche l'avait piquée de l'épouser. Mais à son grand étonnement, son amie n'en fit rien.

— Il peut se montrer charmant, je l'avoue, remarqua-t-elle.

A son intonation, Gail comprit que son amie se sentait obligée de lui rendre au moins justice sur ce point.

Durant la soirée, Simon avait tout fait pour s'attirer leurs bonnes grâces et il y était parvenu sans difficulté. Il les avait tour à tour divertis, étonnés, et de leur côté Matt et Callie l'avaient bombardé de questions. De manière générale, ils avaient passé la soirée pendus à ses lèvres. Lorsque Gail s'était rendu compte que Matt semblait préférer se lier d'amitié avec Simon plutôt que de regretter de l'avoir perdue, elle avait compris qu'il ne l'avait jamais aimée. Si elle lisait correctement en lui, Matt avait été vexé de voir que la femme qu'il s'était imaginé pouvoir garder avait bel et bien tourné la page — et qu'elle n'avait pas fait porter son choix sur un homme moins célèbre, moins séduisant ou moins charismatique que lui. Il avait accusé le coup porté à son amour-propre, et il n'y aurait pas de suite à leur histoire, même une fois qu'elle aurait divorcé de Simon.

Après tout ce temps passé à se croire amoureuse de lui, Gail était un peu désemparée par ce constat. Mais, au cours de ces derniers jours, elle avait aussi réévalué ses sentiments pour Matt. Si elle avait été réellement éprise de lui, elle n'aurait sans doute pas désiré Simon avec une telle force. Matt lui avait permis de rêver à l'époque où sa charge de travail l'empêchait de s'épanouir dans sa vie sentimentale.

— Il est très amusant, oui, répliqua-t-elle avant de s'excuser à son tour.

Gail ne voulait pas que ses amis profitent de l'absence de Simon pour l'assaillir de questions à son sujet. Pour le moment, elle était en proie à trop d'émotions conflictuelles, refusant d'admettre que ce qu'elle éprouvait pour Simon était bien plus puissant que ce qu'elle avait jamais éprouvé pour Matt. Une telle révélation lui faisait craindre de ne pas pouvoir oublier Simon aussi facilement au bout de ces deux ans…

Elle croisa Simon devant la porte des toilettes.

— Bien joué, lui murmura-t-elle. Ils t'adorent…

— Mais le plus important dans l'histoire, c'est : sont-ils convaincus que je suis amoureux de toi ?

— Oui ! Ils ont cru à tous les compliments que tu m'as adressés.

Le sourire de Simon s'évanouit.

— Mais toi, non.

— Presque. Tu es un acteur hors pair !

Il lui prit le bras.

— Etre acteur ne signifie pas que je joue tout le temps la comédie, Gail.

Détournant le regard, elle posa la main sur la porte.

— Mais cela t'est certainement fort commode quand la situation l'exige.

25

La surprise eut lieu en pleine nuit. Simon dormait auprès de Gail lorsqu'ils furent brutalement tirés de leur sommeil par le bruit d'une présence et par une vive lumière aussitôt suivie d'une série de flashes, juste devant leur fenêtre.

Des appareils photo ! Dès qu'il ouvrit les yeux, Simon comprit ce qui se passait. Depuis le début, il savait qu'habiter une maison non protégée les mettait en position de vulnérabilité. Mais tout se déroulait si bien depuis leur arrivée à Whiskey Creek qu'il avait relâché sa vigilance.

— Qu'est-ce qui se passe ? lui demanda Gail, désorientée.

Il se coucha sur elle pour faire écran de son corps.

— Des paparazzis.

Par chance, ils n'étaient pas nus. En rentrant du restaurant, ils avaient regardé un documentaire devant lequel ils s'étaient assoupis. Simon avait voulu déshabiller Gail pour sentir sa peau contre la sienne en sombrant dans le sommeil. Mais quelque chose avait changé entre eux depuis cette soirée au restaurant. Les propos que lui avait tenus Gail l'avaient refroidi. Jamais il n'aurait dû lui dire qu'il se sentait incapable d'aimer de nouveau une femme, car elle en avait conclu que jamais il ne pourrait éprouver de tendresse ou d'attirance pour elle.

— Ils nous ont trouvés, dit-il en la conduisant dans le couloir.

Gail s'enserra les épaules de ses bras. Il faisait froid hors des couvertures.

— Mais comment ?

— Je n'en sais rien. Un habitant de Whiskey Creek a dû vendre la mèche.

— A moins que ce ne soit Ian ? Rappelle-toi que c'est lui qui a indiqué notre adresse à ton père.

— Mon père, ce n'est pas la même chose. Il tourne moins qu'avant. Les bons rôles ne sont pas fréquents pour les hommes de son âge. Mais il reste une force avec laquelle il faut compter à Hollywood.

— Ça, j'avais compris…

Il l'attira à lui pour la réchauffer.

— Je suis sûr que Ian ne s'est pas senti en position d'ignorer sa requête. Mais…

Soudain, l'évidence le frappa de plein fouet.

— Mais oui, c'est ça ! Je te parie tout ce que tu veux que c'est mon père, le responsable !

— Pourquoi ton père irait-il révéler l'endroit où tu te caches à des paparazzis ?

— Il ne veut pas que Whiskey Creek soit une échappatoire pour moi. Il préfère me faire sortir de mon trou et m'obliger à rentrer à Los Angeles pour faire son putain de film !

— Eh bien, c'est un drôle de personnage, ton père…

Les images que redoutait Simon s'imposèrent à lui, révélant la véritable nature de Tex : un salopard doublé d'un égoïste. Il les chassa résolument de son esprit. Cela le réconfortait de sentir Gail se laisser aller contre lui, comme si elle appréciait qu'il la tienne dans ses bras. D'une certaine manière, son attitude lui confirmait que tout n'avait pas changé entre eux.

— Si tu savais…, murmura-t-il.

— Que veux-tu dire par là ?

— Rien.

Il n'avait soufflé mot à personne de ce qui s'était passé

entre Tex et Bella. Pas question de rompre le silence maintenant.

— Alors, que fait-on ? demanda Gail. Nous pourrions tirer le matelas jusqu'à l'une des chambres, mais les chambres aussi ont des fenêtres. Et nous n'avons ni clous ni marteau pour les occulter à l'aide d'un drap ou d'une couverture.

— Je m'en occupe. Toi, tu restes ici.

Elle lui agrippa la main.

— Tu ne peux pas sortir de la maison dans cet état, Simon ! Tu es furieux. Qu'est-ce qui se passera si tu te retrouves pris dans une bagarre ?

— Je ne sais pas qui est ce type, mais il mérite de prendre mon poing dans la figure !

— Non !

Elle le tira en arrière.

— Tu ne réussiras qu'à rouvrir ton entaille à la main ! Et nous ne pouvons pas prendre le risque d'être à l'origine d'un nouveau scandale. Il ne doit plus paraître de photos ou d'articles te montrant comme quelqu'un d'emporté.

Simon, lui, s'estimait en droit de se défendre et de défendre sa femme, aussi avait-il du mal à entendre la voix de la raison. Mais il avait trop souvent ignoré les conseils de Gail à l'époque où elle gérait encore son image.

— Qu'est-ce que tu suggères, alors ?

— D'appeler la police et de les laisser s'occuper de tout.

Des bruits de pas résonnèrent sous la galerie. Le photographe faisait le tour de la maison, sans doute à la recherche d'une autre ouverture d'où il pourrait les épier.

— Mon téléphone est en charge dans la cuisine, dit Gail.

— Le mien est dans le séjour. Je vais le chercher.

— Attends !

— Quoi ?

— Nous tenons peut-être là un moyen de tirer profit de la situation.

Elle continuait à réfléchir.

— Gail, le type qui est à l'extérieur se rend coupable de violation de propriété et d'atteinte à notre vie privée. Je veux qu'on le jette dehors ! Nos photos de mariage ne sont pas encore parues dans *People*. Si on ne le neutralise pas très vite, c'est lui qui fera les premières photos de notre vie conjugale et il pourra les vendre une petite fortune. Il est hors de question que je permette à un paparazzi de se remplir les poches en volant des photos de moi au lit avec ma femme !

— Peut-être pouvons-nous passer un marché avec cet individu afin qu'il attende la parution des photos du mariage pour vendre les siennes.

Non, elle n'arriverait pas à le convaincre. Cela faisait trop longtemps qu'il avait maille à partir avec les paparazzis.

— Pas question ! Il sera toujours temps d'inviter quelqu'un d'autre à venir prendre des photos quand *nous* jugerons le moment opportun. Je ne vois pas pourquoi on laisserait ce salaud s'en tirer à si bon compte.

— D'accord. Tu as raison. Simplement… en donnant un os à ronger à la presse, nous achetons notre tranquillité.

— C'est là que tu te trompes, Gail. Ces gens-là sont insatiables.

— Ils le sont quand ils ont un scandale à se mettre sous la dent… Notre mariage fait couler beaucoup d'encre parce qu'il a pris tout le monde au dépourvu et parce que l'opinion pense qu'il s'agit une fois de plus d'un coup monté. Dès que nous aurons prouvé le contraire en établissant que tu es heureux et que tu mènes une vie saine et équilibrée, l'intérêt du public retombera. Et tant qu'il n'y aura pas de changement dans notre situation, on nous laissera en paix.

Simon avait tellement été traqué par les médias qu'il éprouvait beaucoup de mal à adhérer à son discours apaisant.

— Non, je n'y crois pas…

— Mais si ! Leurs recettes dépendent de leur capacité

à montrer le pire de la vie des autres. Si tu ne leur donnes rien de glauque à monter en épingle, ils seront contraints de se tourner vers d'autres acteurs, d'autres musiciens… que sais-je, moi d'autres célébrités susceptibles elles aussi de péter les plombs.

Simon discernait la logique du raisonnement de Gail. C'était à l'époque où son mariage s'était mis à battre de l'aile que la présence des paparazzis était devenue intolérable. Ils tenaient à être aux premières loges pour photographier la déchéance de Simon O'Neal. Maintenant qu'il avait commencé à remettre de l'ordre dans son existence, il n'allait pas tarder à perdre tout intérêt à leurs yeux.

— Très bien. Nous allons proposer à un autre photographe de venir ici, comme je te l'ai dit. Mais pas à celui-là.

— Marché conclu.

Il courut chercher son téléphone portable dans le séjour. Mais l'alerte se révéla inutile. Quand les flics arrivèrent, l'intrus avait déjà pris la poudre d'escampette.

Conscients qu'il lui serait très facile de revenir, Gail et Simon firent leurs valises et repartirent chez Martin.

— Il m'a semblé vous entendre rentrer dans la nuit. Que s'est-il passé ? Le matelas gonflable a crevé ?

Martin DeMarco faisait le café dans la cuisine. Cela signifiait que Joe était parti plus tôt pour ouvrir la station-service. Simon avait entendu quelqu'un descendre l'escalier et sortir de la maison d'un pas pesant. Le bruit l'avait tiré d'un profond sommeil, mais à présent il se sentait frais et dispos en dépit de l'heure matinale et de ses mésaventures de la nuit. Le fait de ne plus avoir à affronter une perpétuelle gueule de bois au réveil y était certainement pour quelque chose…

— Nous avons eu un visiteur surprise, dit-il.

Les sourcils de Martin se rejoignirent, semblables à deux grosses chenilles.

— Une mouffette ?

Simon se mit à rire.

— D'une certaine manière, oui.

Il raconta à Martin l'intrusion du photographe tout en acceptant la tasse de café qu'il lui tendait.

— D'après toi, qui a rencardé les paparazzis sur l'endroit où vous vous trouviez ?

Il y avait de fortes chances pour que l'identité de l'informateur reste à jamais un mystère. Simon avait bien sa petite idée, mais il lui en coûtait d'admettre devant Martin qu'il soupçonnait son propre père. Le ton protecteur de son beau-père ne lui avait pas échappé ; Martin DeMarco n'avait rien à voir avec Tex O'Neal. Martin était prêt à tout pour protéger ses enfants, et le seul fait d'être marié à Gail plaçait Simon sous son égide.

Le contraste tranché entre Tex et Martin le mettait dans l'embarras. Mais cela faisait si longtemps qu'il avait honte de son père ! Peut-être depuis toujours, car l'histoire de sa propre conception, qui lui avait causé une humiliation atroce, était tellement malsaine que les médias s'en délectaient.

— Nous n'en savons rien, choisit-il de répondre plutôt que de lui avouer ses soupçons.

Martin sortit une poêle d'un placard et alluma un brûleur de la cuisinière.

— J'ai du mal à croire que quelqu'un d'ici ait vendu la mèche. La seule personne susceptible de leur donner votre adresse exacte serait la propriétaire de l'agence immobilière. Et Kathy est d'une loyauté à toute épreuve. A moins que…

Martin sembla réaliser que Kathy n'était pas la seule à savoir où ils habitaient.

— … à moins qu'il s'agisse d'un ami de Gail.

— Non, je ne pense pas.

Simon s'efforça de se remémorer la conversation de la veille avec Matt et Callie, au restaurant. Certes, ils avaient mentionné la maison. Mais quand ils s'étaient séparés, Matt lui avait dit à quel point il avait pris plaisir à dîner avec lui. Simon imaginait mal le même Matt se précipitant pour appeler la presse dès qu'ils avaient eu le dos tourné. Et Callie ne ferait jamais rien qui puisse nuire au bonheur de son amie. Elle se montrait aussi protectrice envers Gail que la propre famille de celle-ci. Peut-être même plus.

— Tu as raison, dit Martin. Ils se connaissent depuis tout gosses. On peut leur faire confiance les yeux fermés.

— Même à Sophia ?

— Sophia, peut-être pas. Gail ne l'a jamais beaucoup aimée.

Souriant devant la franchise sans fard de Martin, Simon agrémenta son café d'une goutte de crème.

— Elle est pourtant tout à fait amicale envers nous. Elle nous a même apporté une tarte aux pommes, l'autre soir.

— C'est vrai ?

Martin parut nettement plus intéressé que ce qu'aurait cru Simon.

— Vous avez apporté les parts qui restent ?

Ce devait être une plaisanterie, mais avec Martin on ne pouvait jamais en être tout à fait sûr.

— Non, mais nous n'y manquerons pas, promit Simon.

Le père de Gail inséra des tranches de pain dans le toaster et cassa des œufs dans la poêle. Puis, il désigna une chaise et lança :

— *La Gazette du Pays de l'Or* est là, si tu veux lire les nouvelles.

Maintenant qu'il ne risquait plus de tomber sur une horrible photo de lui en train de se livrer à Dieu sait quelle bêtise, Simon éprouva l'envie d'en parcourir quelques articles.

— C'est la feuille de chou locale ? demanda-t-il en s'emparant du journal.

— Tout juste. Un hebdo. Ils adoreraient sans doute

faire une interview de toi. Ça peut t'intéresser, maintenant qu'on sait que tu es ici. Ils font toujours une pleine page sur Matt Stinson.

— Ma foi, répliqua Simon, il va falloir que je fasse mieux, alors !

Sa remarque fit naître un grand sourire sur le visage de Martin.

— Qu'est-ce que tu as prévu pour aujourd'hui ?

Simon parla plus fort pour couvrir le grésillement des œufs dans la poêle.

— Eh bien, j'avais dans l'idée d'aller acheter les outils dont j'ai besoin pour effectuer quelques travaux dans la maison. Ensuite, il faudra que je retourne chez nous. On doit nous livrer les meubles entre 10 heures et midi.

— Et Gail ?

Les réconfortantes odeurs d'un petit déjeuner maison parvinrent aux narines de Simon tandis qu'il feuilletait le journal où, comme prévu, s'étalait une grande photo de Matt en illustration du dernier compte rendu concernant son genou.

— Quand je me suis levé, elle a marmonné quelque chose. Apparemment, elle a besoin de s'occuper de deux ou trois trucs concernant Big Hit. Comme c'est plus facile pour elle de travailler ici, elle me conduira en ville avant de revenir.

— Je peux t'emmener, moi, si tu veux.

Simon baissa le journal.

— Ça ne vous ennuie pas de me déposer à la quincaillerie ?

— Pas du tout. De toute façon, j'ai quelques bricoles à y acheter, moi aussi.

— Dans ce cas, d'accord. J'appellerai Gail dès que les meubles seront arrivés. Elle voudra aider à les agencer dans la maison.

— Aider ? ironisa Martin. Si tu veux dire par là

qu'elle va vouloir te dicter l'emplacement exact de chaque meuble, alors tu as bien saisi l'idée.

Simon eut un petit rire. Il commençait à trouver le père de Gail sympathique.

— En ce qui me concerne, je lui laisse volontiers le choix de la déco. Je n'éprouve pas le besoin lancinant de trouver une place au canapé.

Il se fiait suffisamment à Gail pour lui abandonner les décisions les plus importantes ; le climat de confiance qui régnait entre eux était l'une des choses qui lui plaisaient le plus dans leur couple.

Martin retourna les œufs dans la poêle.

— Je suis content que vous restiez quelque temps à Whiskey Creek, mais ce qui m'étonne, c'est que Gail ait pris autant de congés.

Simon reposa le journal.

— Nous venons de nous marier. Certaines personnes appelleraient ça une lune de miel…

— Une lune de miel de trois mois ? Dans ton monde, peut-être, mais pas dans celui de ma fille. Sa passion, c'est les relations publiques. Et elle a monté une affaire qui marche du tonnerre !

Reposant sa tasse sur la soucoupe, Simon se laissa aller contre le dossier de sa chaise. Martin était très fier de sa fille. Et à juste titre.

— Oui, c'est bien vrai.

Simon se leva quand le toaster éjecta le pain grillé. Il comptait s'en préparer quelques tranches, mais Martin lui fit signe de se rasseoir.

— Laisse, j'y vais.

Deux minutes après, le père de Gail déposait devant lui une assiette composée de trois œufs frits et de deux tranches de pain grillé.

— Ce n'est sûrement pas aussi bon que ce que tu as l'habitude de manger, mais au moins tu ne partiras pas le ventre vide.

Ces œufs se révélèrent être les meilleurs qu'ait mangés Simon depuis longtemps. Mais la différence ne résidait pas dans la manière de les faire frire, il le savait. Ce petit déjeuner signifiait que le père de Gail était disposé à lui accorder une chance. A lui maintenant de lui prouver qu'il était digne de sa confiance.

Gail s'arrêta sur le palier, près de la chambre occupée par Tex O'Neal. Simon n'aurait pas approuvé sa visite au *bed and breakfast*. En fait, il serait furieux s'il venait à l'apprendre. Mais il était hors de question qu'elle laisse quiconque entraver la réussite de leur plan. Pas même le père de Simon.

Surtout pas le père de Simon.

Prenant une profonde inspiration, elle avança vers le numéro 6, la chambre que lui avait indiquée Sally, à la réception, et frappa à la porte.

Pas de réponse. Tex avait-il déjà quitté la ville ? Sans doute pas, ça aurait été trop beau… Non, il était plus probable qu'il se soit levé de bonne heure pour aller prendre son petit déjeuner dehors.

Gail frappa de nouveau… et cette fois perçut du mouvement à l'intérieur de la chambre.

— Plus tard, nom d'une pipe ! cria Tex, et quelque chose — un oreiller ? — ébranla la porte en la heurtant. Non mais, c'est quoi, cet hôtel ?

Il l'avait prise pour une femme de chambre. Un instant, Gail fut tentée d'en rester là et de filer sans demander son reste. De toute évidence, le bonhomme n'était pas d'humeur à être dérangé. Elle ne tenait pas à se disputer avec le père de Simon, pas plus qu'elle ne voulait troubler la tranquillité des autres clients du *bed and breakfast*, mais elle avait quelque chose à dire à Tex, et cette occasion serait certainement la seule qui lui serait donnée de s'exprimer — du moins, tant que Simon serait dans les parages.

Rassemblant tout son courage, elle frappa de nouveau.

— Monsieur O'Neal ? Pourrais-je vous parler, s'il vous plaît ?

Sa requête fut tout d'abord accueillie par un silence.

— Qui est là ? lança-t-il enfin.

Sa voix avait perdu son intonation bourrue, et la question était empreinte d'une certaine curiosité.

— Gail DeMarco, euh… O'Neal.

Elle ne savait pas si elle devait prendre le nom de Simon. Evidemment, cela lui conférerait pas mal de poids, en particulier dans le domaine professionnel. Mais sachant qu'il ne s'agissait que d'un emprunt sur deux ans, elle avait l'impression de tricher. En outre, changer de nom ne lui semblait pas très utile ici, à Whiskey Creek…

— Votre belle-fille.

— Pas possible…

Un craquement suggéra qu'il se levait. On tira la targette, puis la porte s'ouvrit et Tex la dévisagea, les yeux rougis.

— Vous êtes seule ? Où est Simon ?

— Il avait des choses à faire, ce matin. Je suis venue sans lui.

Tex empestait l'alcool. Ses yeux injectés de sang et son teint cireux indiquaient également qu'il avait passé la nuit à boire.

— La question est de savoir pourquoi, dit-il.

— Si vous m'invitez à entrer, je vous expliquerai tout.

Il se frotta la mâchoire, faisant crisser les poils de sa barbe.

— Je ne suis pas tout à fait en tenue pour recevoir, mais si vous voulez…

— J'attendrai.

Elle n'avait aucune envie de voir le père de Simon en boxer.

Tex O'Neal gloussa tout bas.

— On m'avait bien dit que vous étiez une vraie sainte-nitouche…

— C'est Ian qui vous a dit ça ?

— Entre autres choses…

Il continuait à rire, mais la porte se referma pour ne se rouvrir que lorsqu'il fut entièrement habillé.

— Si Madame veut bien se donner la peine…, dit-il d'un ton railleur en lui faisant signe d'entrer.

Il ne s'était pas coiffé. Ses cheveux se dressaient en épis sur sa tête, gris mais encore épais malgré son âge. Gail comprenait que certaines femmes puissent le trouver séduisant. Son attitude désinvolte ne manquait pas de charme, et il avait l'air en bonne forme physique.

— Que puis-je faire pour vous ?

— Je suis venue vous demander si vous aviez un tant soit peu d'affection pour votre fils.

La déclaration de Gail prit Tex au dépourvu. De toute évidence, il ne s'attendait pas qu'elle se montre aussi directe avec lui. Il se redressa, piqué au vif… et ses yeux s'étrécirent.

— Qu'est-ce que ça vient faire là-dedans, bon sang ?

— C'est la seule chose qui compte.

— Pas en affaires.

A présent, la chambre sentait l'eau de Cologne, une odeur un peu écœurante.

— En *tout*.

Tex acheva de boutonner sa chemise. Il avait enfilé un jean mais ne portait ni ceinture ni bottes.

— Qu'espérez-vous réussir à faire, madame DeMarco ?

Il n'avait même pas la courtoisie de s'adresser à elle par son nom de femme mariée ! Sans doute pour lui faire comprendre que, pour lui, elle n'était que de passage dans la vie de Simon. En cela, il avait raison. Mais elle se moquait bien de ces insinuations.

— Cela fait bien deux ans que Simon ne s'est pas senti

aussi bien. Et je veux que ça continue. C'est pourquoi je vous prie de quitter Whiskey Creek sans essayer de le revoir et de trouver quelqu'un d'autre pour le remplacer dans ce film.

Une expression de fureur se peignit sur le visage de Tex.

— Mais pour qui vous vous prenez, bon Dieu ?

— Pour sa femme.

Enfin, provisoirement…

— Et alors ? Vous vous rendez compte de ce que…

— De ce que ça va vous coûter ? Beaucoup d'argent, je sais. Mais je sais aussi que Simon vous dédommagera intégralement.

— Il ne s'agit pas que de moi. Il y a aussi toutes les personnes que j'ai persuadées d'investir dans ce film. J'ai des responsabilités envers elles.

— Si ces gens-là sont comme vous, ils roulent sur l'or. Et par bonheur, Simon aussi. Il vous remboursera et, de votre côté, vous pourrez reverser la somme qu'il vous plaira à vos associés. Mais je vous demande de résilier son contrat sans contrepartie et de ne pas le traîner devant les tribunaux en guise de représailles.

— Mes amis ne vont pas apprécier. Peu d'acteurs possèdent le même magnétisme que Simon…

Incapable de se contenir plus longtemps, Gail explosa. Elle s'était pourtant dit qu'il s'agissait d'un entretien professionnel. Elle était là pour préserver l'opération de communication qu'elle avait élaborée et pour s'assurer de sa réussite finale. Mais l'entretien avait pris un tour plus personnel.

— Je vous parle de votre fils ! Il passe quand même avant vos amis, non ? Ne pourriez-vous pas agir dans son intérêt, pour changer ? Juste une fois dans votre vie ?

Tex leva les mains au ciel.

— Et pourquoi je le ferais ? Simon ne s'est jamais intéressé à moi !

Mais c'était un prétexte. Il devait bien le savoir.

— Je crains que vous n'inversiez les rôles, monsieur O'Neal. C'est vous qui devriez vous intéresser à lui !

Secouant la tête, il se mit à rire, d'un rire sans joie.

— Il vous a bien roulée dans la farine, hein ? Vous ne voyez pas que c'est juste une question de temps avant qu'il se remette à faire des siennes sans se soucier de ce que je fais pour lui ? Sans se soucier de ce que *vous* faites pour lui ? Il y a deux, trois mois qu'il n'a pas provoqué de bagarre dans un bar après s'être soûlé ? J'ai plutôt intérêt à m'occuper de mon argent et de mes amis, figurez-vous, parce que Simon va repartir en vrille malgré tous vos efforts pour le sauver. C'est la pire tête de lard que je connaisse ! Et vous, vous prenez sa défense ! Mais il ne vous en sera pas reconnaissant, vous le savez ? Croyez-moi : il va vous briser le cœur, comme il a brisé le cœur de Bella.

— Il n'était pas le seul à blâmer dans leur divorce, vous êtes bien placé pour le savoir !

En dépit des fautes passées de Simon, Gail se raccrochait à la loyauté qu'elle éprouvait envers lui. Elle comptait aussi sur ce que Ian lui avait fait comprendre par allusions, à savoir que Bella avait davantage œuvré pour leur divorce que ce que les gens savaient. Elle espérait de tout cœur que Ian lui avait dit la vérité, car elle était bien décidée à poser des jalons avec le père de Simon. Elle s'attendait qu'il lui réponde, mais il recula comme sous l'effet d'une gifle, et une étrange expression se peignit sur son visage.

— Simon vous a parlé ?

Le cœur de Gail se mit à cogner à grands coups dans sa poitrine. Simon ne lui avait rien confié de particulièrement révélateur… Mais elle n'était pas disposée à l'admettre et pour rien au monde elle n'aurait voulu redonner l'avantage à Tex. Il gardait un lourd secret, qui concernait aussi son fils. Mais lequel ?

Elle opta pour le bluff.

— Evidemment ! Il me dit tout.

— Alors vous devriez savoir que c'est elle qui m'a fait des avances.

Tex porta la main à sa poitrine comme pour souligner sa déclaration.

— C'est elle qui a voulu me mettre dans son lit.

Gail le considéra, interdite. Avait-elle bien entendu ? Oui, elle en était certaine, et pourtant elle ne pouvait croire aux paroles que venait de prononcer le père de Simon.

— *Vous avez couché avec Bella ?*

Le dégoût qu'il perçut dans sa voix le fit tiquer mais, très vite, il se reprit.

— Ça ne s'est produit qu'une seule fois. Et ça ne signifiait strictement rien, ni pour elle ni pour moi. Bella avait pris l'habitude de se tourner vers moi lorsqu'elle était malheureuse. Je la réconfortais, je lui offrais une épaule pour s'épancher. Simon n'est pas facile à vivre. Si vous ne vous en êtes pas déjà rendu compte, vous le…

— Quand ?

Gail était tellement choquée que sa voix s'était muée en un murmure.

— Quand avez-vous fait ça ?

Tex jura dans sa barbe.

— Il y a deux ans et demi.

Soit à peu près à l'époque où Simon avait commencé à faire des siennes… C'était pour cela qu'il avait été incapable de faire face. Sa femme avait eu une aventure avec son père, triste écho de ce qui était arrivé à sa propre mère. Qu'est-ce qui clochait donc chez Tex ? Eprouvait-il à ce point le besoin de séduire *toutes* les femmes qu'il croisait ?

Elle déglutit avec difficulté.

— Comment Simon l'a-t-il appris ?

Tex la dévisagea si longuement qu'elle crut qu'il ne lui répondrait pas. Puis, elle vit ses épaules s'affaisser et il soupira.

— Il est rentré chez lui à l'improviste.

— La seule fois où vous avez couché avec Bella, il vous a surpris tous les deux ? Quelles sont les probabilités pour qu'une telle chose se produise ?

— Bon, d'accord, ça nous est arrivé plus d'une fois… Mais ça a duré quelques semaines à peine.

Il se passa la main dans les cheveux.

— Vous m'avez bien eu, hein ? Simon ne vous avait rien dit.

— Non, rien. Et je mettrais ma main à couper qu'il n'en a jamais soufflé mot à personne.

Car Simon aurait pu brandir cet argument pour excuser ses propres frasques. Pour obtenir la garde de son fils. Pour ternir l'image de son ex-femme et redorer son propre blason. Mais il ne l'avait pas fait. Il avait tout gardé pour lui.

— Et vous voulez savoir pourquoi il n'a rien dit ?

Tex ne répondit pas.

— Parce que Simon aime trop son fils pour ça, *lui*. Pour rien au monde il ne voudrait que Ty grandisse en sachant une telle horreur sur sa mère, contrairement à lui qui a dû grandir dans la honte et l'humiliation de ce que sa mère avait fait avec vous.

— Ce n'est pas notre liaison qui a causé l'échec de leur mariage, se défendit Tex. Leur couple battait déjà de l'aile. C'est d'ailleurs ce qui a poussé Bella à se tourner vers moi, au départ.

— Et vous l'avez réconfortée en la mettant dans votre lit !

— C'est elle qui en avait envie !

— Et cela vous valorisait, n'est-ce pas ? Que la jeune femme de Simon puisse vous désirer, vous ?

Il recula, faillit trébucher et renversa la lampe de chevet en tentant de garder l'équilibre. Sa gueule de bois le plaçait en position défavorable.

— Je n'ai pas à supporter vos jugements stupides !

— Et moi, je me moque de ce que vous pensez ! Ce

que vous avez fait me donne envie de vomir. Et que vous tentiez de justifier vos actes ne fait qu'accroître mon dégoût.

— Ce n'est pas comme si mon fils et moi avions jamais été proches !

— Vous étiez proches, à l'époque où ça s'est passé, sans doute plus que vous ne l'aviez jamais été.

Tex accusa le coup.

— De toute façon, quelque chose serait venu tout gâcher. Un jour ou l'autre.

— C'est cela qui vous permet de dormir la conscience tranquille ? Simon est votre *fils*, bon sang ! Vous savez ce que je pense, moi ?

— Foutez le camp d'ici !

Mais Gail n'avait pas encore terminé.

— Je pense que vous êtes jaloux de Simon. Il est plus jeune, plus fort, plus beau, meilleur acteur et meilleur homme que vous, et de très loin. Et vous détestez ça. Vous détestez qu'il vous ait remplacé à Hollywood, vous détestez qu'il vous ait dépassé si facilement. Alors vous faites tout votre possible pour le détruire — en même temps que vous essayez de tirer profit de son succès !

Fermant les yeux de toutes ses forces, Tex pressa une main sur son front comme si son mal de tête l'empêchait de poursuivre cette conversation plus longtemps.

— Vous n'auriez pas dû me tendre un piège...

Gail, qui s'apprêtait à partir, fit volte-face.

— C'est votre mauvaise conscience qui vous a piégé. Moi, je n'ai fait que lui donner un petit coup de pouce. Et maintenant, quittez cette ville avant que je parle à Simon de ce que vous m'avez raconté. C'est un miracle qu'il ne vous ait pas encore cassé la figure.

Mais Tex refusait de lui laisser le dernier mot.

— Simon ne restera pas avec vous. Vous n'êtes même pas jolie !

— Peut-être. Mais pour rien au monde je ne trahirais

sa confiance. Et certainement pas avec un vieux beau corrompu dans votre genre ! Cela doit bien avoir une certaine valeur, même à ses yeux.

Et sur cette ultime flèche, elle sortit de la chambre en claquant la porte.

26

Du rock pur et dur déferlait à pleins tubes du gros radiocassette démodé dont Simon avait fait l'acquisition à la quincaillerie. Installé dans la cuisine, il arrachait l'évier, les plans de travail et les éléments. Les meubles achetés à Sacramento n'étaient pas encore arrivés — il était pourtant presque 14 heures et rien n'avait été livré —, mais cela ne l'affectait guère. Dès son arrivée à la maison, trois heures plus tôt, il s'était attelé gaiement à son entreprise de démolition. Pour lui, c'était un soulagement de pouvoir de nouveau se servir de sa main. Il savait qu'il était temps qu'on lui enlève les points, car la douleur avait disparu lorsqu'il remuait les doigts.

Gail lui avait apporté son déjeuner, mais elle ne s'était pas attardée, prétendant avoir encore du travail. Pour commencer, elle finalisait la vente de leurs photos de mariage pour la coquette somme de 2,8 millions de dollars.

Cela ne le dérangeait pas de travailler seul, mais il se surprenait fréquemment à penser à elle — à la façon dont elle l'embrassait ou se lovait contre lui, la nuit, ou à sa manière de le regarder à la dérobée. La maison lui paraissait vide sans elle, et pourtant il se sentait capable de s'absorber pendant des jours dans la tâche qu'il avait entreprise. Le côté physique des travaux apaisait quelque peu la tension profondément ancrée en lui.

Alors qu'il songeait à appeler Gail pour lui demander

à quelle heure elle comptait rentrer, un véhicule s'arrêta devant la maison. Supposant qu'il s'agissait des meubles qu'il attendait depuis le matin, ou de Gail, Simon posa son marteau et partit en direction du séjour.

Il avait laissé la porte d'entrée entrouverte, en partie pour profiter du beau temps et aussi pour s'assurer qu'il ne manquerait pas le livreur de meubles, mais ce fut son père qui franchit le seuil.

— Tu fais un sacré boucan, dis donc ! lança ce dernier en approchant.

Simon brossa la poussière de plâtre qui blanchissait ses mains et ses vêtements.

— Et alors ? Je suis chez moi. Et puis, qu'est-ce que tu fais là ? Tu es venu me présenter des documents ?

— Non, pas aujourd'hui.

Tex pencha la tête sur le côté pour regarder derrière Simon.

— Où est Gail ?

— Partie, mais elle sera bientôt de retour.

Tex déchira l'emballage d'un cure-dent qu'il se mit dans la bouche.

— Elle ne ressemble à aucune des femmes avec qui tu es sorti. Tu le sais ?

Méfiant, Simon croisa les bras.

— Ah oui ?

— Elle est mieux que les autres. Plus forte. Je m'en rends compte maintenant que j'ai pris quelques antalgiques et que j'ai eu le temps d'y réfléchir.

Simon partageait l'analyse de son père, mais il se demandait comment ce dernier avait pu en arriver aussi vite à cette conclusion.

— Qu'est-ce qui te fait dire ça ?

— Ça crève les yeux.

Tex lui tendit une enveloppe.

— Tiens, c'est pour toi.

— Qu'est-ce que c'est ?

— Une annulation de ta participation.

— Pour le film ?

Simon ne se donna pas la peine de cacher son étonnement.

— Vas-y, regarde…

Son père lui fit signe d'ouvrir l'enveloppe.

Simon en sortit une unique feuille de papier manuscrite, stipulant que son contrat avec Excite Entertainment Production Company avait pris fin et que toutes les sommes qui lui avaient déjà été versées devraient être remboursées aux producteurs sous trente jours. C'était un arrangement équitable, et acceptable pour Simon.

— Qu'est-ce qui t'a fait changer d'avis ?

Les lèvres de Tex esquissèrent un léger sourire.

— Bah ! je n'ai pas envie d'être *tout le temps* un vieux beau corrompu.

Simon n'avait jamais entendu son père s'exprimer de cette manière.

— Pardon ?

— Laisse tomber. Je te dois bien ça. Et puis…

Il déplaça son cure-dent de l'autre côté de sa bouche et se détourna pour cracher par-dessus la rambarde.

— Je suis désolé de… de ce qui s'est passé avec Bella. Il y a des fois où je ne sais pas moi-même ce qui me prend d'agir comme je le fais…

Simon ne savait trop quelle conduite adopter. Certes, il pouvait arriver que son père se montre accommodant et sympathique, mais c'était pour mieux retomber dans une attitude narcissique, plus difficile à vivre encore pour ses proches. Il n'empêche, ces moments agréables étaient rares, et il fallait savoir en profiter.

— Autrement dit, tu ne rejettes plus l'intégralité de la faute sur Bella ?

— Ce genre de chose se fait à deux…

Tex leva la main en signe d'au revoir.

— Dis bien à Gail de continuer à se battre. Le physique, ce n'est pas tout, dans la vie.

Offensé, Simon le suivit dans l'allée.

— Il n'y a rien qui cloche dans le physique de Gail !

— Tu vois ce que je veux dire ? répliqua son père dans un rire. Elle pourrait bien me prouver que j'ai tort, finalement !

Simon s'arrêta au portail tandis que Tex continuait vers son 4x4.

— Te prouver que tu as tort ? A quel sujet ? Quand as-tu parlé à Gail ?

— Ne te fais pas de souci pour ça… Simplement, sache que cette fille est la meilleure chose qui te soit arrivée depuis un bail. Alors apprécie-la à sa juste valeur !

— Tiens, je ne m'attendais pas à te voir ici.

Gail leva les yeux tandis que son père entrait dans la partie épicerie de sa station-service. Elle savait qu'il viendrait. Une sonnerie retentissait à l'arrière chaque fois qu'une personne en franchissait le seuil.

— Je suis juste passée te faire un petit coucou.

Elle lui tendit son milk-shake préféré, acheté à son intention chez le glacier du bout de la rue.

— Où est Joe ?

— Il a été appelé pour un remorquage. La vieille Mme Reed est en rade devant la salle de bingo, batterie à plat.

— En effet, c'est une urgence.

Gail entreposa le milk-shake qu'elle destinait à son frère dans le congélateur-bar qui équipait la pièce destinée au personnel, un réduit qui tenait plus du placard à balais que de la salle de repos. D'ailleurs, celle-ci contenait également un seau et une serpillière, des produits d'entretien ainsi qu'une réserve de serviettes en papier.

— Alors, ça te plaît, ce qu'on a fait ? lança son père dans son dos.

Il parlait de la nouvelle partie de la station-service, un magasin où l'on pouvait acheter des boissons sans alcool, des smoothies aux fruits et des cônes glacés. Gail avait admiré les nouveaux distributeurs en entrant.

— Beaucoup. Je suis sûre que ça va marcher du tonnerre cet été !

— Je l'espère bien, vu ce que ça m'a coûté !

Gail prit une profonde inspiration, inhalant les odeurs d'huile de moteur, de cambouis et d'essence qui lui rappelaient sa jeunesse. Etrangement, elle se sentait autant chez elle à la station-service qu'à la maison, qui avait été le foyer de son enfance. Petite fille, elle avait passé de nombreuses heures ici, à jouer avec les outils ou à regarder le petit poste de télévision derrière le comptoir, pendant que son père tenait la boutique. Adolescente, elle avait regarni les rayons, coordonné les remorquages et rempli les bons de travail, en plus de tenir la caisse. Son père jugeait bon d'occuper ses enfants. Cela n'avait pas empêché Joe de commettre quelques bêtises, çà et là. Gail, de son côté, avait toujours filé droit. Elle se souvenait d'avoir bien souvent assuré la fermeture, le vendredi soir, pendant que ses amies allaient faire la fête après un match de football, d'où son sentiment d'exclusion, à l'époque. Aujourd'hui, elle n'en voulait pas à son père de lui avoir imposé toutes ces heures de travail. Elle se rendait compte qu'il avait eu vraiment besoin de son aide, en ce temps-là — ou peut-être juste de sa compagnie. Durant cette période, Joe faisait ses études à l'université.

— Et vos meubles, alors, ils ont fini par arriver ? lui demanda son père.

Gail consulta son téléphone.

— Je ne pense pas, non. Simon m'a envoyé un texto il y a une heure pour me dire qu'ils n'avaient toujours pas été livrés, et depuis pas de nouvelles. Or, il m'a promis de m'appeler dès qu'ils seraient là.

Son père jeta un œil à la pendule accrochée au mur.

— Il est presque 15 heures. Je m'étonne que tu ne sois pas là-bas, à attendre le livreur de pied ferme.

— Je voulais te voir.

Remuant son milk-shake, son père inclina la tête sur le côté pour mieux la dévisager.

— Un problème, Gabby ?

Elle haussa les épaules.

— Non, rien de grave. En fait, je me demandais ce que tu pensais de Simon.

— Je ne me suis pas encore fait mon idée sur lui. Jusqu'ici, il m'a l'air assez sympathique… Mais cela ne suffit pas pour me forger une opinion. Il faut plus que des sourires pour faire un homme bien.

Gail opina.

— Ne me dis pas qu'il y a déjà des problèmes entre vous ? s'inquiéta son père.

— Non. Pas du tout. Il se conduit vraiment très bien avec moi. C'est juste que…

Elle se mordit la lèvre, cherchant ses mots.

— Je crois que je suis en train de tomber amoureuse de lui, papa.

— Ma foi, c'est plutôt une bonne chose, non ? répliqua-t-il dans un rire. Tu es quand même sa femme !

— Oui, mais je préférerais ne pas être folle de lui.

— Pourquoi ça ?

Abandonnant son masque, Gail laissa son père entrevoir la détresse qui l'étreignait.

— Parce que j'ai peur, papa. Et s'il n'éprouvait pas les mêmes sentiments pour moi ?

— S'il ne t'aime pas, qu'est-ce qu'il fait avec toi, alors ?

— Ça n'est pas évident ? Je t'ai pourtant dit que je l'avais épousé pour lui venir en aide. Pour le moment, il a besoin de moi. Mais ça ne durera pas éternellement, je le sais bien.

Son père prit une grosse cuillerée de son milk-shake et attendit de l'avoir avalée pour s'exprimer.

— Aucun mariage n'est facile, Gabby.

— Je sais. Mais… suis-je folle de vouloir davantage que ce que je suis en droit d'espérer ?

Son père posa son milk-shake et lui prit les mains.

— Regarde-moi.

Gail se força à croiser son regard. Il avait tous les droits de la sermonner, mais ce n'était pas le discours qu'elle avait envie d'entendre de la bouche de son père.

— En amour, on prend toujours des risques.

— J'étais pleinement consciente que ça allait arriver, papa. Mais sur l'instant, je me suis dit que je pourrais supporter de… peu importe. J'ignorais encore que je l'aimerais à ce point !

Son père l'embrassa sur le front.

— S'il est aussi malin que je le crois, Simon s'apercevra vite de la chance qu'il a.

La confiance de son père la rasséréna. Elle le serra dans ses bras en dépit de ses vêtements sales et quitta la station-service. Mais tandis qu'elle faisait démarrer sa voiture pour repartir chez elle, une petite voix dans sa tête lui répétait les paroles du père de Simon : « Simon ne restera pas avec vous. Vous n'êtes même pas jolie. »

A son arrivée, Simon vint l'accueillir à la porte, son T-shirt noué autour de la tête tel un bandeau. Son torse nu était couvert de poussière, de saleté et de sueur.

— Tu as bien travaillé, dit-elle en attrapant sur la banquette arrière de la voiture les travers de porc qu'elle avait achetés pour le dîner.

Simon se laissa tomber sur la première marche de la galerie.

— Je suis claqué ! Demain matin, je vais me réveiller perclus de courbatures.

Subjuguée par son sourire éblouissant, Gail posa son sac de provisions et s'assit près de lui. Simon était épuisé mais heureux. Elle ne l'avait jamais vu aussi détendu, aussi insouciant. Décidément, elle avait bien fait de l'amener à Whiskey Creek ! C'était vraiment l'endroit qui lui convenait, elle en avait acquis la certitude maintenant. La maîtrise dont il avait fait preuve jusque-là lui inspirait un sentiment de fierté.

— J'ai reçu ton texto. Les meubles ne seront là que demain, alors ? Qu'est-ce qui s'est passé ?

— Le camion de livraison a crevé. Mais à mon avis, ce n'est pas plus mal.

Son expression coupable le faisait paraître plus jeune.

— J'ai mis un bazar bien plus important que ce que je pensais dans la maison…

Gail se pencha pour jeter un œil par l'embrasure de la porte. Le chantier ne s'étendait pas jusqu'au séjour. Leur matelas et leurs sacs de couchage étaient devant la cheminée, apparemment intacts depuis la nuit dernière, mais… l'éclairage avait changé.

— Tu as occulté les fenêtres.

— Oui. Je voulais qu'on puisse passer la nuit ici.

Elle haussa les sourcils.

— Y a-t-il une raison particulière à cela ?

Il la gratifia d'un sourire plus qu'éloquent.

Gail en avait assez de lutter contre ses sentiments. Simon était tout à elle pendant deux ans. Les chances pour que leur mariage dure au-delà de ce délai imparti étaient minces, elle ne l'ignorait pas, même si elle ne pouvait s'empêcher d'espérer. Alors autant profiter de ce qui lui était donné tant qu'elle en avait la possibilité. Ensuite, si — non, quand — elle perdrait Simon, elle le laisserait partir de bonne grâce. Ainsi garderait-il quelque respect à son endroit, peut-être même se souviendrait-il d'elle avec tendresse. Il était inconcevable qu'ensuite ils continuent à collaborer — pas après avoir été mari et femme —, mais au moins auraient-ils de bons souvenirs.

— Je croyais que tu étais claqué ?

— Pas à ce point-là…

Simon glissa une main sous son chemisier, mais se contenta de lui toucher la taille.

— Toute la journée, je n'ai pensé qu'à une chose : te déshabiller.

Gail dénoua le T-shirt qui lui enserrait la tête et caressa ses cheveux en bataille.

— C'est amusant, je pourrais dire la même chose à propos de toi…

— Alors, qu'est-ce qui t'a retenue si longtemps ? J'ai failli t'appeler une bonne dizaine de fois.

Miséricorde… elle l'aimait de plus en plus. Elle était perdue.

— Tu n'étais pas occupé à quelque chose ?

— Je le serai dès que je t'aurai fait entrer dans la maison. Mais avant tout, une bonne douche !

Il fit mine de se lever, mais elle le poussa en arrière et se mit à califourchon sur lui, sous la galerie.

— En fait, je t'aime tel que tu es.

— Crasseux ?

— Un peu de saleté n'a jamais tué personne…

Elle se pencha pour lui murmurer à l'oreille :

— Et puis j'ai toujours rêvé de séduire un gars du bâtiment.

Simon se mit à rire.

— Ma foi, j'espère que Riley n'est pas au courant, sinon je risque d'avoir de la compétition !

Elle plaqua ses hanches contre les siennes.

— Ce n'est pas sa barre à mine qui m'intéresse…

Le sourire de Simon découvrit ses dents brillantes.

— Mais je serais plus que ravi de te montrer ce que je sais faire avec la mienne.

D'un seul mouvement fluide, il se leva et l'emporta à l'intérieur de la maison.

— Et le repas ? demanda-t-elle tandis qu'il refermait la porte du pied.

Déjà, il lui embrassait le cou, lui disait qu'elle sentait bon, que sa bouche avait un goût de rêve et que le seul fait de penser à elle le rendait fou.

— Plus tard, murmura-t-il contre sa peau. Pour le moment, je n'ai envie que de toi.

En pleine nuit Simon fut réveillé par la sonnerie de son portable. Il avait reçu un nouveau texto. A une heure pareille, ce ne pouvait être que Bella. Elle était la seule à le déranger aussi tard. Il aurait volontiers ignoré son message. Il n'avait aucune envie de quitter la chaleur de Gail et le bien-être de leurs deux corps mêlés. En dépit de son manque d'expérience, sa nouvelle femme était vraiment douée pour l'amour. Et cette fois, elle lui avait tout donné. Bonté divine, que c'était bon !

Mais il se faisait du souci pour Ty. Cela faisait si longtemps qu'il n'avait pas parlé à son fils… Se pouvait-il que quelque chose de grave lui soit arrivé ? Ou quelque chose de pas très grave ? Avait-il attrapé un rhume ? S'était-il cogné un orteil ? Avait-il une dent qui bougeait ?

Simon regrettait douloureusement le réconfort de ces petits riens de tous les jours qui, avant, lui paraissaient banals : Ty grimpant dans son lit de bonne heure et lui tapotant les joues en chuchotant : « Réveille-toi, papa. Je veux des céréales. » Ty accourant vers lui après s'être fait mal. Ty lui nouant les bras autour du cou en disant : « Je t'aime, papa. » Simon n'avait jamais été aussi malheureux de sa vie. L'envie dévorante de tenir son fils dans ses bras le rendait furieux contre la femme qui faisait obstacle à son bonheur, mais il savait qu'en laissant la colère le dominer, il anéantirait tous ses efforts pour récupérer Ty. Il était impuissant, et penser à Ty et Bella l'empêchait de dormir.

Prenant bien garde de ne pas réveiller Gail, il se leva du matelas gonflable, enfila son jean, ramassa son téléphone portable parmi les reliefs de leur repas et sortit sous la galerie.

Le ciel était dégagé, l'air frais. Les étoiles lui semblaient plus grosses qu'à Los Angeles. La tentation était grande de rendre le smog responsable de ce phénomène, mais en réalité cela devait venir de lui. Auparavant, il ne faisait pas attention à ce genre de détails. Il avait ignoré beaucoup de choses, ces dernières années. Il commençait tout juste à se rendre compte qu'il avait rempli son existence de tant de biens matériels, de tant de cris et d'angoisses, de tant de *superficialité*, qu'il était passé à côté de toutes ces choses paisibles et silencieuses qui lui apportaient la paix. A quel moment s'était-il perdu lui-même ? Quand avait-il perdu de vue son objectif de vie ? En tant qu'acteur, il était encensé par la critique, mais quel homme était-il ? L'avait-il jamais su ?

Assis sur une marche, il baissa les yeux sur le dernier message en date de son ex-femme et fronça les sourcils.

Pourquoi refuses-tu de me répondre ?

Elle avait obtenu du juge une interdiction d'approcher à son encontre, et c'était elle qui lui posait la question ?

Il fit défiler tous ses autres messages, auxquels il n'avait pas répondu, mais s'arrêta avant de visionner la vidéo qu'elle lui avait envoyée la nuit où il s'était entaillé la main. Il savait que s'il la revoyait, il ne pourrait s'empêcher de rouler jusqu'à Los Angeles et de faire irruption chez elle pour lui reprendre Ty.

Tu veux continuer à m'ignorer ? Vraiment ?

Je devrais peut-être dire à Ty que son papa n'en a plus rien à faire de lui.

Ton père te cherche. Mais où es-tu donc passé ?

Tu m'avais dit que tu ne te remarierais jamais. Alors quoi, tu étais trop bourré ce jour-là pour te rendre compte que tu disais « oui » ? A moins qu'une fois de plus tu n'aies pas pensé avec ta tête !

C'est qui, cette garce ? Ton *attachée de presse* ? Tu la baisais depuis tout ce temps ?

C'était un ramassis de haine et de méchanceté. Il avait envie de lui répondre, de laisser libre cours à sa rage et à sa frustration comme Bella s'autorisait à le faire, mais que lui dirait-il ? Qu'il était déçu ? Qu'ils avaient engendré un petit garçon formidable, le plus merveilleux qui soit, et qu'il n'arrivait pas à comprendre ce qui n'avait pas marché entre eux ?

Simon se sentait complètement nul — et tout ce qu'il avait fait pour échapper à cette haine de lui-même ne faisait qu'aggraver les choses.

Se laissant aller en arrière, il ferma les yeux et laissa l'air automnal apaiser ses tourments. Plus lucide qu'il ne l'avait été depuis des mois, il voyait clairement qu'il était à un tournant de son existence. Il était temps de faire table rase du passé. Bien sûr, Bella et lui avaient raté leur mariage. Bien sûr, il avait des regrets. Mais il était trop tard pour y changer quoi que ce soit. Alors combien de temps allait-il encore s'accrocher à cet échec ?

C'était fini, décida-t-il. Il lâchait prise et il voulait que Bella fasse de même. A partir de maintenant, leurs échanges devraient avoir lieu par avocats interposés, comme on le leur avait conseillé, du moins ceux qui ne concernaient pas directement Ty.

Mais Bella ne l'accepterait sans doute pas. Il savait pourquoi elle continuait à lui infliger ces coups bas : elle l'aimait presque autant qu'elle le détestait. Et aussi fou que cela puisse paraître, il la comprenait. Il avait lui-même lutté contre cette même compulsion, l'une des raisons qui l'avait poussé à commettre autant de bêtises.

Heureusement, Gail avait tout changé.

Ses pensées dévièrent vers la jeune femme et ce qu'ils avaient partagé cette nuit. Quelque chose avait changé entre eux ; c'était devenu plus sérieux. Ils avaient abordé leurs ébats avec une intensité inédite, comme si se donner à l'autre était plus important que de chercher le plaisir. Et il avait accueilli avec bonheur cette évolution de leur relation, car Gail le satisfaisait plus que Bella ne l'avait jamais fait tout au long de leur mariage.

D'une certaine manière, Gail, cette femme que jamais il n'aurait imaginé mettre dans son lit tant elle était différente de lui, avait réussi à combler le gouffre béant dans sa poitrine, à stopper l'hémorragie causée par son divorce, ses problèmes familiaux, son passé… Il ignorait combien de temps cela durerait. Mais il était suffisamment redevable à Gail pour mettre un point final à son histoire avec Bella.

> S'il te plaît, si Ty a besoin de quoi que ce soit, fais-le-moi savoir. Je ferai tout ce que je peux pour lui. Mais sinon, n'essaie plus de me contacter.

Il relut ses mots, puis sourit et ajouta :

> Je suis heureux en ménage.

27

— Tu l'as vue ?

La voix de Josh était encore plus animée que d'habitude.

Gail posa le téléphone sur son autre oreille tout en cliquant sur le lien que son assistant venait de lui envoyer. Là, en plein écran, s'étalait une photo d'elle et de Simon prise sous la galerie, la veille au soir, surmontée de la légende : « Lune de miel torride ». Elle chevauchait Simon qui lui enserrait la taille à deux mains, le regard levé vers elle. Ils n'étaient pas photographiés de face, mais il n'y avait aucun doute possible sur leur identité.

— Je la vois.

— C'est vraiment toi ?

De toute évidence, oui, c'était elle, absorbée par l'instant — et de fait, la photo était très réaliste. Simon et elle avaient fait de nouveau l'amour ce matin, une communion pleine de douceur et de tendresse qui tranchait avec l'explosion de désir de la nuit dernière. Gail ne savait pas ce qu'elle avait préféré. Elle aimait les deux. Le sexe était tellement meilleur quand on était amoureux…

— Combien de sites ont publié cette photo ? demanda-t-elle à Josh.

Leurs meubles avaient enfin été livrés. Elle n'avait pas encore de bureau, mais elle était assise sur leur nouveau canapé. Avant que son assistant ne l'appelle pour la mettre au courant du soudain afflux de recherches sur Google, elle s'y était confortablement installée. Il n'y avait qu'un seul inconvénient aux travaux de leur nouvelle maison : on avait du mal à entendre quoi que ce soit avec les coups de marteau répétés que donnait Simon dans la cuisine.

Toutefois, Gail était contente qu'il soit occupé ailleurs. En se jetant sur lui, la nuit dernière, elle s'était montrée très imprudente — elle en avait la preuve sous les yeux…

— Elle a envahi la Toile et continue de se propager pendant que nous parlons, dit Josh. C'est génial, non ? Tu as fait du super boulot, tu sais. Vous avez vraiment l'air *seuls au monde*. Ça pourrait faire une pub pour Armani ou Calvin Klein. C'est splendide ! J'aime tout, jusqu'à la vieille baraque victorienne en arrière-plan. Qui a pris cette photo ? C'est Ian ?

Les joues brûlantes, Gail baissa les yeux.

— Non.

— Qui alors ? Ton père ?

— *Mon père ?*

Elle fronça le nez à la pensée que Martin ait pu être dans les parages quand elle avait lascivement enfourché Simon.

— Enfin, Josh, c'est répugnant !

— Pourquoi ? Tu es tout habillée !

Le cliché restait néanmoins très suggestif — à l'image de la réalité.

— Qu'est-ce que tu es coincée ! Enfin, en temps normal…

Sa propre boutade le fit glousser, mais Gail ne trouvait pas ça drôle. Son assistant revint à la charge :

— De toute façon, il a bien fallu que quelqu'un la prenne, cette photo. L'un de tes amis ?

— Non. Il doit s'agir d'un paparazzi… Il y a deux jours, un inconnu a tenté de nous prendre en photo à travers la fenêtre pendant notre sommeil. Nous avons pensé qu'il ou elle avait filé tout de suite après. A l'arrivée des flics, il n'y avait plus personne dehors, et depuis nous n'avons pas eu l'impression d'être suivis. Mais il est clair maintenant que l'individu en question, qui que ce soit, n'a pas lâché l'affaire.

— Je ne suis tombé sur aucun cliché de vous en train de dormir.

Si de telles photos étaient apparues sur internet, Big Hit le saurait. En outre, Google les aurait prévenus.

— Elles ne devaient pas être réussies, ou bien on ne nous reconnaissait pas suffisamment bien. C'était risqué, comme photo.

Josh baissa la voix.

— Alors comme ça… tu excitais Simon, et tu ignorais que quelqu'un vous prenait en photo ? Ça n'était pas calculé ?

Gail regarda la photo d'elle et de Simon qui s'affichait à l'écran. Josh était peut-être content de ce coup médiatique mais, pour sa part, elle n'était pas sûre que cela arrangerait les affaires de Simon. Il avait besoin d'un angle différent pour sa nouvelle image, un angle le montrant comme un homme assagi. Cette photo était bien trop sensuelle. Elle donnait l'impression que Simon s'était engagé dans une énième relation torride.

— Non, ça n'était pas calculé. En tant qu'attachée de presse, je l'aurais structurée tout autrement — je lui aurais peut-être fait porter des sacs à provisions…

— Alors, c'était pris sur le vif ? Alors là, je suis carrément jaloux ! s'écria Josh. Tu dois prendre un pied d'enfer, dis donc !

Sexuellement, elle était comblée, en effet. Aucun doute là-dessus. Mais elle mourait de peur aussi : où cela les mènerait-il, tous les deux ? Et maintenant, voilà qu'il lui fallait s'inquiéter des conséquences qu'aurait sa conduite de la veille sur leur plan com' et sur les chances de Simon d'obtenir la garde de Ty. Après l'amour, il lui avait parlé de son fils pendant au moins une heure. Ty lui manquait tant qu'il était allé chercher des photos de lui dans son portefeuille pour les lui montrer, bien qu'elle ait déjà rencontré le garçon à plusieurs reprises. Elle savait qu'il était adorable.

Pouvait-elle atténuer l'impact de cette photo plutôt explicite ? Donner une interview où elle raconterait qu'après tout c'était leur lune de miel ? La passion jouait un rôle important dans un mariage, néanmoins ce n'était pas ce qu'elle avait espéré placer au premier plan. Cette photo ne ferait sans doute pas bonne impression sur le juge en charge du destin de Ty…

— Gail ? Tu m'entends ?

Elle se creusa les méninges. Quelle était donc la question que Josh lui avait posée ? Elle parvint à se rappeler ses derniers mots : il voulait savoir si elle s'amusait bien.

— Pour le moment, oui.

— Autrement dit, Simon assure au lit. Aussi bien qu'il en a l'air dans *Frissons* ?

Joshua voulait des ragots, mais elle comptait bien garder pour elle ce genre de détails.

— Ça ne te regarde pas.

— Mais donc tu as bel et bien couché avec lui, même si au départ tu disais que tu ne le ferais pas ?

— Cesse tes insinuations, Josh.

— Ça veut dire oui !

Elle ne put s'empêcher de rire.

— Arrête ! Nous devons faire en sorte de trouver une interprétation à cette photo.

— Pourquoi ? Elle est parfaite !

— Notre objectif est de convaincre un public bien plus conservateur.

Elle réfléchit aux possibilités qui s'offraient à elle, puis prit une décision.

— Appelle ta copine qui travaille aux *Coulisses de Hollywood.* Dis-lui que je suis disposée à m'exprimer dans la presse. Il est temps que Mme O'Neal donne sa première interview.

— Mme O'Neal ! Tu t'appropries Simon, dis-moi… Ça me plaît. Mais qu'est-ce que tu vas lui raconter ?

— Je lui dirai que je m'étais trompée sur toute la ligne au sujet de Simon, qu'il est bien moins superficiel que ce qui se dit dans les médias, et qu'un récit n'est jamais complètement exact quand on ne livre qu'un seul aspect des personnages.

— Je connais la chanson. Mais… tu y crois, toi ?

Après ce qu'elle avait appris de la bouche de Tex ? Elle y croyait à cent pour cent. Des hommes avaient tué pour moins que ça… Simon avait découvert que son père et sa femme couchaient ensemble. Quoi de plus logique qu'il ait réagi avec violence, en frappant quelqu'un qui l'avait poussé à bout sur un plateau de cinéma ou en provoquant une rixe avec le frère de Bella ? Elle comprenait même qu'il ait pu se tourner vers l'alcool pour s'empêcher de penser et qu'il n'ait pas pu dire au monde que Bella avait sa part de responsabilité dans leur divorce. Les médias se déchaîneraient si une telle révélation était rendue publique — la femme de Simon couchant avec son célèbre beau-père ! La réputation de Bella serait salie à jamais, et cette sordide affaire suivrait Ty pendant des années. Gail ne pouvait divulguer ces informations, mais elle pouvait au moins déclarer que Bella n'était pas une sainte et que tous les torts n'étaient pas imputables à une seule personne.

— Dans cette histoire de divorce, je pense que Simon mérite mieux. Il a fait ce qu'il pouvait pour se montrer galant.

— Il est donc remonté dans ton estime ? L'abruti serait en fait un parfait gentleman ! Oh ! Seigneur…

— Quoi ?

— Tu es amoureuse de lui, c'est ça ?

— Raide dingue, avoua-t-elle.

Simon entra dans la pièce à l'instant où elle raccrochait.

— On a un gros problème, déclara-t-il.

C'était clair, mais de toute évidence Simon ne faisait pas allusion à la photo qu'elle venait de voir sur internet. Il n'était pas encore au courant.

— Quel problème ?

Elle referma son ordinateur portable. Il faudrait qu'elle lui parle de cette folie sur la Toile, mais elle voulait d'abord y réfléchir un moment à tête reposée, pour être sûre de prendre la meilleure décision en proposant de donner des interviews à la presse.

— La plomberie.

— La plomberie ? répéta-t-elle, quelque peu soulagée.

Après son entretien téléphonique avec Josh, elle avait craint qu'il ne s'agisse de quelque chose de beaucoup plus grave.

Simon frotta ses mains blanches de poussière.

— Elle est beaucoup trop ancienne. Il faut la remplacer.

Son T-shirt s'étirait joliment sur ses pectoraux, et son jean délavé le moulait à la perfection. Gail avait du mal à se concentrer sur ses paroles, mais elle fit de son mieux pour afficher une expression inquiète.

— Ça m'a l'air coûteux, comme travaux…

— Ça le sera sans doute. Mais ce n'est pas ce qui m'ennuie le plus. Je voulais juste te faire savoir que la rénovation de la maison risque de ne pas être aussi rapide que je l'espérais.

— Eh bien, tant pis !

Elle s'apprêtait à s'excuser de l'avoir entraîné dans une entreprise aussi coûteuse. Après tout, il n'avait acheté cette maison que pour lui faire plaisir. Mais Simon promena un regard critique autour de lui, posa les mains sur ses hanches et déclara :

— Tant qu'on y est, on devrait peut-être refaire toute l'installation électrique.

— Pourquoi, elle ne convient pas non plus ?

— Non, ce n'est pas ça. Simplement, je trouve plus

futé de la remettre aux normes pendant que tout est en chantier.

Gail s'aperçut alors qu'un surcroît de travail ne semblait pas le déranger. Au contraire, il prenait plaisir à ce qu'il faisait, au point d'ajouter des tâches à la liste des travaux.

— Je vois, dit-elle aussi sérieusement qu'elle en était capable. Mais tu ne te chargeras pas toi-même de refaire l'électricité et la plomberie ?

— Oh ! ça non ! Je me contenterai de tout superviser et de fignoler les détails.

Du pouce, il désigna la cuisine derrière lui.

— Cette maison sera magnifique une fois qu'on aura fini de la rénover.

— Je n'ai jamais douté de toi une seule minute, affirma-t-elle.

Puis, après avoir pris une profonde inspiration, elle lui parla de la photo.

— Une interview devrait régler l'affaire.

Un haussement d'épaules lui indiqua que Simon ne se souciait guère de cette histoire et, là-dessus, il retourna à son travail.

De retour de chez le médecin où il s'était fait retirer ses points de suture, Simon trouva Ian qui l'attendait dans une Porsche garée devant la maison.

Comme il s'approchait de la voiture, son agent ouvrit la portière.

— Enfin ! s'exclama Ian d'un ton d'exaspération feinte. Tiens, j'ai la bague que tu m'as demandé d'acheter.

Il brandit un petit sachet brun.

— Génial. Merci. Mais je m'y attendais, tu sais. Ça ne t'empêchait pas d'entrer.

— Je ne voulais pas croiser Gail afin de ne pas lui mettre la puce à l'oreille. Je suppose qu'il s'agit d'une surprise.

— Oui. Tu m'as aussi apporté des papiers à signer, non ?

— En effet.

Il se gratta la tête.

— Il ne s'agit pas que de la bague, Simon. J'espérais bien te voir seul.

— Pourquoi ça ?

— J'aimerais te parler.

Il lui désigna le siège passager de la Porsche.

— Tu veux bien qu'on aille faire un tour ?

A contrecœur, Simon accepta. Son agent n'appréciait pas qu'il ait décidé de mettre ses engagements professionnels entre parenthèses, il le savait. Ian énumérerait un par un tous les contrats qui lui échapperaient à cause de son refus d'apparaître en public, mais Simon n'avait pas envie de l'écouter. Il avait tout à fait conscience des risques qu'il prenait et des pertes financières qu'il subissait. Pour une fois, c'était intentionnel. Mais il pouvait bien accorder quelques minutes de son temps à son agent. Ils travaillaient ensemble depuis longtemps.

— Très bien, lâcha-t-il dans un soupir.

Ian s'engagea sur la route avant même que Simon ait eu le temps de boucler sa ceinture.

— Qu'est-ce qui se passe ? demanda-t-il tandis qu'ils prenaient de la vitesse.

— Ça…

Ian lui tendit un dossier glissé entre son siège et la console de la voiture.

Simon le parcourut rapidement. C'était une collection d'articles et de photos sur Gail et lui.

— Pourquoi tu m'as apporté ça ? Tu crois que Gail ne me montrerait pas la même chose si je le lui demandais ?

— Tu as lu certains de ces articles ?

— Pas mot à mot, non.

— Pourquoi ?

Parce ce que cela le mettait en rage de lire ce qu'on disait sur Gail. Il détestait voir à quel point ces piques concernant sa « beauté ordinaire » lui faisaient du mal. Alors pourquoi se tourmenter inutilement ? Comme s'il avait une quelconque influence sur ce qu'imprimaient les journaux !

— Gail surveille la couverture médiatique. De mon côté, j'ai été pris par d'autres choses.

— Comme la mettre dans ton lit, par exemple ? Alors, raconte…

De toute évidence, Ian n'avait pas encore vu les photos qui inondaient internet depuis ce matin.

— Ça se pourrait. Pourquoi, ça te contrarierait ?

Ian tourna à gauche et sortit de la ville.

— Pas du tout. Je suppose qu'elle a fait circuler les photos de vous prises sous la galerie dans le but de faire croire que vous vivez une grande passion, mais le public ne marche pas.

— Qu'est-ce que tu racontes ?

— Allons, Simon… Personne ne croit que tu puisses tomber amoureux d'une fille comme elle. Les spéculations vont bon train, certains affirment même qu'il s'agit d'un coup médiatique…

C'était la première fois que Simon entendait parler de ça. Et Gail ne devait pas être au courant non plus, sinon elle lui en aurait parlé.

— Qu'est-ce qui nous a trahis ?

— Comment le saurais-je ? Nous n'avons peut-être pas assez pris en compte le cynisme du monde dans lequel nous vivons. Votre mariage a été très soudain… Ta nouvelle épouse est une pro des relations publiques… Il se peut que les gens lisent entre les lignes.

Ian fouilla dans le tas de papiers et en tira un billet de blog désobligeant qui citait toutes les femmes en compagnie desquelles Simon avait été vu dans les semaines précédant son second mariage. Le billet détaillait son goût habituel en matière de femmes et affirmait que Gail n'avait rien à voir avec celles-ci. Il allait jusqu'à dire que, selon « des gens bien informés dans le milieu du cinéma », Simon l'avait payée pour l'épouser, tout cela dans le but de s'éviter une condamnation pour viol.

— Et puis, il y a ça.

Ian bloqua le volant de son genou tout en cherchant un autre document. Celui-ci montrait une photo de Gail à côté des conquêtes que Simon avait collectionnées pendant des années. Presque toutes étaient elles-mêmes célèbres ou avaient des airs de blondes fatales. Le blog titrait :

« CHERCHEZ L'INTRUSE… »

Leur plan com' battait déjà de l'aile. Simon referma le dossier et regarda son agent.

— Où veux-tu en venir, Ian ?

— Je pense que nous devrions arrêter les frais, tu ne crois pas ? Si tu ne tires aucun bénéfice à laisser croire que tu aimes Gail, à quoi bon continuer à jouer la comédie ? Je ne veux pas que tu compromettes ta carrière en rompant tous tes contrats pour une décision malheureuse dont je me suis fait moi-même le complice.

— En d'autres termes, tu es venu pour me sauver ?

Ian régla le chauffage.

— Pour te dire que tu commets une erreur, Simon. Je n'aurais jamais dû t'embarquer dans cette galère.

— Non.

— Non quoi ?

— Non, tu te trompes.

Etre avec Gail n'apparaissait pas comme une erreur à Simon, et ce indépendamment du harcèlement médiatique dont il était l'objet.

— J'aurai toujours des détracteurs, quoi que je fasse. Il n'est pas question que je change de cap pour le moment.

Enfin, il se sentait de nouveau humain : il dormait le plus souvent la nuit, retrouvait des forces et un sens à son existence. Ty lui manquait, bien sûr, mais chaque jour qui passait renforçait sa confiance en ses possibilités de le récupérer. Peut-être parce qu'il arrivait enfin à avoir foi en ses capacités de père.

Alors dans ces conditions, que personne ne croie à son mariage, quelle importance ?

Lui commençait à y croire.

— Ramène-moi à la maison. Je veux offrir cette bague à Gail.

Ian en resta bouche bée.

— Tu plaisantes ?

Simon sourit.

— Pas du tout.

— Tu tiens vraiment à aller chez Sophia, ce soir ?

Gail, postée à la fenêtre, écarta le drap qui l'occultait afin de voir au-dehors. Callie était arrivée peu après le départ de Simon et de Ian, avec à la main un numéro du magazine *People*. L'une des photos prises par Josh lors de la cérémonie de mariage faisait la couverture, mais Gail était incapable de se concentrer là-dessus : elle s'inquiétait du discours que Ian risquait de tenir à Simon. Il n'inciterait pas Simon à rester à Whiskey Creek, elle le savait. Le fait que Ian n'ait pas sonné à la porte et qu'il ne lui ait même pas adressé la parole aurait suffi à l'en persuader si elle ne l'avait pas déjà su en son for intérieur. Simon refusait de l'admettre mais, de son côté, elle était prête à parier que Ian avait indiqué leur adresse à Tex dans l'espoir que ce dernier ramènerait Simon de force à Los Angeles. De cette façon, les affaires auraient repris…

— Tu as entendu ma question ? insista Callie.

Distraite, soucieuse, Gail murmura :

— Quoi ?

— Je t'ai demandé si tu comptais vraiment aller chez Sophia, ce soir.

Gail ne voyait pas le rapport avec ce qui la préoccupait à l'instant.

— Oui, je pense.

— Quoi ? Maintenant, je sais que tu as perdu la boule ! Je te rappelle que c'est Sophia qui t'a piqué ton cavalier au bal du lycée ! Cette fille nous a toujours méprisées.

Gail se tourna vers elle.

— As-tu vu Simon dans une Porsche rouge en venant ?

Callie feuilletait le magazine.

— Non, pourquoi ? Il te trompe déjà ?

— Arrête…

— Pardon.

Callie lui adressa un sourire contrit.

— En fait, je dois avouer qu'il m'est plutôt sympathique. Non content d'être… comment dire… agréable à regarder, il est très intéressant, comme garçon.

Gail esquissa un sourire satisfait.

— Je savais bien que tu finirais par l'aimer.

— Je n'ai pas dit ça. Le jury n'a pas fini de délibérer. Cela ne fait que quelques semaines… Est-ce qu'il va te rendre heureuse ? Je ne sais pas, de ce côté-là rien n'est encore tout à fait acquis.

Le sourire de Gail s'évanouit. Il lui coûtait trop de jouer la comédie devant son amie. Comment faire semblant d'avoir fait un mariage heureux en sachant qu'au bout du compte, ce serait Callie qui lui asénerait son : « Je te l'avais bien dit ! » ? Malgré tout, elle disposait d'au moins un argument en sa faveur…

— Eh bien, moi en tout cas, je choisis de miser sur une fidélité absolue. Sans quoi, nous serons bientôt tous les deux mûrs pour l'asile. Mais merci du conseil.

Callie étendit ses jambes sur la table basse.

— Alors pourquoi te ronges-tu les ongles en fixant cette fenêtre comme s'il était parti pour de bon ? Pourquoi n'as-tu même pas jeté un œil à ces photos que la plupart des femmes mourraient d'envie de voir ?

— Parce que je n'ai pas confiance en son agent et

ami. Simon essaie de changer, de remettre de l'ordre dans sa vie.

— Et toi, tu l'aides dans ce sens…

— Evidemment.

— Mais que pourrait faire son agent pour déjouer tes projets ? Lui faire boire de l'alcool de force ?

Ian n'hésiterait pas non plus à lui fournir de la drogue, si tel était le souhait de Simon, Gail en aurait mis sa main au feu. Mais elle craignait surtout qu'il le persuade de rentrer à Los Angeles et de commencer le tournage du film auquel elle lui avait fait renoncer pour venir à Whiskey Creek. Ou qu'il lui fasse signer un autre projet. Simon avait bien l'intention de reprendre son métier d'acteur, mais il lui fallait encore du temps. Or, Ian ne tiendrait sans doute pas compte de ce désir. Il mettrait Simon sous pression en lui imposant son propre planning.

Si Ian avait réellement eu les intérêts de Simon à cœur, Gail n'aurait pas été aussi contrariée par ses manœuvres, mais elle en doutait.

— C'est possible…

— Ecoute, Gail, si tu veux mon avis, tu devrais davantage te méfier de Sophia que de Ian, répliqua Callie en continuant de tourner les pages du magazine. Sophia risque de représenter une mise à l'épreuve un peu trop périlleuse pour Simon.

— Merci infiniment !

Abandonnant son poste d'observation, Gail revint s'asseoir sur le canapé et s'empara du magazine.

— Laisse-moi voir ça.

Mais Callie refusait de changer de sujet.

— Tu la connais. A l'époque, aucun garçon n'était tabou pour elle.

Gail feuilletait le magazine. Comme toujours, Simon était superbe. De son côté, elle avait l'air… déterminée, comme si elle s'acquittait d'une mission. Et pour cause…

— C'était il y a longtemps, Callie… Depuis, l'eau a coulé sous les ponts.

Elle jeta le magazine sur la table pour ne pas s'attarder sur ses imperfections physiques qui sautaient aux yeux quand on la voyait à côté de sa star de mari.

Mon mari… Elle ne pouvait s'habituer à penser à Simon en ces termes, et ne se sentait aucun droit sur lui.

— Tu sais, je crois que Sophia n'a pas eu la vie facile, ces dernières années. Elle a peut-être changé.

— Mais peut-être aussi a-t-elle jeté son dévolu sur ton mec ! Skip n'est jamais là. Si tu veux mon avis, elle doit être à l'affût de n'importe quelle distraction.

Gail allait répliquer mais y renonça en entendant une voiture stopper devant la maison.

— Ils sont de retour, dit-elle en se levant d'un bond.

En effet, la Porsche rouge de Ian était rangée près de la palissade. Il resta à l'intérieur, tandis que Simon sortait du bolide.

— Ma foi, il m'a l'air d'être revenu en un seul morceau ! fit remarquer Callie par-dessus son épaule.

Gail poussa un soupir de soulagement. Toutefois ce n'était que partie remise, elle le savait. Plus Simon prendrait des forces, plus il serait tenté par les sollicitations de son agent qui le suppliait de reprendre le cours normal de son existence. Ils avaient prévu de rester mariés deux ans. Mais elle doutait que leur union dure aussi longtemps.

28

Simon souhaitait offrir la bague à Gail, mais il ne voulait pas le faire en présence de Callie. L'arête du petit écrin s'enfonça dans sa cuisse lorsqu'il s'assit, résigné à faire la conversation à son invitée. Mais pendant tout ce temps, il ne pensait qu'à faire l'amour à Gail — peut-être de nouveau sous la douche — dès que Callie serait enfin partie, et à déposer la bague sur son oreiller.

Il espérait que le diamant lui plairait. Le contraire lui paraissait inconcevable, mais il y avait un risque. Il savait déjà que Gail n'était pas le genre de femme à convoiter un tel bijou au seul motif qu'il était scandaleusement cher. Pour elle, un cadeau de ce genre devait avoir un sens. Or, désormais, il en avait un. Simon n'aurait su dire précisément lequel. Leur relation était trop récente pour cela. Mais… il tenait à ce que Gail porte cette bague.

Lorsque Callie s'enquit de l'avancement des travaux, Gail et Simon lui firent faire le tour du propriétaire, lui confiant certaines des modifications qu'ils envisageaient d'entreprendre. Simon s'enthousiasmait peu à peu sur le potentiel de la maison, ravi de se mettre au défi d'une façon radicalement différente. Il appréciait même l'état d'épuisement qui était le sien à la fin de la journée. Les étreintes avec son épouse d'ordinaire inflexible — mais qui s'était révélée la femme la plus douce du monde — n'en étaient que plus agréables. Car Simon était sûr d'une chose : le côté abrupt de Gail dissimulait un cœur d'or.

Au bout d'une demi-heure environ, Gail déclara qu'il leur fallait se préparer pour aller chez Sophia, et Callie les laissa. Ils se retrouvèrent seuls. A ce moment-là, Simon aurait pu lui donner la bague, d'ailleurs il était tout près de le faire. Il se sentait comme un gamin impatient d'offrir un merveilleux cadeau de Noël. Mais Gail était trop pressée pour qu'il puisse organiser les choses correctement. Il ne voulait surtout pas qu'elle pense qu'il cherchait à la récompenser pour lui avoir cédé physiquement. Il avait demandé à Ian d'acheter le diamant *avant* de faire l'amour à Gail pour la première fois, mais celle-ci n'en savait rien et s'il devait le lui expliquer, la belle surprise serait gâchée.

— Tu es prêt ?

Elle sortit de la chambre vêtue d'un jean cigarette moulant et d'un blouson en cuir passé sur un pull noir sans manches. Avec ses cheveux ramenés en arrière et les perles qui ornaient son cou et ses oreilles, elle était très élégante, plus jolie que jamais. Cela dit, Simon appréciait tout autant son allure lorsqu'elle ne portait pas de maquillage — ni de vêtements, du reste. Il aimait tout particulièrement sa peau douce et la sensation veloutée qu'il éprouvait à la caresser. Il aimait aussi ses yeux et les sentiments qui s'y reflétaient. Elle aussi tenait à lui. Peut-être trop. Mais il ne voulait pas y penser ce soir.

— Tu es superbe, murmura-t-il, en l'attirant dans ses bras assez longtemps pour respirer son parfum et l'embrasser dans le cou.

Elle n'opposa aucune résistance, mais leva les yeux vers lui comme si elle hésitait un peu à lui rendre sa tendresse.

— Que te voulait Ian ?

— Oh ! Toujours pareil ! Il veut que je rentre à L.A. Mais tu l'avais sûrement deviné.

— Pour quoi faire ? Ne voit-il pas à quel point l'air de Whiskey Creek te réussit ?

— « Réussir » est un terme très relatif, tu sais. Lui voit

surtout que je ne travaille pas, donc dans son esprit ça ne peut pas me réussir. Sa réaction s'explique principalement par le changement de situation, je pense. Il a l'impression d'avoir perdu le contrôle sur son plus gros client.

— Tu veux dire qu'il se sent menacé par ma présence ?

— Disons qu'il n'apprécie pas l'influence que tu as sur moi.

Elle lui prit le visage entre les mains.

— Quand tout sera terminé, nous saurons demeurer amis, n'est-ce pas ? J'entends par là que… je sais bien que nous ne pourrons plus travailler ensemble, mais nous continuerons à nous aimer, d'accord ?

Pourquoi s'inquiéter pour l'avenir au lieu de vivre le moment présent ? Après tout, Simon allait bien mieux qu'avant.

— Je l'espère, oui. Le plus dur quand je te croiserai, ce sera de résister à l'envie de te porter jusqu'au lit le plus proche.

— Pourquoi dis-tu ça ? Entre-temps, tu auras retrouvé ton impressionnante collection de jolies filles…

— Aucune ne me fait l'amour comme toi.

Il n'avait jamais connu personne avec qui il pouvait baisser la garde, personne à qui il pouvait faire confiance de cette façon.

— Au cas où tu n'aurais pas remarqué, je ne suis jamais rassasié…

Simon craignait qu'elle repousse son compliment comme elle l'avait fait avec bon nombre de ceux qu'il lui avait adressés par le passé. Il s'attendait qu'elle réplique que pour lui seule comptait la satisfaction — c'était ce qu'elle lui avait entendu dire auparavant —, mais elle n'en fit rien. Sa main se posa sur sa joue tandis qu'elle l'embrassait à pleine bouche.

— Si tu continues comme ça, nous n'irons pas dîner chez Sophia, la prévint-il.

Avec un rire, elle s'écarta d'un pas.

— C'est plus fort que moi. Je suis si…
Elle parut se reprendre à temps.
— Si quoi ?
Elle hésita, battant des paupières.
— Si heureuse de t'avoir épousé. C'est la première fois que je joins l'utile à l'agréable avec autant de succès !

Bonté divine, elle avait failli se trahir ! Là, alors que sa raison était troublée par l'expression sensuelle du visage de Simon et qu'une douce chaleur l'envahissait à l'idée qu'il allait la toucher, elle avait failli lâcher : *Je suis tellement amoureuse de toi !* Chaque fois qu'elle le regardait, elle devenait de plus en plus accro.

Par chance, elle s'était reprise à temps, et quelques minutes passées en dehors de sa proximité immédiate l'avaient aidée à réfléchir. En gros, Simon lui avait confié qu'il aimait faire l'amour avec elle, mais il n'avait que faire de ses sentiments. Ne l'avait-il pas prévenue, dès le départ, de ne pas prendre leur relation trop au sérieux ?

Tout le temps qu'ils restèrent chez Sophia, Gail se fit mentalement la leçon sur la manière dont elle affronterait leur intimité une fois rentrés chez eux. Elle ne dirait *rien* qui ait la moindre connotation sentimentale. Il était inutile de l'affoler. Elle laisserait son corps parler pour elle, puisque Simon ne semblait pas faire la différence entre coucher avec une femme folle de lui et coucher avec une femme qui ne se donnait à lui que pour accrocher une célébrité de plus à son tableau de chasse. Les hommes, estima-t-elle, étaient obtus dans ce domaine, et apparemment Simon ne faisait pas exception à la règle.

— Un peu plus de purée ?

Gail releva la tête. Sophia avait mis les petits plats dans les grands : médaillons de filet mignon de bœuf, purée de pommes de terre à l'ail, asperges, carottes et une salade. Debout près de la table, elle lui tendait un plat. Gail pensait qu'Alexa, sa fille, aurait dîné avec eux, mais la petite passait la nuit chez une amie avec laquelle elle devait présenter un exposé le lendemain à l'école. Quant à Skip, il était en déplacement, une fois de plus. Gail n'était même pas sûre que Sophia leur ait dit où il se trouvait exactement. Ils se retrouvaient donc assis tous les trois dans la vaste et élégante salle à manger de sa non moins vaste et élégante maison. Elle se demandait comment Sophia gérait le fait d'être seule la plupart du temps.

— Non, merci.

Gail sourit et se creusa les méninges pour trouver quelque chose à dire, mais elle reporta bientôt son attention sur son assiette. Simon faisait la conversation et il s'en sortait très bien. Pour sa part, elle était trop occupée à ruminer son inquiétude. Qu'allait-elle faire une fois leur divorce prononcé ? Une éternité de journées mornes et interminables s'étalerait devant elle. Parviendrait-elle un jour à oublier Simon ? A aimer un autre homme ? Si jamais elle y arrivait, cela ne serait pas de sitôt. Elle avait attendu d'avoir trente et un ans pour tomber réellement amoureuse. A présent, elle savait que les sentiments qu'elle avait nourris pour Matt n'étaient rien en comparaison de l'amour qu'elle éprouvait pour Simon.

— Tu es bien silencieuse. Ça va ? lui murmura-t-il lorsque Sophia repartit chercher une autre bouteille de vin dans la cuisine.

Gail avala un morceau d'asperge.

— Très bien.

Il fronça les sourcils.

— On devrait peut-être rentrer de bonne heure pour que tu puisses te reposer.

— Nous ne pouvons pas nous montrer impolis envers Sophia. Elle s'est donné tant de mal pour nous recevoir !

Elle vérifia par-dessus son épaule que Sophia ne pouvait pas les entendre, mais baissa quand même la voix.

— Et à mon avis, elle est vraiment très seule.

— Ça ne fait aucun doute.

— Callie pense qu'elle cherche à te séduire.

— Je peux t'assurer que non. Avec moi, elle se montre très polie, mais elle n'arrête pas de te regarder comme si c'était sur toi qu'elle espérait faire bonne impression. Crois-en un débauché de mon espèce, cette fille cherche à gagner ton amitié. Et si tu n'étais pas aussi préoccupée, tu t'en serais déjà aperçue.

Mais cela n'avait pas échappé à Gail, c'était même ce qui l'avait conduite à ne faire aucun cas des mises en garde de Callie.

— Oh ! Simon, je bous de rage quand je repense à l'interview que j'ai donnée aux *Coulisses de Hollywood*, ce matin.

— Tu m'as pourtant dit que ça c'était bien passé.

— Oui, la journaliste était réceptive, mais reste à espérer que ma démarche était la bonne. Avec les médias qui n'arrêtent pas de rabâcher tout ce qui s'est passé l'année dernière, ce n'est pas le moment de susciter des réactions négatives après toutes nos déclarations de bonheur et de paix retrouvée.

— Tout ira bien, Gail, même si la presse continue de s'acharner. Nous continuerons à mettre l'accent sur mes états de service depuis que nous sommes ensemble : ils sont irréprochables. Et c'est tout ce que le juge a besoin de savoir.

Pour lui, il s'agissait avant tout de récupérer son fils. Gail sourit en entendant la fierté qui perçait dans sa voix. Simon se sentait nettement mieux dans sa peau, et ce constat l'emplissait de joie. Qu'importe ce que lui réservait l'avenir après leur divorce, au moins aurait-elle la satisfaction de savoir que son influence avait été positive.

— Le dessert est presque prêt ! lança Sophia depuis la cuisine.

Simon se pencha par-dessus la table.

— Je voudrais lui reparler du bleu qu'elle a à la joue et voir sa réaction. Tu crois que c'est une bonne idée ?

Gail réfléchit. Pour elle, revenir sur le sujet ne ferait que mettre Sophia dans l'embarras.

— Non. Elle est encore très gênée. Elle n'arrête pas de secouer la tête pour s'assurer que ses cheveux dissimulent bien la marque.

— Je te parie que c'est son mari qui l'a frappée.

Gail se posait la question elle aussi, mais elle avait du mal à imaginer Skip en train de frapper qui que ce soit.

— Je n'en sais rien, Simon. Peut-être pas. Pour rien au monde je ne voudrais l'accuser à tort, surtout ici, à Whiskey Creek. C'est une petite ville où tout le monde se connaît. De telles rumeurs peuvent avoir des conséquences dévastatrices.

Simon acquiesça :

— Oui, je reconnais que la situation est délicate.

— Si son mari la bat, il faut qu'elle en parle. Elle ne peut pas espérer que quelqu'un finira par le deviner.

— Oui, mais toutes les femmes ne peuvent pas…

Il fut interrompu par les vibrations de son portable lui indiquant la réception d'un texto. Il sortit machinalement le téléphone de sa poche et y jeta un coup d'œil. De toute évidence, il avait envie de reprendre leur conversation au point où ils l'avaient laissée. Mais soudain, il se raidit.

— Qu'est-ce que c'est ? s'enquit Gail, juste au moment que choisit Sophia pour revenir.

Le regard de Simon alla de Gail à leur hôtesse.

— C'est Ty. Si vous voulez bien m'excuser…

Il se leva et sortit, laissant à Gail le soin de distraire son ancienne ennemie jurée tandis qu'il passait un appel dans l'autre pièce. A sa façon de parler tout bas, à son intonation pressante, Gail comprit que sa correspondante ne pouvait être que Bella.

*
* *

Simon ne voulait pas croiser le regard de Gail. Il savait qu'elle n'approuvait pas ce qu'il était en train de faire et se reprochait de la décevoir. Elle qui commençait à peine à lui faire confiance… Mais il devait retourner à Los Angeles. Bella avait sangloté au téléphone. Jamais il ne l'avait entendue aussi désespérée. Elle lui avait avoué qu'elle l'aimait encore. Qu'elle l'avait toujours aimé. Qu'elle regrettait ce qui s'était passé entre elle et Tex. Que son manque de confiance en elle avait eu le dessus, une fois de plus. Qu'il n'y avait jamais eu personne dans sa vie qui lui soit arrivé à la cheville. Qu'elle et Ty avaient besoin de lui…

Simon avait tellement l'habitude de se précipiter à son secours qu'il lui semblait normal de partir sur-le-champ, même après tout ce qu'elle lui avait fait. Mais il n'aurait pas cédé à son sens du devoir s'il n'y avait pas eu Ty. Il croyait en la sincérité de Bella lorsqu'elle lui disait que son fils avait besoin de lui : il l'avait toujours pensé et tenait à répondre présent pour Ty. Bien que Simon n'ait aucune envie de renouer avec Bella, comme celle-ci semblait le vouloir, il espérait établir avec elle un mode de relation qui lui permette de voir son fils de façon régulière.

Adossée à la tête du lit de leur toute nouvelle chambre, Gail, enserrant ses genoux ramenés sur sa poitrine, le regardait jeter des vêtements au hasard dans sa valise.

— Les médias vont trouver étrange que tu m'abandonnes ici pour courir à son chevet, énonça-t-elle d'une voix monocorde. Cela risque d'anéantir tout ce que nous avons réussi à établir jusqu'ici. Tu t'en rends bien compte ?

Il s'en rendait très bien compte, oui. Ils en avaient discuté pendant le trajet du retour. Si cela avait été possible, il n'aurait pas hésité à emmener Gail. Mais vu les circonstances, cette décision n'aurait fait que jeter de l'huile sur le feu — Bella était jalouse comme une tigresse. C'était le texto dans lequel il lui avait déclaré être heureux en ménage, ajouté à la photo de Gail et lui sous la galerie, qui avait eu raison de ses nerfs. Au téléphone, elle lui avait dit que, en découvrant cette photo, elle avait eu peur de l'avoir perdu pour de bon et que cette pensée lui était insupportable.

— Elle est subitement disposée à trouver un arrangement avec moi.

Simon n'avait pas besoin de préciser à qui il faisait référence.

— Il faut que j'en profite, Gail. Tu n'imagines pas à quel point elle est difficile à gérer. Personne ne peut se l'imaginer. Mais elle m'a promis que si je venais tout de suite, je pourrais voir mon fils.

Gail fronça les sourcils.

— Elle se sert de Ty comme d'un appât, Simon. Elle veut te remettre le grappin dessus.

— Aucune importance. Bella n'a plus aucun attrait pour moi, affirma-t-il.

Mais Gail n'était pas convaincue, il le voyait bien.

Pour elle, il était clair que son départ pour L.A. sonnait le glas de leur mariage et, de fait, il n'était pas en mesure de lui jurer le contraire. Le contrat qui les liait stipulait qu'ils devaient collaborer jusqu'à ce que Simon obtienne la garde de Ty. Leur relation s'était révélée plus satisfaisante que tout ce qu'il aurait pu imaginer. Mais si ce soir il revenait avec son fils, son but serait atteint et, par conséquent, leur union n'aurait plus de raison d'être.

— Et moi, je suis persuadée au contraire que Bella te croit toujours sensible à son charme, répliqua Gail. D'ailleurs, elle a toujours réussi à te reconquérir, les autres fois.

Uniquement parce qu'elle était la mère de son fils et que Simon aurait fait n'importe quoi pour conserver une famille normale.

— J'ai changé, Gail. Je ne suis plus le même homme.

— Et pourtant, tu es prêt à remonter les yeux fermés sur les mêmes montagnes russes…

— Non. Il faudra bien qu'elle affronte un jour le fait que je ne l'aime plus.

Dans l'intervalle, Bella pourrait penser ce qu'elle voulait du moment qu'elle lui donnait la permission de voir son fils. Peut-être parviendraient-ils à renouer des liens, à trouver un moyen de dépasser leurs conflits dans les jours à venir. De son côté, il ne voyait pas de raison pour que leur séparation provoque une telle acrimonie. Surtout maintenant. Grâce à Gail, il se sentait en meilleure forme, plus à même de faire face à la déception, au sentiment d'échec et au chaos causés par son divorce.

Il aurait volontiers proposé à Bella d'augmenter le montant de sa pension si elle acceptait de partager la garde de leur fils. Il ne voyait pas encore très bien comment tout cela pourrait s'organiser. Bella n'avait pas été très cohérente au téléphone : elle n'avait cessé de sangloter en disant qu'elle voulait le voir. Mais à présent qu'elle avait fait le premier pas, il devait saisir sa chance.

— Je ne lui fais pas confiance, dit Gail.

— Moi non plus. Mais je dois y aller. Je suis désolé.

Sa valise bouclée, il s'agaça de ce que la limousine qu'il avait commandée alors qu'ils se trouvaient encore chez Sophia ne soit pas déjà arrivée. La route était longue jusqu'à l'aéroport de Sacramento, et il ne voulait surtout pas manquer son vol pour Los Angeles. C'était le dernier de la journée. Il aurait pu s'organiser pour que son propre jet privé vienne le chercher ici — ces derniers temps, il ne prenait plus que rarement des vols commerciaux —, mais il aurait été difficile d'organiser ce voyage dans des délais aussi brefs. Il aurait dû appeler son pilote, lui faire sortir l'avion du hangar, vérifier le niveau de carburant et déposer le plan de vol. Ensuite, Simon aurait dû attendre qu'il arrive de Los Angeles.

— Tu comptes rentrer bientôt ?

— Non. Pas avant un petit moment.

Gail ne tenait sans doute pas à affronter le déchaînement médiatique toute seule et il ne pouvait pas lui en vouloir. Ce serait très embarrassant pour elle. Tout le monde dirait que leur mariage n'était qu'une passade de plus pour lui et qu'il n'avait jamais cessé d'aimer Bella. Que Gail avait péché par excès de naïveté en croyant qu'elle pourrait le garder. Ces gens auxquels Ian avait fait allusion, qui avaient deviné qu'il ne s'agissait que d'une manœuvre, s'exprimeraient d'une voix plus forte et plus insistante. Simon avait suffisamment affaire aux médias — de même que Gail — pour se faire une idée des commentaires peu flatteurs que celle-ci aurait à subir. Il avait déjà prévu de riposter en chantant les louanges de Gail et en proclamant haut et fort son amour pour elle. Mais pour le moment, il lui fallait faire les choses dans l'ordre.

— Ensuite, je reviendrai ici.

— Non, il n'y a aucune raison pour que tu fasses cela, répliqua Gail. Si tu obtiens la garde de Ty, tu n'auras plus besoin de moi. Et si tu ne l'obtiens pas et que Bella appelle la police parce que tu auras violé l'interdiction d'approcher, rester marié avec moi n'aura plus aucune espèce d'importance. Après cela, personne ne croira plus que tu avais des sentiments pour moi.

C'en était plus que ce que Simon était capable de gérer pour l'instant. Il devrait réfléchir plus tard à l'attitude à adopter avec Gail.

— Je veux juste reprendre mon fils. C'est ce qui m'a poussé à me lancer dans tout ça.

— Je sais, Simon, et c'est pourquoi je ne te reproche rien. Ty est un merveilleux petit garçon. Ce que je cherche à te dire, c'est qu'à mon avis tu as de meilleures chances de le récupérer en restant ici. Tu devrais établir pour sa garde une organisation fiable et cohérente *par voie légale*, une organisation qui ne dépendrait pas des caprices de Bella.

Mais Simon ne pouvait plus attendre.

— Mais ça risque de prendre des mois, voire des années ! Et même en agissant ainsi, rien ne garantit que je remporterai la partie devant un juge.

Gail n'essaya pas de le convaincre par d'autres arguments.

— Tu as raison.

— C'est pourquoi je dois partir.

Elle se leva pour ramasser un T-shirt qu'il avait laissé tomber et le lui tendit pour qu'il le mette dans sa valise. Puis elle se mit à rassembler tout ce qui lui appartenait : vêtements, livres, affaires de toilette…

— Il était inutile d'appeler une voiture, tu sais. J'aurais pu te conduire à l'aéroport.

— Je sais. Mais je ne voulais pas te savoir dehors à une heure aussi tardive. Qu'est-ce qui se passerait en cas de crevaison ?

Il désigna les affaires qu'elle tenait à la main.

— Laisse tomber tout ça.

— Tu ne les veux pas ?

— Je les récupérerai plus tard.

— D'accord.

Elle posa un jean sur le lit.

— Mais avant que tu ne partes, j'ai une dernière chose à te dire, Simon.

La gravité de son ton le fit frémir. Il avait envie de filer d'ici le plus vite possible, mais Gail avait bien gagné le droit de le traiter d'ordure pour lui avoir causé une telle déception. Elle avait consenti beaucoup d'efforts pour lui venir en aide alors que de son côté, il n'avait rien fait, hormis bouleverser le cours de son existence à elle. Certes, son agence de com' se relevait petit à petit après avoir frôlé le dépôt de bilan. Mais en partant de Whiskey Creek, il l'exposait, entre autres conséquences, aux reproches de sa famille et aux sermons de ses amis qui seraient en droit de conclure : « On te l'avait bien dit ! »

Il avait même gâché sa vie sentimentale. Il savait très bien qu'elle avait éprouvé quelque chose pour Matt, à une certaine époque. S'il n'avait pas débarqué dans sa vie comme un chien dans un jeu de quilles, Matt et elle se seraient peut-être mariés, ils seraient peut-être devenus le couple modèle d'enfants du pays.

— Je t'écoute, dit-il, s'attendant au pire.

Mais elle vint se camper devant lui et l'embrassa avec tendresse avant de déclarer :

— Je n'ai jamais aimé aucun homme autant que toi. Je te souhaite toute une vie de bonheur.

Pris au dépourvu, Simon battit des paupières. Il faillit la prendre dans ses bras afin d'éprouver une dernière fois la sensation de son corps contre le sien, au cas où elle aurait raison, au cas où rien ne serait plus pareil entre eux après cet instant. Mais elle ne lui en laissa pas l'occasion. Un sourire d'adieu aux lèvres, elle passa dans l'autre chambre et referma la porte derrière elle.

A cet instant, la limousine arriva.

29

La maison paraissait vide sans Simon. Si l'on considérait la somme de travail qu'il avait fournie pour la restaurer et l'enthousiasme qu'il avait mis dans les travaux, sans parler du temps qu'ils y avaient passé à faire l'amour ou à dormir, elle s'était mise à ressembler à un véritable foyer. *Leur* foyer. Leur mariage aussi se faisait de plus en plus réel. Mais tout cela avait pris fin encore plus vite que Gail l'avait redouté. Depuis qu'ils avaient conclu leur accord, Simon n'avait plus touché une goutte d'alcool et il s'était conduit de manière irréprochable. Autant d'efforts pour retourner à Los Angeles auprès de Bella, la seule variable qu'elle n'avait pas prise en compte dans son équation ! Gail avait cru que Simon et elle devraient se battre bec et ongles pour obtenir de Bella qu'elle le laisse voir leur fils. L'interdiction d'approcher l'avait confortée dans cette conviction. A présent, elle avait l'impression de s'être appuyée de tout son poids contre une porte qui avait brusquement cédé.

Jamais elle n'aurait dû se fier à ses sentiments depuis son mariage avec Simon, et encore moins au bonheur et à l'impression de sécurité illusoire qu'elle avait ressentis en revenant vivre dans sa petite ville natale. Au départ, elle n'y croyait pas. Pas vraiment. Et pourtant, elle s'était jetée dans la passion à corps perdu. Lorsqu'elle avait appris la liaison entre Tex et Bella, elle aurait dû comprendre que cette dernière avait toujours manipulé

Simon et continuerait de le faire — et aussi qu'il ne serait jamais capable de résister à une proposition de sa part. Après tout, Bella possédait la seule chose qui comptait pour Simon : Ty, qui primait sur toute autre considération.

Serrant son oreiller contre elle, Gail pleura et ferma les yeux de toutes ses forces. Depuis le début, elle savait qu'elle aurait à affronter cette épreuve. Il ne servait à rien de s'apitoyer sur soi. Mais tous ses raisonnements ne pouvaient apaiser la douleur qui lui déchirait la poitrine.

La solution était peut-être de quitter Autumn Lane. Il se pouvait qu'ainsi elle surmonte plus vite sa déception sentimentale et retrouve sa vie d'avant, celle d'une femme responsable, d'une professionnelle capable de gérer n'importe quelle situation. Si elle retournait chez son père, elle serait forcée de leur annoncer, à lui et à Joe, que Simon l'avait quittée. Mais de toute manière, il lui faudrait en passer par là très bientôt, alors autant en finir une bonne fois pour toutes.

Elle repoussa les couvertures du pied et se leva, puis enfila l'un des vieux pulls de Simon. Mais avant qu'elle ait pu atteindre le vestibule, la sonnette de l'entrée retentit.

L'espace d'un instant, elle espéra qu'il s'agissait de Simon. Il n'était parti que depuis une heure et aurait pu faire demi-tour. Mais au fond de son cœur, elle savait que c'était impossible : il était bien trop impatient de revoir son fils.

Alors, qui pouvait bien lui rendre visite à 10 h 30 du soir ?

Elle s'essuya le visage du revers de sa manche et alla silencieusement dans le séjour, pieds nus. Simon avait fermé la porte à clé, mais il avait remplacé l'ampoule grillée de la galerie et avait laissé la nouvelle allumée. Une charmante attention de sa part, songea-t-elle, amère, en soulevant un coin du drap qui masquait la fenêtre de devant.

C'était Sophia, la dernière personne au monde qu'elle

s'attendait à trouver là. Le dîner de ce soir ne lui avait-il donc pas suffi ?

Gail faillit ne pas lui ouvrir. Elle n'était pas sûre de pouvoir afficher un sourire de circonstance et prétendre, ainsi qu'elle l'avait fait chez Sophia, que tout allait pour le mieux dans sa vie. Mais elle ne pouvait pas non plus laisser la jeune femme plantée sous la galerie alors que sa Lexus était garée devant, bien en évidence, trahissant sa présence. Elle n'aurait pu faire cela à personne de sa connaissance et encore moins ici, à Whiskey Creek.

Espérant que celle qu'elle avait autrefois cordialement détestée — et à juste titre — ne s'apercevrait pas qu'elle avait pleuré, elle lui ouvrit la porte.

— Salut…

Contrairement à ce que Gail avait cru possible, elle parvint à produire un autre des sourires factices qu'elle avait plaqués sur son visage toute la soirée.

Sophia ne répondit pas tout de suite. Fourrant ses mains dans les poches de sa veste légère, elle dévisagea Gail avec attention.

Gagnée par l'embarras, Gail se racla la gorge.

— Qu'est-ce qui t'amène ici à une heure aussi tardive, Sophia ?

— Alexa avait oublié de prendre sa brosse à dents pour passer la nuit chez sa copine, alors je la lui ai apportée.

— Et cela t'a conduite jusqu'ici ?

— J'ai vu passer une limousine…

Elle marqua une pause comme si elle s'attendait que Gail dise quelque chose, mais celle-ci ne trouvait rien à répliquer. Au début, elle avait été tentée de chuchoter, pour faire croire à Sophia que Simon était encore dans la maison et qu'elle ne voulait pas le réveiller, mais à présent elle se félicitait de s'être abstenue. Se faire prendre à jouer une telle comédie aurait été plus embarrassant que le fait de reconnaître la triste réalité.

— C'était Simon, n'est-ce pas ? Il est parti.

Et il avait fallu que Sophia soit la première au courant ! Allait-elle exulter d'une joie mauvaise ? Du temps du lycée, elle ne s'en serait certainement pas privée.

— Oui.

— C'est bien ce que je pensais. Je l'ai entendu appeler une voiture après s'être entretenu avec… Je suppose qu'il s'agissait de son ex-femme ?

— C'est exact.

Voir Sophia reconstituer si parfaitement le puzzle de la soirée était loin de faire plaisir à Gail, mais elle n'avait aucune raison de chercher à présenter les faits sous un angle différent. Simon et elle avaient beau avoir donné le change au dîner, Sophia avait été aux premières loges pour l'observer après le coup de téléphone de Bella.

— Je suis navrée, dit-elle.

— C'est gentil. Et sinon, pourquoi es-tu passée ?

— J'étais inquiète. Je me suis dit que tu vivais peut-être un moment difficile. Je sais que tu ne me considères pas comme l'une de tes amies proches, mais je ne voulais pas te laisser seule si… si jamais tu avais besoin de la présence de quelqu'un.

Sophia semblait mal à l'aise, mais elle persévéra.

— Ce que tu traverses ne doit pas être facile à vivre. Tu es très amoureuse de Simon, je le vois bien.

Gail aurait bien aimé pouvoir la contredire. Elle aurait bien aimé pouvoir prétendre que tout allait à merveille, qu'elle savait dès le départ qu'elle prenait un risque en épousant Simon et qu'en conséquence elle s'était préparée au pire — des propos qui auraient un peu épargné son amour-propre. *C'était sympa le temps que ça a duré…* Mais l'abandon de Simon était trop récent, et les émotions encore à fleur de peau. Elle se sentait incapable d'ériger des défenses.

Aussi n'en fit-elle pas l'effort. De toute façon, la rougeur de son visage l'avait sans doute trahie.

— Tu as raison, dit-elle. Je l'aime au-delà de tout ce

que je pensais pouvoir un jour éprouver pour un homme. Et son départ me fait souffrir le martyre.

On pouvait difficilement aller plus loin dans la franchise ! Mais au point où elle en était, autant donner à Sophia ce qu'elle était venue chercher. La « garce » du lycée pouvait bien jubiler, si tel était son souhait.

Mais Sophia ne semblait prendre aucun plaisir à contempler son désarroi. Ses yeux s'emplirent d'une expression d'empathie, puis elle passa les bras autour de Gail et l'étreignit longuement.

— Je suis vraiment désolée pour toi, murmura-t-elle, et Gail sentit qu'elle était sincère. Il y a des jours où la vie ne vaut rien, tu ne crois pas ?

Gail eut l'impression que Sophia parlait en connaissance de cause.

— Tu n'es pas heureuse avec Skip, n'est-ce pas ?

Sophia hésita comme s'il lui était difficile d'admettre la vérité. Depuis le temps qu'elle offrait l'image de la « famille modèle »... Elle finit pourtant par avouer en reculant d'un pas :

— Non.

— Oui, il y a des jours où la vie ne vaut rien, répéta Gail avec un petit rire triste. Tu veux entrer boire un café ?

Sophia lui rendit son sourire.

— Avec grand plaisir.

Elles passèrent les deux heures qui suivirent à discuter. Etait-ce dans l'intérêt de Gail de rentrer sur-le-champ à Los Angeles ? Que penseraient son père et son frère de la défection de Simon ? De quelle manière devait-elle la leur présenter ? Mais aussi : Sophia avait-elle intérêt à se battre pour sauver son propre couple ? Cette dernière prétendait que son ecchymose à la joue ne lui avait pas été infligée par Skip mais, en son for intérieur, Gail devinait que la réalité était sans doute trop intime pour être révélée, même sous le sceau de leur toute nouvelle amitié.

Nul doute qu'un jour ou l'autre elle finirait par découvrir

la vérité. Car elle était bien décidée à poursuivre leur relation. La Sophia d'aujourd'hui n'avait rien à voir avec celle d'hier. Et puis, Gail non plus ne lui avait pas tout dit, elle ne lui avait pas avoué les véritables raisons de son mariage avec Simon. C'était trop risqué. Personne ne devait savoir.

— Oh ! regarde l'heure qu'il est ! dit Sophia en sortant son téléphone portable. Je ferais mieux de rentrer.

— Tu peux dormir ici, si tu veux. J'ai une chambre d'amis.

— C'est gentil, mais non. Skip risque d'appeler.

Elle fit la grimace.

— Ça lui arrive de temps en temps. Il vérifie que je suis bien à la maison. Il a tellement peur que je le trompe quand il est en déplacement…

— Et de son côté, tu crois qu'il te trompe ?

C'était encore une question délicate, mais la relation de confiance qu'elles avaient réussi à établir était assez solide pour l'autoriser. D'ailleurs cette fois, Sophia ne marqua aucune hésitation.

— J'en ai la quasi-certitude.

— Pourquoi ne divorces-tu pas ?

— Parce que Skip ferait tout ce qui est son pouvoir pour me prendre Lex et me laisser sans le sou. Je me sentirai peut-être prête à affronter une telle situation quand elle sera plus grande mais… pas maintenant. Ma fille compte beaucoup trop pour moi.

Sophia se retrouverait alors dans la situation de Simon, pensa Gail, il lui faudrait se battre pour récupérer son enfant.

— Je vois.

— Bon, il faut vraiment que je rentre, maintenant, mais d'abord je dois aller aux toilettes.

Tandis qu'elle s'éloignait, Gail songea au soutien qu'apportait une amie qui vous comprenait et ne vous jugeait pas sur vos décisions. Elle frémit à l'idée qu'elle avait bien failli ne pas voir cette amie-là en Sophia.

— Gail ?

Sophia l'appelait depuis la salle de bains.

— Oui ?

— Tu as vu ça ?

— Quoi ?

— Viens voir.

Très intriguée, Gail s'engagea dans le couloir. Sophia, campée sur le seuil de la salle de bains, lui faisait signe d'aller voir à l'intérieur. Là, sur son vanity-case, se trouvait un écrin de velours, posé sur un bout de papier portant l'écriture de Simon.

Lançant un regard perplexe à Sophia, elle commença par lire le mot.

« J'ai cherché la meilleure manière de te l'offrir. Maintenant que je m'en vais, je me rends compte qu'il n'y en a pas, mais je tenais quand même à ce qu'elle soit à toi. »

Elle tendit le mot à Sophia et ouvrit l'écrin. A l'intérieur se trouvait l'un des diamants que lui avait présentés M. Nunes avant son mariage avec Simon.

— Mon Dieu ! souffla Sophia lorsque Gail se tourna pour le lui montrer. A voir sa taille, j'aurais tendance à croire qu'il s'agit d'un zircon, mais je me doute qu'il n'en est rien…

Gail savait elle aussi qu'il s'agissait bel et bien d'un véritable diamant. Depuis la visite de M. Nunes, elle en connaissait même le prix.

Sophie lui rendit l'écrin.

— Vite, essaie-le !

Gail glissa le solitaire à son doigt. Il était monté sur un anneau d'or tout simple, mais qui offrait un magnifique contraste avec le diamant. L'association des deux était tout simplement sublime.

— Tu as vu ça ? dit Sophia, admirative. Simon a vraiment des sentiments pour toi. Je te parie qu'il va revenir !

Gail sourit mais secoua la tête.

— Non, il ne reviendra pas.

— Mais… pourquoi ?

— Il se passe trop de choses dans sa vie en ce moment.

Mais cela ne reflétait pas le fond de sa pensée. Gail se remémora l'instant où elle avait mis son âme à nu devant lui. Simon ne pouvait pas revenir, non, pas après la déclaration d'amour qu'elle lui avait faite. Car s'il revenait, ils ne pourraient plus poursuivre leur relation factice, ils devraient oser vivre leur amour.

Or, Gail avait toujours su que Simon n'était pas prêt pour cela.

Ian sortit de sa voiture dès qu'il vit Simon passer les portes de la zone de retrait des bagages.

— Comment s'est passé ton voyage ?

Pas bien, répliqua Simon en son for intérieur. Malgré son impatience de voir Ty, il se sentait coupable d'avoir laissé Gail à Whiskey Creek. Il ne cessait de l'imaginer endormie entre les draps de leur lit flambant neuf, dans leur maison centenaire, et regrettait de ne pouvoir être là-bas avec elle. Gail lui avait permis de retrouver une bonne hygiène de vie, elle avait introduit dans son quotidien le calme et la discipline qui jusque-là lui faisaient défaut. Le seul fait de rentrer à Los Angeles lui rappelait ces deux dernières années, et cela le mettait à cran. Il était également agacé par les sourires répétés que lui adressait son agent. Ian se comportait comme s'il avait réussi à déjouer les manœuvres de Gail et à reprendre la main sur la carrière de Simon — et sur sa vie. Mais il se trompait. Seul Ty pouvait passer avant Gail.

— Rapidement, Dieu merci, répondit-il. Bon, alors, qu'est-ce qui se passe ici ?

Ian avait choisi de prendre sa Mercedes plutôt que sa Porsche de manière à disposer d'un endroit où placer les bagages de Simon. Ce dernier les fourra dans le coffre en écoutant les explications de son agent.

— Bella n'a pas cessé de me bombarder d'appels, elle est complètement flippée. Elle veut que tu passes la voir tout de suite.

Simon consulta sa montre — 23 h 40 — et ouvrit la portière côté passager.

— Tu as vu Ty ?

— Non, j'ai juste eu Bella au téléphone.

Le portable de Simon se mit à sonner au moment où il prenait place dans la voiture. Espérant que c'était Gail qui appelait pour savoir s'il était bien arrivé, il tira l'appareil de sa poche et fronça les sourcils. Ce n'était pas Gail. Bien sûr que non. Certes, elle lui avait dit qu'elle l'aimait, pour le congédier l'instant d'après, comme si elle ne comptait plus jamais le revoir. Il savait au fond de lui-même que, à moins de la recontacter, il n'entendrait plus jamais parler d'elle.

Non, c'était Bella qui l'appelait. Déjà.

— Tu es à Los Angeles ?

— Je viens d'arriver.

— Et… tu vas passer chez moi ?

— Je suis en route.

— Oh ! merci, mon Dieu !

Simon remarqua que le timbre haletant et sexy de sa voix ne l'excitait plus vraiment comme avant. En fait, il ne l'excitait même plus du tout. Comme si Bella en faisait trop…

— Ty est avec toi ?

— Evidemment, où voudrais-tu qu'il soit ?

Mais Simon voulait en être sûr. A cette heure, son fils dormait, bien entendu, mais ce n'était pas grave. Cela faisait si longtemps qu'il ne l'avait pas vu ! Il mourait d'envie de serrer son petit corps chaud contre sa poitrine.

— O.K., j'arrive.

Il boucla sa ceinture de sécurité tandis que Ian s'immisçait dans le flot régulier de la circulation.

— C'est bon de te revoir, mec.

Simon se tourna vers lui.

— Tu rigoles ?

— Non, je suis sérieux. Pourquoi ?

— Enfin, on vient de se voir à Whiskey Creek !

— Ce n'était pas pareil.

Ian tapotait le volant au rythme de l'air de rap que diffusait son luxueux autoradio.

— Whiskey Creek n'est pas L.A. Ta vie à toi est *ici*.

— Tu crois ?

Les mains de Ian s'immobilisèrent sur le volant tandis qu'il lui jetait un regard soupçonneux.

— Qu'est-ce que ça veut dire ?

Simon n'en savait rien lui-même. Il avait toujours adoré Los Angeles et n'aurait jamais envisagé d'en partir, même en rêve. Sauf qu'aujourd'hui, il n'était plus aussi sûr que vivre à L.A. soit très indiqué dans son cas. Whiskey Creek avait apporté un changement bienvenu dans son existence. Il appréciait le charme de la petite bourgade ainsi que la mentalité de ses habitants. Son séjour avait été pour lui une véritable bouffée d'oxygène. Là-bas, il y avait assez d'air et d'espace pour pouvoir respirer librement.

— Rien, répliqua-t-il. Ça ne veut rien dire du tout.

Ian mit son clignotant et changea de file pour sortir de l'aéroport.

— C'est quand même dingue que tu sois arrivé à te sortir aussi facilement de ce mariage bidon. Tu y crois, toi ?

Simon haussa un sourcil.

— Je te demande pardon ?

— Maintenant que Bella est d'accord pour tirer un

trait sur cette stupide interdiction d'approcher, plus besoin de s'embêter avec Gail !

Simon garda le silence. Au-delà de leur accord initial, Ian n'avait jamais voulu que son mariage avec Gail perdure. C'était on ne peut plus clair.

— Pas vrai ? insista-t-il.

— Si tu le dis, marmonna Simon.

Visiblement ravi, Ian monta le volume de la radio.

— Tu vas voir, tout va s'arranger, mon pote ! Et vu la tournure que prennent les événements, tu vas pouvoir commencer ton prochain tournage en un rien de temps.

Il exécuta un rapide roulement de tambour sur le volant.

— Les affaires reprennent !

Au vu des récentes améliorations de sa situation, Simon supposait que, en effet, rien ne justifiait qu'il prolonge sa période d'inactivité. Il n'ignorait pas à quel point la gloire est éphémère. S'il négligeait les opportunités qui s'offraient à lui, elles risquaient de ne plus jamais se représenter et il finirait comme son père : aigri, il regretterait sa gloire passée, deviendrait un *has been*… Qui plus est, il avait déçu beaucoup de gens en annulant ses engagements. Peut-être pourrait-il en reprendre certains. Pour la plupart, il s'agissait de projets qui l'intéressaient, sinon il ne les aurait pas acceptés.

Mais souhaitait-il vraiment reprendre son ancien mode de vie ? Quant à la femme qui l'avait rendu heureux d'habiter une maison de soixante-quinze mètres carrés et avait fait de lui un bricoleur, souhaitait-il vraiment ne plus jamais la revoir ?

La résidence de Bella était tout aussi fastueuse que dans les souvenirs de Simon. Située à Beverly Hills, pas très loin de la sienne, c'était une propriété de style méditerranéen d'une superficie de mille quatre cents mètres carrés, agrémentée de nombreux palmiers et de trois piscines. Bella n'avait jamais très bien gagné sa vie. A l'époque où il l'avait connue, dans un *after*, elle officiait comme présentatrice à la télévision pour un salaire annuel de soixante mille dollars, mais dès qu'ils s'étaient mis en couple elle avait démissionné.

Simon attendit au portail que le vigile appuie sur l'Interphone, puis se gara derrière la voiture de Bella. Il était déjà minuit passé et il avait demandé à Ian de le conduire d'abord chez lui pour prendre sa voiture. Ne sachant jamais à quoi s'attendre de la part de Bella, il tenait à pouvoir repartir très vite, si nécessaire.

Elle l'attendait sur le perron. Il vit ses yeux scruter l'expression de son visage, puis elle se laissa aller dans ses bras.

— Je suis si heureuse que tu sois là, murmura-t-elle en appuyant sa joue contre sa poitrine.

Son parfum rappelait à Simon une foule de souvenirs, bons et mauvais, mais il n'éprouva pas les émotions poignantes qu'il associait autrefois à cette fragrance. Néanmoins, il sentit une chape de tristesse lui enserrer le cœur à la pensée de leur ancienne vie et de tout ce qu'ils avaient perdu. Manifestement, de nombreux changements s'étaient opérés en lui au cours de ces dernières semaines. A moins qu'ils ne remontent à plus loin, mais que ses excès d'alcool l'aient empêché de remarquer quoi que ce soit.

— Où est Ty ? demanda-t-il.

— Au lit. Viens, nous pouvons aller parler dans le salon.

Elle tenta de l'entraîner vers une cuisine-séjour vaste et confortable au sol recouvert de parquet, dominée par une énorme cheminée en pierre autour de laquelle étaient aménagés des plans de travail en granit et des appareils électroménagers dernier cri. Toute la pièce était décorée avec goût, comme toujours chez Bella. Simon ne pouvait rien trouver à redire à son sens du style. Avec ses immenses yeux bruns, sa peau olivâtre et sa lisse chevelure noire, elle était elle-même très belle.

— Tu veux boire quelque chose ?

Elle lui tendit une bouteille de vin — un pinot noir qui comptait parmi ses préférés.

L'alcool le tentait. On aurait dit qu'il y avait une éternité qu'il n'avait pas bu un verre. Mais il secoua la tête.

— Non, merci.

— Vraiment ?

— Je ne bois plus.

Simon fut presque aussi surpris que Bella d'entendre ces mots franchir ses lèvres, mais il resta ferme sur ses engagements. Il se sentait plus maître de lui-même qu'il ne l'avait été depuis longtemps et entendait bien le rester.

— Je vois…

Bella aurait dû se réjouir de ce sevrage, qui ne pouvait que marquer une évolution positive dans la vie de son ex-mari, pourtant Simon vit son sourire s'estomper. De toute évidence, elle avait envisagé une soirée bien différente de celle qui s'annonçait. Néanmoins, elle poursuivit :

— Tu as l'air fatigué. Que dirais-tu d'un café ?

— Très volontiers.

— Bon. Assieds-toi, alors.

Il la retint alors qu'elle s'apprêtait à s'éloigner.

— Avant toute chose, j'ai très envie de voir Ty.

Bella hésita. Il ne pouvait lui échapper que Simon se montrait bien plus enthousiaste à l'idée de revoir son fils que de la revoir, elle. Il savait que cela n'allait pas très bien se passer, mais il n'était pas disposé à traiter avec son ex-femme tant qu'elle ne lui aurait pas donné ce qu'elle lui avait promis.

— Bien sûr. Je vais te conduire en haut. Notre fils grandit si vite… Il ressemble de plus en plus à son séduisant papa.

Simon monta à sa suite jusqu'au premier étage, puis ils s'engagèrent dans un long couloir menant à l'aile droite de la maison. S'ils avaient continué, ils seraient arrivés devant une porte à double battant — sans doute la chambre principale, mais Simon n'y avait jamais pénétré. Bella et lui avaient certes fait l'amour depuis leur séparation, mais pas dans cette propriété.

La chambre de Ty n'était pas loin de celle de sa mère.

— Il a voulu la décorer avec des voitures de course, cette fois, murmura Bella en ouvrant la porte.

Une veilleuse était allumée sur le mur d'en face, fournissant une lueur juste assez suffisante pour que Simon puisse distinguer le visage de son fils en s'approchant.

Un sourire aux lèvres, il s'assit sur le lit et tira le petit garçon de sous sa couverture pour le prendre dans ses bras.

— Ne le réveille pas, murmura Bella comme si elle s'attendait qu'il se contente de le regarder.

Simon l'ignora. Il avait attendu ce moment trop longtemps pour se contenir.

— Ty, c'est papa, chuchota-t-il. Mon Dieu, comme tu m'as manqué !

Ty ouvrit les yeux, lui adressa un sourire ensommeillé et noua ses bras autour de son cou.

— Papa, où tu étais parti ? Je pourrai venir avec toi la prochaine fois ?

Simon souhaitait plus que tout au monde pouvoir lui dire oui. Mais il doutait que Bella l'autorise à emmener Ty quelque part. Pas lorsqu'elle comprendrait qu'il n'avait aucune intention de renouer avec elle.

— J'espère que tu pourras venir avec moi un jour, oui, très bientôt.

— Peut-être que papa restera ici avec nous.

Bella regardait Simon tout en ébouriffant les cheveux de Ty. L'expression de son regard était on ne peut plus claire : pour une raison qu'il ignorait, elle était prête à l'accueillir de nouveau dans son lit, dans leurs vies, au sein de la famille.

Mais Simon n'était plus amoureux d'elle.

30

Il avait fallu deux heures pour rendormir Ty, mais Simon s'en moquait. Il avait joué aux petits soldats avec son fils, parlé avec lui de sa dent manquante et de la pièce que la petite souris lui avait mise sous l'oreiller. Il l'avait interrogé sur son école maternelle et l'avait écouté parler de son institutrice et réciter fièrement l'alphabet. Quand les paupières de Ty avaient commencé à s'alourdir, Simon s'était même glissé dans le petit lit. Il avait couché son fils contre lui et humé sa peau comme s'il craignait de ne plus jamais le revoir.

Il avait attendu que Ty ait sombré dans le sommeil pour se lever et aller rejoindre Bella qui, frustrée par son indifférence à son égard, avait quitté la chambre une heure plus tôt.

Simon redoutait leur discussion à venir. Bella n'allait pas apprécier ce qu'il avait à lui dire, il le savait. Mais il lui fallait coopérer avec elle s'il tenait à revoir Ty.

Il la trouva assise dans le séjour, en train de regarder une émission de télé-réalité enregistrée. Lorsqu'il entra dans la pièce, elle mit le lecteur de DVD sur « pause » et, sa lèvre inférieure plissée en une moue exagérée, elle se tourna vers lui.

— Tu es content, maintenant ?

L'amertume contenue dans sa question faillit le faire sortir de ses gonds. Comment osait-elle imaginer qu'elle détenait le droit de l'empêcher de voir son fils ? Les mensonges qu'elle avait proférés dans le but d'obtenir l'interdiction d'approcher à son encontre étaient déjà suffisamment écœurants. Bella semblait croire qu'elle pouvait s'abriter derrière une décision de justice, et cela mettait Simon hors de lui. Mais pour s'être déjà laissé dominer par la colère dans le passé, il ne pouvait se permettre de commettre de nouveau cette erreur. L'objectif ce soir était d'établir entre Bella et lui une relation amicale, pas de reprendre une de leurs éternelles querelles.

— Ça m'a fait très plaisir de le voir. Je te remercie.

Passant les doigts dans sa longue chevelure, Bella le regarda comme si elle lui avait octroyé une immense faveur et non la visite à laquelle il avait droit en sa qualité de père de Ty.

— Ton père m'a appelée.

Simon faillit lui demander s'ils couchaient toujours ensemble, mais de nouveau il se retint. Tex était entouré d'une foule de femmes prêtes à combler ses moindres désirs. Il n'avait donc pas besoin de Bella en particulier, d'autant qu'en principe elle n'était pas attirée par les hommes qui avaient le double de son âge. Simon savait qu'au travers de cette aventure, ces deux-là n'avaient cherché qu'à l'atteindre. Maintenant que Bella et lui n'étaient plus ensemble, Tex et elle n'éprouvaient même plus de sympathie l'un pour l'autre.

— Qu'est-ce qu'il voulait ?

— Il a entendu dire que tu rentrais à L.A.

— Comment ça ?

— Va savoir, c'est sûrement ton imbécile d'agent qui le lui a dit.

Il y avait là anguille sous roche. Car c'était également Ian qui avait indiqué à Tex où trouver Simon à Whiskey Creek. Et il y avait une bonne raison à cela, tout comme il y en avait une à son enthousiasme de le voir honorer ses engagements et jouer dans *Hellion*.

Simon soupçonnait son agent d'avoir touché des potsde-vin. Au demeurant, tout à Hollywood semblait se réduire à une affaire de gros sous. Mais il s'occuperait de cela plus tard.

— Que voulait-il ? insista-t-il.

— Il m'a demandé de te laisser tranquille.

Au lieu de traverser la pièce pour aller s'asseoir auprès d'elle, Simon tira un tabouret de bar de l'îlot central et l'orienta de façon à faire face au séjour.

— Il t'a dit pourquoi ?

— Tu ne devines pas ?

— Tu sais bien que nous ne nous parlons plus, Tex et moi.

— Il m'a dit que tu avais enfin trouvé le bonheur. Que tu n'avais pas besoin qu'une traînée comme moi recommence à foutre ta vie en l'air.

Voyant qu'il ne réagissait pas au terme de « traînée », autrement dit qu'il ne prenait pas sa défense comme elle l'avait sans doute espéré, Bella se renfrogna.

— Comme si j'étais responsable de notre divorce…, ajouta-t-elle.

— Ce n'est pas moi qui ai couché avec Tex, lui fit remarquer Simon.

— Tu as couché avec tout un tas de filles !

Pourtant, qu'elle le croie ou non, il n'avait pas touché une autre femme qu'elle avant de les avoir surpris au lit, son père et elle. Et même après, il s'était écoulé des mois — le temps de comprendre que son mariage était condamné — avant qu'il n'entraîne l'une de ses partenaires à l'écran dans son lit. Après cela, il n'avait plus vu l'intérêt de mettre un frein à ses infidélités. A plusieurs reprises, Bella, consciente qu'elle était en train de le perdre, avait tenté de changer d'attitude, mais ces périodes ne duraient jamais bien longtemps. Elle était incapable de surmonter le complexe d'insécurité qui la poussait à le provoquer.

Mais il ne servait à rien de revenir là-dessus. On ne

pouvait pas changer le passé. Chacun d'eux avait commis des erreurs. Tout ce qu'il voulait aujourd'hui, c'était trouver le moyen de sortir de cette ornière.

— C'est vrai, reconnut-il.

Visiblement satisfaite de l'entendre assumer la responsabilité de ses écarts, Bella fit cliqueter ses ongles tout en le dévisageant.

— Donc… à partir de là, que faisons-nous ?

— J'espère que nous pourrons aboutir à certaines dispositions au sujet de Ty.

— Quel genre de dispositions ?

— J'aimerais obtenir sa garde.

C'était la seule façon pour Simon d'empêcher définitivement Bella de se servir de Ty comme d'une arme contre lui.

— Mais si tu te montres coopérative, je suis prêt à accepter une garde alternée.

— Tu n'obtiendras jamais la garde exclusive de Ty ! Et je n'ai pas à coopérer avec toi.

Simon sentit tout son corps se crisper.

— Pourquoi persistes-tu à agir ainsi, Bella ?

— Parce que Ty et moi, nous sommes indissociables ! Tu ne peux pas me repousser et l'emmener, lui ! Ce n'est pas juste !

L'argument de Bella n'avait aucun sens. C'était le chagrin et la colère qui la faisaient s'exprimer ainsi, le même chagrin et la même colère qui avaient miné leur couple.

Simon tenta de contrer cette réaction en restant aussi calme que possible.

— Bella, je t'en prie… J'aime Ty. Jamais je ne permettrai qu'il lui arrive quoi que ce soit, tu le sais bien. C'est ce qui devrait compter le plus à tes yeux.

— Et *moi*, alors ?

Bella se comportait elle-même comme une enfant.

— Quoi, toi ?

— Qu'est-ce que je vais devenir, moi ? L'ex dont tu t'es débarrassé ? Tu crois que tu peux me jeter comme une malpropre et me prendre mon fils pour fonder une nouvelle famille avec ton attachée de presse dans un trou paumé, à des heures de voiture d'ici ? Vivre heureux jusqu'à la fin de tes jours pendant que moi, je serai malheureuse ?

Simon écarta les bras.

— Même si j'emmenais Ty à Whiskey Creek, ça ne serait pas pour longtemps ! Je compte revenir à L.A. et continuer à faire des films. Je ne m'éloigne pas de ma carrière. Nous pouvons coopérer tous les deux, nous assurer que nous avons chacun ce qu'il nous faut pour être heureux.

Bella se mordit la lèvre.

— Tu l'aimes ?

Ainsi qu'il s'en doutait depuis le début, elle ne l'avait pas fait venir pour parler de Ty. Bella se sentait exclue et ne supportait pas l'idée qu'il ait réussi à tourner la page. Déjà, du temps où elle possédait encore le pouvoir de lui faire du mal, elle l'aimait davantage lorsqu'elle savait qu'il souffrait à cause d'elle.

— Tu tiens vraiment à le savoir ?

Elle garda le silence, mais releva le menton comme si elle attendait une réponse de sa part.

Simon prit une profonde inspiration.

— Je l'ai épousée parce que je pensais que cette union améliorerait mon image.

Soulagée, Bella se laissa aller sur son siège.

— Evidemment. Jamais tu n'aurais pu être attiré par une femme aussi… aussi quelconque qu'elle !

— Je n'ai pas fini. C'est comme ça que tout a commencé, mais par la suite… les choses ont changé. Gail est la personne la plus merveilleuse que j'aie jamais rencontrée. Auprès d'elle, je me sens épanoui, satisfait. J'adore sa façon de rire et de me faire rire. J'adore savoir que je peux compter sur elle. J'adore la façon dont son visage s'illumine chaque fois que j'entre dans une pièce. J'adore sa façon de jouer les dures à cuire alors qu'en réalité elle cache un cœur d'or. Et surtout, j'adore sa façon de m'aimer.

Le seul fait de penser à elle amena un sourire sur les lèvres de Simon, qui ajouta :

— Je t'ai dit la vérité, l'autre soir : je suis heureux en ménage.

Les yeux de Bella se noyèrent de larmes, mais il n'éprouvait aucune compassion à son égard. Elle s'apitoyait sur son propre sort, rien de plus.

— Tu ne reverras plus jamais Ty, Simon ! Et maintenant, fous le camp avant que j'appelle les flics !

Simon se dirigea vers la porte. Il était hors de question qu'il anéantisse tous les progrès qu'il avait accomplis en provoquant un énième scandale. Mais il marqua un temps d'arrêt devant la porte.

— Rien ne me fera renoncer, Bella. Je me battrai pour Ty aussi longtemps qu'il le faudra.

Elle le saisit par le bras.

— Je pense que c'est une erreur de vouloir tirer un trait sur notre histoire, Simon. Nous pourrions tout recommencer. Nous avons été heureux, à une époque…

Elle posa la main de Simon sur son sein, mais ce contact ne lui fit ni chaud ni froid.

— Désolé, dit-il avant de s'écarter, mais ça ne m'intéresse pas.

Simon se réveilla le lendemain matin, le moral au beau fixe. Il avait revu Ty. Pas assez longtemps, hélas ! pour compenser tous ces mois d'attente, mais au moins il avait pu être près de lui pendant deux heures. Et il avait cessé de se sentir en conflit avec Bella ou avec lui-même. Son ex-femme avait enfin perdu tout pouvoir de le faire souffrir. Sa visite chez elle, la nuit dernière, avait été bénéfique à bien des égards, mais surtout elle avait révélé ses véritables attentes. Il n'était pas prêt à rejouer dans des films. Pas encore. Il préférait retourner à Whiskey Creek, cet endroit qui lui avait apporté tant de satisfactions, et terminer la maison d'Autumn Lane. Quand il rentrerait à Los Angeles pour de bon, Gail serait à ses côtés, mais ce retour ne se produirait pas avant qu'ils soient tous les deux prêts à affronter ce qui les attendait là-bas.

Il avait essayé de la joindre la nuit dernière, dès qu'il était rentré chez lui. Il voulait lui annoncer les décisions qu'il avait prises et mourait d'impatience de la voir. Son avenir était intimement lié au sien. Au cours de ces dernières semaines, il avait recouvré sa santé et sa joie de vivre. Pour quelle raison laisserait-il filer tout cela ? Pour l'échanger contre le vide qui l'habitait auparavant ?

Cela n'était nullement dans ses intentions, mais Gail l'ignorait encore. La nuit était déjà très avancée lorsqu'il avait tenté de l'appeler, et elle n'avait pas répondu.

A peine eut-il ouvert les yeux qu'il se mit à songer à elle. Il se retourna dans le lit pour mettre la main sur son portable, mais celui-ci se mit à sonner avant même qu'il ait pu s'en emparer. C'était peut-être Gail qui le rappelait. Il l'espérait, en tout cas. Il avait hâte de lui parler. Mais le service de présentation du numéro lui apprit que l'appel n'émanait pas de Gail. Il s'agissait de Tex.

Le visage sombre, Simon fixa l'écran digital. Qu'est-ce que son père pouvait bien lui vouloir ? Simon n'en avait pas la moindre idée, mais comme Tex avait signé son retrait de *Hellion* et que lui-même se sentait enfin plus lucide quant à l'orientation à donner à sa vie, il décida de répondre.

— Allô ?

— Mais qu'est-ce que tu fous, bon sang ?

Simon fut surpris par la dureté du ton de son père.

Il pensait être en meilleurs termes avec lui, désormais, mais de toute évidence il s'était trompé.

— Je dors. Et toi, qu'est-ce que tu fais ?

— Je ne parle pas de ce que tu fais en ce moment même ! Je te parle de ce que tu as fait hier soir !

— Je suis passé voir mon fils. Pourquoi ? Et qu'est-ce qui te met dans une colère pareille ?

— Je pensais que tu t'étais enfin ressaisi et que tu avais enfin redonné un sens à ta vie ! Je pensais que tu avais compris la valeur de ce que tu as et que tu arrêterais de tout foutre en l'air. Et voilà maintenant que tu fais *ça* !

Une vague nausée envahit Simon, chassant les dernières traces de sa fatigue. Se redressant brusquement, il se frotta le visage.

— Parle moins vite et explique-moi ce que tu racontes. Qu'est-ce que j'ai fait, la nuit dernière ?

— Tu te moques de moi ? Mais tout internet ne parle que de ça ! C'est sur YouTube, les blogs de toutes les célébrités, Yahoo…

— Je ne vois vraiment pas de quoi tu parles.

— Alors allume ton ordinateur, tu verras bien ! Tu t'es fait prendre la main dans le sac et les médias s'en donnent à cœur joie. Après le numéro du repenti que tu leur as joué avec Gail, ils te tordent le cou ! A vrai dire, certains s'intéressent davantage à une autre partie de ton anatomie. On parle de castration comme d'un châtiment adéquat…

Mais enfin, pourquoi ? Il n'avait rien fait !

Balançant son téléphone, Simon sortit du lit et se précipita sur son ordinateur. Après l'avoir allumé, il entra son nom sur Google. Puis il se laissa tomber dans son fauteuil de bureau, fixant l'écran dans un silence horrifié. Le premier résultat qui apparut le dirigea vers une *sex tape* de Bella et de lui. La légende en était :

« Les délicieux ébats avec son ex la nuit dernière prouvent que Simon O'Neal n'a pas changé. »

*
* *

Presque toutes les connaissances de Gail l'avaient appelée pour lui parler de la vidéo qui faisait le buzz en ligne. L'assaut avait commencé avec Serge, son collaborateur à l'agence, qui aidait Josh à superviser la couverture médiatique du mariage et qui était arrivé le premier au bureau. Il l'avait réveillée. Mais maintenant que la rumeur concernant la *sex tape* avait été reprise par les principaux organes d'information, elle commençait à être également contactée par ses amies de Whiskey Creek.

Gail avait pris son ordinateur portable dans son lit. Elle n'ignorait pas le contenu de cette vidéo, mais ne pouvait se résoudre à la regarder. Pas en entier. La séquence du début, où l'on voyait Simon s'approcher de la maison de Bella avant d'y entrer, était suffisamment claire pour qu'on le reconnaisse. La séquence indiquait aussi la date et l'heure, c'est-à-dire la veille au soir. C'était tout ce qu'elle avait besoin de voir. Quelques heures après l'avoir quittée, Simon avait retrouvé le lit de Bella…

— Qu'allons-nous faire ? lui demanda Josh.

Il était arrivé à l'agence après Serge, c'était donc la première occasion qu'elle avait de lui parler. Son appel était le seul qu'elle ait accepté de prendre. Son humiliation et sa gêne étaient encore trop récentes, trop vives, pour affronter la compassion de ses proches. Elle n'avait même pas répondu à l'appel de son père, qui devait avoir été mis au courant par un client de la station-service. Elle ne voyait pas comment il l'aurait appris autrement.

— Je n'en sais rien, murmura-t-elle.

Dans son cœur, la douleur était telle qu'elle n'arrivait pas à réfléchir. Elle n'osait pas sortir de sa chambre, ni s'aventurer au-dehors de peur de se faire piéger. Ce n'était qu'une question de temps avant que son père ne débarque chez elle. A moins que ce ne soit Joe qui frappe à sa porte le premier. Elle les avait suppliés d'accorder une chance à Simon et ils l'avaient fait. A présent, elle avait le sentiment de les avoir sciemment exposés.

Elle avait l'impression d'avoir reçu un coup de poing à l'estomac. Pourquoi avait-elle eu foi en Simon ? Pourquoi s'était-elle laissée aller à apprécier son physique, son charme, son espièglerie et sa merveilleuse façon de faire l'amour ? Pas étonnant qu'il soit un excellent amant. Il s'était assez exercé, à l'écran comme à la ville...

Le voir si heureux l'avait convaincue de sa sincérité, estima-t-elle. Il semblait si épanoui durant son séjour à Whiskey Creek !

Elle secoua la tête, se remémorant son sourire d'enfant, quand il démolissait la cuisine. Il l'avait laissée en chantier, tout comme son cœur... Elle avait reçu des avertissements, mais avait choisi de les ignorer ! Et pour couronner le tout, l'acte de Simon la rabaissait à ses propres yeux : elle se sentait stupide.

— Alors, tu l'as visionnée ? demanda Josh.

— Pas en entier, non. Mais ce que j'ai vu est extrêmement cru.

— Ça s'aggrave par la suite. Je ne vois pas comment nous pourrons faire passer cette *sex tape* pour autre chose que ce qu'elle est.

— Oui, moi non plus. Nous ne pouvons même pas affirmer qu'il ne s'agit pas de lui. Simon m'a quittée, il est rentré à Los Angeles, il a couché avec elle. Nous n'avons aucune marge de manœuvre. Il nous faut laisser faire, voir dans quelle mesure cette histoire nuit à Big Hit.

Gail trouvait plus facile de parler des dégâts que ce nouveau scandale risquait de causer à son agence que de ceux qui risquaient d'affecter sa vie. Elle avait beau avoir avoué la vérité à Josh, celui-ci n'avait pas été témoin de la rapidité avec laquelle elle avait succombé à Simon. Aussi lui était-il épargné d'avoir à livrer ses sentiments intimes à son assistant — du moins pour l'instant.

— Je ne pense pas que cette affaire nous coûte des

clients, dit-il. Simon ne peut pas te rendre responsable de ce qui lui arrive.

— Peu importe. Je passe pour une idiote, suffisamment naïve pour l'avoir épousé. Et nous savons toi et moi à quel point la roue tourne vite à Hollywood. Si je suis perçue comme une *has been*, nous allons perdre certains de nos clients, voire la majorité d'entre eux.

— Nous excellons dans notre domaine, Gail. Tu verras, nous survivrons, affirma Josh.

Au moins, depuis la vente des photos du mariage à *People*, Gail disposait-elle de suffisamment d'argent pour maintenir l'agence à flot pendant quelques mois, si nécessaire. C'était le côté positif de l'accord passé. Le contrat stipulait qu'elle toucherait son argent, quand bien même Simon ferait échouer leur plan.

Par bonheur, son esprit de prévoyance l'avait incitée à exiger cette clause.

Elle baissa les yeux sur le solitaire que Simon lui avait laissé en partant. La veille, elle était allée se coucher avec l'espoir que ce cadeau devait signifier quelque chose, mais à présent elle y voyait plus clair. Ce diamant aussi, elle pourrait le revendre…

— Donc, tu ne lui as pas encore parlé ? demanda Josh.

— Non.

Simon avait essayé de la joindre, à 3 heures du matin. Après sa discussion avec Serge, elle avait pris connaissance de cet appel manqué. Mais elle dormait lorsque Simon lui avait téléphoné, et il était hors de question qu'elle le rappelle maintenant.

Elle n'arrivait pas à croire qu'il ait cherché à lui parler juste après avoir fait l'amour avec Bella ! Peut-être voulait-il le lui annoncer avant qu'elle ne l'apprenne par quelqu'un d'autre. Peut-être avait-il assez de scrupules pour avoir voulu lui en faire part.

A l'autre bout du fil, Josh soupira.

— C'est triste. A l'exception de quelques esprits

chagrins qui ne comptent pas vraiment, votre mariage avait été bien accueilli par l'opinion. Notre plan fonctionnait.

— Tu parles des esprits chagrins qui ont prétendu que je n'étais pas assez jolie pour Simon ? Pas assez dynamique ? Pas assez connue ?

Gail avait toujours su que dans cette histoire de stars elle n'était qu'une personne normale, une fille ordinaire. Mais d'une certaine manière, elle s'était laissé prendre à la magie de ce conte de fées.

— Je veux parler de ceux qui sont trop bêtes pour voir que tu es une fille formidable, rétorqua Josh. Et que Simon avait bien de la chance de t'avoir à ses côtés.

Il y eut un bip indiquant à Gail qu'elle avait un autre appel. Certaine qu'il s'agissait de son père, ou de Callie — Gail redoutait le moment où son amie apprendrait ce qui s'était passé —, elle baissa les yeux sur l'écran de son portable.

C'était Simon.

31

Gail s'exhorta à ne pas répondre. Après le tour pendable que lui avait joué Simon, elle ne voulait pas lui parler. Mais son envie d'avoir une explication l'emporta sur tout le reste…

Elle dit à Josh qu'elle devait interrompre leur communication et, mettant sa faiblesse sur le compte de sa sottise, elle prit l'autre appel.

— Allô ?

Simon ne prit même pas la peine de la saluer.

— Je n'ai rien fait, Gail.

Elle sentit sa main se crisper sur le téléphone. Elle avait cru qu'il tenterait de lui présenter des excuses ou qu'il solliciterait son aide pour le tirer du nouveau guêpier dans lequel il s'était fourré. Elle ne s'attendait certainement pas qu'il nie tout en bloc.

— C'est bien ton visage qu'on aperçoit sur la vidéo, n'est-ce pas ?

— C'est le mien, oui. Du moins sur la vidéo filmée par les caméras de sécurité. Je me suis rendu là-bas hier soir pour voir Ty. J'ai passé deux heures avec lui…

— A minuit ?

— Oui. Je l'ai réveillé. Mais je n'ai pas couché avec Bella. Je ne l'ai même pas embrassée. Elle a essayé, de son côté, mais ça ne m'intéressait pas.

Il baissa la voix, ce qui le rendit autrement plus convaincant.

— Je n'arrivais pas à penser à autre chose qu'à toi.

Dans la poitrine de Gail, la douleur se fit plus aiguë : désormais, à son sentiment de trahison s'ajoutait la crainte que son amour pour Simon ne la rende assez vulnérable pour le croire au lieu de s'en tenir à ce qu'elle avait vu de ses propres yeux.

— S'il ne s'agit pas de toi, qui est-ce, alors ? lui demanda-t-elle, tâchant de maîtriser le tremblement de sa voix.

— Je n'en ai aucune idée, mais je t'assure que je n'ai pas couché avec Bella.

Face à son silence, il poursuivit :

— Je n'ai pas touché une autre femme depuis que je suis avec toi. Je t'ai appelée, la nuit dernière, pour te dire que je ne voulais pas qu'on se sépare. Je ne veux pas te perdre, Gail…

Elle pressa sa main sur son front. Elle avait tellement envie de le croire ! Mais, d'un autre côté, elle avait eu tort, jusqu'ici, de lui faire confiance.

— Je ne sais pas quoi te dire, Simon.

— Dis-moi que tu me crois, Gail. Je ne t'ai jamais menti.

Il avait commis des folies, des erreurs de jugement, mais pour le coup il disait vrai : le mensonge n'entrait pas dans son mode de fonctionnement. Cependant, la prudence conseillait à Gail d'avancer pas à pas.

— Alors d'où vient cette vidéo ? Comment a-t-elle été réalisée ?

— C'est ce que j'essaie de comprendre ! Pour l'instant, tout ce que je peux supposer, c'est que Bella m'a tendu un piège. Elle savait que me laisser voir Ty était le meilleur moyen pour que je me précipite chez elle. Peut-être s'est-elle imaginé qu'il lui serait facile de me mettre dans son lit. Ensuite, elle aurait eu la preuve qu'il lui fallait pour détruire notre mariage et anéantir mes chances d'obtenir un jour la garde de Ty. Sauf que je n'ai pas agi comme elle l'escomptait. Je n'en ai même pas eu la tentation.

— Donc… elle a dû changer de stratégie.

— C'est ça. J'ai visionné cette fichue *sex tape* des dizaines de fois, pour essayer d'y voir clair. Je parie qu'il s'agit du même homme que dans la vidéo qu'elle m'avait déjà envoyée.

— Quelle vidéo ?

— Eh bien, ce n'est pas très reluisant, mais je vais te l'envoyer. Je pense que Bella a retouché la séquence en remplaçant le visage du type par le mien. Tu remarqueras que dès que les ébats commencent, on ne voit plus grand-chose qui permette de m'identifier.

Gail comprit que Simon était passé en mode mains libres — il devait être en train de lui envoyer cette fameuse vidéo.

— On entraperçoit mon visage de temps à autre, conclut-il.

Si Simon disait vrai, la personne qui avait trafiqué ce petit film avait fait du bon travail.

— D'après toi, Bella serait capable de réaliser ce genre de manipulation ?

— J'en suis certain, affirma-t-il. Elle était dans tous ses états, hier soir. Mais elle est allée trop loin, cette fois…

— Il faut posséder de réelles compétences techniques pour réaliser cela, et être habitué à retoucher des vidéos…

— Exact. Mais grâce à moi, Bella ne manque pas de contacts dans le milieu du cinéma.

Le téléphone de Gail se mit à vibrer, indiquant la réception d'un texto.

— Attends une minute…

Elle se mit elle aussi en mode mains libres, le temps de visionner le petit film que Simon venait de lui envoyer. On y voyait effectivement Bella en compagnie d'un autre homme. Un message était joint à cette séquence érotique :

Le nouveau papa de Ty.

Gail fut stupéfaite par la volonté manifeste de Bella de nuire et de blesser.

— Quand as-tu reçu ça ?

— La nuit où je me suis entaillé la main.

C'était logique. Gail songea que, en s'impliquant dans ce nouveau scandale, elle était peut-être en train de commettre une erreur plus grosse encore que la précédente, mais elle n'avait pas le choix : il lui fallait laisser parler son cœur.

— Comment le prouver ?

Simon poussa un long soupir.

— Tu me crois, alors ?

Elle s'autorisa un sourire ironique.

— Pensais-tu avoir du mal à me convaincre ?

— J'étais inquiet. Je pense sincèrement ce que je t'ai dit, Gail. Je ne veux pas te perdre.

— Fais attention, Simon. Tu as juré de ne plus jamais te remarier…

— Ne t'en fais pas, je m'arrangerai pour éviter un autre divorce…

Gail se mit à rire, infiniment soulagée. Une fois de plus, ils étaient dans de beaux draps, mais ils étaient deux pour se battre.

— Bon, qu'allons-nous faire ?

— On va apporter cette vidéo à un spécialiste, répondit Simon, afin de voir si on peut prouver qu'elle a été bidouillée. Il est hors de question que Bella s'en tire à si bon compte !

— Ça me paraît une bonne idée.

— Est-ce que ça veut dire que tu vas rentrer à L.A. et rester avec moi le temps que je tire cette histoire au clair ? demanda-t-il.

Simon voulait savoir si elle lui faisait assez confiance pour le soutenir publiquement. Etait-elle disposée à endurer ce que leur réservaient les semaines à venir ?

— J'arrive par le prochain vol.

*
* *

Simon avait laissé Gail s'imaginer qu'elle venait à son secours parce que c'était le moyen le plus rapide de la faire rentrer à Los Angeles. Mais elle en avait déja assez fait pour lui. Désormais, il ne buvait plus, il était innocent et furieux. Autrement dit, tout à fait capable de se sortir tout seul de ce bourbier.

Ian alla ouvrir la porte et cligna les yeux, ébloui par le soleil qui entrait à flots dans sa maison. Puis, son visage s'assombrit.

— Simon ! Qu'est-ce que tu viens faire ici ? Pourquoi tu ne t'es pas contenté de m'appeler ?

Simon lui répondit par une autre question.

— En pleine nuit, Ian ? Tu aurais voulu que je t'appelle en pleine nuit ? Mais je te réveille ? Tu t'es couché tard ?

A voir l'attitude de son agent, Simon comprit que celui-ci avait senti le vent tourner.

— Pas si tard, non… Je suis rentré directement chez moi après être allé te chercher à l'aéroport. Pourquoi ?

— Et tu y es resté, chez toi ?

Ian eut une légère hésitation.

— Mais oui…

Simon le bouscula sans ménagement pour entrer dans le séjour. Par chance, Ian vivait seul, Simon ne se souciait donc pas de déranger qui que ce soit en débarquant chez lui.

— Où est ton ordinateur ?

— Pourquoi ?

— Parce que tu as environ cinq minutes pour me prouver que ce n'est pas toi qui as bidouillé cette *sex tape* ou engagé quelqu'un pour le faire.

— Quelle *sex tape* ?

Mais Simon voyait bien que son agent savait parfaitement de quoi il retournait. Ian savait et, pourtant, il dormait encore lorsqu'il avait frappé à sa porte. Alors, quand avait-il eu vent de cet ultime scandale si ça n'était pas ce matin, en même temps que le reste du monde ?

— Celle où je suis censé coucher avec mon ex-femme.

Ian resserra la ceinture de son peignoir de bain.

— Simon…

— Je sais que c'est toi, Ian.

— Non, c'est faux.

— Alors prouve-le !

Les mains écartées, Ian avança d'un pas.

— Comment ?

— Donne-moi accès à ton ordinateur.

Ian se prit le visage dans les mains, puis laissa ses bras retomber le long de son corps.

— Allons, Simon, tu sais bien que je ne ferais jamais une chose pareille ! S'il y a une vidéo qui circule, c'est sûrement Bella qui l'a faite. Ou bien c'est ton père qui l'a aidée.

— Ce n'est pas mon père.

— Comment tu peux le savoir ?

Parce que, pensa Simon, la frustration et la déception de Tex avaient eu les accents de la sincérité, ce matin au téléphone. Parce que son père pensait ce qu'il disait lorsqu'il lui avait fait l'éloge de Gail — en outre, il ne s'était pas trompé sur son compte, ce qui donnait à sa parole plus de crédibilité qu'elle n'en avait eue depuis des années. Et, enfin, parce qu'il lui avait présenté ses excuses pour avoir entretenu une liaison avec Bella. Tex n'était pas un exemple de droiture, loin s'en fallait, mais sur ce coup-là il avait joué franc jeu, Simon en aurait mis sa main à couper.

En plus, son père avait consenti à le libérer de son contrat pour *Hellion*. S'il avait voulu le contraindre à rentrer à Los Angeles, il aurait déjà tenté quelque chose. Or, il avait accepté de retirer le nom de Simon de l'affiche du film. C'était Ian qui serait perdant dans l'affaire, si d'aventure Simon décidait de rester à Whiskey Creek, avec Gail.

— Je le sais, c'est tout, répliqua Simon.

— Mais ton père était furieux quand j'ai essayé de te restituer ton rôle dans *Hellion* !

— Il a signé mon retrait du projet, Ian.

— Peut-être, mais ce n'était pas de gaieté de cœur…

— Il n'aurait pas agi ainsi s'il n'avait pas été décidé à me laisser partir. C'est toi, Ian, qui veux à toute force que je fasse ce film, plus que mon père. Pourquoi ?

— Evidemment que je veux que tu fasses ce film ! Je suis ton agent, Simon, et c'est le genre de rôle qui peut te valoir un Oscar. Ça me désole de te voir foutre ta vie en l'air parce que, du jour au lendemain, tu t'es laissé dominer par une femme. Mais je ne ferais jamais rien qui puisse te nuire, tu le sais bien !

— J'aimerais te croire, Ian. J'ai été correct avec toi. Je t'ai grassement payé. Je t'ai gardé, même après les dégâts — dont je me sentais en partie responsable — que tu as causés à l'agence de Gail. Mais aujourd'hui, je prends conscience de certaines choses qui auraient dû me frapper plus tôt.

— Non, Simon, tu fais fausse route, se défendit Ian.

— Vraiment ? Ce n'est pas toi, peut-être, qui as permis à mon père de retrouver ma trace à Whiskey Creek ?

— Si, mais uniquement parce qu'il me harcelait. Je ne voulais pas le mettre en colère. Ça ne t'aurait été d'aucune utilité. Nous en avons déjà parlé.

— Pourquoi ne m'as-tu pas dit dès le départ qu'il faisait partie de l'équipe des producteurs exécutifs de *Hellion* ?

— Mais parce que je n'en savais rien ! Ce n'est pas lui qui nous a contactés pour faire ce film ! Pour lever des fonds, les producteurs peuvent vendre des parts à qui ils veulent, et du reste ils ne s'en privent pas. Ce n'est pas nous qui faisons la loi, tu le sais bien. J'ai découvert avant toi l'implication de ton père dans le projet et oui, je l'avoue, j'ai fermé les yeux, parce que je ne voulais pas te mettre dans tous tes états, mais au départ je l'ignorais, je t'assure !

Ian disait peut-être vrai, mais l'affaire ne s'arrêtait pas là et il ne devait pas tenir à ce que Simon en découvre davantage.

— Ça m'étonnerait que Tex ait eu besoin de beaucoup te bousculer pour que tu lui indiques l'endroit où je me cachais. Tu voulais qu'il me pousse à quitter Whiskey Creek parce que tu y avais un intérêt.

— Lequel ?

— L'argent. Quoi d'autre ?

— Enfin, Simon, c'est ridicule ! Regarde dans quel décor je vis…

Ian désigna le mobilier qui les entourait.

— Je m'en sors très bien financièrement. Jamais je n'irais te trahir pour de l'argent.

— Sauf si le jeu en valait vraiment la chandelle. Qu'est-ce que t'a proposé Bella ? A moins que ce ne soit toi qui lui aies fait une offre ? Quand tu as vu que je ne revenais pas à L.A. et que tu appris que mon père avait signé mon retrait du film, tu as dû tomber des nues. Ça t'a fichu la trouille, c'est ça ? Bella t'a promis un gros paquet de fric en échange de mon retour ici ?

— Non, mais écoute-toi ! ricana Ian. Tu délires, mon vieux !

— Ah oui ?

Simon aperçut ce qu'il cherchait depuis son arrivée : le téléphone portable de Ian. Raflant le petit appareil du comptoir où il était en train de se recharger, Simon voulut en consulter le contenu, mais un mot de passe en protégeait l'accès. Il brandit l'appareil.

— C'est quoi, ton mot de passe ?

Ian écarquilla les yeux.

— Ça ne te regarde pas. Rends-moi mon portable !

— Ecoute, Ian, soit tu me donnes ton mot de passe

pour que je puisse voir la liste de tes appels entrants et sortants, soit je vais chez les flics. Ils n'auront aucun mal à accéder au registre de tes appels. Vous serez pris la main dans le sac, Bella et toi.

La couleur se retira du visage de Ian.

— Alors, tu te décides ? demanda sèchement Simon. Tu me dis la vérité et tu assumes la responsabilité de tes actes ? Ou est-ce que je dois prendre des mesures plus radicales ?

— Et merde…, souffla Ian, avant de se laisser tomber sur le canapé.

Gail atterrit à Los Angeles, l'estomac noué par le trac et l'angoisse. Il ne serait pas facile de regarder les journalistes, les uns après les autres, et de leur affirmer à tous les yeux dans les yeux qu'elle croyait dur comme fer en l'innocence de Simon. Il ne serait pas facile non plus de repousser tous les paparazzis qui la harcèleraient pour connaître sa réaction à « l'infidélité » de Simon. Non contente d'être sa femme, elle était également redevenue son attachée de presse. Elle devait trouver un moyen de renverser la situation en leur faveur.

Elle contemplait sa bague lorsque les autres passagers commencèrent à quitter l'avion. Il faudrait qu'elle montre négligemment son diamant, symbole de l'engagement de Simon. Cela marcherait peut-être…

— Passez une bonne soirée, lui dit l'un de ses voisins.

Par bonheur, personne dans l'avion ne semblait l'avoir reconnue.

Hochant la tête avec un sourire, elle récupéra son bagage de cabine et se fraya un chemin dans l'aéroport. Au niveau de la porte d'arrivée, elle appela Simon pour le prévenir qu'elle était à Los Angeles.

— Salut, dit-elle lorsqu'il répondit.

— Tu es ici ?

— Oui. Et toi ?

— Au retrait des bagages.

— Tu aurais pu m'attendre dehors, devant l'aéroport.

— Non, j'ai préféré garer la voiture au parking. Il me tardait de te voir.

— Je me sens très nerveuse, Simon. Ça va être de la folie…

— Je ne permettrai pas que ça dégénère. Je te le promets.

Mais avait-il les moyens de faire quoi que ce soit ? Gail en doutait, ce qui ne l'empêchait pas d'apprécier qu'il tente de la protéger.

— Ma foi, je suppose qu'on s'en sortira d'une façon ou d'une autre. A tout de suite !

Rejoignant le flot des autres passagers, elle se dirigea vers l'Escalator. Une foule était rassemblée en bas et la plupart des individus qui la composaient étaient armés d'appareils photo et de caméras. Gail apercevait les logos de diverses chaînes de télévision. D'autres personnes tenaient des micros ou des projecteurs.

Mais comment avaient-ils appris l'heure de son arrivée ?

Sentant son anxiété grandir, elle remonta la bandoulière de son bagage sur son épaule et scruta la foule à la recherche de Simon. Il lui avait dit qu'il se trouvait dans la zone de retrait des bagages. Mais y serait-il encore si tous les journalistes y étaient aussi ?

Apparemment, oui. Il ne lui fallut pas longtemps pour le repérer. Vêtu d'un jean et d'un blouson en cuir, il se tenait au beau milieu de la foule et la regardait s'avancer vers lui. A la vue de cet étrange comité d'accueil, Gail eut comme l'impression que c'était Simon qui avait convié tout ce petit monde. On aurait dit qu'ils allaient tous s'écrier en chœur : « Surprise ! ». Mais que se passait-il, au juste ?

Lorsque leurs yeux se croisèrent, elle interrogea Simon du regard, mais il se contenta de lui sourire et avança vers elle. Les journalistes s'empressèrent de se caler sur ses grandes enjambées tout en prenant des photos de leurs retrouvailles.

— Que se passe-t-il ? murmura-t-elle lorsqu'ils furent suffisamment proches pour se parler.

— C'est Ian et Bella qui ont bidouillé la vidéo. Ils ont tout avoué.

— Ah bon ?

Gail avait du mal à le croire.

— Ils n'avaient guère le choix…

— Simon, tu sais ce que cela signifie, n'est-ce pas ? Tu peux désormais prouver que Bella t'a délibérément empêché de voir Ty. Tu peux obtenir sa garde…

— C'est ce que j'espère.

— Mais… que font tous ces gens ici ? demanda-t-elle en jetant un regard à la horde de journalistes.

— Je leur ai demandé de venir pour témoigner de ceci dans la presse.

Sans préambule, Simon attira Gail dans ses bras et l'embrassa. Puis, il lui saisit le menton entre le pouce et l'index et déclara :

— Je t'aime, Gail. Je ne t'ai jamais été infidèle et je ne te tromperai jamais. Jamais je ne ferais quoi que ce soit qui te puisse te rendre malheureuse.

Une vague de bonheur sans mélange déferla en elle tandis que Simon recommençait à l'embrasser. La foule s'épaissit, le brouhaha s'intensifia, les flashes crépitèrent, les caméras filmèrent, mais Gail se moquait bien d'être la cible de tous les regards. Par ce baiser, Simon proclamait au monde entier qu'il lui appartenait corps et âme.

A peine se furent-ils écartés l'un de l'autre qu'une des journalistes s'exclama :

— C'est votre bague de fiançailles ? Elle est sublime !

Epilogue

— Tu ne prends pas de café ?

Callie désigna le jus d'orange de Gail. En ce vendredi matin d'août, la petite bande habituelle était réunie dans le large box d'angle du café. La météo à Whiskey Creek était tout aussi agréable qu'à Los Angeles, voire plus, car il y faisait moins chaud. Simon se réjouissait d'être de retour.

— Depuis le temps que nous nous retrouvons ici, je pense que c'est la première fois que je te vois commander autre chose, renchérit Eve en considérant la cannette de son amie. Bien sûr, du temps a passé depuis ton dernier séjour, mais n'empêche ! Je ne connais personne qui aime le café autant que toi.

Simon posa sa main sur celle de Gail. Il cherchait son regard pour lui faire comprendre qu'il ne voyait pas d'objection à ce qu'elle révèle la grande nouvelle à ses amis. Mais Ty, les prenant tous deux de court, s'en chargea à leur place.

— Gail ne peut plus boire de café, dit-il. Pendant *neuf* mois !

Callie parut quelque peu déconcertée par cette déclaration, à l'image des autres amis de Gail.

— Et pourquoi ça ?

Simon voyait bien que Callie se doutait de ce qui se passait, mais qu'elle cherchait à en avoir confirmation.

Ty venait d'enfourner une énorme cuillerée de yaourt

aux fruits frais. Sa bouche pleine ne rendait pas son discours très intelligible, mais Simon le laissa répondre, curieux de voir comment son fils allait s'y prendre. Gail devait elle aussi avoir envie d'entendre l'explication de Ty, car elle se garda bien d'intervenir.

— Parce que c'est le temps qu'il faut pour fabriquer un bébé, banane ! lança-t-il dans un rire.

Simon se mit à pouffer mais il fut le seul. Les autres étaient bien trop occupés à interpréter le sens des propos de Ty. Aujourd'hui, ils étaient neuf autour de la table : Kyle, qui commençait à se remettre de son divorce, Riley et son fils Ted, Sophia et sa fille, Eve, Cheyenne, Callie, et Noah Rackham dont Simon venait à peine de faire la connaissance, en raison de leurs emplois du temps chargés. Quand Noah était à Whiskey Creek, Simon jouait dans son tout dernier film, et quand Simon et Gail passaient un week-end ou plus dans leur maison, Noah participait à des courses cyclistes en Europe.

A l'annonce de cet heureux événement, tous les amis de Gail se rapprochèrent, braquant sur elle leurs regards emplis de curiosité.

— Tu attends un enfant ? demanda Sophia.

Les joues de Gail rosirent d'excitation. Simon et elle pensaient attendre un an ou deux avant de mettre un bébé en route. Mais dès le mois de mars, Simon avait obtenu la garde partagée de Ty qui s'était aussitôt mis à réclamer une petite sœur avec insistance. Dès le mois d'avril, Gail et Simon s'étaient mutuellement avoué qu'ils étaient tout aussi impatients que lui d'avoir un enfant. Mais ce n'était que quatre mois plus tard qu'ils avaient appris que Gail était enceinte.

— Oui, dit-elle avec un grand sourire.

— Oh ! dis donc ! s'écria Eve. C'est formidable !

— Ton père et ton frère sont au courant ? demanda Riley.

— Nous le leur avons annoncé hier soir, répondit Simon. Dès notre arrivée.

Depuis Noël, ils résidaient principalement à Los Angeles, mais Simon avait terminé de rénover leur maison d'Autumn Lane lors de leur séjour de deux semaines en mars. A cette occasion, il avait apporté à Eve les accessoires de cinéma qu'il lui avait promis pour redécorer son *bed and breakfast*. Ils adoraient retrouver leur petite maison lorsqu'ils séjournaient à Whiskey Creek, ce qui leur était déjà arrivé à plusieurs reprises. Toutefois, par tradition, ils passaient toujours leur première nuit chez le père de Gail. Ce dernier était heureux de les avoir sous son toit, et Simon aimait faire ce petit plaisir à Martin.

— Depuis quand le savez-vous ? leur demanda Eve.

Gail pressa les doigts de Simon.

— Depuis mardi. Mais ce n'est que maintenant que nous commençons vraiment à réaliser.

— C'est merveilleux ! dit Callie. Et Big Hit, alors ? Tu vas continuer à y travailler ?

— Pas ces prochains mois. Ensuite, il se peut que je reprenne à temps partiel, mais ces derniers temps, je me consacre essentiellement à la gestion de l'image de Simon. Ce sont Josh et Serge qui s'occupent de nos autres clients.

— Quand doit naître le bébé ? demanda Kyle.

Gail ouvrit sa cannette de jus d'orange et en but une gorgée.

— Le 21 février.

Ted mit du sucre dans son café.

— Alors, qu'est-ce que vous voulez ? Un autre garçon ou une fille ?

— Une petite sœur ! s'écria Ty.

Gail répliqua qu'elle voulait avant tout un enfant en bonne santé, et c'était également le souhait de Simon.

— Alors, tu es excité ?

Il fallut quelques secondes à Simon pour se rendre

compte que c'était Cheyenne, d'ordinaire si réservée, qui s'adressait à lui. Les autres, tournés vers Gail, la bombardaient de questions.

— Je suis fou de joie.

Il s'était juré autrefois de ne plus jamais faire confiance à une femme au point d'avoir un enfant avec elle, mais c'était avant sa rencontre avec Gail.

— Tu sais, rien n'est plus beau que ce premier instant, quand la sage-femme te dépose ton enfant dans les bras.

— Gail et toi, vous respirez le bonheur, dit Cheyenne, mélancolique.

Il voulait se montrer franc avec la jeune femme qui, après les épreuves qu'elle avait connues, voulait croire au bonheur éternel. Aussi est-ce sans hésitation que Simon lui donna confiance en l'avenir.

Passant un bras autour de ses épaules, il la serra contre lui d'un geste rassurant et, tout en souriant à sa magnifique épouse, il déclara :

— Gail est la meilleure chose qui me soit jamais arrivée.

Et il le pensait sincèrement.

A paraître le 1er septembre

Best-Sellers n°615 • suspense

Les secrets d'Asher Falls - Amanda Stevens

Depuis son arrivée à Asher Falls, en Caroline du Sud – une petite bourgade ramassée sur les contreforts des Blue Ridge Mountains dont elle doit restaurer le vieux cimetière – Amelia ne peut se départir d'un oppressant sentiment de malaise. Comme si sa venue ici suscitait la défiance des habitants... Pourquoi, en effet, ceux-ci s'enferment-ils dans le mutisme dès qu'elle évoque le cimetière de Bell Lake, englouti cinquante ans plus tôt sous les eaux profondes et insondables d'un lac artificiel ? A qui appartient la tombe qu'elle a découverte cachée au cœur de la forêt et dont personne, apparemment, ne sait rien ? Et, surtout, qui a tenté à plusieurs reprises de la tuer ? Si elle veut trouver la réponse à toutes ces questions, Amelia le sait : elle devra sonder l'âme de cette ville mystérieuse et en exhumer tous les secrets...

Best-Sellers n°616 • suspense

Mortel Eden - Heather Graham

Au milieu des eaux turquoises du sud de la Floride, l'île de Calliope Key est un véritable paradis terrestre à la végétation luxuriante, d'une beauté à couper le souffle. Rares sont ceux qui résistent à son charme – mais plus rares encore sont ceux qui connaissent ses secrets...

Lorsque Beth, venue passer quelques jours de vacances sur l'île, découvre un crâne humain à moitié caché dans le sable, elle comprend immédiatement qu'elle est en danger. Car deux plaisanciers ont déjà disparu, alors qu'ils naviguaient dans les eaux calmes de Calliope Key... comme s'ils menaçaient de troubler un secret bien gardé. Prise de panique, Beth dissimule en toute hâte le crâne. Mais ne peut échapper aux questions de Keith, un inconnu qui semble très intéressé par sa macabre découverte... Très vite, Keith se mêle – mais dans quel but ? – au petit groupe des vacanciers. Beth ne parvient pas à lui faire confiance. Pourtant, lorsqu'elle s'aperçoit que le crâne a disparu, et que de mystérieuses ombres envahissent la plage, la nuit, et rôdent autour de sa tente, elle comprend qu'elle va avoir besoin de son aide – et que, pour tous les vacanciers de l'île, le temps de l'insouciance est désormais révolu...

Best-Sellers n°617 • suspense

L'étau du mal - Virna DePaul

Lorsque le cadavre d'une adolescente est découvert enterré dans les environs de Plainville, l'agent spécial Liam McKenzie comprend tout de suite qu'il va devoir s'attaquer à une affaire beaucoup plus complexe qu'elle n'y paraît au premier abord. Et quand, quelques jours plus tard, une photographe de renom, Natalie Jones, est agressée chez elle, non loin de la scène de crime, il est aussitôt convaincu qu'il existe un lien entre les deux affaires. Qu'a vu la jeune femme, qui a poussé le tueur à sortir de sa cachette et à commettre une imprudence ? La clé de l'enquête se trouve-t-elle sur les photos qu'elle a prises deux mois plus tôt à Plainville ?

Pour élucider ce meurtre, et pour protéger Natalie, Liam McKenzie va non seulement devoir donner le meilleur de lui-même, mais aussi résister au désir fou que cette dernière lui a inspiré au premier regard. Car il ne peut se laisser distraire : chaque jour qui passe, le danger se rapproche d'elle...

Best-Sellers n°618 • roman

Amoureuse et un peu plus - Pamela Morsi

Diriger la bibliothèque de Verdant dans le Kansas ? Dorothy (D.J. pour les intimes) a l'impression de vivre un rêve aussi improbable que merveilleux. Et pas question de se laisser décourager parce que la bibliothèque n'a en réalité rien du pimpant établissement qu'elle avait imaginé, mais tout du tombeau lugubre. Pas question non plus de se laisser abattre parce que les membres de sa nouvelle équipe se montrent pour le moins étranges et peu sociables : elle saura les apprivoiser. Mais son enthousiasme et sa détermination flanchent sérieusement quand on lui présente Scott Sanderson, le pharmacien de la petite ville. Là, D.J. doit définitivement se rendre à l'évidence : elle est vraiment très, très loin du paradis dont elle avait rêvé. Car Scott n'est autre que le séduisant inconnu qu'elle a rencontré six ans plus tôt à South Padre et avec lequel elle a commis l'irréparable avant de fuir, éperdue de honte, au petit matin… Heureusement, elle ne ressemble en rien à la jeune femme libérée et passionnée qu'elle s'était alors amusée à jouer le temps d'une soirée entre copines : avec son chignon, ses lunettes et ses tenues strictes, elle est sûre que Scott n'a aucun moyen de la reconnaître.

Best-Sellers n°619 • historique

Envoûtée par le duc - Kasey Michaels

Paris, Londres, 1814

Lorsqu'il apprend qu'il doit succéder à son oncle, Rafael est sous le choc. Rien ne l'avait préparé à devenir duc un jour. Comment lui, un capitaine qui vient de passer six ans sur les champs de bataille, pourrait diriger le domaine familial ? Heureusement, il sait qu'il peut compter sur le soutien de Charlotte, sa chère amie d'enfance, à qui il a pensé avec tendresse toutes ces années. Elle qui chaperonne aujourd'hui ses sœurs à Ashurst Hall pourra le guider dans ses nouveaux devoirs. Mais lorsqu'il revient au domaine, c'est pour découvrir que l'adolescente maladroite qu'il avait laissée a disparu. A sa place, c'est une séduisante jeune femme, fière et sûre d'elle, qui l'accueille. Rafael est sous le charme... Mais autre chose en elle a changé. Si elle lui offre généreusement ses conseils, comme il l'espérait, Charlotte se dérobe avec gêne dès qu'il essaie d'en savoir plus sur elle. Pourquoi a-t-il l'impression qu'un terrible secret l'éloigne irrémédiablement de lui ?

Best-Sellers n°620 • historique

Audacieuse marquise - Nicola Cornick

Angleterre, 1816

Lorsqu'un aristocrate sans vergogne tente de la faire chanter, Tess comprend qu'il est temps d'assurer ses arrières. Elle avait cru pouvoir camoufler ses activités politiques sous une réputation de coquette mondaine et frivole, mais hélas, une femme seule est toujours vulnérable. Si elle veut continuer à œuvrer dans l'ombre contre la pauvreté et l'injustice, il lui faut une couverture honorable. Et qui pourrait mieux l'aider en cela que le vicomte Rothbury, mandaté pour arrêter les opposants au régime ? Elle a souvent croisé chez son beau-frère cet Américain franc et viril, anobli pour services rendus à la Couronne : elle sait qu'il ne sera jamais vraiment accepté dans la haute société tant qu'il n'aura pas épousé une aristocrate. Une riche marquise, par exemple... Tess frissonne en considérant les dangers d'une telle alliance mais, à n'en pas douter, ce mariage la placerait au-dessus de tout soupçon. Seulement, il lui reste encore à convaincre le vicomte, qu'on dit très méfiant à l'égard des femmes du monde...

Composé et édité par HARLEQUIN

Achevé d'imprimer en juin 2014

CPI
BRODARD & TAUPIN

La Flèche
Dépôt légal : juillet 2014

Pour l'éditeur, le principe est d'utiliser des papiers composés de fibres naturelles, renouvelables, recyclables, et fabriquées à partir de bois issus de forêts qui adoptent un système d'aménagement durable. En outre, l'éditeur attend de ses fournisseurs de papier qu'ils s'inscrivent dans une démarche de certification environnementale reconnue.

Imprimé en France